U0141806

荷馬史詩（二）

奧德賽

'Oμηρos

'Oδυσσεία

經典文學系列21

荷馬史詩（二）

奧德賽

'Ομηρος

'Οδυσσεια

荷馬　著

王煥生　譯

經典文學系列21

奧德賽
’ Ὁμηρος
’ Ὀδυσσεία

作　　　者	荷馬（Homer）	
譯　　　者	王煥生	
系列主編	汪若蘭	
責任編輯	翁淑靜	
特約編輯	陳以晉	
封面設計	林翠之	
電腦排版	李曉青	
出　　　版	貓頭鷹出版社股份有限公司	
發　　　行	城邦文化事業股份有限公司	
	台北市信義路二段213號11樓	
	電話：(02)2396-5698	
	傳真：(02)2357-0954	
	網址：www.cite.com.tw	
	電子信箱：service@cite.com.tw	
郵撥帳號	1896600-4 城邦文化事業股份有限公司	
香港發行	城邦（香港）出版集團	
	電話：852-25086231	
	傳真：852-25789337	
新馬發行	城邦（新馬）出版集團	
	電話：603-2060833	
	傳真：603-2060633	
印　　　刷	一展彩色製版有限公司	
初　　　版	2000年7月	
定　　　價	400元	

ISBN　　　957-0337-71-0

享受閱讀經典的樂趣

　　貓頭鷹出版社繼推出卞之琳新譯的《莎士比亞四大悲劇》後，陸續推出一系列經典文學，主要是希望作為一個介面，引導讀者重新認識經典的真實面貌。經典之所以能夠歷經歲月熬煉流傳下來，並且在不同環境歷經不同語言翻譯移置，而仍一直吸引不同的文化族群閱讀，自有其動人之魅力。然由於目前常見之版本多為二三十年前的舊譯，也欠缺向讀者對作品重要性與時代意義的說明，使經典令人覺得難以親近，在影音圖像風靡的世代中更顯過時。

　　所幸近年來精通各種語文的人才與研究學者越來越多，不但有較多新的譯本出現提供忠實可靠的文本選擇，並且有專精的學者提供清晰的導讀，讓讀者透過更流暢清楚的閱讀經驗，真正體會經典的真諦與涵意。另一方面，針對讀者閱讀視覺而作的重新編排與包裝設計，也賦予經典一個現代面貌，拉近讀者與經典的距離，讓經典更平易近人，讀者更容易享受閱讀的樂趣。

貓頭鷹經典文學編輯室　謹識

不過我仍然每天懷念我的故土，
渴望返回家園，見到歸返那一天。
即使有哪位神明在酒色的海上打擊我，
我仍會無畏，胸中有一顆堅定的心靈。

——奧德賽·第五卷

目　錄

編輯前言

重回奧林帕斯

　　就我而言，《伊利亞特》和《奧德賽》是整個西方文學「典故的典故」，甚至，是古代西方「知識的知識」。它們不但交待了歷史範疇的希臘文明氛圍、建構了人神共處的世界觀，也深刻描繪了在我們內心之中充滿著更多可能的精采世界。

　　只是，長久以來，我們接觸、吸收、轉化著這兩部史詩所激發、分靈、「分受」的無數西方文學經典，如維吉爾、莎士比亞、紀德、喬艾斯，以及其它形形色色的藝術傑作等，卻一直少有機會去親炙「本尊」。這個現象就像長久以來我們對其他西方文明的接觸一樣，往往只停留在「簡明版」、「表象版」、「多重轉譯版」或「望文生義版」的有限資訊與粗陋理解當中。

　　帶著這樣的警覺來看大陸學者羅念生、王煥生直接從古希臘文翻譯成中文，並儘可能保留原詩六音步格律的足本巨著，你就會發覺它們是多麼難得與值得珍惜了！

　　在那豐盛文明與不朽名城所佈置的神話現場，漫步在散發著口傳文學古樸腔調和耳熟能詳的眾神與英雄之間，是一種想像力與文化情懷的盛宴，也是把希臘黃金時代一直視為「心靈故鄉」之一的我，一次「重返奧林帕斯山」的深刻體驗。

　　雖然這兩部譯作裡，有些譯名和我們所習慣的不同，譯者的筆法和我們對詩的質感的期待不完全一致。但這些都無損於我們的領略與欣賞。特別是透過朗讀和「神入」的參與，我們似乎真的重新聽見了盲詩人荷馬他蒼茫的語調……

　　　　　　　　　　　　　　　　　羅智成

（本文作者為名詩人）

奧德修斯的歷險與還鄉

　　據考據《奧德賽》成書的時間應該是在《伊利亞特》之後，兩部史詩之間的異同經常作為學者判定他們是否出自同一詩人之手的依據，事實上，這未必是一個可靠的方法，因為相同的作者可能在不同時間有不同的創作風格，而不同的作者也可能有相似的觀點與創作手法。不過探討兩部史詩間的異同確實能幫助讀者對兩部史詩的個別特色有更深入的了解。

　　兩部史詩在主題與背景上都是環繞著特洛亞戰爭描寫，《伊利亞特》描寫的是戰爭中的場景，所以整體上給人的感覺較為陽剛壯烈，而《奧德賽》所描寫的故事發生在特洛亞戰爭結束後，主角奧德修斯在外漂流近二十年，過程中遭遇無數的困難與考驗，這些挑戰均成為各個篇章的主題，故事情節雖然驚險刺激、高潮迭起，但相較於《伊利亞特》，《奧德賽》予人的感覺是較為寧靜平和。而從英雄角色的刻劃觀之，阿基琉斯的表現剛猛有力，而奧德修斯卻顯得足智多謀，前者有力，後者有智，典型不同。

　　《奧德賽》在人性的主題探討上，有極為細膩深入的描寫，故事描寫奧德修斯在返鄉途中所遭遇的種種障礙與困難，事實上每一關的障礙都蘊含了不同的人性誘惑，尤其是名與情色的誘惑。書中第九卷奧德修斯開始敘述他所經歷的磨難，其中他提到在獨目巨人波呂斐摩斯的洞穴為了保住生命他以「無人」的名字稱呼他自己，雖然他的機智救了他，然而他的驕傲卻讓他在最後關頭暴露了自己真實的身分，這給了獨目巨人日後報仇的機會，他的父親海神波塞多在奧德修斯的歸程中不斷阻撓他，即便在奧德修斯克服了重重萬難返回家鄉與妻兒團聚後，他首要做的工作就是平息海神對他的不滿。除了名以外，

奧德修斯在歸程中遇到最多的誘惑是來自於女色，例如神女卡呂普索、神女基爾克、塞壬、以及公主瑙西卡婭等人對他都有極大的好感及占有欲，當然除了姣好的外貌外，她們本身因為擁有不同的神力與能力，也因此具多重的誘惑，例如塞壬所表徵的是一個永恆榮耀。綜言之，奧德修斯的返鄉途中所遭遇的挑戰不僅只是外在的艱困與磨難，那些困難也同是代表不同的人性誘惑。

值得一提的是荷馬在《奧德賽》這部史詩對女性的描寫比他在《伊利亞特》中所描繪的女性生動具體的多，在《伊利亞特》裡，女性多半是男性戰場上的戰利品，例如布里塞伊斯和克律塞斯的女兒，她們就是溫柔賢淑的表徵，沒有自己的意見，完全附屬臣服於男性之下，例如海倫或安德羅馬克。相反的，在《奧德賽》裡，女性則從被動的地位變成主動，例如卡呂普索、神女基爾克、以及瑙西卡婭公主，她們出身不凡，既不卑微也不低賤，她們或是具有特殊的身分地位，或是以不同的方式具有一些特殊的神力或能力，其中尤為特別的是荷馬所刻劃的奧德修斯的妻子佩涅洛佩，她不僅具有非凡的姿色、美德，甚至擁有常人所缺乏的智慧，這樣的組合與描述應該是對女性角色的最大肯定與稱許。綜言之，在女性形象的塑造上，荷馬在《奧德賽》中給予較多篇幅的描述，既生動又具體。除此以外，在希臘眾神中，雅典娜更是貫穿全部書，掌握每一個情節，打點每一個關鍵點，從安排特勒馬科斯出外尋父、安排船隻、招募槳手，到奧德修斯返鄉與妻、子的相認，無一不經過雅典娜女神的指示與協助，她是整部戲的導演，但與演員一起同台演出，她的細膩安排與對奧德修斯父子的關懷，在在都將她的女神以及女性特質表現的完美無缺，而荷馬在女性角色的刻劃上也發揮的淋漓盡致。

除此之外，還鄉在《奧德賽》中是一個非常重要的主題，無論是敘事結構、書寫技巧、乃至於情節布局都與之環環相扣，荷馬利用襯托對照及對比的手法把此一主題發揮的極為完善。在書中第一卷荷馬即針對以上諸點展開布局，首先，在敘

事結構與主題上，荷馬架構了與奧德修斯還鄉相呼應的一個副題，亦即阿伽門農的返鄉，這之間的類比關係可從雅典娜勉勵特勒馬科斯不可再稚氣十足，應仿效奧瑞斯特斯為父報仇的勇氣與魄力。另外奧德修斯在冥府遇見阿伽門農時，阿伽門農給他的忠告是不要信任女人，二人同樣都是在戰爭結束後返家，但是阿伽門農所遭遇承受的是自己的殺身之禍、弟弟的背叛、以及妻子的不忠；此一故事不僅造成奧德修斯返鄉的焦慮，也引起讀者或聽眾對奧德修斯的返鄉有著與其相類似的緊張與焦慮，因此奧德修斯返家後的大團圓圓滿結局，與阿伽門農的遭遇相對照，顯得特別幸福與難能可貴。

除了阿伽門農的副題所形成的戲劇張力，特勒馬科斯的出外尋父，與奧德修斯的返鄉路線形成另一股敘事張力，若以奧德修斯的家作為歸途的終點，特勒馬科斯的出外在情節的發展上與還鄉是背道而馳的一個方向，然而荷馬巧妙的將這兩條可能錯過彼此的路線，安排在牧豬奴的農莊合而為一，在情節及敘事結構的安排上，這場不期而遇的相會不僅創造了一次劇情上的高潮，也巧妙化解了失之交臂的緊張與焦慮。

從父子相認團圓這一幕開始，荷馬所安排的返鄉之旅同時包含了兩個層面的歸返，一個是外在的或旅程上的歷險返家，另一個則是奧德修斯內在的自我揭露與認同，亦即回歸他的本來面目。在戰後返鄉的歷程中，奧德修斯多半隱姓埋名，甚至以「無人」自稱，隨著旅程邁向終點的時刻，荷馬安排的是奧德修斯以不同的方式被他的親友認出，包括他的狗、奴僕、奶媽、妻子，而在每一幕中，奧德修斯都有可供相認的特別標記，例如他腳上的疤，他別出心裁設計的床等特殊的標記，故事的結尾，奧德修斯不僅安抵家門，也脫離異鄉人的身分，更以真正的英雄面目重現家園；劇終時奧德修斯不僅回到了家也找到了他的真正自我。綜言之，奧德修斯的還鄉除了他的表層意義外，尚有更深沈細膩的心理層面意義。事實上，返鄉的主題本身就是一個原型主題，至今仍是許多現代作家所熱中探討的主題。

　　荷馬的兩部史詩除了是很生動的神話教材外，也非常寫實地記載了當時文化、生活習俗，例如在《奧德賽》書中第十一卷，奧德修斯入冥府求問特瑞西阿斯對其歸程的預言，讀者可以從此章節清楚地理解希臘人對陰界即死後的看法，妥善埋葬對希臘人是很重要的一個慎終儀式，也是確保亡魂安息的主要方法，這點幫助讀者了解安蒂歌妮與克里昂在《安蒂歌妮》的悲劇中爲何有劇烈的衝突與爭執。除了埋葬的風俗外，熱情周到款待異鄉人也是當時很重要的風俗，在書中有許多針對此一情節的描述，例如第一卷中特勒馬科斯款待雅典娜所僞裝的異鄉人，以及第七卷阿爾基諾奧斯國王款待奧德修斯等章節，在這些描述中，讀者可以具體看到給予異鄉人妥善的招待是當時的習俗，也是人民應有的禮儀。客人到家中，主人必會備好豐富的酒菜招待，以熱水沐浴解乏，之後塗抹油膏，睡前再備妥保暖的被褥，使客人有賓至如歸之感，臨走時主人再贈送豐盛的禮物，以上這些都屬於基本的款待禮儀。另外關於祭祀希臘眾神的牲品與儀式，以及如何與神溝通和尋求庇佑或徵兆的方式，也都蘊含在書中情節裡，讀者若能細細體會研讀，必能具體的掌握到當時的生活細節以及風俗習慣。

孫小玉
（本文作者爲中山大學外文系教授）

永恆的流浪者，奧德修斯
——荷馬的史詩

　　希臘人在傳統上認為有位叫荷馬（Homer）的盲眼詩人，完成兩首史詩（epic）《伊利亞特》（Iliad）及《奧德賽》（Odyssey），但除了對這點看法有普遍共識之外，對究竟荷馬是誰以及是否同一個詩人完成這兩首作品，還有年代地點等，都有諸多不確定之處。這兩首史詩都是在文字尚未出現或剛剛出現時完成（約西元前八世紀中），基本上是口述傳統之下的產品。「荷馬的」史詩（Homeric epics）在古代希臘，甚至羅馬，都是最被尊重推崇的詩作。它們不僅影響文學的傳統，而且也在詩中提出——根據赫希爾德《工作與日子》[1]——對在我們這可悲鐵器時代之前的「英雄時代」願景；在後來的前古典[2]及古典時期[3]中，希臘各市民城邦（polis）各有其不同的宗教節慶以及教育等體制來表演史詩[4]，使得荷馬的史詩成為希臘文明中最廣泛的優勢論述，塑造了整個古代希臘社會的性質。

　　根據柏拉圖之《理想國》，荷馬不僅是希臘人最早，也是最偉大的詩人；傳統上，他被認為與在邁錫尼文明崩潰之後的黑暗時期希臘人所移居之小亞細亞西海岸的愛奧尼亞（Ionia），有密切的關連，尤其是希俄斯（Chios）及士麥那

---

[1] Hesiod, Works and Days 106-201.

[2] Archaic Age, 776-479B.C.

[3] Classical Age, 479-323B.C.

[4] 柏拉圖《伊恩》（Ion）。

（Smyrna）二處，而荷馬語言的特色也傾向於支持此點，但卻也不能十分肯定，因爲其中尚有一些更偏北的埃奧利亞（Aeolia）色彩。至於《伊利亞特》及《奧德賽》是否由同一位詩人完成，這問題所牽涉的範圍其實甚廣，尤其是史詩的口述傳統性質讓這問題變得極爲複雜。簡而言之，詹柯（Richard Janko）⑤根據語言特色所做統計的一些結果，認爲《伊利亞特》及《奧德賽》之間的差異，與荷馬整體與其後的赫希爾德之間的差異，可以相提並論，但仍可以用一個人的生命早期至晚期之間的發展來解釋。我個人傾向於這是兩個不同詩人在同一個敘述傳統之中完成的不同作品。其中的一些根據將在以下加以討論。

　　這兩首史詩的創作性質以及起源，可以解釋我們何以對荷馬究竟是誰，如此無知：《伊利亞特》及《奧德賽》皆是口述傳統之產物，而這個傳統無須文字之媒介而得以傳遞下去。我們在第一次閱讀《伊利亞特》及《奧德賽》時，一定會被在描寫某個固定對象，不斷重複的特定詞句所困惑，例如《伊利亞特》第一卷201行、第二卷7行、第四卷312行和369行及其他二十六個地方（包括《奧德賽》）都使用 "kai min phonesas epea pteroenta proseuda"⑥這樣的套句；有些時候套句的單位甚至更具規模時，而成爲著名的「荷馬式明喻」（Homeric simile）。傳統的美學一向避免重複，強調創新，但有關荷馬的詩學似乎異於這樣的成規。其中的緣由是詩人以 dactylic hexameter 這種特殊的詩律來吟唱，這是一種由長–短–短（二短音等於一長音）重複六次（六音步）的詩律。這個詩律以及句詞組成（morphology）和句型結構形成了詩人表達的外在限制；dactylic hexameter 的句子可以有明確的韻律形式，並分割

---

⑤Homer, Hesiod and the Hymns: Diachronic Development in Epic Diction（Cambridge University Press, Cambridge, 1982）pp.228-31.

⑥"and he speaks to him the winged words".（「他用有翼飛翔的話語對他說」）

為可預期的長短單位，而史詩詩人便是學習如何將這些配合長短單位的套句加以組構起來。這在荷馬史詩中會有「套句經濟」（formulaic economy）的傾向，亦即詩人在一行中的某個長度的單位時，往往會使用相關而且唯一的套句，所以狄奧墨得斯（Diomedes）的形容詞有二十一次以 "boen agathos Diomedes" ⑦出現。尚有其他許多物件或場合都會在韻律適當之處，伴隨固定的套句來加以修飾形容。

這種創作的機制使得口述傳統中的吟唱詩人可以迅速地以該詩律來即興表演。然而這種創作的方式卻對荷馬史詩之形成及最終產品有強烈的影響。荷馬的史詩在八世紀末由於文字的關係而確定下來，然後在宗教祭祀場合中被稱為 rhapsoidos（演唱詩人）⑧的專業表演者一字不漏地加以熟記以及重複；但是當史詩口述傳統仍然存在時，每位吟唱者（aoidos, bard）被期望的，恐怕只是對大綱、輪廓的掌握而已。一位好的吟唱詩人可以創造他獨特的故事說法，加進他自己的潤飾以及強調。所以口述傳統意謂著沒有固定的文本（text），要定義作者（authorship）此一概念，也就變得有些困難，因為每一回合的表演，正意謂著一個新作品的存在，但也僅存在於該場合脈絡之中。如果是如此的話，那詩人的個人資料履歷等變得沒有意義可言。我們不知道荷馬是否為這傳統中最偉大的歌者，但如果是的話，他的表演隨著他的肉體消失，也跟著消失。而相反地，在《奧德賽》之後的一個世代，我們發覺在赫希爾德同樣以長-短-短六音步詩律創作的非史詩作品時，如《工作與日子》，便特別包涵了他的生平資料於其中。第一位抒情詩人阿爾基洛科斯（Archilochus of Paros）則以他的生平經歷為創作素材。無論誰創作《伊利亞特》及《奧德賽》，皆是在口述傳統之下進行的；在某種意義上這兩部是無名、集體的作品。

---

⑦ "Diomedes, good at war cry".（「擅長吶喊的狄奧墨得斯」）

⑧ "he who stitches or strings songs together".（「把詩歌縫合或串連起來的人」）

　　《伊利亞特》這首詩大約完成於西元前750年左右，共有一萬五千六百多行，比《奧德賽》多出三分之一，各分為二十四卷。如果以每分鐘吟唱十行的速度進行，共需二十六小時完成。這二十四卷的劃分似乎是後來，尤其是希臘化時代托勒密王朝首都亞歷山卓學者的貢獻，然而這些不同的卷卻經常各代表獨立的故事情節，例如《伊利亞特》一、九、十二、十六、廿二及廿四卷，皆可視為如此。在版本上，荷馬史詩有高度的穩定性；《伊利亞特》除了可能是後來插入關於瑞舍斯（Rhesus）的第十卷外，我們現在所擁有的《伊利亞特》與最先出現時，應該相去不多。在主題上《伊利亞特》環繞在阿基琉斯（Achilleus）因為戰利品——這象徵他的價值及榮耀——被阿伽門農（Agamemnon）剝奪，大為憤怒，因而退出作戰以及所有後果，主題十分凝聚。在時間上《伊利亞特》第二卷到第廿二卷只記錄四天的事情發生經過；再加上頭尾，則整個時間也僅僅是數星期。

　　《伊利亞特》情節凝聚環繞在阿基琉斯的憤怒（menis），但整個作品利用回溯以及預示來包含整個戰爭。從第二卷到第四卷以及最後一卷都不斷地預期偉大的阿基琉斯終將在得到極大榮耀之後，結束短暫的生命。在阿基琉斯發怒拒戰之後，整個核心轉向希臘及特洛亞人之間的戰爭（第十一卷到第十八卷這一日內充滿特別多的戰爭），而希臘人陸續挫敗，僅靠狄奧墨得斯及埃阿斯（Ajax）這些二線英雄支撐希臘聯軍的場面。整個轉捩點在第十六卷中發生，當阿基琉斯答應他最好的朋友帕特羅克洛斯（Patroclus）穿戴他的武裝代戰，這終於導致他自己至交的死亡，於是阿基琉斯重回戰場（第十八卷），以及這造成特洛亞英雄赫克托爾（Hector）的死亡（第廿二卷）；最後以赫克托爾之父普里阿摩斯（Priamus）贖回赫克托爾屍體而結束（第廿四卷）。整首史詩似乎充滿了不停的戰爭，然而英雄光榮但短暫的命運正是必須依賴戰爭來加以實現。這種《伊利亞特》中以阿基琉斯為核心人物的英雄主義，我們將在稍後進一步討論。

　　《奧德賽》的時代約靠近西元前八世紀末，大約一萬兩千行，與焦點相當凝聚的《伊利亞特》相比之下，則充滿了變化及多元。即使是裡面的主人翁奧德修斯，身為英雄，亦是以相當不同的方式出現。我個人因為這兩首史詩對語言、神學、英雄定義、對女性之觀點以及整首詩之意趣，傾向於《奧德賽》是由同一傳統中另一位詩人所完成。此作品分割成二十四卷，也應該是亞歷山卓學者的貢獻。

　　首先四卷以奧德修斯的家鄉伊塔卡（Ithaca）為場景，時間是在為期十年的特洛亞戰爭結束，奧德修斯又在外流浪十年；此時奧德修斯的兒子特勒馬科斯（Telemachus），在甫成年之際，外出探訪他父親下落，並且增加見識；其完整性似乎可以被獨立視為Telemacheia（The Song of Telemachus），一種最早的人格成長小說（Bildungsroman）。接下來的四卷則是見到奧德修斯從女神卡呂普索（Calypso）的軟禁中得到釋放，以及他抵達如烏托邦的斯克里埃（Sheria），這個介乎他所經歷之冒險世界以及他家鄉之間的中途站。在斯克里埃他向費埃克斯人（Phaecians）敘述他的冒險（第九卷到第十二卷）。這結束奧德修斯在異域自然世界的流浪，而接下來的十二卷則是專注於奧德修斯返家後，如何偽裝，面對危險以及最後殺死追求他妻子的人，而與髮妻佩涅洛佩（Penelope）重逢。《奧德賽》幾乎像個浪漫傳奇故事，即使在最表象的閱讀上亦可充分享受其中所帶來的樂趣。對許多讀者來說，吃下忘憂花忘掉憂愁不思返鄉的洛托法戈伊人（Lotus-eaters），獨眼巨人庫克洛普斯族（Cyclopes），風王艾奧洛斯（Aeolus），食人的怪物萊斯特律戈理斯人（Laestrgones），唱歌的鳥人塞壬（Siren）及一邊是抓人怪物而另邊是湍流暗礁的斯庫拉（Scylla）及卡律布狄斯（Charybdis），這些都是精彩的辛巴達式傳奇冒險故事。在第十一卷則又包括一段遊冥府地獄哈得斯（Hades），以詢問未來的返鄉，這是另一段出名的插曲。在閱讀這些故事時，令人有種感覺：這些故事不是第一次被說，而是已經不斷地重複；其中的冒險者奧德修斯，憑著他的機智巧慧（metis）克服所有

困難。他這些冒險流浪以及面對它們所展現出的果決，好奇以及決心返家，使得他成為世界文學中最有趣的角色之一。從波菲利（Porphyry）這位西元三世紀的新柏拉圖主義大師⑨，經過但丁的《神曲》，喬伊斯的《尤利西斯》及法蘭克福學派的阿多諾（Theodore Adorno）都賦與他一些重要的永恆象徵意義。但除他之外，我將特別突顯一位與奧德修斯不相上下的女性人物，亦即他貞潔、機智的偉大妻子佩涅洛佩。我在介紹《奧德賽》一書時，將對這個角色發揮一些額外的意義。

在我們對史詩之口述傳統、希臘神明、英雄主義以及《奧德賽》中的女性等主題作進一步的探討之前，我們應該提到首先發掘特洛亞城的施里曼（Heinrich Schilemann, 1822-90）。特洛亞戰爭這個《伊利亞特》相關的主題，被認為發生在西元前十三世紀末，靠近邁錫尼時代的尾聲，因為在希臘本土的邁錫尼時代城市建築，從西元前1200年起遭受全面性的摧毀。在《伊利亞特》的完成和特洛亞戰爭爆發之間有四世紀半之久。可是史詩的口述傳統雖然使得史詩保留了這段時間世世代代的沈積層，但對史詩而言，希臘文明濫觴的西元前八世紀比西元前十三世紀來得更為重要。所以雖然施里曼在邁錫尼及特洛亞（VIIa）都有舉世震驚的考古發現，並且有布利根（Blegen）及考夫曼（Korfmann）等人繼續發揚光大，但從史詩和考古發掘之間要建立對應或直接的關連，仍然非常困難。荷馬的史詩雖然對我們研究邁錫尼時代崩潰後的黑暗時期（或英雄的世代）以及前古典時期有極大的重要性，但我們必須說整個史詩呈現的圖像恐怕比較朝向虛構而非真象。

至於荷馬的史詩對希臘文化的影響，大略如下。從一開始希臘人便視它們為經典，並以其為發展其他典範論述的根據。古代希臘人當然沒有機會像我們以閱讀的方式去認識荷馬的史詩，但是他們可以在不同的宗教或世俗場合之中見到荷馬史詩的表演，例如雅典的「泛雅典娜祭典」（Panathenaia）以及埃

---

⑨ On the Cave of the Nymphs.

皮達魯斯（Epidaurus）的醫神阿斯克勒庇俄斯（Aclespius）祭
典⑩；甚至以荷馬的史詩爲表演主題，發展出一類特殊的專業
吟唱者 rhapsoidos；據說希俄斯有一群人自稱爲 Homeridae⑪，
似乎正是如此身分之人的社團（《伊恩》530d尚提到其他個別
的表演者）。除了柏拉圖的《伊恩》提到這類藝術表演者之
外，希羅多德⑫也提到靠近哥林斯的希曲恩（Sicyon）在僭主
克來斯特尼斯（Cleisthenes）執政時⑬，亦有類似之歌者。根
據（被歸諸）柏拉圖的對話錄〈希帕克斯篇〉（Hipparchus）⑭，
雅典僭主派西斯特拉圖斯（Peisistratus）之子希帕克斯
（Hipparchus）正式地將荷馬史詩引進雅典，首次將史詩加以編
訂，並把表演體制化（六世紀下半）；在整個表演中，吟唱者
必須接力，從頭至尾將荷馬的史詩給完成吟唱；根據《伊
恩》，除了吟唱之外，還需華麗裝扮，配合誇張逼眞的動作，
來吸引觀眾的興趣。

　　除了這些專業人士之外，一般受教育之人也被預期對荷馬
了然於心，所以在柏拉圖及亞里士多德的作品中，四處可見引
自荷馬的文句。我們猜測這種是普遍的現象，至少在留存給我
們在絕大部分希臘文獻作品之中，確實如此。對荷馬的知識似
乎是所有希臘人所共享的，而且也協助定義了何謂「希臘」。
希羅多德⑮聲明說荷馬及赫希爾德大體上爲希臘人建立眾神
殿，以及每位神明所司之職。柏拉圖在《理想國》606e之中說
荷馬是「詩人中的詩人以及悲劇詩人的第一家」。現存作品的
第一位悲劇作家埃斯庫羅斯（Aeschylus），根據阿帖聶爾斯
（Athenaeus of Naucratis）之《餐飲辯士》（Deipnosophistae），
謙稱自己的作品只是取自荷馬的殘餘。每位後來的作家皆以荷

---

⑩Ion 530a-b.

⑪ "Children of Homer". (「荷馬之後裔」)

⑫5.67.1.

⑬約西元前六世紀初。

⑭228b.

⑮2.53

馬爲其典範,與之相較,所以在《奧瑞斯忒亞》(Oresteia)三
聯劇之中,我們見到埃斯庫羅斯徹底發揮在荷馬史詩中在數個
地方提到的克呂泰墨涅斯特拉(Clytemnestra)殺死丈夫阿伽
門農的故事,不僅以其爲典範,更與其進行對話,表達不同之
意趣。

《奧德賽》中的英雄

　　《奧德賽》中的奧德修斯是結合傳奇故事中足智多謀的角
色,以及《伊利亞特》中如阿基琉斯這種史詩英雄的角色。這
兩種概念的結合,其實在《伊利亞特》中已見端倪。他在《伊
利亞特》之中被認爲比其他的英雄年紀大上一代,居住在位居
邁錫尼時代地圖的邊緣地帶,爲希臘聯軍貢獻謀略,沉穩可
靠。

　　《奧德賽》的主題是英雄返回自己家鄉,匡正錯誤,重新
恢復對它的控制。但是在返家的途中,中間充滿了民間傳說的
成分,除了獨眼巨人等危險的挑戰外,回到伊塔卡還有例如魔
術般的化妝,僅有奧德修斯才拉得動的巨弓,以及一個人力足
以殺死數以十計的敵人等。可是在這整個過程之中我們可以看
見中間貫穿了一個很明顯的主題:對日常的英雄化[16],亦即奧
德修斯具現另一種英雄的典型。阿基琉斯如我們已說,決定選
擇一個短暫但光榮的生存。可是奧德修斯據說是自然死亡,並
且是在極年邁時安然地過世[17]。爲了達到那樣的目的,他必須
展現自己是位存活者,隨時願意去乞討,去使用詭計,去承受
屈辱,並且隱藏眞實情緒。阿基琉斯在《伊利亞特》第九卷
312-3行曾說:

---

[16] the heroization of the domestic.

[17] 《奧德賽》十一, 134-6;廿三, 281-3。

「有人把事情藏心裡，嘴裡說另一件事情，
在我看來像冥王的大門那樣可恨。」。

然而奧德修斯在《奧德賽》第九卷19-20行介紹自己為：

「我就是那個拉埃爾特斯之子奧德修斯，
平生多智謀為世人稱道，聲名達天宇。」

　　雅典娜因為奧德修斯無可超越的欺瞞及詭計，而親切地讚美他[18]。這兩種英雄的另一個對比，可見於阿基琉斯對被他殺死之敵人屍體所表現出的反應。他向他希臘的同伴高聲歡呼：

「現在讓我們全副武裝繞城行進，
看看特洛亞人怎樣想，有什麼打算，
他們是見赫克托爾被殺死放棄高城，
還是沒有赫克托爾也仍要繼續作戰」。[19]

　　然而奧德修斯在殺死求婚人之後，壓抑歐律克勒婭的歡喜：

「老奶媽，你喜在心頭，控制自己勿歡呼，
在被殺死的人面前誇耀不合情理」。[20]

　　這種對日常加以英雄化，可以見諸奧德修斯對胃腹需求的堅持[21]，而任何讀者若是依其閱讀《伊利亞特》後對英雄形象所形成的概念，必然會發覺在史詩中提及如此日常之事，甚是

---

[18] 《奧德賽》十三，291-9。
[19] 《伊利亞特》廿二，381-8。
[20] 《奧德賽》廿二，411。
[21] 《奧德賽》七，215-21。

驚愕。[22]奧德修斯對胃腹的興趣，亦反映在他對財富擁有的追求。在《伊利亞特》中，當阿伽門農最後與阿基琉斯妥協，並附帶額外的賠償，阿基琉斯對這種妥協的姿態僅輕描淡寫。[23]當特洛亞國王普里阿摩斯攜帶贖金來換回赫克托爾的屍體時，阿基琉斯對贖金一點都沒興趣，而普里阿摩斯反而利用他贖金禮品中的部分，來包裹赫克托爾的身體。[24]這與《奧德賽》對財物的關切形成強烈對比：他返回到伊塔卡時，所攜帶的財物遠比在特洛亞所分配得到的還多。[25]他回到家鄉的第一個行動，則是將財富放在安全之所。在他停留於斯克里埃時，他說他不會反對在此多停留一年，假如這意謂著接受更多禮物餽贈的話[26]，因為當他擁有更多財富的時候，「那時所有的人們會對我更加敬重，／更加熱愛，當他們看見我回到伊塔卡」。[27]在他易妝時，他向佩涅洛佩說：

> 「奧德修斯早該抵家宅，
> 只是他心中認為，若在大地上漫遊，
> 聚集更多的財富，這樣更為有利。
> 奧德修斯比所有有死的凡人更知道
> 收集財物，任何人都不能和他相比擬。」[28]

在這些說謊、食物以及財富的層面上，我們發覺奧德修斯與常人接近。他身為英雄，十分勇敢參與《伊利亞特》中的每場戰役，但他以夜襲、埋伏以及謀略擅長。阿基琉斯的英雄主義代表著早期希臘所能想像到之英雄品德的最高境地，僅為榮

---

[22]亦參考《奧德賽》十五，344；十七，287, 473；十八，53。

[23]《伊利亞特》十九，146-9。

[24]《伊利亞特》廿四，580-1。

[25]《奧德賽》五，38-40；十三，135-7。

[26]《奧德賽》十一，356-61。

[27]《奧德賽》十一，360-61。

[28]《奧德賽》十九，282-86。

耀而活，卑視死亡；奧德修斯也同樣是位英雄，但他卻被賦與
我們在阿基琉斯身上無法發現到的人類向面。阿基琉斯是孤獨
的，遠離家鄉父老，女神之子，一位與他同儕不相類同的英
雄；奧德修斯則來自一個親密的家庭以及城邦，盼望他的妻子
及兒子，一位好父親及好丈夫。根據奧德修斯，一位英雄不應
僅爲榮耀而活，而他知道這點，因爲當他見在地獄之中見到阿
基琉斯，他以最奉承的口吻向阿基琉斯致意，因爲他在陰間正
如他在陽世之中，仍然備受他同伴的禮敬。阿基琉斯回應這種
奉承，並且說：

> 「光輝的奧德修斯，請不要安慰我亡故。
> 我寧願爲他人耕種田地，被雇受役使，
> 縱然他無祖傳地產，家財微薄度日難，
> 也不想統治即使所有故去者的亡靈。」[29]

　　這樣的回答似乎是《奧德賽》的作者對《伊利亞特》中所
發揮之阿基琉斯式英雄主義的回應。誠如希臘第一位抒情詩人
阿爾基洛斯所言：「狐狸知道許多事，而刺蝟只知道一件」。
爲榮耀而榮耀的英雄主義確實光輝奪目，但如此幸存苟活的英
雄主義卻也同樣有意義：阿基琉斯是位有極端凝聚之願景的
人，把所有的價值都集中在一個焦點之上；然而狐狸般的奧德
修斯擁有多樣關懷，將他緊緊地定位在他生存的社會脈絡之
中。如果《伊利亞特》是首關於個人榮耀的詩，那麼《奧德賽》
則是一首典型的社會詩。
　　這兩種英雄主義：榮耀之英雄主義以及存活之英雄主義，
引來兩種不同的道德世界。前者使得《伊利亞特》完全集中於
一核心主題——戰爭，排除其他的意趣，因爲英雄行爲本身，
亦即戰爭，可解釋自己，而無須詮釋。這便是我們可以稱呼
《伊利亞特》是首戰爭的詩、行動的詩。但另方面，存活的英

---

[29]《奧德賽》十一，488-91；cf. 柏拉圖《理想國》516b-c。

雄主義以及《奧德賽》所具有的包容性質，佔有另一個道德空間，但是這一個道德空間似乎不甚整合，甚至有點混亂，需要一位雅典娜神聖的引導以及一位好奇的奧德修斯從頭至尾不停的摸索，而它透過寓言及幻想的故事來表達它道德上的關懷。這便是何以奧德修斯是首充滿試煉的詩作，而接受試煉的人們包括不同行業、遭遇的人們；《伊利亞特》集中凝聚的願景卻僅只侷限在一種試煉，對英雄的試煉。

《伊利亞特》及《奧德賽》的比較

　　《奧德賽》一向被認為是較《伊利亞特》晚的詩作，但卻沒有明白地指涉到它，但這並不意謂奧德賽的作者不知道《伊利亞特》的存在。相反地，《奧德賽》的作者在諸多之點與《伊利亞特》相比擬，例如對英雄之性質，神明之干預，女人角色等等。此外尚有許多細節必須在如此的假設之下，才能得到妥善的解釋。例如早期的希臘神話圖像藝術中，赫爾墨斯通常蓄鬚，但《奧德賽》第五卷似乎以《伊利亞特》第廿四卷為榜樣，赫爾墨斯被構想成極為年輕的神明，與年邁的普里阿摩斯對比。而在《奧德賽》第十一卷298-304行則又似乎影射到《伊利亞特》第三卷（physizoos aia）類似之處。此外，在廣泛的意義上《奧德賽》其實是延續《伊利亞特》的故事。

　　在《伊利亞特》開始之初，對繆思神的呼喚點出《伊利亞特》的具體主旨：阿基琉斯的憤怒，這是一種行動，而非個人或戰爭。同樣地在《奧德賽》的開頭十行，提及在返鄉時所經驗的人生閱歷。《奧德賽》基本上是首英雄返家（nostos）的故事，而且也以這返家為主軸，詩人建構了一連串對他流浪經過的回溯。在時間規模上，《奧德賽》涵蓋了跟《伊利亞特》差不多相同的時間。但是與《伊利亞特》相較，正是這種英雄返家以及一連串回溯故事的巧妙結合，使得《奧德賽》獨一無二：既是英雄，又是神奇。這種結構也使故事敘述觀點不停地變更，把《伊利亞特》中常見的第三人稱客觀敘述，常常轉化

爲第一人稱主觀的敘述。閱讀這首詩的快樂之一，乃來自於語調、布景、結構以及技巧的多種轉換變化。

在一些時候《奧德賽》的作者刻意與《伊利亞特》形成對比。[30]從最廣泛的觀點來說，《奧德賽》往往兼容並包，而《伊利亞特》則是專注而排外。例如，這兩首詩在時間上雖然所涵蓋的長度相當類似，但在空間的經營卻是迥然相異。在《伊利亞特》中的戰爭僅侷限在特洛亞平原附近，而加上短暫前往克律塞斯（Chryses）的阿波羅神廟；神明也同樣經常被迫出現在英雄行爲發生的少數地方。但是《奧德賽》中的奧德修斯是個旅行者，而他的守護神亦是如此。從《奧德賽》第一卷的開頭時，奧德修斯被說是藏在卡呂普索的島嶼奧古吉埃（Ogygia）中，而卡呂普索在希臘文中正是「隱藏者」之意。詩人似乎在奧德修斯第一次出現時，把他從地圖之外的地方移動到地圖的中心來，這是想像力中可能的最大距離，所以詩人特別提及在周圍沒有凡人的城市存在。[31]

另方面，假如《伊利亞特》強調了英雄的孤獨寂寞，但《奧德賽》卻顯示給我們奧德修斯存在一個社會及景觀之中，所以《奧德賽》是首社會史詩。而在《奧德賽》中最「社會」的當屬第廿三卷，而且最能表達《奧德賽》的中心意旨。這種奧德修斯由奧古吉埃移動到斯克里埃，到伊塔卡他的王國及家鄉，在精神上是種離開孤立疏離而朝向逐漸緊密之社區的過程。這個過程亦適用於前四卷，有些人稱之爲 Telemacheia，一種有關英雄成長故事的小說（Bildungsroman）：特勒馬科斯如同他的父親，亦希望增加閱歷去認識人類的不同城市及心靈；當他返家之後，他的母親及求婚人，皆驚訝他的成長以及因之而來的自我堅持。[32]

《奧德賽》這種高度的社會性及包容性，亦可見諸於詩中

---

[30]例如《伊利亞特》一, 234-46及《奧德賽》二, 80-1。

[31]《奧德賽》五, 101。

[32]《奧德賽》十八, 228 ff.；cf. 四, 74及廿一, 355。

所描述的形形角色，而這遠較《伊利亞特》來得廣泛。除此之外，《伊利亞特》是首高度男性及陽剛的詩作，之中的女性如海倫及安德羅馬克（Andromache）僅有在其與男性發生關連之下才被認可為個人；然而《奧德賽》中雖然沒有如希臘悲劇中埃斯庫羅斯三聯劇《奧瑞斯忒亞》裡的克呂泰墨涅斯特拉，索佛克里斯（Sophocles）《安蒂歌妮》（Antigone）中的安蒂歌妮，或優律皮底思（Euripides）《米迪亞》（Medea）中的米迪亞女英雄，可是它卻給我們許多女性的角色以及性別屬性為女性的其他角色（如一些怪物）。與奧德修斯發生關連的女性，可從親切神奇的卡呂普索，肉感及實事求是之基爾克（Circe），天真無邪以及清純的瑙西卡婭（Nausicaa），能幹賢明的阿瑞塔（Arete），到性別屬性相當「中性」的雅典娜那種對奧德修斯無關乎性的寵愛，以及品德如斯多葛般忠貞的佩涅洛佩；如此的多樣更強調了《奧德賽》特殊的包容取向。在《伊利亞特》中不是英雄的人不會被允許發言，除了醜陋可憐的Thersityes；他之所以被允許說話，只遭受到一頓獨打，這因為詩人在《伊利亞特》中希望強調社會低等之人只能被看到，不能被聽到。然而在《奧德賽》，奴僕如歐邁爾斯、菲洛提奧斯（Philoteus）及歐律克勒婭都有令人印象深刻的表現；甚至阿爾戈斯（Argus）這隻忠狗[33]亦沒有被遺忘。《伊利亞特》中也有一匹神奇的馬突然說話，但牠所說的卻是突顯凡人的無奈以及孤獨。這兩首詩所帶來的整體效果是《伊利亞特》給了極度的寂寞及孤獨，但在《奧德賽》卻充滿著歸屬親近：整個社會，從皇室到奴隸都歡喜奧德修斯的歸來，即使是狗也加入歡迎的行列。

《奧德賽》中的女人

　　研究希臘婦女史的學生並不會由於荷馬以及其作品之相關

---

[33]《奧德賽》十七，291。

年代多屬黑暗時期，而放棄這珍貴的史料，來了解古代希臘女人的處境，因為荷馬史詩對後來的前古典時期及古典時期之希臘人而言，構成最重要之典範論述，成為最主要之教育及道德的靈感來源：荷馬的作品已經被轉化成文化上之典範，心理上顯著之標的，而一旦被某社會接受之後，變成了神話。

在《伊利亞特》這首十分陽剛男性化的詩作中，儘管有海倫以及安德羅馬克這些重要角色，但女人的分量以及觀點十分低抑。在《奧德賽》則不然。雖然《奧德賽》在一般的說法是首冒險以及發現的史詩，但更恰當的是它乃一首英雄回家（nostos）的史詩：奧德修斯在第五卷一開始時突然冒出，被解釋說他現在身為卡呂普索的禁臠[34]；但在此之前的四卷，則環繞家鄉伊塔卡以及他兒子特勒馬科斯的成長。所以我們的感覺是從熟知的家鄉，突然之間變換到充滿神奇魔術奧吉埃。

從野蠻神奇的自然世界──奧德修斯最出名的冒險傳奇皆在此發生──回歸到他亟待導之以正的家鄉及妻兒，構成了這首詩的張力；而在這兩個地方女性同時都扮演十分重要的角色。奧德修斯對伊塔卡居家的意象環繞在佩涅洛佩，這位忠實守候在紡織機以及婚姻之床的妻子。這其中所具有之意義，我們稍後會進一步地發揮。但相同地，阻礙奧德修斯返家的威脅，亦多在女性角色之上。在《奧德賽》第五卷203-10行 卡呂普索鼓勵奧德修斯與她相處，避免返家所會經歷的種種艱困。奧德修斯回答她說：

> 「尊敬的神女，請不要因此對我惱怒。
> 這些我全都清楚，審慎的佩涅洛佩
> 無論是容貌或身材都不能和你相比，
> 因為她是凡人，你卻是長生不衰老。
> 不過我仍然每天懷念我的故土，
> 渴望返回家園，見到歸返那一天。

---

[34] 《奧德賽》五, 13-5。

即使有哪位神明在酒色的海上打擊我，
我仍會無畏，胸中有一顆堅定的心靈。
我忍受過許多風險，經歷過許多苦難，
在海上或在戰場，不妨再加上這一次」。㉟

　　假如佩涅洛佩以及她所象徵的家鄉，是奧德修斯作此決定的目的，並且對他所選擇之世界賦與人文意義，那麼如卡呂普索的女性則與異域自然世界，密不可分。我們如此說，決非以為女性是構成威脅奧德修斯返家的唯一來源：海神波塞冬的憤怒，太陽神赫利奧斯（Helios）憎恨其牛群被宰殺，獨眼巨人波呂斐摩斯（Polyphemous），食人的萊斯特律戈理斯人等皆為男性的威脅。然而男性的威脅卻多屬外顯以及暴力性質，女性的威脅則較為陰沈間接，特別與其身為女性性別相關之特質。卡呂普索是奧德修斯的朋友、愛人以及拯救者，絕非面目可憎之角色，卻也拘留奧德修斯最久的時間，寵愛他的雅典娜因此而向宙斯抱怨，求情放人；奧德修斯自己則垂淚悲吟，企盼返家之日，儘管卡呂普索提供他永生以及充滿感官快樂的生活。如果奧德修斯選擇佩涅洛佩以及凡俗，這是因為佩涅洛佩代表了親密的家庭親友網路，構成一種奧德修斯若沒有它，便無法有自我認同的社會環境。永生及感官肉欲生活得以享受，必須付出與文明臍帶切斷的代價。

　　當我們第一次碰到基爾克時，基爾克用藥物把奧德修斯的隨從全部化身為豬，而奧德修斯則因神明赫爾墨斯之助，避開這個命運。當奧德修斯以刀劍衝向基爾克時，基爾克跪下求情，並建議共享愛情之床。㊱一個人無須是佛洛依德的信徒，也會感受到奧德修斯抽出的刀劍所具有之性象徵意義。此外，古典希臘女性一向被認為與草藥、魔術有特別密切之關連，所以優律皮底思的米迪亞便善長此道，而米迪亞在神話上與基爾

㉟《奧德賽》五, 215-24。

㊱《奧德賽》十, 333-5。

克有親屬關係；這種使用藥物來奴役心靈，與食用忘憂花不思返鄉的情節類似。這些似乎在告訴我們女人與奇幻變化的自然界有密切的關係，而男人在受其控制之下，離開了他所屬的文明社會，回歸到文明之前野蠻如獸的狀況中。[37]即使在斯克里埃這個類似烏托邦的國度，與神明特別密切而且超越一般人類文明的民族，其中的女性亦對奧德修斯重返文明的努力造成阻礙。天真無邪的瑙西卡婭與奧德修斯的相逢十分浪漫，整個事情的發展可謂社會禮儀（decorum）的典範，而這與卡呂普索及基爾克主動示愛的行為，形成強烈對比；可是整個情節還是充滿情慾的暗示，例如瑙西卡婭已成熟適婚，不斷地被強調。此外奧德修斯在《奧德賽》第六卷100-9行強調她宛如自然界守護神，貞潔不婚的貞潔狩獵女神阿爾特彌斯（Artemis）。[38]雖然在《奧德賽》此詩中瑙西卡婭向奧德修斯親切地道別，要求他不要忘記她，但是在其他故事中，他們確實結婚。奧德修斯在《奧德賽》中揮別瑙西卡婭，也揮別了妨礙她返家的另一誘惑。

　　無論是充滿感官肉欲的卡呂普索或基爾克，或是貞潔未婚的瑙西卡婭，各有其守護神祇：愛神阿佛羅狄忒（Aphrodite）及貞潔狩獵女神阿爾特彌斯。在希臘人的性別文化構圖中，這種過度強調性慾以及抑制性慾，皆與文明之典型活動——婚姻——形成對立，愛神阿佛羅狄忒及貞潔狩獵女神阿爾特彌斯，同時與婚姻的守護神得墨特爾（Demeter）穀神對立；唯有在得墨特爾關護之下的女人，如奧德修斯之妻佩涅洛佩，具有性愛但卻又在文明規範節制下，生養合法的後代子嗣，才是真正純潔並且豐饒。在《奧德賽》詩中的女性性別文化構圖中，奧德修斯在異域自然世界所面臨的女性威脅，各分別屬於這構圖的兩側：

---

[37]《奧德賽》十，210-15。

[38]《奧德賽》六，102-9, 151-63；cf. Aeschylus Agamemnon 140-4。

　　　　　阿佛羅狄忒：得墨特爾：阿爾特彌斯
　　　　過多的性愛：規範的性愛（婚姻）：拒絕性愛

　　相形之下，奧德修斯忠誠的妻子以及他兒子特勒馬科斯的
母親佩涅洛佩，所呈現給我們的是居家守分的願景；與她的復
合，象徵文明的回復。在奧德修斯與異域自然世界這些女性角
色的接觸中，佩涅洛佩不斷地被呼喚出來。但是這些「野性」
的女人與被「馴化」的佩涅洛佩難道是如此相異，以致於在以
上阿佛羅狄忒-得墨特爾-阿爾特彌斯構圖的連續性被打斷？抑
或這些女人，包括佩涅洛佩，其實只是同一個主題基調、一個
連續光譜的不同變化而已？[39]卡呂普索及基爾克在一個極端，
瑙西卡婭在另一個極端，而佩涅洛佩處於中間，既有性愛，但
又受婚姻規範節制。這兩個極端對希臘人而言不僅是地理上而
且也是人類文化的極端，必須被人類體制婚姻所馴化，方可為
男人所接受，成為家庭（oikos）之一分子。然而我們在希臘神
話有阿塔蘭特（Atalanta）[40]及米迪亞等女性角色，在經過婚
姻馴化失敗之後，重返野性自然的故事，貞潔的佩涅洛佩因此
得以豁免於此？這我們在下一段將進一步討論。

　　荷馬對女性所建構之圖像以及她們的狀況，是屬於希臘文
明性別論述的一部分，被後來其他文類的論述接受、反省及批
判。詩人在奧德修斯返家過程中，對主人翁所遭遇之不同女性
的描述及了解，把她們歸類在我所建議的架構之中，正是一種
秩序化的過程，是種人類設法了解這世界而進行歸類、聯想行
為的成果。我們將在下部分討論女性，尤其是佩涅洛佩，對這
種父權政治秩序化的抗拒。

---

[39]例如在卡呂普索及基爾克的處所也有紡織機以及灶火，這些被「馴化」
　的女人象徵。

[40]Apollodorus Bibliotheca 3.9.1-2, vol. 2.401.

佩涅洛佩的紡織機與婚姻之床

　　《奧德賽》如我們已說，是關於奧德修斯返鄉，返回他忠誠的妻子佩涅洛佩身邊的故事。而這個返鄉的過程是一連串冒險，以及奧德修斯以其智慧機巧（metis）克服困難的過程；這些橫阻的障礙經常以女性的形象或方式出現。假如奧德修斯身處於如此寬闊之異域自然世界，沒有明確和穩定的脈絡，而且奧德修斯的冒險奇遇之所以精彩，正由於他個人在被剝奪所有社會關連後仍然決心返鄉，這象徵他決定返回社會、人群以及文明。

　　然而，假如我們將視角朝向《奧德賽》中的人文社會，並且反省其中的人如何交互運作，那麼我們可以了解到他忠誠的妻子佩涅洛佩，亦以其個人之傑出而足以稱為女英雄，並且根據亞里士多德的定義，乃一位真正的道德行為者。亞里士多德在他的《詩學》中定義悲劇英雄時，以其所必須作出之決定（prohairesis）來定義。因此身為英雄必然顯示出某種取向，而且在進行道德實踐的過程中，會在一個狀況條件仍然不知未明時，而決定行為或避免行為。就此定義來說，佩涅洛佩確實是位真正的英雄，因為她必須決定究竟停駐在丈夫的家，守護它，以等待他的歸回，抑或乾脆與一位求婚人結婚；而這樣的決定必須在不確定的狀況之中來進行，因為她無法得知她丈夫是否返回，也不知（或似乎不知）在她作下一連串關鍵決定時，站在她面前的陌生人便是奧德修斯。佩涅洛佩面臨兩難，對所處狀況沒有充分的掌握，所以她所作之決定乃是她個人作出的。佩涅洛佩就這意義而言是位道德的行為者，必須為她的行為後果辯護以及負責任。

　　這種認為佩涅洛佩嘗試去進行一個道德上負責任的決定，與《奧德賽》整首詩中不停地暗示女人往往在丈夫離家而不受監督時會接受誘惑，形成強烈對照。奧德修斯會受到佩涅洛佩的歡迎並非必然，因為阿伽門農在他從特洛亞返家後，卻見到他的妻子克呂泰墨涅斯特拉已和埃吉斯托斯交好同居，並趁著

沐浴之時將其弒之。而在《奧德賽》前四卷特勒馬科斯不停地被提醒，要以殺母爲父報仇的奧瑞斯特斯（Orestes）作爲榜樣。我想詩人在《奧德賽》之中並沒有簡單地認定佩涅洛佩等於守貞，相反地佩涅洛佩對奧德修斯的忠誠，以及奧德修斯返家時他身分的認定，都是經過協商的（negotiation）。亦即，男女之間的性別關係、權力架構並非純然片面強加對方，而是彼此互動定義出的。

這種協商過程發生在許多地方，而最出名莫過於佩涅洛佩的紡織機以及由奧德修斯親手製作，他們共享，由大樹做出的婚姻之床。希臘人對這世界若有可謂本體論者，那最常見到的或許是將這世界視爲由許多具體物件所組成，無論抽象如柏拉圖的理念（eidos），或是伊比鳩魯（Epicurus of Samos）的原子。關於荷馬，M.I. 芬利（M.I. Finley）如是說：

「英雄的世界除非是以具體的方式，否則無法在心中清楚地呈現任何成就或關係。神明被人形化，情緒及感情被指認定位在身體的某某特定器官之中，甚至靈魂也被物質化。每種性質或狀態都必須被轉化爲某種特定具體的象徵，所以婚姻被轉化爲牛群的禮物，榮耀成爲戰利品，而友誼則成爲財寶。」[41]英雄時常有一些物件作爲他們不可分離的身分認同符號，例如阿基琉斯的武器；在他這套武器被特洛亞人奪去之前，原來是透過儀式性友誼（xenia），從朋友處餽贈而來，這形成了這位英雄與其他英雄彼此連繫的具體證物。這種特殊現象不該被視爲文學風格，而是詩人如何看待這個世界。這種荷馬世界中的本體論似乎把原來僅是設計爲實際用途的價值物件，賦與一種強烈的呈現，一種「顯靈」（epiphany）的臨場感。結果這些具有這種意義的物品，可以被流傳、交換以及繼承爲傳家之寶，而所具有的意義及價值乃在於這些物件本身的（擁有者的）歷史以及它們客觀上手工的精美。在這些出現於《奧德賽》之中

---

[41]M. I. Finley, The World of Odysseus (Pelican Books, Hammondsworth, 1965)

的物件，最具有深刻意涵的，莫過於第廿三卷的床，奧德修斯
同時是其製造者以及擁有者。這張床是在他殺死求婚人，並且
他的身分已得到周圍之人的認可，佩涅洛佩用來測試奧德修
斯。所以這個物件的出現，正是奧德修斯圓滿返家以及佩涅洛
佩與求婚人周旋結束，彼此相逢相認（anagnorisis）的關鍵時
刻。這時刻結束了《奧德賽》的主軸故事。這個時刻是如此理
想，所以自古代亞歷山卓學者阿里斯塔科斯（Aristarchus of
Samothrace，約西元前217-145）以及亞里斯托芬尼斯
（Aristophanes of Bzantium，約西元前257-180），就提出這以床
作爲相認的信物，已經結束這首史詩，所有之後的便是反高潮
（bathos）。《奧德賽》在結尾的遺憾，與《伊利亞特》中普里
阿摩斯從阿基琉斯處取回赫克托爾屍體的完美結局對照之下，
更顯得明顯。

　　以下我所進行的討論，受益於符洛瑪・柴特琳（Froma I.
Zeitlin）[42]甚多，將會強調這種床是奧德修斯與佩涅洛佩協商
定位兩性性別權力建構的場域。但我們先以紡織機來預期所將
發展的觀點。紡織機以及婚姻之床構成了男人分配給女人的象
徵世界。假如床構成佩涅洛佩和奧德修斯動態互動的場域，那
紡織機則是佩涅洛佩與求婚人之間互動的地點。當特勒馬科斯
張牙舞爪，展示男人威風角色[43]，命令他的母親進入女人區
域，與奴僕和紡織機同處，因爲「權力」（kratos）和「話語
（或論述）」（logos）僅屬於男人而已。但是她並沒有屈服於在
紡織機前盡忠職守，生產衣服；相反地，在《奧德賽》第十九
卷124-63行，求婚人發現佩涅洛佩的計謀，她把爲奧德修斯父
親拉埃爾特斯（Laertes）所織的壽衣織了又拆，拆了又織，延
遲了求婚人所施加的壓迫。所以佩涅洛佩藉紡織機編織一個取

[42] "Figuring Fidelity in Homer's Odyssey" in Beth Cohen (ed.) The Distaff
　　Side: Representing the Female in Homer's Odyssey (Oxford University
　　Press, Oxford / NY, 1995).

[43] 《奧德賽》一，356-9。

銷父權政治所分配給她的角色。紡織機成為女性抗爭
（resistance）的據點，形成了一個獨特的象徵世界。

《奧德賽》第廿三卷的床更是如此。這張床是此類中的唯
一，在希臘傳統中我們從來沒見過相同的物件。這張床是奧德
修斯及佩涅洛佩兩人臥室不可分離的一部分，因為床柱中的一
隻是樹幹，撐住這間臥室，而這是由奧德修斯在他們結婚時親
手完成的。[44]有些人希望將這棵連結床及臥室的樹木與世界之
樹（the world tree），世界之軸（axis mundi）或其他無論是印
歐或非印歐起源之神話相聯想。然而這整個建築所擁有的深刻
意義，完全是因為它出現在史詩敘述之中所具有的地位。

首先這張床的最獨特之處乃在於它無可動搖，永遠固定同
處；它似乎構成一個逐漸往外擴大的同心圓（象徵著社會關係
之分布）的核心。假如它是固定不動的，它卻也是奧德修斯及
佩涅洛佩這兩位主角之間複雜、雙向以及動態互動的場域，因
為他們的互認，乃在於他們了解到這個共享的祕密。所以這張
床是透露這位陌生人的身分，並證明女主人之貞潔的雙重符
號。這張床象徵了他們夫妻「同心」（homophronsune）[45]，而
詩人特別強調，若夫妻在想法上同心一志（homophronsune
noemasin），則對所有祝福他們的人是項喜悅，但對所有敵人
則是悲哀之事。但是homophronsune這個字，更意謂著當她命
令這張床從臥室搬出以測試奧德修斯的反應，顯示佩涅洛佩在
智慧機巧（metis）上足堪與奧德修斯匹敵。另方面，這張床證
明了奧德修斯偉大的手工技巧，而在佩涅洛佩的詰問之下「重
建」他曾經建造過的，來確定他作為一家之主及他妻子之主人
的聲明。所以佩涅洛佩在種種遲疑之下，耽誤去確認她丈夫的
身分，是要求奧德修斯必須如往常一般證明他自己。

除此之外，這張床的意義還超過他們兩人，因為它根植於
一棵生生不息的大樹，而此婚姻之床則是將這自然之樹轉化為

---

[44]《奧德賽》廿三, 184-204。

[45]《奧德賽》六, 180-85。

文化中婚姻的象徵。所以奧德修斯及佩涅洛佩的結合是種自然界之繁殖力量與文化婚姻體制的結合，而這自然之事實必須構圖於文化架構——以床為象徵——的空間及時間中。所以床的固定不移，應該被了解為婚姻所具有之意義：永恆、持久、穩定以及不可分離。女人在這種婚姻架構之下，不再是供交換流通的物品；床之固定不移，代表已婚婦女的貞潔，像是樹幹支撐了立於其上的建物。

於是乎奧德修斯的真正身分認可，必須藉著他確實知道這個床的祕密；另方面，佩涅洛佩的貞潔則以床來象徵。這種以身分認同來確定奧德修斯為其丈夫，以貞潔來確定佩涅洛佩為其妻子，似乎是種不對稱的定義方式。但更重要的是奧德修斯的身分以及佩涅洛佩的貞潔都可被質疑，而僅有這兩個個別的真相同時吻合之刻，僅有丈夫與妻子在他們對這個祕密的認知一致時，這個分離二十年的婚姻才能被重建恢復。

在特勒馬科斯差遣他母親進入女人的區域，進行紡織工作時，女性對這種「言論及權力獨屬男人」之父權思想作出「被動」的反抗。然而在這個有關床的情節中，我們首先見到了權力關係的反轉，而這種反轉必須等到測試結束，重新肯定男尊女卑之社會典範時，才結束恢復正常。我們知道，是佩涅洛佩立下如何確認這陌生人的前提；她不願接受歐律克勒婭因疤痕而認出主人[46]，特勒馬科斯及歐邁爾斯再三的保證，以及求婚人被屠殺殆盡。她卻仍然堅定：

審慎的佩涅洛佩對他〔指特勒馬科斯〕這樣回答說：

「我的孩兒，我胸中的心靈驚悸未定，
一時說不出話來，對他語塞難問詢，
也不敢迎面正視他的眼睛。如果他
確實是奧德修斯，現在終於回家門，

---

46 《奧德賽》十九，474-75。

> 我們會有更可靠的辦法彼此相認：
>
> 有一個標記只我倆知道他人不知情。」[47]

在另方面，奧德修斯經過雅典娜的協助，恢復往日容貌風采，面對一個不願退讓的佩涅洛佩，最後終於對佩涅洛佩的頑固讓步，命令女僕為他鋪床。[48]佩涅洛佩仍然沒有否定、也沒確認在她之前的陌生人是她丈夫，但卻相反地命令女僕將他們的床抬出臥室（thalamos），而且特別強調就是那張奧德修斯所做的床。這個命令似乎大出奧德修斯之意外，而引起他立即且自發的憤怒。這樣的測試似乎較任何直接的詰問更為有效，並且也確定了陌生人對這床的認識，因而透露了陌生人真實的身分。

但是這種建議婚姻之床應該移離臥室之外，以測試她丈夫的真實身分，卻引發了佩涅洛佩對奧德修斯是否誠實的問題。正如我們已說，對女性性忠誠的焦慮是在整首《奧德賽》中不斷浮現的主要關切，而佩涅洛佩被認為的忠誠守貞，似乎平衡安撫了男性這種焦慮，因為在許多地方對佩涅洛佩的讚美[49]，似乎是一連串的提醒，但是這種平衡在這一幕之中似乎完全被「問題化」（problematized）。這種僅有夫妻二人（再加上一個受信賴的老女僕）分享的祕密，正意謂著丈夫對妻子在性愛上的壟斷，而將其洩漏則無異於無可挽回的背叛。將床移出必然意謂著婚姻受到腐化，侵蝕了將這婚姻之床根植於自然世界的整套文化意識型態。

對奧德修斯而言，將這個床移離所固定之處，斷非凡人之舉，而僅有如奧德修斯之英雄或神明才能力足以為之。在某人移動這張床時，他瓦解了奧德修斯的婚姻，並證明是奧德修斯

---

[47]《奧德賽》廿三, 104-10。

[48]《奧德賽》廿三, 71-72。

[49]奧德修斯過世的母親於《奧德賽》十一, 181-3；雅典娜於《奧德賽》十三, 379-81及廿, 33-35；和阿伽門農。

同等之人，甚至更爲優秀者，值得擁有希臘人中最優秀者（the best of Achaeans）的頭銜。所以當佩涅洛佩暗示這張床被移動時，意謂著奧德修斯已被取代，而此人值得擁有佩涅洛佩。如前段已說佩涅洛佩對奧德修斯的忠誠守貞在床這個固定不移的物件上得到表達，並將此祕密慎加保持。所以佩涅洛佩對此床以及身體之守護，保證了奧德修斯對她獨占的擁有權，以及肯定因之而來的整個社會系統。而這一點其實給了佩涅洛佩非比尋常的權力，來決定誰能分享她的床第。如此一來佩涅洛佩已經超越了被指定、被刻劃意義的符號，成爲一名有聲音的主體，一個示意者及意義之生產者，而這種角色在這張床的故事中得到最強調的表達。

何以如此？此乃完全由於女人她們沒有表達出之欲望（thumos），完全無法得知，因爲在奧德修斯返鄉被認定之前，整個支配伊塔卡的局面是奧德修斯允許佩涅洛佩去決定一位她所欲求的男人，然後婚嫁之。特勒馬科斯在《奧德賽》第一卷214-6行的話因此特別有弦外之音：

> 「客人啊，我也完全眞實地向你稟告。
> 母親説我是他的兒子，我自己不清楚，
> 因爲誰也不可能知道他自己的出生。」

此外，在整首詩——包括這個與床有關的情節中——始終有令人揮之不去的感覺，是否有眞正的通姦在發生時，躲過了她丈夫的監視之眼；而奧德修斯在離家時，可能囑咐吟唱詩人費彌奧斯來盯住她。所以這整首詩充滿了一種張力：一方面確信佩涅洛佩的忠誠貞潔，但另一方面她的行爲中卻充滿了夠多的曖昧，不得不引起多種詮釋。這是因爲我們在《奧德賽》中甚少見到佩涅洛佩被給予如詩人給奧德修斯或特勒馬科斯獨白的機會，所有她的行爲都被從外部描寫，透過她周圍不同男性的眼睛來解讀。

至少有三個時刻可以如是看待：第一個是在第十八卷她決

定打扮出現在求婚人之前，然後她夢到鵝的事情[50]，再加上決定以奧德修斯的弓箭來測試。而這種曖昧更在她最後確認陌生人為奧德修斯之前，卻突然表達海倫通姦的同情：

> 「宙斯之女、阿爾戈斯的海倫定不會
> 鍾情於一個異邦來客，與他共枕衾，
> 倘若她料到阿開奧斯勇敢的子弟們
> 會強使她回歸故國，返回自己的家園。」[51]

任何人都不得不覺得這對他們彼此相認的場景來說，是個很令人困惑且又擔心的前序；整個故事給人的感覺是佩涅洛佩長久壓制如此之完美的欲望，終於得到一種下意識的表達。亞德里安娜・卡發雷羅（Adriana Cavarero）因此說：

「……她遲疑，她懷疑，她要求證據。然而，她或許不想去確認他。在她必然需屈服的大事發生之前，她證明她的象徵空間並非對奧德修斯返家的期望……在這種誤認事件的短暫空間（the brief space of the episode of mis-recognition），具有一種最後一搏、加以抗拒的象徵性美麗，一種在遠離敘述邏輯秩序之空間，最後一次的保留。這種敘述的邏輯模式要求女性角色之偏離異常被必然圍堵，不留痕跡」。[52]

另方面，雅典娜吩咐奧德修斯在伊塔卡家鄉中，不可在他再度確認妻子貞潔之前暴露自己身分。如此之告誡或許是他決定不要太早曝光而危害復仇大業，但在這位貞潔女神的告誡底下，卻隱藏著未說出的可能性：佩涅洛佩或許沒有對他忠實。

這首詩儘管含有對女性角色的興趣，但是奧德修斯必須克服許多以女性性別為特色的阻隔以達返家之目的，其實是充滿

---

[50] 《奧德賽》十九，535-53。

[51] 《奧德賽》廿三，218-21。

[52] Adriana Cavarero, In Spite of Plato: A Feminist Rewriting of Ancient Philosophy (Polity Press, Cambridge, 1995) p.13.

了厭惡女人（misogynism）的伏流，而詩人設法將佩涅洛佩塑造成這種普遍現象的例外，反而證明此點。然而我們必須說每個造成奧德修斯返鄉障礙的女性角色，都多少貢獻了她們的屬性給佩涅洛佩這個複雜的角色。荷馬的《奧德賽》將女人在家庭之中的角色平均分配在紡織機以及床笫這兩個軸之間，但這兩個定義女性之屬性的物件，卻又被佩涅洛佩的機智巧慧來加以轉化，把男人限制她的象徵物件轉化為抗拒男人，表達女性主體的權力抗爭地點。當詩人賦與佩涅洛佩是否確認奧德修斯的權力時，這豈非對男性文化建構的挑戰？佩涅洛佩設法為海倫行為辯護脫罪時，顯然不知克呂泰墨涅斯特拉殺夫之事，可是佩涅洛佩周圍的人都知道這件暴烈推翻男性秩序的「醜聞」。它都指向奧德修斯或許並不受歡迎的可能性：如阿伽門農的命運，在奧德修斯的身上，不能被理所當然地事先排除。

　　奧德修斯當然沒有遭遇到如阿伽門農悲慘的命運，但是在《奧德賽》卻仍有個地方暗示奧德修斯返家的處境。這便是神明愛神阿佛羅狄忒與戰神阿瑞斯（Ares）通姦，被跛腳工匠之神赫菲斯托斯（Hephaistus）抓姦在「床」（或更正確：「金屬網」）的故事。[53]傳統上這個故事被視為希臘眾神在道德上破產的最佳例證，但它在《奧德賽》中卻有其他功能。許多地方都提到奧德修斯的手工巧慧——除了床之外，還有木筏[54]、著名的木馬[55]以及其他許多[56]，而這種技藝（techne）及巧慧（metis），不僅使他深受雅典娜恩寵，也讓他與工匠之神赫菲斯托斯有高度的聯想。在伊塔卡時奧德修斯裝扮乞丐，柱杖而行，而求婚人特別強調他「跛足」而行，並嘲弄之；他們要他去某個「鐵匠」鋪去過夜[57]。這些暗示奧德修斯與工匠之神的

---

[53] 《奧德賽》八, 266-366。

[54] 《奧德賽》五, 228-61。

[55] 《奧德賽》八, 493-520。

[56] 如《奧德賽》十七, 264-68。

[57] 《奧德賽》十八, 328。

關連，是累積性的。所以在《奧德賽》第八卷，得摩多科斯在斯克里埃宮殿中所歌唱的愛神阿佛羅狄忒及戰神阿瑞斯通姦故事，似乎在預期奧德修斯與佩涅洛佩最後戲劇性的會面，佩涅洛佩已經對奧德修斯不忠誠。

所有這些都在肯定《奧德賽》之中所隱含的厭惡女人傳統，而前古典及古典時期的希臘人都以此典範論述中的性別關係為師。可是，我們卻也見到佩涅洛佩的創意，善加利用她被分配到的有限資源——紡織機及床——來抗拒、並進一步表達意義，而成為道德行為之實踐者，不再是個被刻劃意義的被動符號。這張或許是文化史上最著名的床，而床也成為男女動態協商性別關係及權力關係的最佳地點。

翁嘉聲

（本文作者為成功大學歷史系副教授）

最偉大的史詩傑作

《奧德賽》相傳是荷馬繼《伊利亞特》之後創作的又一部史詩。

《伊利亞特》以特洛亞主要將領、普里阿摩斯王之子赫克托爾被殺和爲其舉行葬禮結束，但戰爭本身並沒有完結。戰爭在赫克托爾死後繼續進行。此後的傳說曾經成爲一系列史詩的題材，例如：敘述埃塞俄比亞英雄門農增援特洛亞死於阿基琉斯手下和阿基琉斯本人被帕里斯射死的《埃塞俄比亞英雄》，敘述阿基琉斯的葬禮和在葬禮上埃阿斯・特拉蒙與奧德修斯爲得到阿基琉斯的鎧甲發生爭執、奧德修斯獲勝後埃阿斯憤然自殺的《小伊利亞特》，敘述奧德修斯奉獻木馬計、苦戰十年的特洛亞被希臘軍隊裡應外合攻陷的《特洛亞的陷落》等。這些史詩都曾託名於荷馬，但後來均被一一否定，被視爲對荷馬史詩的仿作，逐漸失傳了。希臘將領們在戰爭結束後率領軍隊回國，遭遇不一，成爲多篇《歸返》史詩的題材，這些史詩也都失傳了，只有被認爲出於荷馬之手的《奧德賽》流傳了下來。

《奧德賽》全詩一萬二千一百一十行，敘述希臘軍隊主要將領之一、伊塔卡王奧德修斯在戰爭結束之後歷經十年飄泊，返回家園的故事。《奧德賽》也像《伊利亞特》一樣，被視爲古代史詩藝術的典範。飄泊多奇遇，返回家園後報復求婚人多驚險，詩人面對繁雜的動人故事，對史詩情節進行了精心安排，受到亞里士多德的高度稱讚。亞里士多德在《詩學》中批評對情節整一性存在誤解時指出，不能認爲只要主人公是一個便會有情節的整一，因爲有許多事情雖然發生在同一個人身上，但並不是都能併成一樁事情，同樣，一個人有許多行動，那些行動也並不是都能併成一個行動。他認爲荷馬在這方面

「最高明」，懂得其中的奧妙，並且強調指出，荷馬寫《奧德賽》，並不是把奧德修斯的每一件經歷都寫進去，而是「環繞著一個有整一性的行動構成《奧德賽》」。①這裡的「一個有整一性的行動」，即指奧德修斯回歸故鄉。《奧德賽》的情節正是這樣安排的。史詩第一卷前十行是全詩的引子，點明主題。點題之後，詩人即以神明決定讓奧德修斯歸返為起點，分兩條線索展開。一條線索是，在奧德修斯家裡，向奧德修斯的妻子佩涅洛佩求婚的人們每天飲宴，耗費他的家財，佩涅洛佩勢單力薄，無法擺脫求婚人的糾纏；奧德修斯的兒子憤恨求婚人的胡作非為，在雅典娜女神的感示下外出探詢父親的音訊。另一條線索是，神女卡呂普索得知神明們的決定後，放奧德修斯回家；奧德修斯回家途中遇風暴，落難費埃克斯人的國土。以上構成史詩的前半部分。史詩的後半部分敘述奧德修斯在費埃克斯人的幫助下返抵故鄉，特勒馬科斯探詢父訊歸來，兩條線索匯合，父子見面，一起報復求婚人。《奧德賽》也像《伊利亞特》一樣，敘述從接近高潮的中間開始，敘述的事情發生在奧德修斯飄泊的第十年裡，並且只集中敘述了此後四十天裡發生的事情，此前發生的事情則由奧德修斯應費埃克斯王阿爾基諾奧斯的要求追敘。詩人對這四十天裡發生的事情的敘述又有詳有略，有的一筆帶過，一卷包括數天的事件，有的敘述詳盡，一天的事情占去數卷。由於上述結構安排，使得詩中所有的情節既如亞里士多德稱讚的那樣，圍繞著一個人物的一個行動展開，整個敘述又有張有弛，有起有伏，詳略相間。由此可見，當時的史詩敘事藝術已達到相當高的水平。有人批評《奧德賽》的結構有些鬆弛，這不無道理，但同時也應當承認，所有情節都不背逆圍繞一個行動的原則。即使特勒馬科斯探詢父訊的情節似乎可以獨立成篇，但它在詩中仍是為總的主題服務的，並且正是通過他探詢父訊的形式，補敘了特洛亞戰爭結束及其後

①請參閱亞里士多德：《詩學》第八章，羅念生譯，人民文學出版社出版。

的許多事情，包括構成一些失傳史詩的主題的英雄們回歸等情節。

　　從以上的分析可以看出，《奧德賽》在題材剪裁和情節安排方面與《伊利亞特》有許多相似之處。然而，由於所敘述的題材不同，《奧德賽》在情節結構方面又與《伊利亞特》存在差異。《伊利亞特》敘述戰爭，對大小戰鬥場面的精彩描寫構成敘述的一大特色，《奧德賽》則敘述主人公在戰爭結束後回歸故鄉，敘述主人公回歸過程中充滿各種艱難險阻的飄泊經歷、歸家後與家人相認並報復求婚人的故事，這些情節爲詩人安排「發現」提供了有利條件。詩中的「發現」安排同樣受到亞里士多德的稱讚。這裡有奧德修斯被獨目巨人「發現」，使獨目巨人知道自己受殘是命運的安排；有費埃克斯人對奧德修斯的「發現」，引出奧德修斯對自己的飄泊經歷的追敘。不過詩人最精心安排的還是奧德修斯抵家後的「發現」，這裡有父子相認的「發現」，爲以後的行動作準備；有老奶媽對故主突然歸來的意外「發現」，給故事帶來神秘色彩；有牧豬奴、牧牛奴的「發現」，爲即將採取的行動準備條件。其實，上述這些「發現」又都是爲構成史詩高潮的夫妻「發現」作準備。這一「發現」涉及發現者雙方，情感與理性交織，一步進一步，一層深一層，其構思之周密、巧妙，令人嘆服，無怪乎受到亞里士多德的好評。如果說荷馬史詩包含著古代各種文學體裁和藝術技巧的源頭的話，那麼《奧德賽》中的「發現」顯然給後來的悲劇中的類似安排作了很好的啓示，提供了很好的示範。

　　《奧德賽》也像《伊利亞特》一樣，主要通過人物的對話，而不是白描，來刻畫人物形象。奧德修斯作爲史詩的主人公，受到詩人的著意刻畫，在他身上體現了史詩的主題思想。與詩中其他人物相比，詩人爲奧德修斯準備了數量最多的修飾語，稱他是神樣的、勇敢的、睿智的、足智多謀的、機敏多智的、歷盡艱辛的、飽受苦難的、閱歷豐富的，當然還有攻掠城市的，等等。這些修飾語在詩中頻繁出現，給人印象深刻，它們正好集中反映了詩人希望借助行動表現的主人公性格的兩個

主要方面，即堅毅和多智。奧德修斯的這些性格特徵在《伊利亞特》中已有所表現，它們在《奧德賽》中則得到集中表現，表現得淋漓盡致。詩人通過奧德修斯這一人物形象，歌頌了人與自然奮鬥的精神，歌頌了人在這種奮鬥過程中的智慧。奧德修斯的智慧的突出方面是機敏，機敏中包含著狡詐，狡詐即謀略，這是爲了獲取財富和奴隸所必需的手段，因而受到詩人的稱讚。奧德修斯除了上述性格特徵外，他還熱愛故鄉，熱愛家園，熱愛勞動，愛護忠實的奴隸，嚴懲背叛的奴僕。詩人通過奧德修斯這一形象，表現了處於奴隸制發展時期的古代希臘人的世界觀的主要方面。在史詩中，佩涅洛佩是詩人著意刻畫的一個女性形象。她不僅外表美麗，而且具有美麗的心靈，聰明、賢淑、忠貞。她嚴守婦道，在丈夫離家期間勤勉治家，對丈夫忠貞不渝，始終盼望久別的丈夫歸來，夫妻團圓。詩人通過佩涅洛佩這一形象，顯然樹立了一個受世人推崇的婦女道德的典範。詩人刻畫特勒馬科斯的性格時的一個重要特點，是有意表現其性格逐漸成熟的一面，這在古代人物性格描寫中是難能可貴的。此外，詩人在詩中不吝筆墨地著意刻畫了牧豬奴這一典型的忠實奴僕的形象。在通常情況下，詩人在詩中是不直接露面的，但對牧豬奴卻有例外，詩人不時地直接稱呼他，飽含著對人物的讚賞之情。與此相對照的是對那些不忠心奴隸的嘲諷和對他們的可悲下場的描繪，反映了詩人的思想傾向。

以上對《奧德賽》的思想傾向和藝術手法的一些主要方面作了一些說明。讀完荷馬的兩部史詩，人們既會驚服於史詩的出色構思，又會感到構思中的某種牽強；既會怡悅於情節的動人，又會覺察到其中的某些矛盾。例如史詩在時代背景和神話觀念方面的差異。在時代背景方面，兩部史詩中表現的雖然同是奴隸社會，但其發展程度似乎有較大的差異。這種差異也表現在生產力發展方面。兩部史詩中的時代雖然同處於青銅時期，但是在《奧德賽》中，鐵的使用顯然比在《伊利亞特》中獲得進一步的發展。在神話觀念方面，《伊利亞特》描繪了一個優美、生動的人神共處的時代，人和神密切交往，但在《奧

德賽》中，人和神之間擴大了距離，神對事件的參與具有更大的表面性，神對事件的參與與其說是一種傳統信仰，不如說是人們的美好想像。這方面最明顯的一個例子是奧德修斯在阿爾基諾奧斯宮中對自己逃脫風暴災難的敘述，他在敘述中把自己的得救完全歸結於自己的努力，排除了原有的神明助佑的一面。這些矛盾和差異以及情節、詞語等方面的其他矛盾，必然引起人們的深思。爲了有利於更深入地研讀荷馬的這兩部史詩，在這裡有必要就「荷馬問題」作些說明。

所謂荷馬問題，主要指近代對荷馬及其史詩進行的爭論和研討。古代希臘人一直把荷馬及其史詩視爲民族的驕傲，智慧的結晶，肯定荷馬本人及其作爲兩部史詩的作者的歷史性。古希臘晚期，開始出現了歧見，公元前三世紀的克塞諾斯和革拉尼科斯提出兩部史詩可能不是出於同一作者之手。亞歷山卓城學者阿里斯塔爾科斯不同意這種看法，認爲兩部史詩表現出的矛盾和差異可能是同一位詩人創作於不同時期所致，《伊利亞特》可能創作於作者青年時期，《奧德賽》可能創作於作者晚年。他這一看法爲許多人接受。在中世紀和文藝復興時期，人們對荷馬作爲眞實的歷史人物和史詩的作者未提出疑問，但丁稱荷馬是「詩人之王」。十七世紀末十八世紀初，有人開始對荷馬發難。法國神甫弗朗索瓦認爲《伊利亞特》不是一個人的作品，而是許多遊吟歌人的詩歌的組合，全詩的整一性是後人加工的結果，「荷馬」並不是指某個人，而是「盲人」的意思（「盲人」之意最早見於古代的荷馬傳）。稍後，義大利學者維科在他的《新科學》裡重複了弗朗索瓦的觀點。眞正的爭論出現在十八世紀後期，一七八八年發現的《伊利亞特》威尼斯抄本中的一些注釋使荷馬問題成爲許多人爭論的熱點，對民間詩歌創作的研究促進了這一爭論的深入。此後各家的觀點基本可分爲三類。以德國學者沃爾夫（1759-1824）爲代表的「短歌說」認爲史詩形成於公元前十三至公元前九世紀，各部分由不同的遊吟歌人創作，一代代口口相傳，後來經過加工，記錄成文字，其中基本部分屬於荷馬。「統一說」實際上是傳統觀點

的維護，認爲荷馬創作了統一的詩歌，當然利用了前人的材料。「核心說」是對上述兩種觀點的折衷，認爲兩部史詩形成之前荷馬創作了兩部篇幅不長的史詩，後經過他人增添、擴充，逐漸變成長篇，因此史詩既有明顯的統一布局，又包含各種若隱若現的矛盾。雖然現在大多數人對荷馬及其作爲兩部史詩之作者的歷史性持肯定看法，但爭論並未完全止息，問題遠未圓滿解決。由於歷史的久遠，史料的缺乏，要想使問題徹底解決是困難的，但探討本身並非毫無意義。

現在奉獻給讀者的這個《奧德賽》譯本是譯者在譯畢《伊利亞特》之後逐漸完成的。荷馬的這部史詩在我國曾經有過兩個譯本，一是傅東華根據威廉・考珀（William Cowper）的無韻詩英譯本、參考亞歷山大・蒲伯等的英譯本譯出的韻文譯本，一九三四年由商務印書館出版，一是楊憲益先生於六十年代從古希臘文譯出的散文譯本，一九七九年由上海譯文出版社出版。現在這個譯本也是從古希臘文翻譯的，翻譯時參考過上述兩個譯本，吸收了前輩們的長處。書名採用了在我國沿用較久、流傳較廣的譯法《奧德賽》，意思是「關於奧德修斯的故事」。譯文形式仍如前譯《伊利亞特》，採用六音步新詩體，譯詩與原詩盡可能地對行，行文力求保持原詩樸實、流暢而又嚴謹、凝練的風格，每卷詩的譯題爲譯者所擬。由於譯者水平有限，錯誤和不當之處祈請讀者賜正。

王煥生
一九九五年秋

第 一 卷

——奧林波斯神明議允奧德修斯返家園

請為我敘說，繆斯啊①，那位機敏的英雄，
在摧毀特洛亞的神聖城堡後又到處飄泊，
見識過不少種族的城邦和他們的思想；
他在廣闊的大海上身受無數的苦難，
為保全自己的性命，使同伴們返家園。
但他費盡了辛勞，終未能救得同伴，
只因為他們褻瀆神明，為自己招災禍：
一群愚蠢人，拿高照的赫利奧斯的牛群
飽餐，神明剝奪了他們歸返的時光。
女神，宙斯的女兒，請隨意為我們述說。　　　　　10②

這時其他躲過凶險的死亡的人們
都已離開戰爭和大海，返抵家鄉，
唯有他一人深深懷念著歸程和妻子，
被高貴的神女卡呂普索，神女中的女神③，
阻留在深邃的洞穴，一心要他做丈夫。
但歲月不斷流逝，時限已經來臨，
神明們終於決定讓他返回家鄉，
回到伊塔卡，只是他仍然難逃爭鬥，
當他回到親人們中間。神明們憐憫他，
唯獨波塞冬除外，仍然心懷怨怒，
對神樣的奧德修斯，直到他返抵家園。　　　　　21

①繆斯是古希臘神話中的文藝女神，惠賜詩人吟詩靈感。
②頁邊數字為詩行序數，譯詩與原詩相同。
③意為神女中的佼佼者。

這神明此時在遙遠的埃塞俄比亞人④那裡，
埃塞俄比亞人被分成兩部分，最邊遠的人類，
一部分居於日落處，一部分居於日出地，
大神在那裡接受豐盛的牛羊百牲祭。
他正歡樂地享受盛宴，其他眾神明
卻聚在奧林波斯的宙斯的巨大宮殿。
凡人和神明之父開始對他們說話，
因爲心中想起高貴的埃吉斯托斯，
被阿伽門農之子、著名的奧瑞斯特斯殺死；
他心中牽掛，對不死的神明們這樣說：
「可悲啊，凡人總是歸咎於我們天神，
說什麼災禍由我們遣送，其實是他們
因自己喪失理智，超越命限遭不幸，
如現今埃吉斯托斯超越命限，奸娶
阿特柔斯之子的髮妻，殺其本人於歸國時，
雖然他自己也知道會暴卒，我們曾警告他，
派遣目光犀利的弑阿爾戈斯神赫爾墨斯⑤，
要他勿殺阿伽門農本人，勿娶他妻子：
奧瑞斯特斯將會爲阿特柔斯之子報仇，
當他長大成人，懷念固有的鄉土時。
赫爾墨斯這樣善意規勸，卻未能打動
埃吉斯托斯的心靈，欠債已一次清算。」⑥　　43

---

④傳說中的一個無比虔誠的民族。參閱《伊利亞特》第一卷第423行
　（人民文學出版社1994年11月版，下同）。

⑤伊奧爲宙斯所愛，赫拉嫉妒，進行迫害，在伊奧化身爲牛後仍派百眼
　巨怪阿爾戈斯去看守。赫爾墨斯吹雙管使阿爾戈斯入睡，殺死阿爾戈
　斯，解救了伊奧。

⑥「阿特柔斯之子」指阿伽門農。以上指阿伽門農被妻子和奸夫殺死，
　兒子奧瑞斯特斯爲其報仇的故事。

　　目光炯炯的女神雅典娜這時回答說：
「我們的父親，克羅諾斯之子，至尊之王，
埃吉斯托斯遭凶死完全是咎由自取，
其他人若作出類似事情，也理應如此。
但我的心卻為機智的奧德修斯憂傷，
一個苦命人，久久遠離親人遭不幸，
身陷四面環水的小島，大海的中央。
那海島林木茂密，居住著一位女神，
詭詐的阿特拉斯的女兒，就是那位
知道整個大海的深淵、親自支撐著
分開大地和蒼穹的巨柱的阿特拉斯。
正是他的女兒阻留著可憐的憂傷人，
一直用不盡的甜言蜜語把他媚惑，
要他忘記伊塔卡，但是那位奧德修斯，
一心渴望哪怕能遙見從故鄉升起的
飄渺炊煙，只求一死。然而你啊，
奧林波斯主神，對他不動心，難道奧德修斯
沒有在阿爾戈斯船邊，在特洛亞曠野，
給你獻祭？宙斯啊，你為何如此憎惡他？」

62

　　集雲神宙斯回答女神，這樣反駁說：
「我的孩兒，從你的齒籬溜出了什麼話？
我怎麼會把那神樣的奧德修斯忘記？
他在凡人中最聰明，給掌管廣闊天宇的
不死的神明們奉獻祭品也最豐盛勤勉。
是環繞大地的波塞多一直為獨目巨怪
懷恨在心，奧德修斯刺瞎了他的眼睛，
就是那樣的波呂斐摩斯⑦，獨目巨怪中
數他最強大；他由神女托奧薩生育，

廣漠的鹹海的統治者福爾庫斯的女兒，
在深邃的洞穴裡與波塞冬融情媾合。
爲此原因，震地神波塞冬雖然不可能
殺死奧德修斯，但卻讓他遠離鄉土。
現在讓我們一起考慮他如何歸返，
讓他回故鄉；波塞冬終會消弭怒火，
因爲他總不可能獨自執拗地違逆
全體不死神明的意志，與眾神對抗。」　　　　　　　79

　　目光炯炯的女神雅典娜這時回答說：
「我們的父親，克羅諾斯之子，至尊之王，
既然現在常樂的神明們已經同意，
讓智慧豐富的奧德修斯返回家園，
那我們便可派遣弒阿爾戈斯的引路神
赫爾墨斯前往奧古吉埃島⑧，盡快向
美髮神女通報我們的堅定決議，
讓飽受苦難的奧德修斯歸返回家園。
我自己立即前往伊塔卡，認眞激勵
奧德修斯的兒子，給他心裡灌輸勇氣，
讓他召集長髮的阿開奧斯人開會，
向全體求婚人泄怨憤，他們一直在他家
無情地宰殺膽怯的羊群和蹣跚的彎角牛；
然後送他前往斯巴達和多沙的皮洛斯，
打聽親愛的父親歸返家鄉的消息，
也好讓他在人世間博得美好的聲譽。」　　　　　　95

　　她這樣說完，把精美的繩鞋繫到腳上，

---

⑦故事詳見本書第九卷。
⑧傳說中的島嶼。

那是雙奇妙的金鞋，能使女神隨著
徐徐的風流越過大海和無邊的陸地；
她然後又抓起巨矛，鉚有銳利的銅尖，
又重又長又堅固，她用它制服英雄們的
戰鬥行列，當主神的這位女兒發怒時。
她離開奧林波斯群峰，匆匆而行，
來到伊塔卡地區，奧德修斯的宅院，
站在院門前，手中握著銅尖長矛，
幻化成外鄉人，塔福斯人⑨的首領門特斯。
她看見了那些傲慢的求婚人，這時他們
正在廳門前一心一意地玩骰子取樂，
坐在被他們宰殺的條條肥牛的革皮上。
隨從和敏捷的伴友⑩們在為他們忙碌，
有些人正用雙耳調缸把酒與水攪和，
有些人正在用多孔的海綿擦抹餐桌，
擺放整齊，有些人正把許多肉分割。

112

　神樣的特勒馬科斯首先看見雅典娜，
他正坐在求婚人中間，心中悲愴，
幻想著高貴的父親，或許從某地歸來，
把求婚人驅趕得在宅裡四散逃竄，
自己重享榮耀，又成為一家之尊。
他坐在求婚人中這樣思慮，看見雅典娜，
立即來到宅門邊，心中不禁懊惱，
不該讓客人久待門外。他站到近前，

---

⑨指居住在希臘西部沿海和同名島上的居民。
⑩「伴友」指侍候、陪伴貴族的人，他們不是奴隸，是自由人，因某種
　原因而投靠、依附該貴族，受其保護，如《伊利亞特》中隨同阿基琉
　斯出征的帕特羅克洛斯。

握住客人的右手，接過銅尖長矛，
向客人開言，說出有翼飛翔的話語：
「你好，外鄉人，歡迎你來我們家作客，
請首先用餐，再說明你有什麼需求。」　　　　124

　他說完在前引路，帕拉斯·雅典娜隨行。
他們走進院裡，進入高大的廳堂，
把手中握著的長矛插進高大的立柱前
一座製作精美的矛架裡，那裡擺放著
飽受苦難的奧德修斯的根根矛槍；
他請女神在寬椅上就座，鋪上麻墊，
寬椅精工雕琢，下面備有擱腳凳。
他再為自己搬來一把華麗的座椅，
遠離求婚人，以免客人被吵嚷聲煩憂，
身處狂傲無禮之人中間，無心用餐，
同時他也好打聽在外的父親的消息。
一個女僕端來洗手盆，用製作精美的
黃金水罐向銀盆裡注水給他們洗手，
在他們身旁安放一張光滑的餐桌。
端莊的女僕拿來麵食放置在近前，
遞上各式菜餚，殷勤招待外來客。
近侍又高高托來各種式樣的肉盤，
在他們面前再分別擺上黃金杯盞，
一位隨從走上前，給他們把酒斟滿。　　　　143

　高傲的求婚者們紛紛進入廳堂。
他們一個個挨次在便椅和寬椅就座，
隨從們前來給他們注水洗淨雙手，
眾女僕提籃前來給他們分送麵食，
侍童們給各個調缸把酒一一注滿，

他們伸手享用面前擺放的餚饌。
在他們滿足了喝酒吃肉的欲望之後，
他們的心裡開始想到其他的樂趣：
歌唱和舞蹈，因為它們是宴飲的補充。
一位侍從把無比精緻的豎琴送到
費彌奧斯手裡，被迫為求婚人歌詠。
歌人撥動那琴弦，開始美妙地歌唱。　　　　　　　155

特勒馬科斯對目光炯炯的雅典娜說話，
貼近女神的頭邊，免得被其他人聽見：
「親愛的客人，我的話或許會惹你氣憤？
這幫人只關心這些娛樂，琴音和歌唱，
真輕鬆，耗費他人財產不慮受懲處，
主人的白骨或許被拋在大地某處，
任雨水浸泡，或是任波浪翻滾在海中。
但若他們發現主人已返回伊塔卡，
那時他們全都會希望自己的雙腿
奔跑更靈便，而不是占有黃金和衣衫。
現在他顯然已經遭厄運，傳聞已不能
給我們安慰，雖然世間也有人稱說，
他會歸來，但他歸返的時光已消逝。
現在請你告訴我，要說真話不隱瞞，
你是何人何部族？城邦父母在何方？
你乘什麼船前來？航海人又怎樣
把你送來伊塔卡？他們自稱是什麼人？
因為我看你怎麼也不可能徒步來這裡。
請對我把真情一一說明，讓我知道，
你是第一次到來，或者是家父的客人，
因為往日裡有許多人都來過我們家，
我的那位父親也一向好與人交往。」　　　　　　　177

　　目光炯炯的女神雅典娜回答他這樣說：
「我會把一切情況如實地相告於你。
我名門特斯，智慧的安基阿洛斯之子，
喜好航海的塔福斯人歸我統治。
我現在偕同伙伴們乘船航行前來，
循酒色的大海前往操他種語言的種族，
去特墨塞島⑪換銅，載來閃光的鐵。
我們的船只停靠在離城市很遠的地方，
在港口瑞特隆⑫，泊在蔭蔽的涅伊昂⑬崖下。
我敢說我和你父親早就朋友相處，
你若想探明此事，可去詢問老英雄
拉埃爾特斯，聽說他現在不再進城，
遠在鄉下居住，忍受著無限痛苦，
身邊唯有一老嫗侍候他飢食渴飲，
每當他因繁重的勞動累得困乏無力，
疲憊地緩緩爬上葡萄園地的斜坡。
我這次前來，只因耳聞他業已歸來，
就是你父親，卻誰知神明們阻礙他歸返。
神樣的奧德修斯還活在世上沒有死，
可能被浩渺的大海阻攔，生活在某個
環水的海島上，凶暴之人強把他羈絆，
一伙野蠻人，逼迫他不得不在那裡留駐。
我現在給你作預言，不朽的神明把它
賦予我心中，我相信它一定會實現，
雖然我不是預言家，也不諳鳥飛的秘密。

195

----

⑪特墨塞島是義大利西南部海島，以產銅聞名。
⑫瑞特隆是伊塔卡島港口。
⑬涅伊昂是伊塔卡島北部涅里昂山支脈。

就像我初次和他相識時那般模樣，
在我家縱情飲宴，心頭無限怡樂，
剛訪問埃費瑞[15]的墨爾墨羅斯之子伊洛斯。
當時奧德修斯乘坐快船去那裡，
為塗抹青銅箭矢尋找致命的毒藥，
伊洛斯卻未敢把那種毒藥給他，
擔心激怒永遠無所不在的眾神明，
我父親卻給了他那毒藥，情誼深厚。
願奧德修斯能這樣出現在求婚人面前，
那時他們全都得遭殃，求婚變不幸。

266

不過這一切全都擺在神明的膝頭[16]，
他也許能回到這個家狠狠報復求婚人，
也許難如願。因此我要你認真思忖，
你自己怎麼能把求婚者驅趕出家門。
現在你認真聽我說，按照我的話行事。
明天你召集阿開奧斯英雄們會商，
向人們發表講演，求神明為你作證。
你應該要求那些求婚人各自回家，
至於你母親，如果改嫁合她的心願，
就讓她回到她那強大的父親家裡，
他們會給她安排婚禮，籌辦嫁妝，
嫁妝會豐厚得與可愛的女兒的身分相稱。
我還有一個周密的建議，希望你聽取。
你準備一條最好的快船，配槳手二十，
親自出發去尋找飄泊在外的父親，
也許會有人告訴你消息，你或許會聽到
宙斯發出的傳聞，他常向凡人傳信息。

---

⑮希臘西部埃皮羅斯地區一城市。
⑯意為由神明決定。

你首先去皮洛斯詢問神樣的涅斯托爾，
再去斯巴達探訪金髮的墨涅拉奧斯，
披銅甲的阿開奧斯英雄歸返他最遲。　　　　　　286
如果你聽說父親尚在，且會歸返，
那你雖心中愁憂，可再忍耐一年；
如果你聽說他已死去，不在人世，
那你就迅速返回親愛的故鄉土地，
給他建造個墳塋，盡最後應盡的禮數，
舉行隆重的葬儀，把母親改嫁他人。
當你把諸事辦完，做完應做的事情，
這時你要全心全意地認真思慮，
如何把你家裡的這些求婚人屠戮，
或是採用計謀，或是公開地進行。
你不可再稚氣十足，你已非那種年紀。
難道你沒有聽說神樣的奧德修斯
在人間贏得了榮譽？他殺死殺父仇人，
詭詐的埃吉斯托斯，謀害了他顯赫的父親。
親愛的朋友，我看你長得也英俊健壯，
希望你也能變勇敢，贏得後代的稱譽。
我現在該返回我的快船，返回到我的
同伴們中間，他們等待我或許已厭煩，
你要善自珍重，按照我的話去做。」　　　　　305

　聰慧的特勒馬科斯回答女神這樣說：
「客人，你滿懷善意地對我諄諄囑咐，
有如父親對兒子，我不會把它們忘記。
你現在雖趕路心切，但還請稍作延留，
不妨沐浴一番，寬舒親愛的身心，
然後滿心歡悅地帶上一些禮物上船，
非常珍貴精美，作為我給你的珍品，

親朋摯友間常這樣互相拜訪贈禮品。」　　　　　313

　目光炯炯的女神雅典娜回答他這樣說：
「請不要挽留，因爲我現在急於要趕路。
至於禮物，不管你心中想給我什麼，
待我返回時再饋贈，我好攜帶回家，
獲得珍貴的禮物；你也會得到回贈。」　　　　318

　目光炯炯的女神雅典娜這樣說完離去，
有如飛鳥驟然騰起，給他的心靈
注進力量和勇氣，使他想念父親
比先前更強烈。他心中頓然領悟，
不禁驚異：剛才顯然是一位神明。
神樣的英雄隨即回到求婚人中間。　　　　　324

　著名的歌人正在爲求婚的人們歌唱，
眾人默默地聆聽，歌唱阿開奧斯人
由雅典娜規定的從特洛亞的悲慘歸程。
從樓上寢間聽到歌人的動人歌聲，
審慎的佩涅洛佩，伊卡里奧斯的女兒，
緩步出房門，順著高高的樓梯，
不是單獨一人，有兩個侍女隨伴。
這位女人中的女神來到求婚人中間，
站在那建造堅固的大廳的立柱近旁，
繫著光亮的頭巾，罩住自己的雙頰，
左右各有一個端莊的侍女相陪伴。
佩涅洛佩含淚對神樣的歌人這樣說：
「費彌奧斯，你知道許多其他感人的歌曲，
歌人們用它們歌頌凡人和神明們的業績，
請坐下從中任選一支給他們吟唱，

讓他們靜聽酌飲；且停止歌唱這支
悲慘的歌曲，它總是讓我胸中心破碎，
深深地激起我內心難忍的無限淒愴。
我一直深深懷念，銘記著他的面容，
我那丈夫，聲名遠揚赫拉斯和阿爾戈斯。[17]」 344

　　聰慧的特勒馬科斯不滿地這樣反駁說：
「親愛的母親，你為何阻擋可敬的歌人
按照他內心的激勵歌唱，娛悅人們？
過錯不在歌人，而在宙斯，全是他
按自己的意願賜勞作的凡人或福或禍。
請不要阻止他歌唱達那奧斯人的悲慘命運，
因為人們非常喜歡聆聽這支歌曲，
它每次都有如新譜的曲子動人心弦。
你要堅定心靈和精神，聆聽這支歌，
不只是奧德修斯一人失去了從特洛亞
歸返的時光，許多英雄都在那裡亡故。
現在你還是回房去操持自己的事情，
看守機杼和紡錘，吩咐那些女僕們
認真把活幹，談話是所有男人們的事情，
尤其是我，因為這個家的權力屬於我。」 359

　　佩涅洛佩不勝驚異，返回房間，
把兒子深為明智的話語聽進心裡。
她同女僕們一起回到自己的寢間，
禁不住為親愛的丈夫奧德修斯哭泣，
直到目光炯炯的雅典娜把甜夢降眼帘。 364

---

[17]此行被阿里斯塔爾科斯刪去。赫拉斯原係希臘西部一地區，此處與阿
　爾戈斯一起泛指全希臘。

　　這時求婚人在昏暗的廳堂裡喧喧嚷嚷，
都認為佩涅洛佩的床榻該由他來分享。
聰慧的特勒馬科斯開始對他們這樣說：
「我的母親的傲慢無禮的求婚者們，
讓我們享用飲食吧，不要吵嚷不休，
我們應認真聆聽這位傑出歌人的
美好吟唱，他的歌聲美妙如神明。
明天早晨讓我們都去廣場開會，
我要向你們直言不諱地發表講話，
要你們離開這大廳，安排另樣的飲宴，
花費自己的財產，各家輪流去籌辦。
如果你們覺得這樣既輕鬆又快活，
無償地花費一人的財產，那就吃喝吧，
我卻要祈求永遠無所不在的眾神明，
宙斯定會使你們的行為受懲罰，遭報應，
讓你們在這座宅邸白白地斷送性命。」　　　　380

　　他這樣說，求婚人用牙齒咬緊嘴唇，
對特勒馬科斯大膽的話語感到驚異。　　　　382

　　歐佩特斯之子安提諾奧斯對他這樣說：
「特勒馬科斯，顯然是神明們親自把你
培養成一個好吹牛、說話狂妄的傢伙。
願克羅諾斯之子不讓你成為四面環海的
伊塔卡的統治者，雖然按出身是父輩遺傳。」　　　　387

　　聰慧的特勒馬科斯立即回答這樣說：
「安提諾奧斯，請不要對我的話生氣，
如果宙斯把權力賦予我，我當然會受領。

難道你認為統治者是人間最壞的東西？
當國王其實並不是壞事，他的家宅
很快會富有，他自己也會更受人尊敬。
但在四面環海的伊塔卡還有許多其他的
阿開奧斯王公，不論年輕或年長，
在奧德修斯死去後誰都可能當國王。
然而我總是這一家之主，這家奴隸的
主人，神樣的奧德修斯為我掙得他們。」 398

　　波呂博斯之子歐律馬科斯這樣回答說：
「特勒馬科斯，這一切都擺在神明的膝頭，
誰將在環海的伊塔卡作阿開奧斯人的君王；
你自然會擁有你家的產業，作你家的主人。
絕不會有人前來對你違願地施暴力，
奪你的家產，只要伊塔卡還有人居住。
但我想問你，好朋友，剛才那客人的事情：
此人從哪裡來？自稱是何處人氏？
屬何氏族？祖傳的地產又在何方？
他是不是給你帶來父親歸來的消息？
或者他來這裡是為了辦自己的事情？
他怎麼站起身轉眼便消逸？怎麼也沒有
和我們認識？看外表他不像卑劣之徒。」 411

　　聰慧的特勒馬科斯這時回答他這樣說：
「歐律馬科斯，我的父親已不會再回返。
我已不相信任何消息，即使有傳聞；
我也不相信任何預言，縱然我母親
把哪位預言者召請來家裡認真問訊。
剛才那客人從塔福斯來，父親的故友，
他名門特斯，智慧的安基阿洛斯之子，

喜好航海的塔福斯人歸他統治。」
特勒馬科斯這樣說，知道那是位神明。　　　　　　420

那些求婚人又轉向舞蹈和誘人的歌唱，
享受怡人的娛樂，直至夜幕降臨。
黑色的夜幕終於降落到歡樂的人群，
求婚人也終於各自回家就寢安眠。
特勒馬科斯這時也回到美好的宅邸中
他自己那視野開闊的高高的臥室休息，
不平靜的心裡思考著許許多多的事情。
善良而智慧的歐律克勒婭，佩塞諾爾之子
奧普斯的女兒，給他舉著火炬引路。
拉埃爾特斯還在歐律克勒婭年輕時，
花錢把她買來，用二十頭牛作代價，
在家裡對待她如同對待賢惠的妻子，
但沒碰過她臥榻，免得妻子生怨氣。
現在她給特勒馬科斯舉著明亮的火炬，
女僕中她對他最喜歡，從小撫育他長大。
她打開建造精緻華美的臥室的門扇，
特勒馬科斯坐到床邊，脫下柔軟的衣衫，
把衣服放到聰明的老女僕的那雙手裡。
老女僕把衣服按褶紋折疊，收拾整齊，
掛上他那雕琢精美的臥床旁的衣鉤，
然後走出臥室，抓住銀製的門環，
把門關上，再用皮帶把門繫緊。
特勒馬科斯蓋著羊毛毯，徹夜難眠，
思考著雅典娜給他指出的旅行路線。　　　　　　444

第二卷

——特勒馬科斯召開民會決意探父訊

當那初升的有玫瑰色手指的黎明呈現時，
奧德修斯的親愛的兒子就起身離床，
穿好衣衫，把鋒利的雙刃劍背到肩頭，
把編織精美的繩鞋繫到光亮的腳上，
邁步走出臥室，儀容如神明一般。
他立即命令嗓音洪亮的傳令官們，
召集長髮的阿開奧斯人到廣場開會。
傳令官們發出召喚，人們迅速會集。
待人們紛紛到來，迅速集合之後，
特勒馬科斯也來到會場，手握銅矛，
他不是一人，有兩隻迅捷的狗跟隨。
雅典娜賜給他一副非凡的堂堂儀表，
人們看見他走來，心中無比驚異，
他在父親的位置就座，長老們退讓。

英雄艾吉普提奧斯這時首先發言，
他業已年邁傴僂，深諳萬千世態。
他有個心愛的兒子，隨神樣的奧德修斯
乘坐空心船，前往盛產馬匹的伊利昂，
就是矛兵安提福斯，瘋狂的庫克洛普斯
把他在深邃的洞穴裡殘害[1]，作最後的晚餐。
他還有三個兒子，有一個與求婚人混跡，

---

[1]故事詳見本書第九卷。奧德修斯由特洛亞歸國途中，誤入獨目巨怪庫
克洛普斯的洞穴，庫克洛普斯吞吃了奧德修斯的幾個伙伴，但詩中未
提具體名字。

就是歐律諾摩斯，另兩個承繼祖業，
但他常哀怨悲嘆，難忘記安提福斯，
這時老人又為他落淚，對眾人這樣說：
「伊塔卡人啊，現在請你們聽我說話。
我們再沒有聚集在一起，開會議事，
自從神樣的奧德修斯乘坐空心船離去。
現在是誰召集我們？有什麼需要？
是哪位年輕人召集？或是位年邁的長者？
他是聽到敵人向我們襲來的消息，
想如實地向我們報告，因為他首先知道？
或是想發表演說，提出公共議案？
我看他是個高尚之人，預示吉利，
願宙斯成全他，一切心願都能實現。」 34

　　他這樣說，奧德修斯之子心裡高興。
他已經難以安座，急切想發表演說，
於是站到場中央，傳令官佩塞諾爾
深明事理，把權杖交到他的手裡。
這時他首先回答老人，對他這樣說：
「老前輩，那人不遠，你很快就會知道，
是我召集人們，痛苦正強烈地折磨我。
我既沒有聽到任何敵軍襲來的消息，
想如實地向你們報告，因為我首先知道，
也不想發表什麼演說提出公共議案，
而是我有所求，雙重的災難降臨我家庭。
首先我失去了高貴的父親，他曾經是
你們的國王，熱愛你們如同親父親。
現在又有更大的不幸，它很快就會
把我的家徹底毀滅，把財富全部耗盡。
眾求婚人糾纏著我母親，雖然她不願意，

那些人都是這裡的貴族們的親愛子弟，
他們膽怯地不敢前往她的父親
伊卡里奧斯家裡，請求他本人嫁女兒，
準備妝奩，嫁給他稱心、中意的人選。
他們自己卻每天聚集在我的家裡，
宰殺許多壯牛、綿羊和肥美的山羊，
無所顧忌地飲宴，大喝閃光的美酒，
家產將會被耗盡，只因為沒有人能像
奧德修斯那樣，把這些禍害從家門趕走。　　59
我們也無法像豪強的人們那樣自衛，
即使勉強地行事，也會是軟弱無力量。
如果我能力所及，我定會回敬他們。
事情已忍無可忍，我的家已被他們
糟蹋得不成樣子。你們應心懷義憤，
愧對其他鄰人和居住在周圍地區的
人們；你們也應該畏懼神明的震怒，
他們會由於氣憤而降下可怕的災難。
我以奧林波斯的宙斯和特彌斯②的名義，
這位女神遣散或召集人間的會議，
朋友們，請你們不要再這樣，讓我一人
忍受災難，倘若我父親高貴的奧德修斯
並沒有故意得罪脛甲精美的阿開奧斯人，
使你們有意對我行不義，發泄怨恨，
慫恿那些人。其實如果是你們前來，
耗費我家的牛羊和財產，對我更有利。
如果是你們來吃喝，我仍有望得賠償，
因為我們能走遍城市，抱膝懇求，
賠償我們的財產，直到全部償還，

---

② 特彌斯是提坦女神之一，司掌秩序和法律。

現在你們卻讓我忍受無望的苦難。」

79

　　他這樣激動地說完，把權杖扔到地上，
忍不住淚水縱流，人們深深同情他。
整個會場寂然無聲息，沒有人膽敢
用粗暴無禮的言辭反駁特勒馬科斯，
唯有安提諾奧斯一人反駁他這樣說：
「大言不慚的特勒馬科斯，放肆的傢伙，
說出這樣的話侮辱我們，把罪責歸咎。
阿開奧斯人的求婚子弟們對你沒有錯，
有錯的是你的那位母親，她這人太狡猾。
已經是第三個年頭，很快第四年來臨，
她一直在愚弄阿開奧斯人胸中的心靈。
她讓我們懷抱希望，對每個人許諾，
傳出消息，考慮的卻是別的花招。
她心裡設下了這樣一個騙人的詭計：
站在宮裡巨大的機杼前織造布匹，
布質細密幅面又寬闊，對我們這樣說：

95

『我的年輕的求婚人，英雄奧德修斯既已死，
你們要求我再嫁，且不妨把婚期稍延遲，
待我織完這匹布，免得我前工盡廢棄，
這是給英雄拉埃爾特斯織造做壽衣，
當殺人的命運有一天讓可悲的死亡降臨時，
免得本地的阿開奧斯婦女中有人指責我，
他積得如此多財富，故去時卻可憐無殯衣。』
她這樣說，說服了我們的高傲的心靈。
就這樣，她白天動手織那匹寬面的布料，
夜晚火炬燃起時，又把織成的布拆毀。
她這樣欺詐三年，瞞過了阿開奧斯人。
時光不斷流逝，待到第四年來臨，

一個了解內情的女僕揭露了秘密。
正當她拆毀閃光的布匹時被我們捉住，
她終於不得不違願地把那匹布織完。
現在求婚的人們給你如下的回答，
使你明白，全體阿開奧斯人也了然。
你讓你母親離開這個家，要她嫁給
一個她父親同意、她自己看中的求婚人。　　　　　114
如果她還要長期愚弄阿開奧斯人子弟，
依仗雅典娜賜予她的智慧，善於完成
各種手工，還有聰敏的心靈和計謀，
從未見古代人中有何人如此聰慧，
美髮的阿開奧斯婦女中也沒有，即使提羅、
阿爾克墨涅和華鬓的米克涅也難相比擬，③
她們誰也不及佩涅洛佩工於心計，
然而她這樣做卻仍難免白費心機。
我們將繼續耗費你家的財富和積蓄，
只要她仍然保持神明們現在賦予她的
那種智力。她這樣會獲得巨大的聲譽，
你卻要為那許多財富被耗盡而惋惜。
我們決不會去其他地方或是返回家，
只要她仍不想擇一位阿開奧斯人出嫁。」　　　　　128

　　聰慧的特勒馬科斯這時回答他這樣說：
「安提諾奧斯，我怎麼也不能強行把一個
生養撫育我的人趕出家門。父親在外，

――――――――――

③提羅是特薩利亞國王克瑞透斯的妻子，與波塞冬生佩利阿斯（伊阿宋
　的叔父）和涅琉斯（涅斯托爾的父親）。阿爾克墨涅是提任斯王安菲
　特律昂的妻子，與宙斯生赫拉克勒斯。米克涅是伊那科斯的女兒，米
　克奈（一譯邁錫尼）的名主。

生死未卜。如果我主動把母親趕走，
我就得付伊卡里奧斯一大筆補償。
我由此不僅得忍受她父親的各種責難，
上天也不會容我，母親離開時會召來
可怕的復仇女神，我也會遭眾人譴責，
因此我怎麼也不能對母親那樣說話。
如果你們的心靈讓你們感到羞慚，
那就請離開我的家，安排另樣的飲宴，
耗費自己的財產，各家輪流籌辦。
如果你們覺得這樣既輕鬆，又快活，
無償地花費一人的財產，那就吃喝吧，
我卻要祈求永遠無所不在的眾神明，
宙斯定會使你們的行為受懲罰、遭報應，
讓你們在這座宅邸裡白白地斷送性命。」 145

　　特勒馬科斯這樣說，雷聲遠震的宙斯
放出兩隻蒼鷹從山巔迅捷地飛下。
那兩隻蒼鷹起初借助風力飛翔，
彼此距離不遠，展開寬闊的翅膀；
當它們飛臨人聲喧囂的會場中央，
它們便開始盤旋，抖動濃密的羽翼，
注視著人們的頭頂，目光閃爍著死亡，
然後用腳爪搏擊對方的面頰和頸脖，
向右方飛去，飛過人們的房屋和城市。
人們仰望蒼鷹飛翔，個個震驚，
心中疑惑將會發生不測的事情。
這時年邁的老英雄、馬斯托爾之子
哈利特爾塞斯對大家講話，同齡人中
他最精通鳥飛的秘密，善預言未來。
他懷著善良的心意開始對大家這樣說： 160

「伊塔卡人啊，現在請你們聽我說話，
我尤其想把話對求婚人說，讓他們明白。
他們大難就要臨頭，因爲奧德修斯
不會再遠離自己的親人，可能就在
附近地方，給大家謀劃屠戮和死亡。
還有許多人也會同他們一起遭苦難，
他們就居住在明媚的伊塔卡。我們應該
盡早作考慮，讓他們停止爲非作歹，
願他們主動住手，這樣對他們更合適。
我預言並非無經驗，我深諳其中的奧秘。
當年我對奧德修斯的預言就都要應驗，
想當初阿爾戈斯人出發遠征伊利昂，
智慧的奧德修斯一同前往，我對他作預言。
我說他會忍受無數苦難，同伴們全犧牲，
二十年過後令人們難以辨認地返回
自己的家園；現在這一切就都要實現。」　　　176

　　波呂博斯之子歐律馬科斯這樣駁斥說：
「可敬的老頭子，你現在還是回家去吧，
給自己的孩子們作預言，免得他們遭不幸。
關於這件事，我作預言遠遠強過你。
許多禽鳥都在太陽的光線下飛翔，
它們並非都能顯示朕兆，奧德修斯
已死在遠方，你本該同他一起喪命，
那樣你便不可能作出這樣的預言，
也不會刺激心懷怨怒的特勒馬科斯，
期望他也許會賜給你們家什麼禮物。
現在請聽我說，我的話也會成現實。
如果你想利用你那些老年的經驗，
信口雌黃，激起年輕人怒火橫生，

那會使他自己首先遭受更大的不幸，
他定然作不成任何事情反對我們。　　　　　　　191
至於你自己，老人啊，我們也會懲罰你，
讓你痛心自己受懲處，沉重的不幸。
我還要當眾給特勒馬科斯提個建議：
你要迫使你母親返回她父親的家裡，
他們會給她安排婚禮，籌辦嫁妝，
嫁妝會豐厚得與可愛的女兒的身分相稱。
否則我看阿開奧斯子弟們決不會停止
令她痛苦的求婚，我們不害怕任何人，
既不怕特勒馬科斯，儘管他話語絮叨，
也不會重視預言，老人啊，你那樣是
白費唇舌，只會使我們更加討厭你。
他家的財產將會被吃掉，得不到償付，
只要那女人繼續拖延阿開奧斯人的求婚。
我們將會一天一天地在那裡等待，
競爭得到她的應允，不會去找
其他女子，和她們結成相配的婚姻。」　　　207

　　聰慧的特勒馬科斯這時回答他這樣說：
「歐律馬科斯和其他各位高貴的求婚人，
我不會再請求你們，也不想再多說什麼，
因為神明和全體阿開奧斯人一切了然。
現在請你們給我條快船和二十名同伴，
他們將幫助我航行，前去各處地方。
我想前往斯巴達，再去多沙的皮洛斯，
打聽飄泊在外的父親是否會回返，
也許會有人告訴我消息，我或許能聽到
宙斯發出的傳聞，他常向凡人傳信息。
如果我聽說父親尚在，且要歸返，

那我雖心中憂愁，可再忍耐一年；
如果我聽說他已死去，不在人世，
那我就迅速返回親愛的故鄉土地，
給他建造個墳塋，盡最後應盡的禮數，
舉行隆重的葬儀，把母親改嫁他人。」　　　　　223

　　特勒馬科斯說完坐下，人叢中站起
門托爾，傑出的奧德修斯往日的伴侶，
奧德修斯乘船離開時把全部家事委託，
聽從老人的吩咐，看守好全部產業。
門托爾這時滿懷善意地對大家這樣說：
「伊塔卡人啊，現在請你們聽我說話，
但願再不會有哪位執掌權杖的國王仁慈、
親切、和藹，讓正義常駐自己的心靈裡，
但願他永遠暴虐無度，行為不正義，
如果人們都已把神樣的奧德修斯忘記，
他曾經統治他們，待他們親愛如慈父。
我不想指責那些厚顏無恥的求婚人，
作事強橫又暴戾，心地狡詐不純良，
他們拿自己的生命冒險，強行消耗
奧德修斯的家產，以為他不會回返。
現在我譴責其他參加會議的人們，
你們全都默默地安坐，一言不發，
人數雖多，卻不想勸阻少數求婚人。」　　　　　241

　　歐埃諾爾之子勒奧克里托斯這時反駁說：
「固執的門托爾，你這個喪失理智的傢伙，
你怎麼這樣說話，唆使人阻礙我們？
為果腹同眾人作對不是件容易事情。
縱然伊塔卡的奧德修斯自己歸家來，

心想把我們這些在他家歡樂飲宴的
高貴求婚人趕出家門，那他的回返
便不會給終日想念的妻子帶來快樂，
可悲的死亡將會降臨到他的頭上，
如果他膽敢與眾人為惡。你的話不合適。
現在大家回家去，各人作自己的事情。
門托爾和哈利特爾塞斯則給特勒馬科斯
準備行程，他們是他家的父輩伙伴。
不過我估計特勒馬科斯會留在這裡，
在伊塔卡等待消息，不會作這樣的旅行。」　　　　256

　　他這樣說完，立即遣散了廣場的集會。
人們紛紛回家，各人作自己的事情，
求婚者們又回到神樣的奧德修斯家裡。　　　　259

　　特勒馬科斯獨自離開，來到海邊，
在灰色的大海裡把手洗淨，向雅典娜祈求：
「請聽我說，那位昨天降臨我們家，
吩咐我乘船去雲霧彌漫的海上航行，
去打聽飄泊的父親歸返消息的神明，
阿開奧斯人阻止我去完成這些事情，
特別是那些專橫的求婚人傲慢無禮。」　　　　266

　　他這樣祈求，雅典來到他的身邊，
外表和聲音完全幻化成門托爾模樣，
向他開言，說出有翼飛翔的話語：
「特勒馬科斯，你不會庸碌，也不會愚蠢，
既然你已具有你父親的那種豪勇精神，
他是個有言必行，有行必果之人，
你的航行也會成功，不會無成就。

除非你不是奧德修斯和佩涅洛佩的兒子，
那時我便不會期待你實現自己的心願。
只有少數兒子長成如他們的父親，
多數不及他們，少數比父輩更高強。
現在既然你不會庸碌，也不會愚蠢，
奧德修斯的智慧不會完全拋棄你，
因此你完全有希望完成那些事情。　　　　　280
讓那些求婚人聚宴，讓他們胡作非為，
他們是一幫無理智，不明正義之徒，
他們預見不了死亡和昏暗的命運，
儘管讓他們亡命的日子已經臨近。
你所希望的長途旅行不會延遲，
我自己作為你們家父輩的忠實伴侶，
會為你準備一條快船，親自伴隨你。
你現在回家，回到那些求婚人中間，
準備旅途食品，把它們裝進容器，
把酒漿裝罐，把人的精力的源泉麵粉
裝進結實的皮囊，我立即去各處召集
願意前往的同伴。在四面臨海的伊塔卡
有許多船舶，有的新造，有的已舊，
我要從中為你挑選最結實的一條，
很快裝備齊全，放進寬闊的海面。」　　　　295

　　宙斯的女兒雅典娜這樣說，特勒馬科斯
聽從女神的吩咐，不再在海邊遲延。
他返身回家，親愛的心靈充滿憂傷，
看見那些厚顏無恥的求婚人在廳裡
宰羊殺豬，或者在院裡把殘毛燎盡。
安提諾奧斯微笑著走向特勒馬科斯，
抓住他的手，呼喚姓名對他這樣說：

「大言不慚的特勒馬科斯，放肆的傢伙，
你心裡不要再打什麼壞主意，說壞話，
仍像往日一樣和我們一起吃喝吧，
阿開奧斯人會把一切籌辦齊備，
船隻和出色的同伴，好讓你盡快前往
神聖的皮洛斯，打聽高貴的父親的消息。」　　　　308

　　聰慧的特勒馬科斯當時回答他這樣說：
「安提諾奧斯，我怎麼也不會同你們這些
狂妄之徒默默地吃喝，靜心地娛樂。
你們這些求婚人在我是一個孩童時，
耗費了我家珍貴的財富還算不夠多？
現在我已經長大，聽到人們的議論，
明白了事理，我的胸中也增加了勇氣，
我會試試讓你們領受可悲的死亡，
不管我是去皮洛斯，還是留在本地。
我將出發，我宣布的航行不會無結果，
即使是搭乘，因為我沒有船隻和划槳人。
我離開這裡也許更符合你們的心願。」　　　　320

　　他這樣說，把手從安提諾奧斯手裡
迅速抽回，求婚人在廳裡準備餚饌。
他們對他嘲弄侮辱，惡言惡語，
傲慢的年輕人中有一個對他這樣說：
「看來特勒馬科斯確實想殺死我們，
他大概會從多沙的皮洛斯或斯巴達召來
許多傑出的幫手，看他樣子多凶狠。
他也許還會前往土壤肥沃的埃費瑞，
在那裡尋找各種能讓人喪命的毒草，
把它們放進酒杯，把我們全都毒死。」　　　　330

　　傲慢的年輕人中又有一個這樣說：
「誰知道他乘坐空心船遠離親人漫遊，
不會也把命送掉，就像奧德修斯那樣？
那時他又要給我們增添不小的負擔，
我們不得不瓜分他的全部家產，
把房屋交給他母親和那個娶她之人。」　　　　　336

　　他們這樣說，特勒馬科斯走進父親的
高大庫房，那裡堆放著黃金和青銅，
一箱箱衣服，密密擺放著芬芳的橄欖油，
許多儲存美味的積年陳酒的陶罈，
裡面裝滿未曾摻水的神妙的佳釀，
在牆邊挨次擺放，等待奧德修斯，
倘若他真能歷盡艱辛後返回家園。
進入庫房的兩扇合縫嚴密的門板
緊緊關閉，由一名女僕日夜看守，
就是佩塞諾爾之子奧普斯的女兒
歐律克勒婭，無比警覺地保管它們。
特勒馬科斯叫她到庫房，對她這樣說：
「奶媽，請給我裝幾個雙耳罈的美酒，
要甜美得僅次於你保存的那些酒釀，
懷念著受苦難的高貴的奧德修斯
能躲過死亡和厄運，從某個地方返家園。
你一共裝酒二十罈，把所有的罈口封嚴。
再用縫製結實的皮囊給我裝麵粉，
每囊裝滿精磨的大麥麵粉二十升④。
這件事只有你知道，你把它們堆放好，

_____

④一種容量單位。

待到晚上我母親登上樓層臥室，
就寢安眠後，我便前來把它們取走。
我想前往斯巴達和多沙的皮洛斯探訪，
也許能打聽到親愛的父親歸返的消息。」　　　　　360

　　他說完，親愛的奶媽歐律克勒婭驚呼，
淚流滿面地說出有翼飛翔的話語：
「親愛的孩子，你怎會產生這樣的念頭？
你是心愛的獨生兒子，大地廣袤，
你要去何方？宙斯養育的奧德修斯
遠離祖國，已經死在遙遠的異域他鄉。
當你一離開，他們立即會暗中作惡，
把你謀害，把你家的財產全部瓜分。
你還是留下來看守家產，沒有必要
到波濤洶湧的海上受苦難，到處飄泊。」　　　　　370

　　聰慧的特勒馬科斯這時回答她這樣說：
「奶媽，請放心，並非沒有神明啓示。
你得發誓不把這件事告訴我母親，
直到過了十一天或者十二天時光，
或是她想念我，聽說我已經出行探訪，
免得悲哭損毀了她那美麗的容顏。」　　　　　376

　　他這樣說完，老女僕憑眾神名義起大誓。
待她遵行如儀，起完莊重的誓言，
立即開始把甜美的酒醪裝進雙耳罈，
把精磨的麵粉裝進縫製結實的皮囊裡。
特勒馬科斯回大廳來到求婚人中間。　　　　　381

　　目光炯炯的女神雅典娜又有了新主意。

她幻化成特勒馬科斯在城裡到處奔跑，
停下來熱情地問候遇到的每一個英雄，
要求他們在傍晚時分去快船邊集合。
然後他請求弗羅尼奧斯的光輝兒子
諾埃蒙借給她快船，諾埃蒙欣然同意。　　　　387

太陽下沉，條條道路漸漸變昏暗，
女神把快船拖進水裡，把精造的船隻
通常需要的所有索具全部裝上船。
她把船停在港灣盡頭，勇敢的伙伴們
紛紛前來，女神一個個鼓勵他們。　　　　392

目光炯炯的女神雅典娜又有了新主意。
她迅速來到神樣的奧德修斯的家裡，
把甜蜜的睡眠撒向那些求婚的人們，
把飲宴者趕走，奪下他們手裡的杯盞。
求婚人紛紛站起身去城中睡眠的處所，
他們已坐立不穩，睡意落上了眼瞼。
這時目光炯炯的雅典娜又作吩咐，
把特勒馬科斯叫出居住舒適的宮室，
外表和聲音完全幻化成門托爾模樣：
「特勒馬科斯，你的戴精美脛甲的伙伴們
已一個個坐在槳邊，等待你下令航行，
讓我們走吧，我們不能過久地拖延。」　　　　404

帕拉斯·雅典娜說完迅速在前引路，
特勒馬科斯緊緊跟隨女神的足跡。
他們來到大海岸邊，船隻跟前，
在岸邊找到等待他們的長髮同伴。
特勒馬科斯滿懷神勇，對他們這樣說：

「來吧，朋友們，我們去搬運旅途食品，
它們堆放在宮室。我母親不知道此事，
女奴們也全然不知，只一個女僕曾聽說。」　　　　　412

　　他說完在前引路，眾人一起跟隨他。
他們搬走食品，放進精造的船裡，
按照奧德修斯的親愛的兒子的吩咐。
特勒馬科斯登上船，雅典娜走在前面，
坐到船隻尾艄，特勒馬科斯坐在
女神旁邊。水手們解開繫船的尾纜，
然後自己紛紛登船，坐上槳位。
目光炯炯的雅典娜賜給他們順風，
強勁的澤費羅斯，呼嘯過酒色的海面。
特勒馬科斯鼓勵同伴們，命令他們
繫好篷纜，他們個個聽從他吩咐。
他們協力抬起長長的松木桅杆，
插入深深的空槽，再用桅索綁好，
用精心絞成的牛皮索拉起白色的風帆。
勁風吹滿風帆，船隻昂首行進，
任閃光的波浪在船舷兩側大聲喧嚷，
為自己闢開道路，在波濤上迅速航行。
他們把殼體發黑的快船上的纜繩綁緊，
然後安穩地擺好盛滿酒醪的調缸，
向那些永生不死的神明虔誠地祭奠，
其中特別向宙斯的目光炯炯的愛女。
整個暗夜至黎明，海船不停地航行。　　　　　434

第 三 卷

——老英雄涅斯托爾深情敘説歸返事

當太陽漸漸升起，離開美麗的海面，
騰向紫銅色天空，照耀不死的天神和
有死的凡人，高懸於豐饒的田野之上，
他們來到皮洛斯，涅琉斯的堅固城堡。
當地的居民們正在海灘上奉獻祭禮，
把全身純黑的牡牛獻給黑髮的震地神。
獻祭的人們分成九隊，每隊五百人，
各隊前擺著九條牛作為奉獻的祭品。
人們剛嘗過腑臟，把牛腿焚獻神明，
他們便來到港灣，隨即把風帆收起，
把船停穩紛紛下船，登上岸灘。
特勒馬科斯走下船隻，由雅典娜引領。
目光炯炯的女神雅典娜對他這樣說：
「特勒馬科斯，你切不可怯懦羞澀，
我們為了打聽你父親的消息而航行，
他飄泊在什麼地方，陷入怎樣的命運。
現在你直接去見馴馬的涅斯托爾，
我們知道，他心裡藏著豐富的智慧。
你要親自請求他向你說明真情，
他不會妄言虛構，此人非常聰穎。」　　　　　　20

聰慧的特勒馬科斯回答女神這樣說：
「門托爾，我怎樣和他相見，怎樣問候？
我還從沒有就什麼問題作過長談，
年輕人向長者詢問難免會感到羞怯。」　　　　　24

　　目光炯炯的女神雅典娜這樣回答說：
「特勒馬科斯，你自己心裡仔細考慮，
神明也會給你啓示；我深信不疑，
你出生和長大完全符合神明的意願。」　　　　　　　28

　　帕拉斯・雅典娜說完，迅速在前引路，
特勒馬科斯緊緊跟隨女神的足跡。
他們來到皮洛斯人開會聚坐的地方，
涅斯托爾和兒子們坐在那裡，同伴們
在他們近旁準備飲宴，又烤牛肉。
他們看見來客，全都一個個走上前，
伸手歡迎客人，請客人一起入座。
涅斯托爾之子佩西斯特拉托斯首先走近，
緊握兩人的手，邀請他們飲宴，
坐上鋪墊在多沙的海灘的柔軟羊皮，
在他兄弟特拉敘墨得斯和他父親旁邊。
他給客人一些祭牲的腑臟，把酒
斟滿黃金酒杯，問候帕拉斯・雅典娜，
提大盾的宙斯的著名女兒，對她這樣說：
「客人，現在請你向大神波塞多祭奠，
你們遇上的這祭宴就是祭奠這神明。
在你行禮如儀，祭祀祈禱過神明後，
再把這甜蜜的酒杯交給那人作祭奠，
我想他也會向不死的神明作祈禱，
因為所有的凡人都需要神明助佑。
由於他較為年輕，同我的年齡相彷彿，
因此我把這黃金酒杯首先遞給你。」　　　　　　　50

　　他說完，把甜美的酒杯遞到女神手裡，
雅典娜讚賞這位聰慧、公正的年輕人，

因為他把黃金酒杯首先遞給她祭奠。
女神立即對大神波塞冬認真禱告：
「環繞大地之神波塞冬，請聽我祈禱，
不要拒絕我們的祈求，讓一切都如願。
首先請賜給涅斯托爾和他的兒子們榮耀，
然後賜給全體皮洛斯人無窮的恩惠，
他們奉獻給你如此豐盛的百牲祭，
再允許特勒馬科斯和我事成返家鄉，
我們為了它，乘坐烏黑的快船來這裡。」　　　　61

　女神這樣禱告完，她自己正實現一切。
她把美麗的雙重杯①遞給特勒馬科斯，
奧德修斯的心愛的兒子也同樣祭奠。
這時皮洛斯人烤好了牛肉，從叉上取下，
再把肉分成份，大家共享豐盛的飲宴。
在他們滿足了飲酒吃肉的欲望之後，
革瑞尼亞策馬的涅斯托爾對大家說話：
「現在正是向客人了解詢問的好時機，
他們是什麼人，既然他們已經用完餐。
客人們，你們是什麼人？從何處航行前來？
你們是有事在身，還是隨意來這裡？
就像海盜們在海上四處漫遊飄蕩，
拿自己的生命冒險，給他人帶去災難。」　　　　74

　聰慧的特勒馬科斯滿懷信心地回答，
因為雅典娜把勇氣灌進他的心靈，
使他打聽飄泊在外的父親的消息，
也好讓他在人世間博得美好的聲譽：

---

①一種底部也呈杯型，倒過來也可以盛酒的高腳杯。

「涅琉斯之子涅斯托爾，阿開奧斯人的殊榮，
你詢問我們來自何方？我這就稟告你。
我們從涅伊昂山腳下的伊塔卡前來，
我要說的是私人事情，不是公共事務。
我前來是為了打聽有關父親的消息，
就是那飽受苦難的神樣的奧德修斯，
據說你們曾同作戰，摧毀了特洛亞人的城市。　　　　　85
我們曾聽到在特洛亞作過戰的其他人的消息，
他們都一個個在那裡遭到可悲的死亡，
克羅諾斯之子卻唯獨隱沒了他的死訊，
因為沒有人能確切說明他死在哪裡，
是在陸地上死於眾多的敵人之手，
還是在海上葬身在安菲特里泰②的波濤裡，
我就是為這事來這裡向你懇切請求，
希望你能告訴我他慘遭死亡的消息，
或是你親眼目睹，或是聽遊蕩人說起，
母親生下他，似乎就是讓他遭不幸。
請不要心存顧慮，也不畏痛惜憐憫我，
你要詳細告訴我你親眼看到的情形。
如果我父親、高貴的奧德修斯曾經
在特洛亞國土用言辭或行動幫助過你，
阿開奧斯人在那裡忍受過無數不幸，
那就請想想這些，給我詳細說真情。」　　　　　101

　　革瑞尼亞策馬的涅斯托爾這樣回答說：
「朋友，你讓我想起我們這些無匹敵的
阿開奧斯子弟在那片國土承受的苦難，

---

②安菲特里泰是位古老的女海神，老海神涅柔斯的女兒，波塞冬的妻
　子。

我們如何乘船在阿基琉斯的率領下，
在雲霧迷漫的大海上飄泊，追求財富，
我們如何在普里阿摩斯王的巨大都城下
頑強地作戰，多少勇敢者在那裡倒下，
善戰的埃阿斯倒下了，阿基琉斯倒下了，
善謀如不朽的神明的帕特羅克洛斯倒下了，
我的愛子、驍勇純潔的安提洛科斯，
軍中最神速最善戰的戰士，也倒在那裡；
我們還忍受過許多其他難忍的苦難，
世人中有誰能把它們一件件說清楚？
如果你不在此逗留五六年聽我講述
神樣的阿開奧斯人在那裡承受的苦難——
你大概會懷念故鄉的土地急於早歸返。　　　117

「我們在那裡辛苦九年，不斷採用
種種計策，克羅諾斯之子才勉強讓實現。
在那裡沒有一個人的智慧能與他相比擬，
神樣的奧德修斯遠比其他人更善於
謀劃各種策略，我說的就是你父親，
如果你真是他兒子。看著你我不禁驚異，
因為你言談也和他一樣，誰會想到
一個年輕人談吐竟能和他如此相似。
當時我和神樣的奧德修斯從無歧見，
無論是在全軍大會上，或是在議事會上，
總是意見完全相投，在議事會上
向阿爾戈斯人發表最為有益的建議。
在我們摧毀了普里阿摩斯的高聳城市後，
我們登上船，神明打散了阿開奧斯人，
宙斯為阿爾戈斯人謀劃了悲慘的歸程；　　　132
當時人們思慮欠周全，決定錯誤，

使我們中許多人陷入了不幸的命運，
由於主神的目光炯炯的女兒生惡氣，
把爭吵拋向阿特柔斯的兩個兒子。
他們召集全體阿開奧斯人會商，
失慎地不按常規，定在日落時分，
阿開奧斯子弟們紛紛前來，酒氣撲鼻，
兩兄弟開始講話，爲此召集人們。
墨涅拉奧斯要求全體阿開奧斯人
立即沿著大海的寬闊脊背回返，
阿伽門農全然不同意，因爲他想
讓人們留下奉獻神聖的百牲祭禮，
消除雅典娜的令人畏懼的強烈憤怒，
愚蠢啊，殊不知女神不會聽取祈禱，
永生的神明們不會很快改變意願。
當時兄弟倆互相爭執，言詞激烈，
戴脛甲的阿開奧斯人跳起大聲喧嚷，
各自傾向不同的意見，分成兩半。　　　　150
夜裡睡眠時我們的想法仍尖銳對立，
因爲宙斯爲我們安排了可怕的不幸。
黎明時我們把船隻拖到閃光的海水裡，
裝上無數的財寶和腰帶低束的婦女；
另一半人被阻留停駐原地，跟隨
阿特柔斯之子、士兵的牧者阿伽門農。
我們登船啓程，船隻迅速航行，
神明使渦流回旋的大海一片平靜。
我們來到特涅多斯③，給神明奉獻祭品，
急欲返家園，但宙斯無意讓我們歸返，
用心凶狠，挑起了第二次可悲的紛爭。

———————————

③特洛亞近海島嶼。

一部分人調轉翹尾船的航行方向，
跟隨機敏、多智的首領奧德修斯，
給阿特柔斯之子阿伽門農帶去喜悅。
這時我率領追隨我的船隊倉皇航行，
因爲我知道神明正策劃慘重的災難。　　　　166
提丟斯的勇敢兒子④也起航，激勵同伴們。
金髮的墨涅拉奧斯循踪追上我們，
正當我們在累斯博斯思慮遙遠的航程，
是沿著嶙峋的希奧斯島外側航行，
駛向普修里埃島，把島嶼留在左邊，
還是由希奧斯內側經過多風的米馬斯。
我們請求神明示朕兆，神明要我們
把遼闊無際的海水從中央分成兩半，
前往尤卑亞，盡快逃脫巨大的災難。
強勁的順風刮來，風流猛烈地呼嘯，
我們沿著多游魚的道路迅速航行，
夜晚到達格拉斯托斯⑤；給波塞冬奉獻了許多
牡牛的腿肉行祭奠，爲順利航過了大海。
第四天提丟斯之子、馴馬的狄奧墨得斯的
同伴們把平穩的船隻停靠在阿爾戈斯，
我向皮洛斯繼續航行，勁風猛烈，
自神明讓它刮起後一直未見停息。　　　　183

　「親愛的孩子，我這樣回到家，不知音訊，
不知道那些阿開奧斯人中誰得救，誰死去。
至於我返回後居家聽到的一些消息，
我也理應一併敘說，不對你隱瞞。

――――――――――

④指狄奧墨得斯。
⑤尤卑亞島西南端海港。

據說善用長矛的米爾彌冬人也返回家，
由勇敢的阿基琉斯的傑出的兒子率領；
波阿斯的光輝的兒子菲洛克特特斯也返回家；
伊多墨紐斯也率領那些在戰爭中幸存的
同伴們回到克里特，沒有人死在海上。
遙遠的你們也會聽到阿伽門農的事情，
他怎樣回家，埃吉斯托斯怎樣殺死他。
埃吉斯托斯最後也付出了深重的代價。
一個被害人留下個兒子有多好啊，
兒子終於讓弒父者付出了應有的代價，
埃吉斯托斯謀害了他的顯赫的父親。
親愛的朋友，我看你也長得英俊健壯，
希望你也能夠勇敢，贏得後人的稱讚。」　　　　　200

　　聰慧的特勒馬科斯回答老人這樣說：
「涅琉斯之子涅斯托爾，阿開奧斯人的殊榮，
他徹底報了父仇，阿開奧斯人將傳播
他的偉名，後代人會稱頌他的事蹟。
但願神明們也能賜給我同樣的力量，
報復那些求婚人的可怕的無恥傲慢，
他們正對我狂妄地策劃罪惡的陰謀。
但神明們沒有賜給我如此巨大的幸運，
賜給我和我的父親，我只好再忍受。」　　　　　209

　　革瑞尼亞策馬的涅斯托爾這樣回答說：
「朋友，你的話讓我回想起那些傳聞，
聽說求婚人為追求你母親，在你家裡
違背你的意願，策劃種種的惡行，
請告訴我，是你甘願屈服於他們，
還是人民受神明啟示，全都憎恨你？

說不定奧德修斯哪一天會回來報復他們，
或獨自一人，或伙同全體阿開奧斯人。
但願目光炯炯的雅典娜也能喜歡你，
就像在特洛亞國土關心奧德修斯那樣，
阿開奧斯人在那裡忍受了無數的苦難。
從未見神明們如此明顯地關心凡人，
就像帕拉斯·雅典娜明顯地助佑奧德修斯；
如果她心裡也這樣充滿對你的寵愛，
那時他們便可能有人會忘記求婚。」   224

　　聰慧的特勒馬科斯這時回答他這樣說：
「尊敬的老前輩，我看你的這些話難實現，
你的話太誇張，實令我驚訝。我誠然期望，
但不會實現，即使神明希望也難成。」   228

　　目光炯炯的女神雅典娜對他這樣說：
「特勒馬科斯，從你的齒籬溜出了什麼話？
只要神願意，他也能輕易地從遠處保護人。
我寧願即使需要忍受無數的苦難，
才得回家鄉，看到歸返的那一天，
也不願歸家後被殺死在家灶跟前，
如阿伽門農被埃吉斯托斯和妻子殺死。
死亡對凡人一視同仁，即使神明們
也不能使他所寵愛的凡人免遭殞命，
當帶來悲痛的死亡的悲慘命運降臨時。」   238

　　聰慧的特勒馬科斯這樣回答雅典娜：
「門托爾，讓我們不說這些傷心的事情，
他已永遠不可能再歸返，永生的神明們
已經爲他準備了死亡和昏暗的終結。

我現在想打聽另一件事情，求問涅斯托爾，
因爲他富有智慧多經驗，超過其他人，
據說他作爲首領，已經統治過三代人，
我看見他有如看見了那不朽的神明。
涅琉斯之子涅斯托爾，請你說實情，
阿特柔斯之子阿伽門農王怎樣喪的命？
墨涅拉奧斯在何處？狡詐的埃吉斯托斯
用什麼陰謀把一個遠比他強大的人殺死？
墨涅拉奧斯不在阿開奧斯人的阿爾戈斯，
飄泊在異域，埃吉斯托斯才敢下毒手？」   252

　　革瑞尼亞策馬的涅斯托爾這樣回答說：
「孩子啊，我這就把全部眞情向你敘說。
你自己也可以想像會發生怎樣的事情，
如果金髮的墨涅拉奧斯從特洛亞歸來，
發現那位埃吉斯托斯還活在他的宮宅裡。
那時他的屍體都不會被撒土埋葬，
而會躺在遠離城市的荒郊曠野裡，
讓野狗和猛禽吞噬，阿開奧斯婦女們
不會哀悼他，因爲此人太罪大惡極。
正當我們在那裡經歷無數的戰鬥，
他卻安全地在牧馬的阿爾戈斯後方，
花言巧語地誘惑阿伽門農的妻子。
神樣的克呂泰墨涅斯特拉起初拒絕這種
可恥事情，仍然保持著高尚的心靈。
她身邊曾有一位歌人，阿特柔斯之子
出征特洛亞時再三囑咐保護他妻子。
但後來神明們的意志使她屈服於罪惡，
埃吉斯托斯把歌人帶往一座荒島，
把他留在那裡，成爲猛禽的獵物，

如願地把已心甘情願的女人帶回家。
他把許多牛腿肉獻上神聖的祭台，
還懸掛了許多祭禮、織物和黃金製品，
當他作成了早先都不敢期望的大事情。

275

「我們離開特洛亞國土後一起航行，
就是我們和阿特柔斯之子，我們很親近。
我們到達神聖的蘇尼昂，雅典的海岬⑥，
這時福波斯・阿波羅前來把墨涅拉奧斯的
舵手射死，用輕柔地讓人速死的箭矢，
那人正雙手緊握迅速航行的船舵，
奧涅托爾之子弗隆提斯，整個人類中
他最善於掌船舵，迎接肆虐的風暴。
墨涅拉奧斯雖急於航行，仍稍作停留，
埋葬自己的同伴，行最後一次禮儀。
當他來到酒色的大海上，繼續航行，
乘坐空心船很快到達馬勒亞⑦的岩岸，
雷聲遠震的宙斯為他謀劃了一條
可怕的航程，給他刮來猛烈的狂風，
掀起排排巨瀾，如同峰巒層疊。
他帶領被風浪打散的船隊來到克里特，
庫多涅斯人居住在那裡的雅爾達諾斯河畔。
有一片光滑的高峻懸崖聳立海中，
成為戈爾提斯⑧劃在昏暗的海中的邊界。
南風把喧囂的巨浪推向左邊的石壁，

---

⑥阿提卡南端海岬。
⑦馬勒亞是伯羅奔尼撒半島東南端一海岬。
⑧克里特島南部一城市。

費斯托斯⑨方向，一片孤岩把波疇擋回。　　　　　　296
墨涅拉奧斯的船隊駛來，人們好容易
才逃脫死亡，波濤把船隻推向岩礁，
把它們撞碎，只剩五隻黑殼船完好，
強風和浪濤簇擁著把它們推向埃及。
他在那裡聚集無數的財寶和黃金，
率領船隊漫遊於操他種語言的種族。
埃吉斯托斯這時卻在家策劃了那惡行。
他在多黃金的邁錫尼相繼為王七年，
在殺死阿特柔斯之子後，人民臣服他。
第八年神樣的奧瑞斯特斯從雅典歸來，
給他帶來災難，殺死了弒父的仇人，
埃吉斯托斯謀害了他的顯赫的父親。
他殺死仇人後邀請阿爾戈斯人飲宴，
為了可憐的母親和怯懦的埃吉斯托斯。
善吶喊的墨涅拉奧斯恰在這一天歸來，
帶回來無數財寶，裝滿了各條海船。　　　　　　312

「親愛的朋友，你不可離家太久太遠，
拋下家財不顧，把厚顏無恥之徒
留在家裡；切不要讓他們把你的家財
分光吃盡，你這趟航行白費辛苦。
不過我仍然建議，希望你前去探訪
墨涅拉奧斯，因為他剛從外鄉歸來，
從如此遙遠的種族，以至於令人失去
歸返的希望，若他被強勁的風暴刮往
那片浩渺的大海，連飛鳥一年也難

⑨克里特島南岸一城市。

把它飛越，那海面就這樣浩渺、可怕。
你現在帶上你的船隻和同伴去見他，
如果你們想走陸路，我這裡有車馬，
我還有兒子們，他們可伴送你們前往
神聖的拉克得蒙，金髮的墨涅拉奧斯的居地。
你要親自請求他向你敘說真情，
他不會妄言虛構，此人非常聰穎。」 328

　　他這樣說完，太陽沉下，夜色降臨。
目光炯炯的女神雅典娜對大家這樣說：
「尊敬的老人家，你所說的一切很合理，
現在讓我們割下牛舌，把酒釀攪和，
給波塞冬和其他不朽的神明祭奠，
然後考慮睡眠，已是該睡眠的時間。
光亮已經避進夜色裡，我們也不該
在祭神的宴會上久久留待，應該回返。」 336

　　宙斯的女兒這樣說完，大家聽從她。
隨從給他們手上注水侍候把手洗，
侍童立即給各個調缸迅速盛滿酒，
給眾人分斟，首先給各酒杯略斟作祭奠。
人們把牛舌丟進火裡，站起身奠酒。
當他們行完祭奠，又盡情地喝過酒，
雅典娜和儀容如同神明的特勒馬科斯
雙雙離席，準備返回自己的空心船。
涅斯托爾這時挽留他們，開言這樣說：
「宙斯和其他不朽的眾神明定會嗔怪，
如果你們從我這裡返回速航的船隻，
好像我沒有任何衣物，是個窮光蛋，
家裡既沒有一條毛毯，也沒有褥墊，

不能讓自己和客人恬適舒服地睡眠。
我家裡備有許多華美的毛毯和褥墊，
絕不會讓那位著名的英雄奧德修斯的
親愛的兒子睡船板，只要我自己還活著，
我的孩子們也仍然住在同一個屋頂下，
招待外來客，不管是誰來到我們家。」　　　　　355

　　目光炯炯的女神雅典娜這樣回答說：
「尊敬的老前輩，你剛才所言誠摯中肯，
特勒馬科斯應該聽從，這樣更相宜。
不過雖然他現在隨你而行，前去
你們家休息，我卻需要返回黑殼船，
去鼓勵同伴，向他們說明全部情況，
依我看無疑我在他們中間最為年長，
其他人都較年輕，憑友情跟隨來這裡，
他們全都是勇敢的特勒馬科斯同齡人。
我現在就前往殼體烏黑的空心船休息，
明天一早我得去勇敢的考科涅斯人⑩那裡，
他們欠我的債，不是新貸，數目還可觀。
至於這位年輕人，等他去到你家裡，
請派車一乘並兒子同行，給他們馬匹，
那些馬匹自然要奔跑敏捷，也最壯健。」　　　　370

　　目光炯炯的雅典娜說完立即離開，
幻化成海鷹飛逸，人們見狀心驚異。
老人親眼目睹此事，也甚感驚奇，
抓住特勒馬科斯的手，對他這樣說：
「朋友，我看你不會庸碌，也不會愚蠢，

---

⑩埃利斯部落之一。

既然你這樣年輕，神明便陪伴你出行。
剛才不會是居住在奧林波斯的其他神祇，
定是宙斯的降生於特里托尼斯湖⑪的女兒，
阿爾戈斯人中她最寵你那高貴的父親。
尊敬的女神主，請你廣施恩惠，賜給我
和我的孩子們及賢惠的妻子崇高的聲譽，
我將獻給你一頭漂亮的寬額小牛犢，
尚未調馴過，人們未曾給它加轅軛，
我將把它獻給你，牛角用金箔裝飾。」

384

他這樣禱告，帕拉斯·雅典娜一一聽清。
革瑞尼亞策馬的涅斯托爾帶領眾人，
返回華美的宅邸，有他的兒子們和眾女婿。
他們回到這位王者的著名的宮室裡，
隨即一個個挨次在便椅和寬椅上就座。
老英雄給隨同前來的人們用調缸攪和
甜美的酒醪，那酒醪已儲存十年之久，
現在由女僕開罈，解開密封的縛繩。
老人用調缸攪和好美酒，連聲地祈禱，
向提大盾的宙斯的女兒雅典娜祭奠。
他們行完祭奠，又盡情享用佳釀，
然後便紛紛離開，各自回屋安眠，
革瑞尼亞策馬的涅斯托爾親自安排，
讓神樣的奧德修斯的愛子特勒馬科斯
在回聲縈繞的廊屋精雕的臥床上休息，
與名槍手、士兵的首領佩西斯特拉托斯一起，
在父親的家中他是唯一未婚娶的兒子。
涅斯托爾本人睡在高大宮殿的內室，

⑪特里托尼斯湖在波奧提亞境內。

高貴的妻子同他分享臥床同安寢。　　　　　　　　　　403

　　當那初升的有玫瑰色手指的黎明呈現時，
革瑞尼亞策馬的涅斯托爾從床上起身，
走出臥室，坐到琢磨光滑的石座上，
它們就被安置在他的高大的屋門前，
白得像抹著油膏，熠熠閃光。昔日裡，
善用智謀如神明的涅琉斯坐在那裡，
但他早已被死亡征服，去到哈得斯，
現在阿開奧斯保衛者革瑞尼亞的涅斯托爾
手握權杖端坐，兒子們紛紛出寢間，
匯集他身邊：埃克弗戎、斯特拉提奧斯、
佩爾修斯、阿瑞托斯和神樣的特拉敘墨得斯，
第六個向他們走來的是英雄佩西斯特拉托斯，
他們請神明般的特勒馬科斯在身邊就座。　　　　416
革瑞尼亞策馬的涅斯托爾開始說話：
「親愛的孩子們，你們現在迅速完成
我的心願，我首先要向雅典娜獻祭，
她顯然曾親臨我們豐盛的祭神會飲。
你們有一人去牧牛場挑選一頭牛，
讓一個牧牛奴盡快把牛趕來這裡；
另一人速去勇敢的特勒馬科斯的黑殼船，
把他的同伴們全都請來，只留下兩個；
再一人速去請金匠拉埃爾克斯前來，
讓他給牲牛的雙角精巧地包上黃金。
其他人全部留待這裡，吩咐屋裡的
女僕們準備一席豐盛美味的宴餚，
把座椅、柴薪和清澈的淨水在近旁備齊。」　　　429

　　他這樣說完，人們迅速按他的吩咐，

從牧場趕來牛，勇敢的特勒馬科斯的同伴們
從平穩的快船上前來，匠人也應邀來到，
手裡拿著青銅器具，技藝的寄託，
有砧子、錘子，還有製作精巧的火鉗，
加工黃金得靠它們；雅典娜也來了，
接受祭禮。車戰的老英雄涅斯托爾
把金子交給金匠，金匠準備好金箔，
包好牛角，讓女神見了華飾心喜悅。
斯特拉提奧斯和神樣的埃克弗戎執角拉過牛，
阿瑞托斯從屋裡走來，端來洗手水，
盛在雕花精美的大盆裡，另一手提來
一籃大麥；作戰頑強的特拉敘墨得斯
手握鋒利的祭刀，準備宰殺牲牛。
佩爾修斯拿碗，車戰的老英雄涅斯托爾
洗完手，撒了大麥，虔誠地向雅典娜祈禱，
從牛頭上割下一絡牛毛扔進火焰裡。
在其他人隨之禱告，撒了大麥之後，
涅斯托爾之子、高傲的特拉敘墨得斯走近，
揮刀向牛砍去，祭刀砍進牛頸，
放走了牛的氣力。涅斯托爾的女兒們、
兒媳們和賢惠的王后一起歡呼起來，
爲后的歐律狄克是克呂墨諾斯的長女。
人們從空闊的地上把牛提起抓住，
士兵的首領佩西斯特拉托斯割斷牛頸。
待牛的黑血流盡，靈氣拋棄了骸骨，
人們開始剖開牛體，按既定習俗，
割下全部腿肉，用肥油把它們包裹，
裹上兩層，再在上面放上生牛肉。
老人在柴火上烤肉，奠上閃光的酒釀，
年輕人手握五股叉站在老人身旁。

446

待腿肉烤熟，人們嘗過犧牲的腑臟，
便再把其餘的肉切碎，用叉把肉穿好，
把尖叉抓在手裡，放到火上烤炙。 463

俊美的波呂卡斯特給特勒馬科斯沐浴，
她是涅琉斯之子涅斯托爾最年幼的女兒。
沐完浴又給他仔細抹了一層橄欖油，
再給他穿上精美的衣衫，披上罩袍；
他走出浴室，儀表如不朽的神明一般，
來到人民的牧者涅斯托爾身邊坐下。 469

人們烤好外層肉，從叉上把肉取下，
坐下享用，高貴的人們殷勤侍候，
給他們的黃金酒杯斟上滿盈的酒醪。
在他們滿足了飲酒吃肉的欲望之後，
革瑞尼亞策馬的涅斯托爾對他們說話：
「我的孩子們，你們快把長鬃駿馬
牽來套軛駕上車，讓他們啓程好趕路。」 476

他這樣說，兒子們聽從他的吩咐，
敏捷地把奔跑迅速的駿馬套上轅軛。
一個女僕把許多麵餅和酒釀裝進車，
還有神明養育的國王們享用的餚饌。
特勒馬科斯隨即登上華麗的馬車，
涅斯托爾之子、士兵的首領佩西斯特拉托斯
也登上馬車，伸手握住馭馬的韁繩。
他揚鞭催馬，兩匹馬樂意地奔上平原，
把皮洛斯的高聳的城堡遠遠拋在後面。
兩匹馬整天地奔馳，頸上駕著軛轅。
太陽下沉，條條道路漸漸變昏暗，

他們來到斐賴⑫的狄奧克勒斯宅邸，
阿爾費奧斯之子奧爾提洛科斯的兒子。
他們在那裡留宿，主人殷勤待客人。 490

　　當那初升的有玫瑰色手指的黎明呈現時，
他們重又駕上馬，登上精美的大車，
迅速駛出回聲縈繞的大門和柱廊。
駕馭者揚鞭催馬，兩匹馬樂意地奔騰。
他們來到生長麥子的原野後繼續奔馳，
急促趕路程，快馬就這樣載著他們。
太陽下沉，條條道路漸漸變昏暗。 497

---

⑫伯羅奔尼撒半島南端海岸城市，在皮洛斯以東。

第 四 卷

——特勒馬科斯遠行訪詢墨涅拉奧斯

　　他們來到群山間平曠的拉克得蒙。
二人直奔著名的墨涅拉奧斯的居處，
正值他舉行婚慶喜筵，招待眾親朋，
爲兒子和那高貴的女兒，在自己的家宅。
女兒嫁給無敵的阿基琉斯的兒子，
早在特洛亞擔承應允結下的姻緣，
現在神明們成全他們的這門婚姻。
他把女兒和無數的馬匹車乘送往
由婿郎爲王的米爾彌多人的著名城市。
爲兒子婚娶斯巴達的阿勒克托爾的女兒，
壯健的愛子墨伽彭特斯由一位女奴
爲他所生，神明們未讓海倫再生育，
在她當初生育了無比心愛的女兒
赫爾彌奧涅，具有阿佛羅狄忒般的容貌。　　14

　　當時在他那高大的宮殿裡，聲名顯赫的
墨涅拉奧斯的親朋好友正歡樂飲宴，
有一位神妙的歌人爲他們彈琴歌唱，
另有兩位優伶和著琴音的節拍，
在飲宴者中間表演，不斷舞蹈旋轉，
這時兩匹馬和他們停在了宮門前，就是
高貴的特勒馬科斯和涅斯托爾的光輝兒子。
著名的埃特奧紐斯，顯赫的墨涅拉奧斯的
機敏侍伴，正走出來，發現了他們，
急忙跑回屋去，向人民的牧者稟報，
站在近旁，說出有翼飛翔的話語：

「宙斯養育的墨涅拉奧斯，有兩位客人，
兩個男子，儀容有如偉大的宙斯。
請你吩咐，我是把他們的駿馬解轅，
還是讓他們另尋樂意接待的恩主。」　　　　　29

　　金髮的墨涅拉奧斯不滿地這樣回答說：
「波埃托伊斯之子埃特奧紐斯，你從未
這樣愚蠢過，現在說話卻像個傻孩子。
想當年我們曾經受過許多其他人的
盛情款待，才得回家園，但願宙斯
從此結束我們的苦和難；現在你快去
給客人的馬解轅，然後好好招待他們。」　　　36

　　他這樣說完，埃特奧紐斯穿過廳堂，
同時招呼其他敏捷的伙伴跟隨他。
他們先把汗涔涔的馬匹解下轅軛，
把它們牢牢拴在飼養馬匹的食槽前，
丟給它們草料，添加些閃亮的大麥，
把馬車靠在側邊熠熠生輝的牆根前，
然後把客人領進無比神妙的宮邸。
二人一見，驚詫神裔王者的宮殿美，
似有太陽和皓月發出的璀璨光輝，
閃爍於顯赫的墨涅拉奧斯的高大宮殿裡。
他們舉目觀瞻，盡情觀賞之後，
再走進仔細磨光的浴室接受沐浴。
女僕們給他們沐完浴，仔細抹過橄欖油，
又給他們穿上毛茸茸的外袍和衣衫，
在阿特柔斯之子墨涅拉奧斯的身旁落座。　　51
一個女僕端來洗手盆，用製作精美的
黃金水罐向銀盆裡注水給您們洗手，

在他們身旁安放一張光滑的餐桌。
端莊的女僕拿來麵食放置在近前，
遞上各式菜餚，殷勤招待外來客。
近侍又高高托來各種式樣的肉盤，
在他們面前再分別擺上黃金杯盞。
金髮的墨涅拉奧斯歡迎他們這樣說：
「就餐吧，盡情取用，待你們吃飽之後，
我們再動問打聽，你們是些什麼人，
依我看，你們沒有失去應有的本色，
是神明養育的執掌權杖的君王後裔，
貧賤之人不可能生出這樣的兒孫。」　　　　　64

　　他這樣說完，把肥美的牛里脊遞給他們，
從大家尊敬地給他特備的一塊上割下。
他們伸手享用面前擺放的餚饌。
在他們滿足了飲酒吃肉的欲望之後，
特勒馬科斯對涅斯托爾之子小聲說，
貼近朋友的頭邊，免得被其他人聽見：
「涅斯托爾之子，我的知心好朋友，
你看這些回音縈繞的宮室裡到處是
閃光的青銅、黃金、琥珀、白銀和象牙。
奧林波斯的宙斯的宮殿大概也是這樣，
它們多麼豐富啊，看了真令我羨慕。」　　　　75

　　金髮的墨涅拉奧斯聽見他這樣低語，
對他們說出了這樣有翼飛翔的話語：
「親愛的孩子們，凡人不可與宙斯相比擬，
因為宙斯的宮殿和財富永存不朽，
儘管也許有人或無人能和我比財富。
須知我是忍受了無數的艱辛和飄泊，

第八年才用船載著它們返回家鄉，
我曾在塞浦路斯、腓尼基和埃及遊蕩，
見過埃塞俄比亞人、西頓人和埃楞波伊人①，
還去過利比亞，那裡新生羊羔帶犄角，
母羊一年之內能生育三胎羔仔。
那裡的主人和牧人從不缺乏乾酪，
也不缺乏各種肉類和甜美的鮮奶，
一年到頭都備有充足的奶液吮飲。
正當我這樣在那裡飄蕩聚斂財寶時，
卻有一個人乘機殺害了我的兄長，
秘密地出人料想，可惡的妻子的奸詐，
因此我雖擁有那麼多財富，並不歡欣。
不管你們的父親是何人，諒你們也會
從他們那裡聽說，我歷經苦難，失去了
一座富麗的宮宅，裡面有無數的財寶。
我寧願擁有現有財富的三分之一居家中，
若能使那些勇士安然無恙，他們都
喪命於特洛亞，遠離牧馬的阿爾戈斯。
我深刻懷念所有葬身他鄉的英雄們，
經常坐在家中爲他們傷心把淚流，
有時哭泣慰藉心靈，有時又停止，
因爲過分悲傷地哭泣易使人困倦。
我固然眷念所有的英雄，但有一人
令我更牽掛，他使我飲食無味夜難眠，
任何阿開奧斯人都未受如此多的艱難，
有如奧德修斯承受了那麼多危難和艱苦。
就像是他生來受苦，我爲他擔當憂愁，
他離開如此長久，我們全然不知他

93

——————————

① 西頓在腓尼基，埃楞波伊人是傳說中的民族。

活著還是已去世。人們定然懷念他，
有老父拉埃爾特斯、聰穎的佩涅洛佩
和特勒馬科斯，當年他留下初生兒離去。」　　　　112

　　他這樣說完，激起兒子悲泣念生父。
他一聽說起父親，淚水奪眶往下淌，
不由得伸出雙手撩起紫色的外袍襟，
把雙目遮掩。墨涅拉奧斯看出他身分，
心中思忖，智慧盤算，猶疑難決斷，
是讓他自己敘說父親何人何身世，
還是主動詢問，把件件事情細打聽。　　　　119

　　墨涅拉奧斯心裡和智慧正這樣思忖，
海倫走出她那馥郁的高屋頂的房間，
容貌全然與金箭的阿爾特彌斯一樣。
阿德瑞斯特給她擺下精美的座椅，
阿爾基佩給她拿來柔軟的羊毛氈，
菲洛給她提著銀籃，波呂博斯之妻
阿爾康德拉所贈；此人居埃及特拜，
那裡的人家擁有無比豐裕的財富。
丈夫送給墨涅拉奧斯兩只銀浴盆，
還有兩只三腳鼎和十塔蘭同②黃金。
妻子也饋贈海倫許多美好的禮物，
贈送客人一個金紡錘和一個銀提籃，
籃底有輪子轉動，籃邊沿用黃金鑲嵌。
女僕菲洛提著那銀籃，放在她身邊，
銀籃裡裝滿精紡的毛線，毛線上面

---

②塔蘭同是重量單位，荷馬時代的量值難以確定。後來的阿提卡塔蘭同
　　約合26.2公斤。

橫臥金紡錘，紫色的羊絨纏繞錘面。　　　　　　　　135
海倫在椅上坐定，椅下配有擱腳凳。
這時她才開言，對丈夫仔細詢問：
「宙斯撫育的墨涅拉奧斯，你可曾動問，
來到我們家的兩位客人究竟是何人？
不知我說錯還是說對，但心靈激勵我。
從未見有人如此相像，不管是男人，
還是女人，我一見心中便驚異不已，
就像他相像於勇敢的奧德修斯的兒子
特勒馬科斯，當年父親離去時把一個
初生兒留家裡，阿開奧斯人為我這無恥人，
前往特洛亞城下，進行激烈的戰爭。」　　　　　146

　　金髮的墨涅拉奧斯回答妻子這樣說：
「夫人，我現在也有同感，如你所說，
因為他也是那樣的雙腳，那樣的雙手，
那樣的眼神，那樣的頭顱形狀和頭髮。
當我剛才禁不住回憶起奧德修斯，
說起為我承受了那麼多辛勞和苦難，
只見他憂傷的眼淚立即從眉下往外流，
不由得撩起紫色的外袍襟把雙眼遮掩。」　　　154

　　涅斯托爾之子佩西斯特拉托斯回答說：
「阿特柔斯之子，宙斯撫育的墨涅拉奧斯，
眾人的首領，他正如你所說，是奧德修斯之子。
但他思慮周全，認為乍到初相見，
便在你面前夸夸其談實在不相宜，
但我們聽你說話如聽見神明的聲音。
革瑞尼亞策馬的涅斯托爾因此派我
跟隨作伴侶，他來這裡是想求見你，

請你指點該怎樣言談，怎樣舉止。
父親遠出在外，兒子留待家裡，
難免有許多苦惱憂煩，又無人相助，
現在特勒馬科斯就這樣，父親在外，
也沒有其他人能為他在家鄉排憂消災禍。」　　　　　　167

　　金髮的墨涅拉奧斯回答客人這樣說：
「天哪，原來真是我的好友的兒子
來到我家，他為我忍受了許多苦難。
我常說待他歸返後，定要好好招待，
勝過對其他阿爾戈斯人，如果雷聲遠震的
奧林波斯宙斯准我們乘快船渡海返家園。
我要為他在阿爾戈斯建城安居處，
把他從伊塔卡請來，帶著財產、兒女
和全體屬民，為他們清出一座城市，
那城市本有人居住，居民臣服於我。
那時候我們可以常相聚，歡樂親密，
任何東西都不能使我們拆散分離，
直到死亡的黑暗雲霧把我們罩住。
但神明顯然不想讓這一切成現實，
唯獨使他一人不幸地難得返家園。」　　　　　　182

　　他這樣說完，大家忍不住哭成一片。
宙斯的女兒、阿爾戈斯的海倫哭泣，
特勒馬科斯哭泣，阿特柔斯之子哭泣，
涅斯托爾之子也不禁雙眼噙滿淚水，
心中思念，想起傑出的安提洛科斯，
燦爛的埃奧斯的光輝兒子把他殺死。③
他心中懷念，說出有翼飛的話語：
「阿特柔斯之子，你在世人中最聰慧，

老人涅斯托爾常這樣稱說，每當我們
在家中親人間互相促膝交談提起你，
只是現在如果允許，請聽我進一言。
我不喜歡在夜間餐席上哭哭啼啼，
新生的黎明將至；我並非反對哭泣，
當凡人中有人死去，命運把它捉住。
對不幸的凡人的悼念只有不多幾項，
剪下一絡頭髮，淚珠從面頰往下淌。
我的兄長也亡故，他在阿爾戈斯人中
並非最懦弱無能之輩，你肯定知道他，
我卻從未見過，據說安提洛科斯
出類拔萃，不僅腿快，作戰也勇敢。」　　　　202

　金髮的墨涅拉奧斯這時回答他這樣說：
「親愛的朋友，你剛才如此說話，像一個
智慧之人的言談和舉止，且較你年長；
你說話明智，不愧為那樣的父親的兒子。
如果克羅諾斯之子在一個人成婚和出生時
為他安排幸運，這樣的人很容易辨別，
有如他現在不斷賜給涅斯托爾好運氣，
使他能日日夜夜在家安適度晚年，
兒子們都是傑出的矛手，高貴明智。
我們已經哭泣過，現在應該止住，
讓我們重新用餐，取水把手洗淨，
待明晨來臨，特勒馬科斯和我之間
還有許多話要互相交談，細細敘說。」　　　　215

────────

③安提洛科斯是被埃塞俄比亞國王門農殺死的（屬《伊利亞特》之後的
　故事），據說門農是黎明女神埃奧斯之子。「埃奧斯」本意為「黎明」
　或黎明時的霞光，引申為女神。

他這樣說完，阿斯法利昂給他們沖手，
他是著名的墨涅拉奧斯的敏捷的伴友。
眾人又伸手享用面前擺放的餚饌。　　　　　　　　218

這時宙斯的女兒海倫又有了主意。
她立即把一種藥汁滴進他們的酒裡，
那藥汁能解愁消憤，忘卻一切苦怨。
如果有誰喝了她調和的那種酒釀，
會一整天地不順面頰往下滴淚珠，
即使他的父親和母親同時亡故，
即使他的兄弟或兒子在他面前
被銅器殺死，他親眼目睹那一場面。
宙斯的女兒擁有這種奇特的藥液，
托昂的妻子埃及女波呂達姆娜相贈，
長穀物的大地也給她生長各種草藥，
混和後有些對人有益，有些有毒素。
那裡人人皆醫師，醫術超越所有的
其他民族，因爲他們是派埃昂的子孫。④　　232
海倫滴進藥液，命人把酒杯盛滿，
然後重新和眾人交談對他們這樣說：
「阿特柔斯之子、神明撫育的墨涅拉奧斯
和所有在座的高貴子弟，天神宙斯
給這人好運給那人禍患，因爲他全能。
現在你們就坐在這廳裡開懷暢飲吧，
談話消遣，我也講一個合適的故事。
我難以把一切都敘述，一一列舉
飽受苦難的奧德修斯的各種艱辛，

---

④派埃昂是荷馬時代的醫神，後來與阿波羅、阿斯克勒皮奧斯等混同。

我只想說在阿開奧斯人忍受苦難的
特洛亞國土上這位勇士的一件事情。
他把自己可憐地鞭打得遍體傷痕，
肩披一件破爛衣服像一個奴僕，
潛入敵方居民的街道寬闊的城市，
裝成乞丐，用另一種模樣掩蓋自己，
在阿開奧斯船舶上從未見過這模樣。　　　　248
他這樣潛入特洛亞城市，瞞過眾人，
只我一人認出他，儘管他那樣打扮，
我向他探詢，他總是狡詐地迴避提問。
只是待我給他沐完浴，抹完橄欖油，
穿好各樣衣服，還發了一個重誓，
不向特洛亞人說出他就是奧德修斯，
直到他返回航行迅速的船舶和營寨，
他這才向我說明了阿開奧斯人的計謀。
他用銳利的青銅殺死了許多特洛亞人，
回到阿爾戈斯人中間，帶回許多消息。
特洛亞婦女放聲痛哭，我卻喜心頭，
因為我心裡很想能夠回歸返家園，
悔恨那阿佛羅狄忒給我造成的傷害，
驅使我去那裡，離開親愛的故鄉土地，
丟下我的女兒、閨房和我的丈夫，
他在智慧和相貌方面無人可比擬。」　　　　264

　　金髮的墨涅拉奧斯回答妻子這樣說：
「親愛的夫人，你剛才所言完全正確，
我曾經有機會見識過許多英雄豪傑的
謀略和智慧，有幸探訪過許多地方，
卻從沒有在任何地方見到一個人，
像飽受苦難的奧德修斯那樣堅強。

這位傑出的英雄還受過這樣的磨難，
藏身平滑的木馬裡，讓所有阿爾戈斯精華
一同隱藏，給特洛亞人送去屠殺和死亡。
當時你走到木馬跟前，顯然是神明
讓你這樣做，想賜給特洛亞人榮譽，
神樣的得伊福波斯當時身後跟隨你。⑤
你繞行三周，觸摸我們的中空藏身處，
逐個呼喚達那奧斯人的英雄的名字，
模仿我們的阿爾戈斯妻子的聲音。
我和提丟斯之子、神樣的奧德修斯
坐在人群中，清晰地聽到你的呼喚。
我和提丟斯之子站起身，很想能夠
或是走出木馬，或是在裡面回答你，
但奧德修斯阻攔，儘管我們很熱切。
其他的阿開奧斯子弟都屏住聲息，
只有安提克洛斯一人想和你答話，
奧德修斯用有力的雙手緊緊捂住
此人的嘴，挽救全體阿開奧斯人，
直到帕拉斯・雅典娜讓你離開那裡。」　　　　289

　　聰慧的特勒馬科斯對墨涅拉奧斯這樣說：
「阿特柔斯之子、宙斯撫育的墨涅拉奧斯，
眾人的首領，痛心啊，那並未使他擺脫
悲苦的命運，儘管他有顆鐵樣的心。
不過現在讓我們準備就寢睡覺吧，
沉浸於甜蜜的睡眠我們可暫享寬舒。」　　　　295

　　他這樣說完，阿爾戈斯的海倫吩咐女僕

----

⑤得伊福波斯是普里阿摩斯的兒子之一。

立即在廊屋擺放床鋪，鋪上華美的
紫色褥墊，褥墊上面鋪開氈毯，
再放一件羊絨毛毯供他們裹蓋。
女僕們聽從吩咐，持火炬走出大廳，
安排好床鋪，傳令官帶領客人去就寢。
客人們被安置在那座宅邸的前廳休息，
英雄特勒馬科斯和涅斯托爾的傑出兒子；
阿特柔斯之子在高大的宮殿內室安眠，
女人中的女神、穿長袍的海倫睡在他身邊。　　　305

　　當那初升的有玫瑰色手指的黎明呈現時，
善吶喊的墨涅拉奧斯就起身離床，
穿好衣衫，把鋒利的雙刃劍背到肩頭，
把編織精美的繩鞋繫到光亮的腳上，
邁步走出臥室，儀容如神明一般，
坐到特勒馬科斯身旁，稱呼一聲說：
「勇敢的特勒馬科斯，什麼事情迫使你
沿著大海的闊脊背來到美好的拉克得蒙？
是公事還是私事？請你真實地告訴我？」　　　314

　　聰慧的特勒馬科斯對墨涅拉奧斯回答說：
「阿特柔斯之子，宙斯撫育的墨涅拉奧斯，
眾人的首領，我前來為求問父親的音訊。
我家的財產被耗費，肥沃的田地遭荒蕪，
宅邸裡充滿了險惡小人，那些人在我家
無情地宰殺膽怯的羊群和蹣跚的彎角牛，
他們是我母親的求婚人，狂妄而傲慢。
我就是為這事來這裡向你懇切請求，
希望你能告訴我父親慘死的消息，
或是你親見目睹，或是聽遊蕩人說起，

母親生下他似乎就是讓他遭不幸。
請不要心存顧慮，也不要痛惜憐憫我，
你要詳細告訴我你親眼見到的情形。
如果我父親、高貴的奧德修斯曾經
在特洛亞國土用言詞或行動幫助過你，
阿開奧斯人在那裡忍受過無數不幸，
那就請想想這些，給我詳細說真情。」　　　　　　331

　　金髮的墨涅拉奧斯無比憤怒地回答說：
「天哪，一位無比勇敢的英雄的床榻，
卻有人妄想登上，儘管是無能之輩！
有如一頭母鹿把自己初生的乳兒
放到勇猛的獅子在叢林中的莽窩裡，
自己跑上山坡和繁茂的谷地去啃草，
當那獅子回到它自己固有的居地時，
便會給兩隻小鹿帶來可悲的苦命；
奧德修斯也會給他們帶來可悲的命運。
我向天神宙斯、雅典娜和阿波羅祈求，
但願他能像當年在繁華的累斯博斯
同菲洛墨勒得斯比賽摔交，把對手摔倒，⑥
全體阿開奧斯人高興得一片歡呼，
奧德修斯這次也這樣出現在求婚人面前，
那時他們全都得遭殃，求婚變不幸。
關於你剛才詢問，求我說明的事情，
我不想含糊其詞，也不想把你蒙騙，
好講實話的海中老神說的一番話，
我將不作任何隱瞞地如實告訴你。　　　　　　　350

---

⑥菲洛墨勒得斯是累斯博斯島國王。

「我一心思歸，但神明把我阻留在埃及，
只因我沒有獻上能令神明滿意的百牲祭。
神明們總希望他們的要求被人們牢記。
有一座海島位於波濤洶湧的大海中，
在埃及的對面，人們稱那島嶼為法羅斯，
距離海岸為空心船整整一天的航程，
只要有呼嘯的順風從後面推動船隻。
島上有一港口適宜停泊，平穩的船隻
從那裡駛向海上，吸足灰暗的用水。
神明把我們阻留在那裡整整二十天，
海上一直未出現猛烈地勁吹的順風，
航船在大海的寬闊脊背上的忠實伴侶。
儲備的食品告罄，人們的精力耗盡，
若不是有位神明憐憫我把我拯救，
她是老海神、強大的普羅透斯的女兒
埃伊多特婭，我使她深深動了憐憫情。
我離開伙伴獨自遊蕩時和她相遇，
因為同伴們常環繞海島徒步行走，
用彎鉤釣魚，腹中飢餓折磨著他們。
這位女神走近我，對我開言這樣說：
『外鄉人，你是愚蠢，過分缺乏智慧，
還是甘願這樣，樂於忍受苦難？
你這樣長久滯留島上，想不出任何
解救的辦法，同伴們也日漸心灰意怠。』

374

「她這樣說完，我立即回答女神這樣說：
『我向你說明，不管你是哪位女神，
我並不想滯留這裡，也許是因為我
冒犯了那些掌管廣闊天宇的眾神明。
請你告訴我，因為神明無所不知曉，

是哪位不朽的神明阻擋斷我的航程，
我怎樣才能渡過多游魚的大海得歸返。』　381

「我這樣說完，尊貴的女神回答我這樣說：
『外鄉人，我將把情況完全如實地告訴你。
有一位說真話的海中老神經常來這裡，
他就是埃及的不死的普羅透斯，他知道
大海的所有幽深之處，波塞冬的侍從，
據說他就是我的父親，我由他所生。
你如果能隱蔽在某個地方把他逮住，
他便會告訴你航行路線，航程有多遠，
如何歸返，怎樣渡過多游魚的大海。
天神撫育的，如果你希望，他還會告訴你，
你家裡曾經發生過什麼壞事和惡事，
在你離家後漫長而遙遠地跋涉期間。』　393

「她這樣說完，我當時回答女神這樣說：
『那就請你想一個捕捉老海神的計謀，
不讓他發現或猜到我的意圖而逃竄，
因為一個凡人要制服神明很困難。』　397

「我這樣說完，尊貴的女神立即回答說：
『外鄉人，我將把情況完全如實地告訴你。
當太陽不斷上升，進入天空中央，
說真話的海中老神便會從海中升起，
在西風的灰暗吹拂中，頂著層層波潚，
隨即去到空曠的洞穴裡躺下安眠；
在老海神周圍帶蹼的海豹成群地睡下，
美麗的海中神女的苗裔，從灰海中浮起，
向四周散發多旋流的深海的濃烈腥氣。

待明天黎明時分，我將帶領你去那裡，
把你們安置在他們旁邊，你還得挑選
三個伴侶，精造的船上最出色的伙伴。
我還要告訴你那位老海神的種種手段。
他首先要把那些海豹仔細查看清點，
在他按指頭數完海豹，察看過它們，
他便會躺在它們中間，如牧人臥羊群。
當你們一看見他已經沉沉入夢鄉，
你們便要鼓起勇氣，使足力量，
立即撲過去抓住他，不讓他掙脫逃逸。
他會試圖變化，變成生長於大地的
各種動物，還會變成游魚和烈火，
這時你們要牢牢抓住絲毫不鬆手。
當他開始說話，向你們詢問緣由，
恢復到你們看見他躺下睡覺時的形狀，
這時你們才可以鬆手，給老人自由，
勇士啊，詢問他是哪位神明對你不滿，
你怎樣才能渡過多游魚的大海得歸返。』　　　　424

「她這樣說完，潛進波濤洶湧的大海。
這時我開始向停駐在沙灘的船隻走去，
我向前走去，無數思慮激動著我的心。
待我來到大海岸邊，船隻跟前，
我們備好晚飯，神秘的黑夜已來臨。
在波濤的拍擊聲中，我們沉沉地睡去。　　　　430

「當那初升的有玫瑰色手指的黎明呈現時，
我沿著廣闊無際的大海岸邊走去，
不斷向天神們祈求，帶去三個同伴，
他們在各項事務上都是可信賴的伴侶。

這時女神潛入寬闊大海的胸懷，
隨即從大海下面送來四張海豹皮，
它們都是剛剝取，好把父親蒙騙。
她在海岸的沙灘上挖好四個坑位，
在那裡坐待，我們很快來到她跟前。
我們並排躺下，每人蓋一張海豹皮。
藏匿在海豹皮下令人實在難忍受，
海中長大的豹類的氣味確實太難聞，
有誰會願意臥躺在海中野獸的旁邊？
但女神拯救了我們，想出了很好的藥物。　　　444
她在我們每個人的鼻孔下抹上神液，
那神液馥郁異常，抑制了難聞的氣味。
我們就這樣強忍著等待了整個早晨，
直到海豹成群地在海中出現爬上岸。
海豹一個個並排臥眠於岸邊沙灘上。
中午時老人真的從海中出現走來，
審視肥胖的海豹，停下來逐個清點。
野獸中他首先把我們點數，心中未懷疑
有什麼陰謀藏隱，點完後自己也躺下。
我們大叫一聲撲上去把他抱緊，
老人並未忘記狡猾的變幻伎倆，
他首先變成一頭鬃髦美麗的雄獅，
接著變成長蛇、猛豹和巨大的野豬，
然後又變成流水和枝葉繁茂的大樹，
但我們堅持不鬆手，把他牢牢抓住。
待他看到徒然變幻，心中生憂傷，
這才開口說話，對我這樣詢問：
『阿特柔斯之子，是哪位神明出主意，
讓你用計謀強行抓住我，你有何要求？』　　　463

「他這樣說完，我當時回答老人這樣說：
『老人，你全清楚，何必迴避反問我？
只因為這麼久我被阻留在這座海島，
找不到任何解救的辦法，不禁憂愁。
請你告訴我，因為神明們無所不知曉，
是哪位不朽的神明阻擋斷我的航程，
我怎樣才能渡過多游魚的大海得歸返。』　　　　　　470

「我這樣說完，老人立即回答我這樣說：
『你原先本應該向宙斯和其他眾神明
奉獻豐盛的祭品，求他們讓你盡快地
渡過酒色的大海，返回自己的家園。
現在命運注定你在見到自己的親人，
回到建造精美的家宅和故鄉土地前，
你首先得前往由神明灌注的埃及河流的
流水岸邊，給不朽的眾神明虔誠奉獻
豐盛的百牲祭，廣闊的天宇由他們掌管，
這樣神明才會賜給你渴望的歸返。』　　　　　　480

「他這樣說完，我聽了震顫心若碎，
因為他要我再次渡過霧濛濛的大海，
經過遙遠而艱難的途程前往埃及。
不過我當時仍然回答老人這樣說：
『老人，你吩咐的一切我全都遵命執行。
現在再請你告訴我，如實說明不隱瞞，
所有的阿開奧斯人都已乘船歸故里，
涅斯托爾和我離開特洛亞時與他們分別，
還是有的人在船上遭到不光彩的死亡，
或者在戰爭結束後死在親友們的手裡。』　　　　　490

「我這樣說完，老人當時回答我這樣說：
『阿特柔斯之子，你為何詢問這些？
這些你不應知道，也不應向我探聽，
你聽了那一切定會忍不住落淚傷心。
他們中許多人已死去，許多人還活在世上，
披銅甲的阿開奧斯人中只有兩位首領
死在歸途；戰爭本身你親眼目睹。
有一位英雄還活著，但在寰海受阻。　　　　　　498

「『埃阿斯⑦同他的長槳戰船一起被征服。
波塞冬首先讓他撞上無比碩大的
古賴礁岩⑧，但把他本人從海水中救起。
儘管雅典娜討厭他，他仍可逃避死亡，
若不是他完全喪失理智，說話狂妄，
聲稱他背逆天意，逃出了大海的深淵。
偉大的波塞冬聽見了他的狂妄言詞，
立即用有力的雙手抓起那把三股叉，
劈向古賴巨岩，把巨岩劈成兩半，
一半留在原地，另一半倒向海中，
喪失理智的埃阿斯正好坐在那上面，
把他拋向波濤翻滾的無邊大海裡。
他就這樣死去，鹹澀的海水沒少喝。　　　　　　511

「『你的兄長逃過了死亡，乘坐空心船
把它躲過，只因為有天后赫拉拯救。
但當他準備駛向陡峭的岩壁馬勒亞，
一股強烈的風暴立即把他捲送到

---

⑦指奧伊琉斯之子埃阿斯，即小埃阿斯。
⑧古賴礁岩在那克索斯島附近。

多游魚的海上，任憑他不斷地沉重哀嘆；
再把他趕向陸沿，提埃斯特斯的故居地，
現在屬提埃斯特斯之子埃吉斯托斯。
但後來重新出現了平安歸返的可能，
神明扭轉了風向，他們起航返家鄉，
你兄長無比欣喜地踏上故鄉的土地，
深情地撫摸故鄉土，不斷熱烈親吻，
滴下無數熱情淚，終於如願見到它。
有個哨兵從高處哨位發現了你兄長，
陰險的埃吉斯托斯派遣，答應黃金
兩塔蘭同作報價，他已觀察一整年，
以免你兄長意外歸來，知道他猛強。　　　　527
那哨兵奔向王宮，稟報人民的牧者。
埃吉斯托斯立即計畫出辦法施陰謀，
從國內召來二十個最最強壯的勇士，
安排在室內，命令在對面安排酒宴。
他然後前去歡迎阿伽門農，人民的牧者，
率領車馬，準備進行卑鄙的勾當。
他迎來未料及死亡威脅的阿伽門農，
宴畢把他殺死，有如殺牛於棚廄。
阿特柔斯之子的隨從無一幸存，
埃吉斯托斯的亦然，全被殺死在宮裡。』　　　　537

「他這樣說完，我聽了不禁震顫心若碎。
我坐在沙灘上失聲痛哭，我的心靈
真不想再活下去，再看見太陽旳光輝。
待我這樣盡情地哭過，在沙灘上滾夠，
說真話的海中老人又對我這樣把話說：
『阿特柔斯之子，你不要如此長久地
痛哭不止，這樣與事情毫無裨益，

你應該爭取盡快返回故鄉的土地。
那時或者你發現凶手還活著，或者是
奧瑞斯特已殺死凶手，你趕上葬禮。』　　　　　　　547

　　「他這樣說完，我胸中的心靈和精神
頓然振奮起來，從悲傷中恢復了活力，
大聲地對老人說出有翼飛翔的話語：
『這些人我已知曉，你還曾提到第三人，
他仍然活著，卻被阻在寬闊的大海上
或者已死去，我雖然悲傷，仍想聽敘說。』　　　　553

　　「我這樣說完，老人立即回答我這樣說：
『那就是拉埃爾特斯之子，家住伊塔卡，
我看見他在一座海島上兩眼流熱淚，
在神女卡呂普索的洞穴，神女滯留他，
他無法如願地歸返自己的故土家園，
因為他沒有帶槳的船隻，也沒有同伴，
能送他成功地渡過大海的寬闊脊背。
宙斯撫育的墨涅拉奧斯，你已注定
不是死在牧馬的阿爾戈斯，被命運趕上，
不朽的神明將把你送往埃琉西昂原野，
大地的邊緣，金髮的拉達曼提斯⑨的處所，
居住在那裡的人們過著悠閑的生活，
那裡沒有暴風雪，沒有嚴冬和霪雨，
時時吹拂著柔和的西風，輕聲哨叫，
奧克阿諾斯遣它給人們帶來清爽，
因為你娶了海倫，在神界是宙斯的佳婿。』　　　569

――――――――――

⑨拉達曼提斯是宙斯的兒子，死後成為冥府判官之一。

　　「他這樣說完，潛進波濤洶湧的大海。
我帶領英勇如神明的同伴們返回船舶，
我向前走去，無數思慮激動著我的心。
待我來到大海岸邊，船隻跟前，
我們備好晚飯，神妙的黑夜已來臨。
在波濤的拍擊聲中，我們沉沉地睡去。
當那初升的有玫瑰色手指的黎明呈現時，
我們首先把船隻推到神聖的鹹海上，
給平穩的船隻豎起桅杆，拉起風帆，
然後自己紛紛登船裡，坐上槳位，
挨次坐好後用槳划動灰色的海面。
我把船隻向神明灌注的埃及河流
重新駛去，奉獻令神明滿意的百牲祭。
在平息了永遠存在的神明的憤怒之後，
給阿伽門農造墓塋，使他英名永不朽。
我們作完這一切後歸返，不死的神明
惠賜順風，很快返抵親愛的家園。
現在說到你，請你在我家暫作逗留，
待過去十一、十二日後再徐圖歸返。
我那時要為你送行，贈你光輝的禮物，
三匹駿馬，一架製作精細的馬車，
再送你一只精美的酒鍾，每當你向
不死的神明們酹酒祭奠時永遠想起我。」　　　592

　　聰慧的特勒馬科斯當時這樣回答說：
「阿特柔斯之子，請不要讓我久滯留。
我甚至很樂意在你這裡逗留一整年，
不會想念家鄉，也不會想念父母親，
因為我聽你說話，心中快樂無比。
可是我的伙伴們正在神聖的皮洛斯

把我盼望，你卻要我在這裡作逗留。
至於你想饋贈我禮物，最好是珍藏。
我不想把馬帶往伊塔卡，你留下它們
給自己作裝飾，因為你管轄廣闊的原野，
這裡的原野上三葉草茂盛，蘆蕩茫茫，
生長小麥、大麥和多枝杈的潔白的燕麥。
在伊塔卡既無寬廣的空地，又無草場，
但牧放羊群，喜愛它勝過牧馬的地方。
海島通常不適宜跑馬，也少草地，
大海環抱，島嶼中伊塔卡尤其是這樣。」　　　　608

　　他這樣說完，善吶喊的墨涅拉奧斯微笑，
撫拍他的手，呼喚一聲對他這樣說：
「親愛的孩子，你的話表明你出自好門庭，
我可以改變贈送的禮物，我能夠這樣做。
我要把我家裡一件最珍貴的收藏作禮品。
我將送你一件最精美、最寶貴的東西，
給你一只現成的調缸，整個缸體
全是銀質，缸口周沿鑲嵌著黃金，
赫菲斯托斯的手藝，費狄摩斯所贈，
他是西頓國王，我在返鄉途中，
曾在他家留住，我想把它贈給你。」　　　　619

　　他們正互相交談，說著這些話語，
客人們紛紛來到神樣的國王的宮殿。
他們趕來羊，帶來能使人壯健的酒釀，
頭巾美麗的妻子給他們送來麵餅，
他們就這樣在廳堂裡忙碌準備酒宴。　　　　624

　　這時眾求婚人在奧德修斯的廳堂前

拋擲圓餅，投擲長矛，在一片平坦的
場地上娛樂，心地依舊那麼傲慢。
安提諾奧斯和儀容如神明的歐律馬科斯
也坐在那裡，求婚者的首領，勇敢超群。
弗羅尼奧斯之子諾埃蒙走近他們，
對安提諾奧斯說話，向他這樣詢問：
「安提諾奧斯，你們心裡知道不知道
特勒馬科斯何時從多沙的皮洛斯歸返？
他去時帶走我的一隻船，我現在需要它
渡海前往平坦的埃利斯，我在那裡
有牝馬十二匹和一些未調馴的堅韌騾子，
我想從中挑選一匹，趕回來馴養。」　　　　　637

　　他這樣說完，眾人心驚異，因為他們
未想到他會去涅琉斯的皮洛斯，還以為他在
自己的田莊羊群中間，或牧豬奴那裡。
歐佩特斯之子安提諾奧斯對他這樣說：
「你老實告訴我，他什麼時候離開這裡？
哪些年輕人跟他前往？是挑選的伊塔卡人，
還是他的雇工和奴隸？他能夠這樣做。
你要對我把真情明言，讓我知道，
他是用暴力強行奪走你的黑殼船，
還是被他巧言說服，你自願借給他？」　　　　647

　　弗羅尼奧斯之子諾埃蒙這樣回答說：
「是我自願借給他，否則又能怎樣做，
像他這樣一個人來請求，心中憂傷，
拒絕借給他是一件很難做到的事情。
跟隨他前往的年輕人都是我們地區
最優秀之輩，我發現門托爾或是位神明

帶領他們，那人完全像門托爾本人。
但我覺奇怪，在此處我見過神樣的門托爾，
在昨天清晨，可當時他已登船去皮洛斯。」 656

他這樣說完，離去前往他父親的住處，
兩位首領的狂暴的心裡迸發怒火。
他們要求婚人一起坐下，停止競賽，
歐佩特斯之子安提諾奧斯對大家說話，
情緒沮喪，昏暗的心裡充滿怒氣，
兩隻眼睛有如熊熊燃燒的烈火；
「好啊，特勒馬科斯出行，算他勇敢地
幹了件大事情，但我們定不會讓他如意。
他還是個孩子，竟然違背我們的意願，
乘船出航，挑選了本地區最好的船員。
他以後會成為我們的禍害，但願宙斯
在他還沒有長大成人便讓他遭毀滅。
現在請給我一條快船和二十個同伴，
讓我去等待他本人歸返，在伊塔卡
和陡峭的薩墨之間的海峽預設埋伏，⑩
使他的這次尋父航行最終變不幸。」 672

他這樣說完，大家贊成，要他去執行。
人們紛紛站起來，走進奧德修斯的宅內。 674

佩涅洛佩也並非長時間全然不知曉
求婚的人們的內心裡構思出來的話語，
因為傳令官墨多棄告她，他在院裡
聽見他們如何在裡面商量設計謀。

───────────

⑩薩墨在伊塔卡西南面的克法勒尼亞島上，與伊塔卡隔海相望。

他穿過宅第把消息報告佩涅洛佩，
跨進門檻，佩涅洛佩見他這樣詢問：
「傳令官，尊貴的求婚者們爲何派你來？
是來吩咐神樣的奧德修斯的女僕們
停止手頭工作，給他們去準備餚饌？
但願他們不再來求婚，不再來會聚，
願這是他們在這裡的最後一次聚餐。
你們在這裡常聚宴，耗費許多食物，
智慧的特勒馬科斯的家財；難道你們
從前幼小時從沒有從你們的父輩聽說，
奧德修斯當年如何對待你們的父母親，
他從未對人們作事不義，說話不公正，
儘管這是神聖的國王們的素常習慣，
在人們中間憎恨這個人，喜愛那個人。
奧德修斯從沒有隨意作事不公平，
你們的用心和卑劣行徑已暴露無遺，
以後也不會做什麼令人感激的好事情。」　　　　695

　　善於思考的墨冬這時回答她這樣說：
「尊敬的王后，但願這是最大的不幸。
然而求婚者們正在策劃另一件更大、
更可怕的罪行，願克羅諾斯之子不讓它實現。
他們想用銳利的銅器殺死特勒馬科斯，
乘他返家時，他爲探聽父親的音訊，
去到神聖的皮洛斯和美好的拉克得蒙。」　　　　702

　　他這樣說完，王后雙膝無力心癱軟，
立時啞然難言語；她的雙眼噙滿了
湧溢的淚水，往日清脆的聲音被梗阻。
待後來終於開言，回答墨冬這樣說：

「傳令官，孩兒爲什麼離我而去？他無須
登上航行迅速的船隻，那是人們的
海上快馬，駕著它駛入廣闊的水面。
難道他不想把自己的名字留在人世間？」 710

　　善於思考的墨多回答王后這樣說：
「我不知道是哪位神明鼓勵他這樣做，
或是他自己的心靈驅使他前去皮洛斯，
打聽父親是否能歸返，或已遭災難。」 714

　　他這樣說完，離開奧德修斯的寢間。
王后陷入巨大的憂傷，雖然房間裡
擺著許多座椅，她不想過去坐一坐，
卻坐到建造精美的房間的門檻旁邊，
痛苦地哭泣。女奴們也和他一起悲慟，
房間裡的所有女奴，不管年長或年輕。
佩涅洛佩痛哭不止，對她們這樣說：
「朋友們，聽我說，奧林波斯神給我的痛苦
遠超過任何同時代出生和成長的女人，
我首先失去了雄獅般勇敢的高貴丈夫，
全體達那奧斯人中他各種品德最高尚，
高貴的英名傳遍赫拉斯和整個阿爾戈斯。⑪」 726
現在風暴又從我家奪走了我親愛的兒子，
無聲無音訊，我都未曾聽說他離去。
你們這些賤人啊，沒有一個人想到，
前來從床上叫醒我，儘管你們知道，
他什麼時候乘上烏黑的空心船離去。
倘若我預先知道他謀劃作這次遠行，

⑪阿里斯塔爾科斯刪去此行。參閱第一卷第344行注。

那時或是他留下來，不管他如何嚮往，
或是他把我留下，我已死在這宮裡。
現在你們有人快去請老人多利奧斯，
我的僕人，我嫁來時父親把他交給我，
如今他為我管理林木繁茂的果園，
讓他快去見拉埃爾特斯稟告一切，
也許拉埃爾特斯能夠想出辦法，
前去向人們哭訴，那些人正企圖傷害
他和英勇如神明的奧德修斯的後代。」　　　　　　741

　　親愛的老奶媽歐律克勒婭這時回答說：
「親愛的夫人，你可用無情的青銅殺死我，
或是仍讓我留在你家裡，我都不隱瞞。
我知道全部實情，並給了他所需的一切，
給了他食品和甜酒，他要我起了大誓，
不把事情告訴你，除非十二天之後，
或者你自己想念，聽人說他已出航，
免得悲哭損毀了你那美麗的容顏。
你現在去沐浴，給自己換上乾淨衣服，
然後同你的女僕們一起到樓上房間，
向提大盾的宙斯的女兒雅典娜祈求，
女神到時候定會拯救他免遭危難。
請不要給痛苦的老人添苦痛，常樂的神明
不會永遠憎恨阿爾克西奧斯⑫的後代，
我想他們會讓他留下後裔來繼承
這高大的宮殿和遠處那大片肥沃的土地。」　　　　757

　　女僕這樣說完，她停止哭泣止住淚。

―――――――――

⑫宙斯之子，拉埃爾特斯的父親。

王后沐完浴，給自己換上乾淨衣服，
然後同她的女僕們一起到樓上房間，
在籃裡裝上大麥，向雅典娜這樣祈求：
「提大盾的宙斯的不倦女兒，請聽我祈禱，
如果當年多智的奧德修斯曾在這家裡
向你焚燒祭獻的牛羊的肥美腿肉，
現在就請你不忘前情，拯救我兒子，
使他免遭邪惡狂妄的求婚人的傷害。」　　　　　766

　　她說完又放聲痛哭，女神聽見她禱告。
這時求婚人正在昏暗的大廳裡喧嚷，
狂妄的年輕求婚者中有人這樣說：
「眾人追求的王后正想和我們成親，
她哪裡知道死亡正等待著她的兒子。」　　　　　771

　　有人這樣說，他們不知道未來的事情。
這時安提諾奧斯開言對他們這樣說：
「朋友們，你們可不要這樣肆無忌憚地
隨便亂說，免得有人把消息傳出去。
讓我們現在悄悄動身，去實現那個
你們心中都曾經一致同意的計謀。」　　　　　777

　　他這樣說完，挑選二十個健壯的勇士，
一起前往海邊岸灘和迅疾的船隻邊。
他們首先把船隻拖到幽深的海水裡，
在烏黑的船隻上立起桅桿，掛好風帆，
把船槳套進皮革絞成的結實的索帶裡，
待一切安排妥當，揚起白色的風帆，
高傲的侍從給他們送來各種武器。
他們把船停泊到港口深處，然後走下船，

在那裡用完晚餐，等待夜色降臨。　　　　　　　　786

　　這時審慎的佩涅洛佩躺在樓上寢間，
飲食全無心，點食未進，滴水未沾，
思慮傑出的兒子終能夠躲過死亡，
或可能被狂妄無恥的求婚人們戕殺。
有如獅子被人們圍堵，心中思忖，
滿懷恐懼，見人們把它趕進包圍圈；
她不斷思慮，難忍的睡眠也這樣降臨她。
她斜依臥榻睡去，全身肢節變鬆弛。　　　　794

　　目光炯炯的女神雅典娜又想出了主意。
她製造一個幻像，模樣像一個女人，
勇敢的伊卡里奧斯的女兒伊弗提墨，
居住在斐賴的歐墨洛斯娶她作妻子。⑬
女神把幻像送到神樣的奧德修斯家裡，
要她讓沉痛地哭泣不止的佩涅洛佩
停止痛心的悲慟，止住不盡的淚珠。
幻像沿著門栓的皮條，進入寢間，
停在她的頭上方，對她這樣把話說：
「佩涅洛佩，你現在睡著，心中仍憂傷。
生活悠閑的神明們要你停止哭泣，
不要再悲慟，你的兒子會安全歸返，
因為神明們認為他沒有犯任何罪過。」　　　807

　　審慎的佩涅洛佩當時這樣回答她，
甜蜜地沉沉睡著，正在夢境門邊：
「我的好姐妹，你為何來這裡？往日你可

---

⑬斐賴是特薩利亞城市。參閱《伊利亞特》第二卷第711-713行。

從未來過，因為你居住距離太遙遠。
你要我停止悲傷，不畏過分哭泣，
然而它們正折磨著我的思想和心靈，
我首先失去了雄獅般勇敢的高貴丈夫，
全體達那奧斯人中他各種品德最高尚，
高貴的英名傳遍赫拉斯和整個阿爾戈斯。⑭
現在親愛的兒子又乘坐空心船離去，
他還年幼，不知艱苦，不諳世故。
我為他憂心遠遠勝過為自己的丈夫，
我很害怕，擔心他會遭遇什麼不幸，
或是在他前往的國土，或是在海上。
許多人心懷惡意，企圖對他加害，
要在他回到故鄉之前攔截殺死他。」　　　823

那模糊的幻像當時回答王后這樣說：
「你寬慰自己，心裡不用過分擔憂，
有一位伴侶和他同行，一位其他人
都希望能受她保護的伴侶，因為她全能，
就是帕拉斯‧雅典娜，她憐你如此悲傷，
現在就是她派我來向你說明這一切。」　　　829

審慎的佩涅洛佩回答幻像這樣說：
「如果你真是位神明，聽到過女神的聲音，
那就請你告訴我那個不幸的人的命運，
他現在仍然活著，看得見太陽的光芒，
還是已經死去，去到哈得斯的居所。」　　　834

模糊的幻像當時回答王后這樣說：

---

⑭參閱本卷第726行注。

「我不能詳細說明你那位丈夫的遭遇，

他活著還是已死去，說空話不是好事。」　　　　837

　　幻像這樣說完，從門框栓隙離去，

消失在風的氣流裡。伊卡里奧斯的女兒

從夢中驚醒過來，心情不覺振奮，

因爲黑夜中給她送來清楚的夢境。　　　　　841

　　這時求婚者們登上船航行在海上，

心中給特勒馬科斯謀劃沉重的死亡。

大海中央有一個怪石嶙峋的島嶼，

位於伊塔卡和岸壁陡峭的薩墨之間，

名叫阿斯特里斯，島上有一處可兩邊

泊船的港灣，阿開奧斯人就埋伏在那裡。　　847

第 五 卷
——奧德修斯啓程歸返海上遇風暴

　　黎明女神從高貴的提托諾斯身旁起床，①
把陽光帶給不死的天神和有死的凡人。
神明們坐下來開會，天空鳴雷的宙斯
坐在他們中間，享有至高的權威。
雅典娜對他們說話，憶及歷盡艱辛的
奧德修斯，他仍被阻留在神女的洞穴：
「父親宙斯和列位永生常樂的神明們
今後再不會有哪位執掌權杖的國王仁慈、
親切、和藹，讓正義常駐自己的心靈裡，
他會是永遠暴虐無限度，行爲不正義，
如果人們都把神樣的奧德修斯忘記，
他曾經統治他們，待他們親愛如慈父。
他現在忍受極大的苦難於一座海島，
在神女卡呂普索的洞府，強逼他留下，
他無法如願地歸返自己的故土家園，
因爲他沒有帶槳的船隻，也沒有同伴，
能送他成功地渡過大海的寬闊脊背。
現在又有人想殺害他的心愛的兒子
於歸家途中，他爲探聽父親的音訊，
去到神聖的皮洛斯和美好的拉克得蒙。」　　20

　　集雲神宙斯這時回答女神這樣說：
「我的孩子，從你的齒籬溜出了什麼話？

---

①提托諾斯是特洛亞王普里阿摩斯的兄弟，爲黎明女神所愛，被擄到天
　上，長生不死。

難道不是你親自謀劃，巧作安排，
要讓奧德修斯順利歸返報復那些人？
至於特勒馬科斯，你可巧妙地伴送他，
你能這樣做，讓他不受傷害地回故鄉，
讓那些求婚人迅速乘船調向往回返。」　　　　　　27

　　他說完，又對愛子赫爾墨斯這樣說：
「赫爾墨斯，你是各種事務的使者，
你去向美髮的神女宣告明確的旨意，
讓飽受苦難的奧德修斯返回故鄉，
既無天神，也無有死的凡人陪伴，
乘坐堅固的筏舟，經歷許多艱難，
歷時二十天，到達肥沃的斯克里埃，
費埃克斯人的國土，與神明們是近族；②
他們會如同尊敬神明那樣尊敬他，
用船舶送他返回親愛的故土家園，
饋贈他青銅、黃金、無數衣服和禮物，
多得有如奧德修斯從特洛亞的掠獲，
要是他能帶著他應得的那部分回故土。
須知命運注定他能見到自己的親人，
返回他那高大的宮宇和故土家園。」　　　　　42

　　宙斯這樣說，弒阿爾戈斯的引路神遵命。
這時他立即把精美的繩鞋繫到腳上，
那是一雙奇妙的金鞋，能使他隨著
徐徐的風流越過大海和無邊的陸地。
他又提一根手杖，那手杖可隨意使人
雙眼入睡，也可把沉睡的人立即喚醒，

---

②斯克里埃和費埃克斯是傳說中的國土和部落。詳見第六卷。

強大的弒阿爾戈斯神提著它開始飛行。
他來到皮埃里亞，[3]從高空落到海上，
然後有如海中的鷗鳥掠過波濤，
那海鳥掠過咆哮的大海的驚濤駭浪，
捕捉游魚，海水沾濕了強健的羽翼，
赫爾墨斯有如那飛鳥掠過層層波瀾。
當他來到那座距離遙遠的海島時，
他離開藍灰的大海，登上陸地步行，
來到一座巨大的洞穴前，那裡住著
美髮的神女，赫爾墨斯看見她在洞裡。　　　　　58
爐灶燃著熊熊的火焰，劈開的雪松
和側柏燃燒時發出的香氣彌漫全島嶼。
神女一面聲音優美地放聲歌唱，
一面在機杼前來回走動，用金梭織布。
洞穴周圍林木繁茂，生長苗壯，
有赤楊、白楊和散逸濃郁香氣的柏樹。
各種羽翼寬大的禽鳥在林間棲息作巢，
有梟、鷂鷹和舌頭既細又長的烏鴉，
還有喜好在海上翱翔覓食的海鷗。
在那座空曠的洞穴岩壁上縱橫蜿蜒著
茂盛的葡萄藤蔓，結滿累累碩果。
四條水泉並排奔瀉清澈的流水，
彼此相隔不遠，然後分開奔流。
旁邊是柔軟的草地，菫菜野芹正繁茂。
即使不死的天神來這裡見此景象，
也會驚異不已，頓覺心曠神怡。
弒阿爾戈斯的引路神不禁佇立觀賞。　　　　　75
待他歆羨地把一切盡情地觀賞夠，

───────

③皮埃里亞在奧林波斯山北面，馬其頓境內。

終於走進寬曠的洞穴。神女中的女神
卡呂普索一眼便從臉型認出他來，
因爲不死的神明們彼此都能相認，
即使有哪位神明居住相距甚遙遠。
神使在洞中未看見勇敢的奧德修斯，
他正坐在海邊哭泣，像往日一樣，
用淚水、嘆息和痛苦折磨自己的心靈。
他眼望蒼茫喧囂的大海，淚流不止。
神女中的女神卡呂普索向赫爾墨斯詢問，
一面邀請他坐到光亮精美的寬椅上：
「執金杖的赫爾墨斯，我敬重的親愛的神明，
今天怎麼駕臨我這裡？你可是稀客。
請告訴我你有什麼事情，我一定盡力，
只要是我能辦到，只要事情能辦成。
首先請進來，讓我有幸招待你一番。」 91

　神女這樣說完，隨即擺好餐桌，
擺滿各種神食，又擺上紅色的神液，
弒阿爾戈斯的引路神開始吃喝起來。
待他吃喝一陣，滿足了心靈的食欲，
便開始回答神女的詢問對她這樣說：
「神女詢問神明我爲何前來你這裡，
既然你要求，我這就如實告訴你情由。
宙斯命令我來這裡，並非出於我己願，
有誰願意越過無邊的海水來這裡？
附近沒有凡人的城市，從而也沒有
凡人向神明敬獻祭禮和輝煌的百牲祭。
然而對於提大盾的宙斯的任何旨意，
沒有哪一位神明膽敢迴避或違逆。
他說你這裡有一位英雄，他受的苦難

超過其他人，他們在普里阿摩斯城下
戰鬥九年，第十年摧毀城市返家園，
但他們在歸返途中犯褻瀆得罪雅典娜，
女神遣來強烈的風暴和滔天的狂瀾。
他的所有傑出的同伴全部喪命，
只有他被風暴和波瀾推擁來到你這裡。
現在宙斯命令你立即釋放此人，
因為他不該遠離親屬亡命他鄉，
命運注定他能夠見到自己的親人，
返回他那高大的宮宇和故土家園。」　　　　　　　115

　　神女中的女神卡呂普索聽完心震顫，
大聲地對神使說出有翼飛翔的話語：
「神明們啊，你們太橫暴，喜好嫉妒人，
嫉妒我們神女公然同凡人結姻緣，
當我們有人為自己選擇凡人作夫婿。
有玫瑰色手指的黎明女神愛上了奧里昂，④
你們生活清閑的神明們便心生嫉妒，
直至處女神金座的阿爾特彌斯前去，
用致命的箭矢把他射死在奧爾提吉亞。⑤
又如美髮的得墨特爾愛上了伊阿西昂⑥，
在第三次新翻耕的田地裡同他結合，
享受歡愛，宙斯很快知道了這件事，
拋下轟鳴的閃光霹靂，把他擊斃。　　　　　　　128

---

④奧里昂是波奧提亞一獵人，波塞冬在他眼瞎後（一說是波塞冬之子）
　賦予他在海上行走的本領。他來到太陽神那裡，太陽神使他重見光
　明，太陽神的姊妹黎明女神埃奧斯愛上了他。
⑤小亞細亞一傳說中的國家。
⑥伊阿西昂是宙斯和凡女所生，特洛亞先祖達爾達諾斯的兄弟。

神明們，現在你們又嫉妒我與凡人結合。
想當初他落難爬上船脊，我把他拯救，
宙斯用轟鳴的閃光霹靂向他的快船
猛烈攻擊，把快船擊碎在酒色的大海裡。
他的所有傑出的同伴全部喪了命，
只有他被風暴和波瀾推擁來到我這裡。
我對他一往情深，照應他飲食起居，
答應讓他長生不死，永遠不衰朽。
可是對於提大盾的宙斯的任何旨意，
沒有哪一位神明膽敢迴避或違逆。
那就讓他走，既然宙斯這樣命令，
讓他回到咆哮的大海上，我只能這樣，
因為我沒有帶槳的船隻，也沒有同伴，
能送他成功地渡過大海的寬闊脊背。
但我可以給他提忠告，絲毫不隱瞞，
使他能不受傷害地返回故土家園。」　　　　　　144

　　弒阿爾戈斯的引路神立即這樣回答說：
「那你趕快放他走，不要惹宙斯生氣，
你若惹他惱怒，他以後定會懲罰你。」　　　　　147

　　強大的弒阿爾戈斯神這樣說完離去，
高貴的神女去尋找勇敢的奧德修斯，
不得不聽從宙斯的難以違抗的旨意。
她看見奧德修斯坐在遼闊的海岸邊，
兩眼淚流不斷，消磨著美好的生命，
懷念歸返，神女不能使他心寬舒。
夜裡他不得不在空曠的洞穴裡度過，
睡在神女的身邊，神女有情他無意；
白天裡他坐在巨岩頂上海岸灘頭，

用淚水、嘆息和痛苦折磨自己的心靈，
眼望蒼茫喧囂的大海，淚流不止。
神女中的女神站到他身邊，對他這樣說：
「不幸的人啊，不要再這樣在這裡哭泣，
再這樣損傷生命，我現在就放你成行。
只是你得用銅器砍一些長長的樹幹，
作成寬大的筏船，在上面安上護板，
它將載著你渡過霧氣迷濛的大海。
我會給你裝上食品、淨水和紅酒，
豐富得足以供你旅途中排除飢渴，
再讓你衣服齊整，送你一陣順風，
使你安然無恙地回到自己的家園，
但願統治廣天的神明也這樣希望，
他們比我更有智慧，更富有權能。」　　　　170

　　她這樣說，多難的英雄奧德修斯心驚顫，
他大聲回答，說出有翼飛翔的話語：
「女神，你或許別有他圖而非為歸返，
你要我乘筏船渡過廣闊的大海深淵，
它是那樣可怕而艱險，速航的快船
即使有宙斯惠賜的順風，也難渡過。
我無意順從你的心願乘筏船離開，
女神啊，如果你不能對我發一個重誓，
這不是在給我安排什麼不幸的災難。」　　　179

　　神女中的女神卡呂普索聽完微笑，
撫拍他的手，呼喚一聲對他這樣說：
「你真狡猾，不會讓自己上當受騙，
竟然費盡心機說出了這樣的話語。
我現在就以大地、廣闊的上蒼寰宇

和斯提克斯流水起誓，常樂的神明
也視它爲最有力最可怕的誓言見證，⑦
這不是在給你安排什麼不幸的災難。
其實我考慮這些如同在爲我自己，
如果我也陷入了這樣的巨大困境，
因爲我也有正義的理智，我胸中的
這顆心靈並非鐵鑄，它也很仁慈。」

191

　神女的女神這樣說完，立即前行，
奧德修斯緊緊跟隨神女的足跡。
神女和凡人一起走進寬曠的洞穴，
奧德修斯在赫爾墨斯剛才坐過的
寬椅上坐下，神女在他面前擺上
凡人享用的各種食物，供他吃喝，
她自己在神樣的奧德修斯對面坐下，
女侍們在她面前擺上神食和神液。
他們伸手享用面前擺放的餚饌。
待他們盡情享用食物和飲料之後，
神女中的女神卡呂普索開始這樣說：
「拉埃爾特斯之子，機敏的神裔奧德修斯，
你現在希望能立即歸返，回到你那
可愛的故土家園，我祝願你順利。
要是你心裡終於知道，你在到達
故土之前還需要經歷多少苦難，
那時你或許會希望仍留在我這宅邸，
享受長生不死，儘管你渴望見到
你的妻子，你一直對她深懷眷戀。
我不認爲我的容貌、身材比不上

_____

⑦斯提克斯是冥河，洶湧可怖，神明們常以它的名義起大誓。

你的那位妻子，須知凡間女子
怎能與不死的女神比賽外表和容顏。」　　　　　213

　　足智多謀的奧德修斯這樣回答說：
「尊敬的神女，請不要因此對我惱怒。
這些我全都清楚，審慎的佩涅洛佩
無論是容貌或身材都不能和你相比，
因為她是凡人，你卻是長生不衰老。
不過我仍然每天懷念我的故土，
渴望返回家園，見到歸返那一天。
即使有哪位神明在酒色的海上打擊我，
我仍會無畏，胸中有一顆堅定的心靈。
我忍受過許多風險，經歷過許多苦難，
在海上或在戰場，不妨再加上這一次。」　　　　224

　　他這樣說完，太陽沉下，夜色降臨，
他們雙雙進入寬曠的洞穴深處，
享受歡愛，互相偎依，臥眠在一起。　　　　227

　　當那初升的有玫瑰色手指的黎明呈現時，
奧德修斯立即起床，穿上罩袍和衣衫，
那神女身著一件寬大的白色長袍，
輕柔優美，腰間繫一條無比精美的
黃金飾帶，用巾布把頭部從頭頂包紮。
她為勇敢的奧德修斯準備行程，
交給他一把大斧，正合他的掌型，
青銅製造，兩面有刃，斧上裝有
無比精美的橄欖木手柄，牢固結實。
再給他一把鋒利的手斧，這才帶領他
去海島的邊緣，那裡生長著許多大樹，

有赤楊、白楊，還有高達天際的杉樹，
它們已經枯萎乾透，可輕易飄浮。
神女中的女神卡呂普索向他指明
生長高大樹幹的地方，便返回洞穴，
奧德修斯開始砍樹，很快把工作做完。　　　　243
他一共砍倒二十棵，用銅斧把它們削光，
再把它們巧妙地修平，按照墨線。
神女中的女神卡呂普索又送來鑽子，
奧德修斯把所有木料鑽上孔，互相拼合，
用木釘和橫木把它們牢固地緊密銜接。
如同有人製造一隻寬體重載的
船體底部，木工手藝非常精湛，
奧德修斯也這樣製造寬體筏船。
他立起樹段，用斜杆把它們緊密固定，
再用一根根長長的圓木做成筏舷。
他豎起桅杆，在桅杆頂部裝上帆桁，
又裝好筏舵，掌握木筏行駛的方向。
他在木筏周圍密密地捆上柳條枝，
抵禦波浪沖擊，再堆上許多細支條。
神女中的女神卡呂普索又送來布匹，
製作風帆，奧德修斯熟練地作完。
他把轉帆索、升帆索、帆腳索與筏繫好，
然後用槓桿把木筏挪進神奇的海水。　　　　261

　　到了第四天，他把一切工作做完，
第五天女神卡呂普索送他離開海島，
給他沐完浴，再給他穿上馥郁的衣裳。
神女給他裝上一皮囊暗紅的美酒，
一大皮囊淨水，還有一口袋乾糧，
此外還裝上許多令人愉快的美味。

這時神女給他送來溫和的順風，
神樣的奧德修斯高興地迎風揚帆。
他坐下來熟練地掌舵調整航向，
睡意從沒有落上他那雙仰望的眼瞼，
注視著昴星座和那遲遲降落的大角星，
以及綽號為北斗的那組大熊星座，
它以自我為中心運轉，遙望獵戶座，
只有它不和其他星座為沐浴去長河。
神女中的女神卡呂普索諄諄叮囑他，
渡海時要始終航行在這顆星的左方。
他在海上已連續航行十七個晝夜，
第十八天時顯現出費埃克斯國土上
陰影層疊的山巒，距離他已經不遙遠，
在霧氣彌漫的海上有如一塊牛皮盾。⑧　　　　281

　這時強大的震地神離開埃塞俄比亞，
遠遠從索呂摩斯⑨山頂望見奧德修斯，
因為他航行在海上。波塞多心中氣憤，
頻頻搖頭，自言自語心中暗思忖：
「好啊，顯然天神們對這位奧德修斯
改變了主意，趁我在埃塞俄比亞人那裡。
他距費埃克斯人的國土已經不遙遠，
命定他到那裡便可逃脫巨大的災難。
但我還是一定要讓他吃夠苦頭。」　　　　290

　他說完立即聚合濃雲，手握三股叉，

---

⑧「牛皮盾」見於古代抄稿，阿里斯塔爾科作「橄欖」，萊比錫特布涅
　里版從之。「牛皮盾」和「橄欖」原文很相近。
⑨索呂摩斯人是小亞細亞半島南部一部落。

攪動大海，掀起各種方向的勁風的
暴烈氣流，用濃重的雲氣沉沉籠罩
陸地連同大海，黑夜從天空躍起。
東風、南風一起刮來，反向的西風
和產生於太空的北風掀起層層巨瀾。
奧德修斯頓時四肢麻木心癱軟，
無限憂傷地對自己的勇敢心靈這樣說：
「我真不幸，我最終將遭遇什麼災難？
我擔心神女所說的一切全都真實，
她曾說我在返抵故土家園之前，
會在海上受折磨，這一切現在正應驗。　　　　302
宙斯讓這許多雲霧籠罩廣闊的天空，
把大海攪動，掀起各種方向的勁風的
暴烈氣流，現在我必遭悲慘的毀滅。
那些達那奧斯人要三倍四倍地幸運，
他們為阿特柔斯之子戰死在遼闊的特洛亞。
我也該在那一天喪生，接受死亡的命運，
當時無數特洛亞人舉著銳利的銅槍，
圍著佩琉斯之子的遺體向我攻擊；
阿開奧斯人會把我禮葬，傳我的英名，
可現在我卻注定要遭受悲慘的毀滅。」　　　　312

　　他正這樣說，陡然隆起一個巨瀾，
可怕地從上蓋下，把筏船打得團團轉。
他自己被從筏上拋出，拋出很遠，
舵柄從手裡滑脫，桅桿被各種風暴
混合旋起的強大風流攔腰折斷，
船帆和帆桁一起被遠遠地拋進海裡。
他被久久地打入水下，無力迅速地
向上浮起，身受狂濤巨瀾的重壓，

女神卡呂普索所贈衣服也增添分量。
他很久才浮出水面，嘴裡不斷噴吐
鹹澀的海水，海水順著他的頭流淌。
他雖然精疲力竭，但沒有忘記筏船，
他在波浪中向筏船游去，把它抓住，
坐到筏體中央，逃避死亡的結局。
巨浪把木筏隨潮流忽上勿下地拋擲。
有如秋天的北風吹動原野上的薊叢，
稠密的薊叢隨風搖擺簇擁在一起，
風暴也這樣把筏體在海上推來逐去，
一會兒南風把它推給北風帶走，
一會兒東風又把它讓給西風驅趕。　　　　332

　　卡德摩斯的女兒、美足的伊諾看見他，
就是琉科特埃，她原是說人語的凡人，
現在在大海深處享受神明的榮耀。⑩
她憐憫奧德修斯如此飄蕩受折磨，
有如一隻海鷗飛翔，浮出海面，
落到堅固的筏體上，開言對他這樣說：
「不幸的人啊，震地神波塞冬為何對你
如此怒不可遏，讓你受這麼多苦難？
不過不管他如何生氣，他難把你傷害，
現在你要這麼辦，我看你並不缺理智，
你脫掉這些衣服，把木筏留給風浪，
任它刮走，你用手游泳，努力前往
費埃克斯國土，命定你將在那裡得解脫。
你接住我這方頭巾，把它鋪在胸下，

―――――――――――

⑩卡德摩斯是特拜的先祖。伊諾因撫養狄奧倪索斯而遭赫拉迫害投海，
　成為海神琉科特埃（意為「光明的女神」）。

它具有神力，便不用害怕災難和死亡。
在你的雙手終於觸及陸地以後，
你便把頭巾拿開，拋進酒色的海水，
要拋得遠離陸地，你自己轉身離去。」 350

　　女神這樣說完，隨即交給他頭巾，
她自己重新沉入波濤洶湧的大海，
有如海鷗，黑色的波浪把她淹沒。
歷盡艱辛的神樣的奧德修斯暗思忖，
無限憂傷地對自己的勇敢心靈這樣說：
「我該怎麼辦？不會是哪位不死的神明
又來設計陷害我，要我把木筏拋棄？
我看不要聽從她，我已經親眼看見
遠處的陸地，她說那是我脫難的地方。
現在就這麼辦，我看這樣最適宜：
只要筏體仍然堅固地連成一體，
我就留在上面，準備忍受苦難。
如果洶湧的波濤把這筏體打散，
我只好游泳，那時也想不出更好的辦法。」 364

　　奧德修斯心裡和智慧正這樣思忖，
震地神波塞冬又猛然掀起一個巨瀾，
可怕而沉重，從上面直壓下來撲向他。
有如一陣狂風襲來，把一堆乾草
驟然捲起，吹得那乾草四散飄落，
神明也這樣把筏體的長長木料打散。
奧德修斯騎馬般地爬上一根木料，
脫掉卡呂普索贈給他的那些衣衫，
立即把女神給他的頭巾鋪展在胸前，
頭朝下躍進海裡，迅速伸開雙臂，

開始奮力浮游。強大的震地神看見他，
頻頻搖頭，自言自語心中暗思忖：
「你已忍受過許多苦難，現在就這樣
在海上飄泊吧，直到你到達神明的近族，
我想你大概對遭受的苦難不會不滿意。」　　　　379

　　神明這樣說完，催動他的長鬃馬，
返回埃蓋，那裡有他的著名的宮闕。⑪　　　　381

　　宙斯的女兒雅典娜這時卻另有打算。
她阻住所有其他方向的狂風的道路，
要它們全都停止逞能，安靜下來，
只激動迅捷的北風，劈開前面的波瀾，
讓神明養育的奧德修斯抵達喜好航海的
費埃克斯人那裡，逃脫災難和死亡。　　　　387

　　奧德修斯已經在洶湧的波濤裡飄浮了
兩夜兩天，許多次預感到死亡的降臨。
待到美髮的黎明送來第三個白天，
風暴停息下來，海上一片平靜。
他看見陸地已距離不遠，正當他乘著
巨大的波浪浮起，凝目向遠方遙望。
有如兒子們如願地看見父親康復，
父親疾病纏身，忍受劇烈的痛苦，
長久難癒，可怕的神靈降臨於他，
但後來神明賜恩惠，讓他擺脫苦難；
奧德修斯看見大陸和森林也這樣欣喜，
盡力游動著渴望雙腳能迅速登上陸地。

---

⑪埃蓋在伯羅奔尼撒半島北部海濱，古代崇拜波塞冬的中心之一。

但當他距陸地只有人聲所及的距離時，
他聽到大海撞擊懸崖發出的轟鳴。
巨大的浪濤號叫著沖向堅硬的陸地，
發出嚇人的咆哮，浪花把一切埋淹。
那裡既沒有可泊船的港灣，也沒有避難地，
陡峻的岩岸到處一片礁石和絕壁。　　　　　　　　405
奧德修斯一見四肢麻木心癱軟，
無限憂傷地對自己的勇敢心靈這樣說：
「天哪，宙斯讓我意外地看見了陸地，
我奮力衝破波濤，掙扎著向這裡游來，
可是卻無法登岸，離開灰暗的大海。
前面礁石嶙峋，四周狂暴的波瀾
奔騰咆哮，平滑的峭壁矗立橫亙，
岸邊海水幽深，無一處可讓雙足
佇立站穩，逃脫這無窮無盡的苦難。
要是我試圖攀登，巨浪會把我扯下，
拋向嶙峋的岩石，使我枉費心機。
要是我繼續向前游去，試圖找到
可攀登的海岸或是海水拍擊的港灣，
我擔心巨大的風浪會重新把我捲走，
沉重地呼號著被送到游魚出沒的海上，
神明或許會從海上放出巨怪攻擊我，
著名的安菲特里泰生育了許多怪物，
何況我知道著名的震地神仍對我懷怨。」　　　　423

　　奧德修斯心裡和智慧正這樣思忖，
一個巨浪又把他拋向嶙峋的巉岩。
他本會肢體被扯碎，骨骼被折斷，
若不是目光炯炯的雅典娜賦予他思想：
巨浪把他拋起時他探手攀住懸崖，

呻吟著牢牢抓住，待滾滾浪濤撲過。
可浪脊從他身旁湧過向後捲退時，
又襲向他把他高高掀起拋進海裡。
有如多足的水螅被強行從窩壁拽下，
吸盤上仍然牢牢吸附著無數的石礫，
奧德修斯也這樣，強健的掌上的皮膚
被扯下殘留崖壁，巨浪又把他淹埋。
這時他定會在命定的時刻之前死去，
若不是目光炯炯的雅典娜又給他主意。
他從浪濤下洇起，波浪沖向陸地，
他順勢向前游動，凝目注視陸地，
能否找到一處平緩的海灘或灣岸。
他奮力游動來到一條閃光的河口，
慶幸發現一處可使他得救的去處：
既不見任何險岩，又能把風暴擋阻。
他游向河口，心中默默向河神祈求：
「河神啊，恕我不識尊號，我求你救援，
正向你游來，躲避波塞冬的大海的憤怒。
永生的天神永遠尊重一個流浪者的
懇切祈求，我現在正是這樣一個人，
來到你的河口和膝前，受盡了折磨。
尊敬的神明，憐憫我吧，我求你庇佑！」　　　450

　　他這樣禱告，河神立即阻住水流，
平靜的波濤使他安然游向河岸。
奧德修斯上岸後低垂無力的雙臂，
雙膝跪地：鹹海耗盡他的氣力。
他渾身浮腫，口腔和鼻孔不斷向外
噴吐海水；他氣喘吁吁難以言語，
只覺得一陣昏厥，精疲力竭地倒地。

待他感覺甦醒，胸中的精力復甦，
便取下胸前女神惠賜他的那方頭巾。
他把頭巾扔進與海水相混的河流，
波濤捲頭巾入大海，奉還伊諾手裡。
奧德修斯離開平靜的河口爬進葦叢，
躺在葦叢裡親吻滋生穀物的土地。
他無限憂傷地對勇敢的心靈這樣自語：
「我真多不幸，最終將遭遇什麼災難？
我要是就這樣在河邊度過難熬的夜晚，
凜冽的晨霜和瑟索的朝露會把我凍壞，
我已經精疲力盡，只剩下氣息奄奄，
更何況河邊襲人的晨風和徹骨的寒氣。
我要是爬上斜坡，避進繁茂的樹林，
在枯枝敗葉間躺臥，倒可抵禦寒冷，
消除困乏，讓自己進入甜蜜的夢鄉，
但我又擔心那不要成為野獸的獵物。」

473

　他心中思慮，覺得這樣做更為合適。
他看見一片樹林在高處距河岸不遠，
便走了進去，來到兩株枝葉交叉的
橄欖樹前，一株野生，一株結碩果，
潮濕的疾風的寒冷氣流吹不透它們，
太陽的明亮光線難射進，雨水打不穿，
橄欖樹的繁茂枝葉糾纏得如此嚴密。
奧德修斯匍匐進蔭翳，伸開雙手，
把枯枝敗葉攏起堆成厚厚的臥鋪。
濃郁的蔭蔽下枯枝敗葉層層堆積，
甚至足夠兩三人同時在裡面藏臥，
躲避嚴酷的寒冷，即使寒氣凜烈。
歷盡艱辛的神樣的奧德修斯見了，

喜在心頭，立即躺下埋身於枝葉裡。
如同有人孤身獨居在荒郊曠野間，
把未燃完的柴薪藏進發黑的餘燼，
用不著去向他人祈求不滅的火種，
奧德修斯也這樣把自己埋進殘葉裡，
雅典娜隨即把夢境撒向他的雙眸，
使他的眼瞼緊閉，消釋難忍的困倦。　　　493

第 六 卷

——公主瑙西卡婭驚夢救援落難人

　　歷盡艱辛的神樣的奧德修斯躺在那裡，
深深地沉入夢境和困倦。這時雅典娜
來到費埃克斯人卜居的國土和城市，
他們原先居住在遼闊的許佩里亞，
與狂妄傲慢的庫克洛普斯族相距不遠，①
庫克洛普斯比他們強大，常劫掠他們。
儀容如神明的瑙西托奧斯遷離那裡，
來到斯克里埃，遠離以勞作爲生②的人們，
給城市築起圍垣，蓋起座座房屋，
給神明建造廟宇，劃分耕種的田地。
但他已被死亡征服，去到哈得斯，
現在由阿爾基諾奧斯統治，神明賜智慧。
目光炯炯的雅典娜來到他的宮殿，
設法爲英勇的奧德修斯安排歸程。
她來到一間精美的臥室，一位容貌
和身材如不死的神明的少女在那裡安眠，
勇敢的阿爾基諾奧斯的女兒瑙西卡婭，
陪伴的兩個侍女也都俊美無比，
睡在門柱旁邊，閃光的房間緊閉。

　　女神像一陣清風來到少女的床前，
站在她的頭上方，對她開言這樣說，
幻化成以航海著稱的狄馬斯的女兒模樣，

19

---

①庫克洛普斯族即獨目巨怪族。
②或解作「以麵餅爲食的」。

此女與瑙西卡婭同齡，很令她喜歡。
目光炯炯的雅典娜來到她近前這樣說：
「瑙西卡婭，母親生了你怎這樣懶惰？
把你的那些漂亮衣裳隨意扔一旁，
你已臨近婚期，該穿上漂亮的衣服，
也該爲隨嫁的侍女們準備漂亮的服裝，
漂亮的衣服能給人帶來高尚的聲名，
你的父親和高貴的母親也會喜心頭。
黎明到來時，讓我們一起前去洗衣裳，
我將和你一同前往，作你的幫手，
應盡快備妥當，作少女的時間不會很久長。
本地所有費埃克斯人的高貴子弟
都來向你求婚，你也是高貴的出身。
明晨你向高貴的父親提出請求，
要他爲你套好健騾，準備車乘，
裝載你的袍帶、衣衫和漂亮的披蓋。
這對你自己也比徒步前往要方便，
因爲洗滌的水池距離城市相當遠。」　　　　　　40

　目光炯炯的雅典娜說完，轉身返回
奧林波斯，傳說那裡是神明們的居地，
永存不朽，從不刮狂風，從不下暴雨，
也不見雪花飄零，一片太空延展，
無任何雲絲拂動，籠罩在明亮的白光裡，
常樂的神明們在那裡居住，終日樂融融。
女神對少女作完囑咐，便回到那裡。　　　　　　47

　寶座輝煌的黎明女神降臨人間，
喚醒盛裝的瑙西卡婭。少女對夢境
驚異不已，穿過宮殿去稟告雙親，

親愛的父親和母親，看見他們在裡面。
母親坐在爐灶邊，正同女僕們一起，
紡績紫色的羊絨；她遇見父親正出門，
前去與傑出的王公們一起參加會議，
接受費埃克斯貴族們的盛情邀請。
她站到親愛的父親身邊，對他這樣說：
「親愛的父親，你能否為我套輛大車？
高大而快疾，我想把美麗的衣服載上，
去河邊洗滌，衣服堆放在那裡不乾淨。
你自己與貴族們一起開會商議要政，
也需衣冠整潔，與你的身分才相稱。
宮裡居住著你的五個心愛的兒子，
兩個已成婚，三個未婚風華正茂，
他們也希望能穿上新洗的乾淨衣服，
去參加舞會，這些事情令我的心牽掛。」　　　　65

　　她這樣說，羞於對親愛的父親明言
歡樂的婚事，父親會意一切對她說：
「孩子，我同意給你騾子和其他東西。
你去吧，奴僕們會給你套好大車，
高大而快疾，車上還裝有篷布作遮護。」　　　　70

　　他說完吩咐奴僕，奴僕們立即遵行。
他們在院裡備齊一輛運行迅速的
騾拉大車，把騾趕來在車上套好，
少女從閨房拿來自己的華麗衣服。
她把衣服裝上製作精美的大車，
母親裝上一箱種種令人愉快的
可口食品，又裝上各種珍饌美饌，
再放上一皮囊美酒，姑娘登進車裡。

母親又給她送來一金瓶潤滑的橄欖油，
供她同侍女們沐浴完畢塗抹肌膚。
這時少女抓住鞭子和光滑的韁繩，
揚鞭催騾，頓時響起嗒嗒的騾蹄聲。
騾子不停地奔跑，載著衣服和少女，
她不是單獨一人，侍女們和她同行。　　　　84

　她們來到無比美麗的河流岸邊，
那裡的水池經常滿盈，河水清澈，
不斷地湧流，可以洗淨一切污漬，
她們把車在那裡停住，給騾子解轅。
她們把騾趕到水流回旋的岸邊，
去啃甜美的青草，再伸開雙手從車上
抱下載來的衣服，拋進幽暗的水裡，
在池裡靈活地用腳蹬踩，互相比技藝。
待她們洗完衣服，除去一切污垢，
便把衣服一件件整齊地晾曬岸邊，
距離受海水沖洗的灘頭碎石不遠。
她們沐浴以後，把香膏抹遍全身，
便坐在河邊灘岸，開始享用午餐，
把衣服留給太陽的光輝曝曬烤乾。
少女和侍女們個個盡情用完午餐，
然後把頭巾取下，開始拋球遊戲，
白臂的瑙西卡婭再帶領她們歌舞。
有如射獵的阿爾特彌斯在山間遊蕩，
翻越高峻的透革托斯山和埃律曼托斯山，[3]
獵殺野豬和奔跑迅捷的鹿群享樂趣，

---

[3]透革托斯山在伯羅奔尼撒半島南部拉科尼亞境內，由北向南延伸，埃
　律曼托斯山在伯羅奔尼撒半島中部阿爾卡狄亞境內。

提大盾的宙斯的生活於林野的神女們
和她一起遊樂，勒托見了心歡喜。④
女神的頭部和前額非其他神女可媲美，
很容易辨認，儘管神女們也俊美無比；
這位未婚少女也這樣超過眾侍女。　　　　　　109

　　當公主準備離開河灘歸返回宮邸，
駕上騾子，收起晾曬的美麗衣服，
目光炯炯的女神雅典娜又想了主意，
讓奧德修斯被驚醒，得見美貌的少女，
少女好把他帶往費埃克斯人的城市。
這時那公主正把球拋給一個侍女，
球沒有擊中侍女，卻掉進幽深的水流。
她們大聲驚叫，神樣的奧德修斯被驚醒，
他立即坐起來，心裡和智慧這樣思忖：
「天哪，我如今到了什麼樣人的國土？
這裡的居民是強橫野蠻，不明正義，
還是熱情好客，心中虔誠敬神明？
有少女們的清脆呼聲在周圍回響，
她們或許是神女們，居住在山間
高峻的峰巔和河水源旁，繁茂的草地，
或許是我隻身臨近講凡間語言的人們。
我還是親自前去試探，察看清楚。」　　　　126

　　神樣的奧德修斯說完，匍匐出叢林，
伸手從濃密的樹叢折下綠葉茂盛的
茁壯樹枝，遮住英雄裸露的身體。
他向前走去，有如生長荒野的獅子，

---

④勒托是阿爾特彌斯的母親，與宙斯生阿爾特彌斯。

心裡充滿勇氣，任憑風吹和雨淋，
雙目盯盯如烈火，走進牛群或羊群，
或者山野的鹿群，飢俄迫使它去襲擊
羊群以果腹，甚至進入堅固的欄圈。
奧德修斯也這樣走向美髮的少女們，
不顧裸露的身體，情勢逼迫不得已。
他渾身被海水染污，令少女們驚恐不迭，
個個顫抖著沿突出的海岸四散逃竄。
唯有阿爾基諾奧斯的女兒留下，雅典娜
把勇氣灌進她心靈，從四肢驅除恐懼。
公主在對面站定，奧德修斯不禁思忖，
是抱住美麗的姑娘，以雙膝的名義請求，
還是遠遠地這樣站定，用溫和的語言
真切地懇告，請求指點城市贈衣穿。　　　144
他心中思慮，覺得這樣做更爲合適：
遠遠站住，用溫和的語言真切懇求，
不要魯莽去抱膝，令少女心中生嗔怨。
他於是溫和而富有理智地開言這樣說：
「恕我求問，姑娘，你是天神或凡人？
你如果是位執掌廣闊天宇的神明，
我看你與偉大的宙斯的女兒最相似，
無論容貌，無論身材或是那氣度。
如果你是位生活在遼闊大地的凡人，
那你的父親和尊貴的母親三倍地幸運，
你的兄弟也三倍地幸運，你會使他們
心中永遠充滿不滅的喜悅和歡欣，
看見你這樣一位美麗的姑娘去歌舞。
但有一人比所有其他的人更幸運，
他若能把你娶回家，付出優厚的聘禮。
我從未親眼見過如此俊美的世人，

或男或女，我一看見你不由得心驚異。
我去過得洛斯⑤，在阿波羅祭壇旁見到
一棵棕櫚的如此美麗的新生幼枝。　　　　　　　163
我去那裡，一支巨大的軍隊跟隨我，
順道路過，在那裡遭受到許多不幸。
我一看見那棕櫚，心中驚愕不已，
從未有如此美麗的樹木生長於大地。
姑娘啊，我一見你也如此愕然驚詫，
不敢抱膝請求你，雖然已遭遇不幸。
昨天第二十天我才逃脫酒色的大海，
自從強烈的波濤和風暴把我吹離
奧古吉埃島。現在神明送我來這裡，
讓我繼續遭不幸，我的苦難猶未了，
神明們還會給我降下災禍無窮盡。
尊敬的姑娘，可憐我，遭到許多苦難後，
我首先遇見了你，其他人我均不相識，
他們擁有這裡的城市和廣闊的土地。
請給我指點城市，賜給我粗布蔽體，
如果你前來這裡時帶有一些衣衫。
我祈求神明滿足你的一切心願，
惠賜你丈夫、家室和無比的家庭和睦，
世上沒有什麼能如此美滿和怡樂，
有如丈夫和妻子情趣相投意相合，
家庭和諧，令心懷惡意的人們憎惡，
親者欣慰，為自己贏得最高的榮譽。」　　　　185

　　白臂的瑙西卡婭回答陌生人這樣說：
「外鄉人，我看你不像壞人，不像無理智，

------

⑤得洛斯島在愛琴海中。

奧林波斯的宙斯親自把幸福分配給
凡間的每個人，好人和壞人，按他的心願。
不管他賜給了你什麼，你都得甘心忍受。
現在你既然來到我們的城市和國土，
便不會缺少衣服和其他需要的物品，
一個不幸的求助者前來需要的一切。
我給你指點城市，告訴你是什麼居民。
費埃克斯人擁有這城市和這片土地，
我就是英勇的阿爾基諾奧斯的女兒，
他就是費埃克斯人的強盛和威力的體現。」　　　　　　197

　　她這樣說，又吩咐那些美髮的侍女們：
「侍女們，你們站住，為何見人就逃竄？
你們或許認為這裡有邪惡之徒？
現在沒有，將來也不會有這樣的人
前來費埃克斯人的土地，給我們帶來
災殃和禍害，因為我們受眾神明眷顧。
我們僻居遙遠，在喧囂不息的大海中，
遠離其他種族，從沒有凡人來這裡。
現在到來的這男子是個不幸的飄零人，
我們應該招待他，一切外鄉人和求援者
都是宙斯遣來，禮物雖小見心意。
侍女們，你們快拿飲食把客人招待，
帶他去河邊沐浴，找個避風的去處。」　　　　　　210

　　她這樣說，侍女們站住互相招呼，
讓奧德修斯在一處合適的地方坐下，
按照勇敢的阿爾基諾奧斯的女兒的吩咐。
她們把衣服放在他身旁，有襯衣外袍，
給他拿來用金瓶盛裝的潤滑的橄欖油，

囑他去河邊清澈水流中沐浴身體。
這時神樣的奧德修斯對侍女們這樣說：
「侍女們，請你們站開一些，讓我自己
把肩頭的鹽漬洗淨，再周身抹上橄欖油，
我已經許久沒有用油膏塗抹身體。
只是我不能當著你們的面沐浴，
我羞於在美髮的少女們面前裸露身體。」　　　　222

　他這樣說，侍女們迴避，轉告少女。
這時神樣的奧德修斯用河水洗淨
後背和寬闊肩膀上海水留下的鹽漬，
又洗去流動的海水殘留髮中的污垢。
待他把周身洗淨，仔細抹完油膏，
把未婚少女給他的衣服一件件穿整齊，
宙斯的女兒雅典娜這時便使他顯得
更加高大，更加壯健，讓濃密的鬈髮
從他頭上披下，如同盛開的水仙。
有如一位巧匠給銀器鑲上黃金，
承蒙赫菲斯托斯和帕拉斯·雅典娜親授
各種技藝，做成一件精美的作品，
女神也這樣把風采撒向他的頭和肩。　　　　235
奧德修斯去到遠處的海岸灘邊坐下，
煥發俊美和風采，少女見了心驚異。
姑娘不禁對那些美髮的侍女們這樣說：
「白臂的侍女們，現在你們請聽我說。
不會是背逆奧林波斯諸神的意願，
此人來到神樣的費埃克斯人中間，
我原先以為他是個容貌醜陋之人，
現在他如同掌管廣闊天宇的神明。
我真希望有這樣一個人在此地居住，

作我的夫君，他自己也稱心願意留這裡。
侍女們，你們快給客人飲料和食品。」

　　她這樣說完，侍女們紛紛遵命而行，
立即在奧德修斯面前擺下飲料和食品。
歷盡艱辛的神樣的奧德修斯貪婪地
開始吃喝，他已經許久未進餐飲。
白臂的瑙西卡婭這時想了個主意。
她把洗淨的衣服摺好，放進車裡，
把蹄子強健的騾子套好，自己登車，
然後招呼奧德修斯，對他這樣直言：
「現在你起來，客人，我們一起進城去，
好讓你前往我的睿智的父親的宮殿，
在那里你會見到所有費埃克斯人的顯貴。
現在你要這樣做，我看你並不缺理智。
當我們經過人們勞作的廣闊田野時，
你可同侍女們一起緊緊跟在騾子
和快疾的大車後面，我在前面引路。
這樣直到我們快要進城的時候，
城市有高垣環繞，兩側是美好的港灣，
入口狹窄，通道有無數翹尾船守衛，
所有的船隻都有自己的停泊埠位。

華美的波塞多神廟附近有一座會場，
用巨大的石塊建成，深深埋在土裡。
人們在那裡製作黑殼船需要的器具，
絞合纜繩，縫製船帆，磨光船槳。
我們費埃克斯人不好彎弓和箭矢，
卻是通曉桅杆、船槳和船隻的性能，
欣悅地駕著它們航行在灰色的大海上。
我希望避免人們的流言，免得有人

背後指責我，他們心性傲慢無禮，
也許有人見我們同行會這樣譏諷說：
『跟隨瑙西卡婭的英俊外鄉人是誰？
她在哪裡找到他？也許他將作夫君。
她大概從海船帶來一個遠方部族的
飄零遊子，因爲附近無他族人居住；
或許是哪位神明有感於她的祈求，
從上天降來凡間，和她把時光共度。
不妨她從別處找個丈夫離開我邦，
因爲她心中蔑視我們費埃克斯人，
雖然有那麼多高貴子弟向她求婚。』 284
人們會這樣議論，對我不滿行指責。
我也會譴責他人，倘若有人這樣做，
違背雙親的意願，儘管父母都健在，
又未正式締姻緣，竟自行同男子交往。
客人，你應該完全按照我的話去做，
那時我父親便會很快送你返家園。
你會看到路旁有一座祭祀雅典娜的
白楊樹林，清泉淌其間，四周是草地。
我父親的田莊和茂盛的果園就在那裡，
離開城市不遠，呼聲所及的距離。
你坐在那裡暫且等待，直到我們
已經進入城市，到達我父親的宅邸。 296
待你估計我們已經抵達家宅時，
你再上路進入費埃克斯人的城市，
打聽我父親勇敢的阿爾基諾奧斯的宅邸。
那宅邸很容易辨認，連稚童也能指點，
因爲其他費埃克斯人建造的住宅
與英雄阿爾基諾奧斯的宅邸不一樣。
在你進入宅院大門和庭院以後，

你要迅速穿過大廳，去見我母親，
母親坐在火焰熊熊燃燒的爐灶邊，
紡績紫色的羊毛，形象令人稱奇，
側依一根立柱，身後坐著眾侍女。
我父親的座椅也在那裡，依靠立柱，
他坐在椅上喝酒，儀容如不死的神明。
你從我父親面前走過，用雙手抱住
我母親的雙膝請求，使她高興地決定，
讓你迅速返家園，即使你路途遙遠。
只要你能博得我母親的喜悅和歡心，
那時你便有希望見到自己的親人，
回到建造精美的家宅和故鄉的土地。」⑥　　　　　315

　　她這樣說完，舉起閃亮的鞭子揮動，
驅趕那轅騾，騾子迅速離開河流。
騾子徐徐奔跑，徐徐擺動四蹄，
少女駕馭它們，讓後面步行的侍女們
和奧德修斯能跟上，用心揮動鞭子。
太陽已經下沉，他們來到雅典娜的
著名聖林，神樣的奧德修斯在那裡坐定。
這時他立即向偉大的宙斯的女兒祈求：
「請聽我祈禱，提大盾的宙斯的不倦女兒。
現在請聽我禱告，你當初未允我祈求，
當強大的震地神襲擊我，把我打落海裡。
請讓我獲得費埃克斯人的友善和憐憫。」　　　　　327

　　他這樣說，帕拉斯·雅典娜垂允祈求。
女神未在他面前顯現，因為她敬畏

---

⑥許多手抄稿刪去第313-315行。參閱第七卷第75-77行。

　父親的兄長對神樣的奧德修斯難消的
強烈憤怒，直到英雄歸返抵家園。　　　　　　331

第 七 卷

——進王宮奧德修斯蒙國主誠待外鄉人

歷盡艱辛的神樣的奧德修斯禱告，
健騾迅速拉車，把少女載進城裡。
公主來到她的父親的華麗的宮宅前，
駛進宮門停住，她那些儀表如神明的
兄弟們一起向她迎來，站在她周圍，
給拖車的健騾解轅，把衣服抱進屋裡。
公主回到自己的房間，貼身老女僕，
阿佩拉①的歐律墨杜薩給她生起爐火；
當年翹尾海船把她從阿佩拉載來，
人們挑選這老婦送給阿爾基諾奧斯，
他統治費埃克斯人，國人敬他如神明，
她撫養白臂的瑙西卡婭長大在宮裡。
現在她點火照明，在宮裡把晚飯籌備。

13

奧德修斯這時站起身，向城市走去，
雅典娜善意地在奧德修斯周圍撒下
一層濃霧，以免高傲的費埃克斯人遇見，
出言不遜行侮辱，盤問他是何許人。
當奧德修斯正要走進美麗的城市時，
目光炯炯的女神雅典娜迎面走來，
幻化成一個年輕少女，手捧水罐。
她站到他面前，神樣的奧德修斯詢問：
「孩子，你能否領我去一個人的住處？

---

① 阿佩拉的具體地理方位無從確考，也許是杜撰，有人認為即埃皮羅
　斯。

他叫阿爾基諾奧斯，統治這裡的人民。
我是個外鄉人，經歷了無數不幸前來，
來自非常遙遠的國土，我不認識
擁有這座城市和這片土地的任何人。」　　　　　　26

　　目光炯炯的女神雅典娜回答他這樣說：
「外鄉大伯，我會指點你詢問的宅邸，
因為它就在我高貴的父親的住宅旁邊。
但你要默默地前去，我在前面引路，
你不要注視任何人，也不要向人詢問，
因為這裡的居民一向難容外來人，
從不熱情接待由他鄉前來的遊客。
他們信賴迅疾的快船，駕駛著它們
在幽深的大海上航行，震地神賜給他們，
他們的船隻迅疾得有如羽翼或思緒。」　　　　36

　　帕拉斯·雅典娜這樣說完，在前引導，
步履輕盈，奧德修斯緊隨女神的足跡。
以航海著稱的費埃克斯人沒有發現他
從他們中間經過走進城，美髮的雅典娜
不希望被他們看見，一位可畏的女神，
善意地把他籠罩在一層濃重的昏曚裡。
奧德修斯無比驚異，看見那港口、
平穩的船舶、英雄們的會場、蜿蜒不斷的
巍峨城牆，林立的柵欄，種種奇觀。
他們終於來到國王的華麗的宮宅前，
目光炯炯的女神雅典娜開言這樣說：　　　　47
「外鄉大伯，這就是你要我指引的宮宅，
你會看見神明撫育的王公們在飲宴，
你大膽進去，內心不要有任何顧慮，

一個人只要膽大，就能順利地成就
一切事情，即使他置身異域他鄉。
你現在進宮去，必須首先找到王后，
她的名字叫阿瑞塔，來自同一的祖輩，
國王阿爾基諾奧斯也由他們出生。
最初瑙西托奧斯由著名的震地神波塞冬
和佩里波婭所生，婦女中她美貌無比，
勇敢的歐律墨冬的最為年幼的愛女，
高傲狂妄的巨靈族②當年歸他統治。
他毀滅了放縱的巨靈族，也毀滅了自己，
波塞冬與佩里波婭結合生下一子，
勇敢的瑙西托奧斯，統治費埃克斯人。
瑙西托奧斯生瑞克塞諾爾和阿爾基諾奧斯，
瑞克塞諾爾婚後尚無子，銀弓的阿波羅
把他射死，留下獨女阿瑞塔在宮中，
阿爾基諾奧斯娶她作妻子，無比尊重，
超過世上任何一個受敬重的女人，
那些受丈夫約束，料理家務的婦女們。
阿瑞塔往日備受敬重，現在也這樣，
受到他們的子女、阿爾基諾奧斯本人
和人民的真心誠意的尊敬，視她如神明，
每當她在城中出現，人們問候表敬意。
只因她富有智慧，心地高尚純正，
為人善良，甚至調解男人間的糾紛。
只要你能令她對你產生喜悅和好感，
那時你便有希望見到自己的親人，

62

---

②巨靈族是天神鳥拉諾斯和地神蓋婭的兒子們，身軀魁偉，勇猛無比，
　曾起來反對奧林波斯神的統治，失敗後被置於火山底下。歐律墨冬是
　巨靈族的首領。

回到建造精美的家宅和故鄉的土地。」　　　　　　77

　　目光炯炯的雅典娜說完，轉身離開
心愛的斯克里埃，來到喧囂的海上，
很快到達馬拉松③和街道寬闊的雅典城，
進入埃瑞克透斯的建築堅固的居所。④
奧德修斯走向阿爾基諾奧斯的光輝宮殿，
來到青銅宮門前，站住反覆思慮。
似有太陽和皓月發出的璀璨光輝，
閃爍於勇敢的阿爾基諾奧斯的高大宮殿裡。
原來宮邸兩側矗立著青銅牆壁，
由宮門向裡延伸，裝飾著琺瑯牆脊。
黃金大門護衛著堅固宮宅的入口，
青銅門坎兩邊豎立著銀質門柱，
門楣白銀製造，門環黃金製成。
宮門兩側有用黃金白銀澆鑄的狗，
赫菲斯托斯用巧妙的想像製作了它們，
用來守衛勇敢的阿爾基諾奧斯的宮宅，
它們永遠不會死亡，也永遠不衰朽。
宮宅裡兩側順牆壁擺放著許多座椅，
由門坎向裡連續不斷，上面鋪蓋著
柔軟精美的罩毯，婦女們的巧工妙藝。　　　　　97
費埃克斯首領們經常在那裡落座，
吃飯飲酒，因為他們都很富有。
黃金鑄成的幼童站在精雕的底座上，
個個手中緊握熊熊燃燒的火炬，
為宮中飲宴的人們照亮夜間昏暗。

---

③馬拉松在阿提卡西北部海濱，距雅典約四十公里。
④埃瑞克透斯是傳說中的雅典始姐，雅典建有他與雅典娜共祀的廟宇。

有五十個女奴在宮中侍候供役使，
有的用手磨把小麥果實磨成麵粉，
有的坐在機杼前織布，轉動紡錘，
有如挺拔的白楊枝葉婀娜搖擺，
似有柔滑的橄欖油從光潔的布面洶流。
費埃克斯男子比所有其他人更善於
駕駛快船在海上航行，婦女們也都
精於紡織，因為雅典娜賜給他們
無與倫比的精巧手工和傑出的智能。
院外有一座大果園距離宮門不遠，
相當於四個單位的面積⑤，圍繞著護籬。
那裡茁壯地生長著各種高大的果木，
有梨、石榴、蘋果，生長得枝葉繁茂，
有芬芳甜美的無花果和枝繁葉茂的橄欖樹。
它們常年果實纍纍，從不凋零，
無論是寒冬或炎夏；那裡西風常拂動，
讓一些果樹生長，另一些果樹成熟。
黃梨成熟接黃梨，蘋果成熟接蘋果，
葡萄成熟結葡萄，無花果熟結新果。
那裡還有一座豐產的王家葡萄園，
有的葡萄被鋪在一處平地上晾乾，
受陽光曝曬，有些人正在採摘果實，
有些人正在釀造；有的葡萄未成熟，
花蒂剛萎謝，有的顏色已經變紫暗。
末排葡萄藤蔓連著平整的苗圃，
各式花草斑斕生長，爭奇鬥艷。
那裡有兩道清泉，一泉灌溉果園，

116

───────────────

⑤原文含義不明，有解作「一天耕作的面積」，約合四公頃；有解作
　「四天耕作的面積」。

另一道清泉取道院裡在地下流動，
通向高大的宮邸，國人們也取用該泉流。
這一切均是神明對阿爾基諾奧斯的惠賜。　　　　　　132

　　歷盡艱辛的神樣的阿爾基諾奧斯佇立觀賞。
待他歆羨地把一切盡情觀賞以後，
終於迅速地跨過門坎，進入宮裡。
他發現費埃克斯首領和君王們正給
目光犀利的弒阿爾戈斯神舉杯奠酒，
那是安寢前祭奠的最後一位神明。
歷盡艱辛的神樣的奧德修斯穿過大廳，
周身籠罩在雅典娜給他撒下的濃霧裡，
來到阿瑞塔和國王阿爾基諾奧斯面前。
奧德修斯伸手抱住阿瑞塔的雙膝，
籠罩他周圍的神霧這時也立即散去。
大家一片靜默，看見他出現在宮裡，
驚愕地把他注視。奧德修斯哀求說：
「阿瑞塔，神樣勇敢的瑞克塞諾爾的女兒，
我經歷了無數不幸，來向你和你的丈夫
和在座的各位求助，願神明惠賜你們
今生有福，願你們每個人把家中產業
和人民賜給的榮譽傳給你們的兒孫。
現在我請求你們幫助我盡快回故鄉，
我久久遠離親人，受盡苦難和折磨。」　　　　　　152

　　他這樣說完，坐到爐灶旁邊的灰土裡，
火焰近旁，眾人一片靜默不言語，
後有老英雄埃克涅奧斯開始說話，
他在費埃克斯人中年事最爲高邁，
也最善言詞，一位博古通今之人，

這時他滿懷善意地開言對他們這樣說：
「阿爾基諾奧斯，這不雅觀，也不體面，
讓客人在積滿塵埃的灶邊席地而坐，
在座的矜持不語均待你首先把話說。
請你扶起這位外鄉人，讓他在鑲銀的
座椅上就座，請你再吩咐眾侍從們
把酒調和，讓我們向擲雷的宙斯祭奠，
他保護所有應受人們憐憫的求助人。
讓女僕給客人取些現成的食品作晚餐。」　　　　166

　　阿爾基諾奧斯的神聖心靈聽他說完，
伸手抓住閱歷豐富多智謀的奧德修斯，
把他從灶邊扶起，在光亮的寬椅上就座，
命尊貴的兒子拉奧達馬斯讓出座位，
兒子坐在他旁邊，令國王喜愛無比。
一個女僕端來洗手盆，用製作精美的
黃金水罐向銀盆裡注水給他洗手，
在他面前安好一張光滑的餐桌。
端莊的女僕拿來麵食放置在近前，
遞上各種菜餚，殷勤招待外來客。
歷盡艱辛的神樣的奧德修斯開始進餐。
阿爾基諾奧斯這時又這樣吩咐那侍從：
「潘托諾奧斯，用調缸調好蜜酒分斟
廳裡眾賓客，讓我們向擲雷的宙斯祭奠，
他保護所有應受人們憐憫的求助人。」　　　　181

　　他這樣說完，潘托諾奧斯調好蜜酒，
給眾人分斟，首先給各酒杯略斟作祭奠。
眾人向天神行過奠禮，盡興地喝酒，
阿爾基諾奧斯這時開言對大家這樣說：

「費埃克斯首領和君王們，請聽我說，
我要說我胸中的心靈囑咐我說的話語。
你們現在已飽飫，可各自回家安寢。
明晨我們將邀請更多的尊敬的長老們，
在廳裡招待客人，並向神明們奉獻
豐盛的祭品，然後商討客人的歸程，
解除他心頭一切沉重的不快和憂煩，
在我們的幫助下歡悅地順利返回
故土家園，不管他居住多麼遙遠，
並使他一路免遭任何不幸和痛苦，
直到他踏上故土。這以後他將忍受
母親生育他時，命運和司命女神們
在他的生命線中紡進去的一切命數。
如果他是位神明從上天降臨到人間，
那顯然神明們另有意圖令我們難猜度。
往日神明總是以原形顯現於我們，
每當我們向他們奉獻豐盛的百牲祭，
他們和我們同坐共飲與我們無區分。
即使我們單獨與他們相遇於途中，
他們也不把形隱，因我輩與他們很親近，
如同庫克洛普斯族類和野蠻的眾巨靈。」

206

　　足智多謀的奧德修斯這樣回答說：
「阿爾基諾奧斯，請不要這樣思忖，
我與掌管廣天的神明們無法比擬，
無論身材或容貌；我是個有死的凡人。
凡你們認為有誰遭受過最多的不幸，
我遭受了那麼多苦難堪與他相比擬。
我還可以列舉更多更大的苦和難，
我忍受它們都是出於神明們的意願。

不過我雖然痛苦，還是請讓我先用餐。
無論什麼都不及可憎的腹中飢餓
更令人難忍，它迫使人們不得不想起，
即使他疲憊不堪，心中充滿愁憂，
有如我現在儘管心裡充滿了愁苦，
它們仍命令我吃喝，忘卻曾經忍受的
一切痛苦和不幸，要我果腹除飢餓。
請你們明天黎明初現便迅速準備，
讓我這個經歷了無數憂患的可憐人
得返故土，見到我的家產、奴隸
和高大的宅邸，即使我可能喪失性命。」　　　225

　　他這樣說完，贏得眾人的一致稱讚，
應該送客人歸返，因為他的話合情理。
大家奠酒祭神明，自己又盡興暢飲，
然後便紛紛離席，各自回家安寢，
唯有神樣的奧德修斯仍然留在大廳，
旁邊是阿瑞塔和神樣的阿爾基諾奧斯，
女僕們撤去飲宴使用的各種杯盤。
白臂的阿瑞塔這時開言對他們說話，
因為她看見奧德修斯的衣衫、外袍
和各件漂亮衣服盡是她和女僕們縫製，
於是她開口，說出有翼飛翔的話語：
「尊敬的客人，首先請允許我動問一聲，
你是何人何部族？誰給你這些衣衫？
你不是自稱是海中飄零人淪落來這裡？」　　　239

　　足智多謀的奧德修斯這樣回答說：
「王后啊，很難從頭至尾一一盡述
奧林波斯眾神明給我的那許多苦難，

不過對你的詢問我仍將直率地回答。
有一座海島路遙遙，名叫奧古吉埃，
阿特拉斯的多謀的女兒卡呂普索
在那裡居住，一頭秀髮，可畏的神女，
任何天神或有死的凡人均與她無往來，
但神明卻唯獨把不幸的我送到她那裡，
當宙斯用轟鳴的閃光霹靂向我的快船
猛烈攻擊，把快船擊碎在酒色的大海裡。
我的所有傑出的同伴喪失了性命，
只有我雙手牢牢抱住翹尾船的龍骨，
飄流九天，直到第十天黑夜降臨，
神明們把我送到海島奧古吉埃，
就是可畏的神女、美髮的卡呂普索的居地；
她把我救起，溫存地照應我飲食起居，
答應讓我長生不老，永遠不衰朽，
但她始終改變不了我胸中的心意。
我在那裡淹留七年，時時把淚流，
沾濕卡呂普索贈我的件件神衣。
光陰流逝，待到第八個年頭來臨，
她突然把我勸說，要我迅速歸返，
不知是宙斯的旨意，還是她改變了主意。
她讓我乘上堅固的筏船，給我送來
許多物品，有食物、甜酒和神明的衣服，
還給我送來一陣溫和的順向氣流。
我在海上十七個晝夜不斷地航行，
第十八天時終於顯現出你們國土上
陰影層疊的山巒，令不幸的我歡欣。
但是我注定還得忍受許多不幸，
全是震地神波塞冬把它們遣送給我；
他鼓起各種狂風，阻住我前進的道路，

258

把無邊的大海不停地翻動，狂濤迫使我
無法乘筏船繼續航行，我大聲嗟怨。
猛然間一個巨浪掀起把筏船打碎，
我不得不奮力游泳，劈開幽深的大海，
風浪推擁，把我送來你們的國土。　　　　　277
要是我就在那裡登陸，狂濤會抓住我，
把我拋向巨大的岩石和危險的絕境。
我只好後退回游，來到一處河口，
在我看來是一處最適合登岸的地方，
那裡岩石既平緩，還可以躲避氣流。
我疲憊地倒在那裡，神妙的黑夜降臨。
我離開那條神明灌注雨水的河流，
爬進一處樹叢，在身體周圍堆起
厚厚的樹葉，神明撒下不盡的睡眠。
我這樣躺在樹葉間，懷著憂傷的心靈，
酣睡一夜一早晨，直至今日中午。
太陽開始下行，睡眠才終於放開我。
這時我發現你女兒的侍女們在岸邊嬉戲，
你女兒在她們中間宛如一位女神。
我向她請求，她不缺少高尚的思想，
你很難期待同齡的年輕人會這樣行事，
因為年輕人往往缺少應有的智慧。
她給我食物和閃爍大海光澤的佳醪，
吩咐我在河中沐浴，給我這些衣衫。
我心中雖然憂愁，但所言均屬實情。」　　　297

　　阿爾基諾奧斯立即回答他這樣說：
「客人，我那女兒對此事考慮欠周全，
她沒有和侍女們一起把你帶回家來，
儘管你曾經首先向她發出請求。」　　　　　301

　　足智多謀的奧德修斯這樣回答說：
「國王啊，請不要讓你女兒無辜受責備，
她本要我跟隨侍女們一道來相見，
無奈我不敢那樣，擔心對你太不敬，
當你看見我時難免心裡不高興。
我們世間凡人生性中好惱怨。」 307

　　阿爾基諾奧斯回答奧德修斯這樣說：
「尊敬的客人，我胸中的心靈並不喜好
隨意惱怨，讓一切保持分寸更適宜。
請天父宙斯、雅典娜、阿波羅爲我作證，
我眞希望有一個像你這樣的秉性，
意氣與我相投之人娶我的女兒，
留下作女婿。我會給你家宅和產業，
如果你願意。不過費埃克斯人不會
強迫你背逆心願，因爲父宙斯不喜歡。
現在你放心，我決定明天就讓你歸返，
那時你可以躺在船上安心地睡眠，
自有人平穩地爲你划槳，讓你回到
故土家園，或其他你心嚮往的去處，
即使那地方甚至比尤卑亞島更遙遠，⑥
據說那島路遙遙，我邦人民也有人
去過那裡，伴送金髮的拉達曼提斯，
前去拜訪大地的兒子提梯奧斯。⑦

---

⑥尤卑亞島在希臘東部近海。

⑦提梯奧斯爲宙斯之子，赫拉嫉妒他，煽動他追求女神勒托。他欲行非
　禮，被宙斯用霹靂打入地下受苦刑。參閱本書第十二卷。一說他被阿
　波羅和阿爾特彌斯用箭射死。他在尤卑亞島深受居民崇拜。

他們去到那裡，絲毫不費辛苦地
完成了任務，並於當天折返回來。
你自己會知道我們的船隻多麼快速，
我們的年輕人多麼善於在海上航行。」　　　　328

　　歷盡艱辛的神樣的奧德修斯聽說心歡喜，
立即大聲地吁請神明，這樣地祈求：
「天父宙斯，請讓阿爾基諾奧斯實現
所說的一切，願他的聲名在生長五穀的
大地上永不泯滅，願我能順利返家園。」　　　　333

　　他們正互相交談，說著這些話語，
白臂的阿瑞塔這時已經吩咐侍女們
在廊屋擺下床鋪，放上一條精美的
紫色褥墊，褥墊上面鋪一條氈毯，
在氈毯上面蓋上輕軟的羊絨毛毯。
女僕們手執火炬迅速走出廳堂。
她們熟練地鋪好厚實柔軟的床鋪，
然後來到奧德修斯的身旁對他說：
「客人，請去安寢，床鋪已備整齊。」　　　　342

　　她們這樣說，奧德修斯也正泛睡意。
歷盡艱辛的神樣的奧德修斯睡在
回聲縈繞的廊屋雕花精美的床鋪上，
阿爾基諾奧斯睡在高大的宮宅的內室，
高貴的妻子同他分享臥床同安寢。　　　　347

第 八 卷
——聽歌人吟詠往事英雄悲傷暗落淚

當那初升的有玫瑰色手指的黎明呈現時，
神聖的阿爾基諾奧斯國王從床上起身，
攻掠城市的、宙斯養育的奧德修斯也起床。
神聖的阿爾基諾奧斯國王帶領眾人，
前往海港附近費埃克斯人的會場。
他們到達那裡，在光亮的石凳上就坐，
一個個挨近。帕拉斯·雅典娜跑遍城市，
幻化成經驗豐富的阿爾基諾奧斯的傳令官，
謀劃著勇敢的奧德修斯歸返的事情，
她每遇到一個人都站住，對他們這樣說：
「你們去吧，費埃克斯首領和君王們，
你們快去會場，見識一位外鄉人，
新來到閱歷豐富的阿爾基諾奧斯的宮邸，
曾在海上飄泊，樣子像不死的神明。」　　　14

她這樣說，鼓勵每個人的力量和精神，
會場上很快擠滿了人群，座無虛席。
人們不禁一片驚異，當他們看見
拉埃爾特斯的這位飽經憂患的兒子，
雅典娜在他的頭和肩撒下神奇的氣韻，
使他的儀表顯得更魁偉，也更壯健，
令全體費埃克斯人對他產生好感，
對他更欽羨敬畏，請他作各種競技，
費埃克斯人將這樣考驗奧德修斯。
待人們紛紛到來，迅速集合之後，
阿爾基諾奧斯開言，對他們這樣說：

「請聽我說，費埃克斯首領和君王們，
我要說我胸中的心靈吩咐我說的話語。
我不知道這位飄泊到我家的外鄉人
是何許人，屬東方還是西方的民族。
他請求我們幫助他返鄉，保護他安全。　　　　30
我們應該像往常一樣，幫助他返鄉井。
凡來到我家的外鄉人，從來沒有哪一個
滿懷憂傷地滯留在這裡，久久待歸返。
讓我們把一條首次出航的烏黑船隻
拖進神妙的大海，再從國人中挑選
五十二個年輕人，個個要出眾超群。
你們水手們要把船槳在槳架上綁好，
然後下船，迅速準備必要的食品，
前來我家裡，我會讓大家稱心如意。
這是對水手的要求，我請其他執權杖的
諸王公現在就去我的美麗的宅邸，
讓我們在大廳熱情招待這外鄉來客，
誰也不要拒請。你們再把神妙的歌人
得摩多科斯請來，神明賦予他用歌聲
娛悅人的本領，唱出心中的一切啟示。」　　　　45

　　他說完前行，執權杖的王公們跟隨他，
另有傳令官去邀請那位神妙的歌人。
五十二位經過遴選的出色的年輕水手
按照他的吩咐，前往荒涼的海岸。
他們來到大海岸邊，船隻跟前，
把一條烏黑的船隻拖進幽深的海水裡，
在烏黑的船上立起桅杆，備好風帆，
把船槳套進皮革絞成的結實的索帶裡，
把一切安排妥當，張起白色的風帆。

他們把船停泊到深水處，再一起前往
經驗豐富的阿爾基諾奧斯的宏偉的宮殿。
前廳、院廊和各個宮室一時間擠滿了
匯集的人群，有老有年輕，難以勝計。
阿爾基諾奧斯爲他們宰殺了十二頭羊，
八頭白牙肥豬和兩頭蹣跚的壯牛，
把它們剝皮烤炙，備辦起豐盛的宴席。　　　　61

　　傳令官回來，帶來令人敬愛的歌人，
繆斯寵愛他，給他幸福，也給他不幸，
奪去了他的視力，卻讓他甜美地歌唱。
潘托諾奧斯給他端來鑲銀的寬椅，
放在飲宴人中間，依靠高大的立柱。
傳令官把音色優美的弦琴①掛在木橛上，
在他的頭上方，告訴他如何伸手摘取。
再給他提來精美的食籃，擺下餐桌，
端來酒一杯，可隨時消釋欲望飲一口。
人們伸手享用面前擺放的餚饌。
在他們滿足了飲酒吃肉的欲望之後，
繆斯便鼓動歌人演唱英雄們的業績，
演唱那光輝的業績已傳揚廣闊的天宇，
奧德修斯和佩琉斯之子阿基琉斯的爭吵，
他們怎樣在祭神的豐盛筵席上起爭執，
言詞激烈，民眾的首領阿伽門農心歡喜，
看見阿開奧斯人中的傑出英雄起紛爭。
原來福波斯·阿波羅曾經向他作啓示，

---

①一種類似豎琴的弦樂器，但體積較豎琴大一些。

在神聖的皮托，當他跨過石門檻去求問，②
因為當時災難已開始降臨特洛亞人
和達那奧斯人，按照偉大宙斯的意願。　　　　　　82

　　那位著名的歌人這樣歌唱，奧德修斯
用強健的雙手提起寬大的紫色外袍，
舉到頭部，遮住他那優美的臉面，
擔心費埃克斯人發現他眼中流淚水。
當神妙的歌人唱完一曲停止演唱，
他便抹去眼淚，把袍襟從頭部挪開，
舉起雙耳酒杯，酹酒把神明祭奠。
但當費埃克斯首領們重又要求歌人
繼續演唱，因為他們喜歡他的歌，
奧德修斯不禁又把頭遮住哭泣。
他這樣流淚，瞞過所有在座的人們，
唯有阿爾基諾奧斯覺察發現此情景，
國王坐在他身旁，聽見他低聲嘆息。
國王對喜好航海的費埃克斯人這樣說：
「費埃克斯首領和君王們，請聽我說。
我們的心靈已盡情享受了美味的餚饌
和優美的歌唱，那是盛宴必備的部分。
現在讓我們到外面去進行各種競技，
等到我們的客人回到他的家鄉後，
也好對他的親人們說起，我們如何在
拳擊、角力、跳遠和賽跑上超越他人。」　　　103

　　他這樣說完在前引導，眾人跟隨他。

---

②皮托在福基斯境內的帕爾那索斯山南麓，著名的得爾斐神示所即在那
　裡，因此有時即以皮托作為該神示所的別稱。

傳令官把音色優美的弦琴掛在木橛上，
拉著得摩多科斯的手，領他出宮宅，
在前面給他引路，沿著觀賞競技的
其他費埃克斯人的首領們前去的路線。
他們來到廣場，隨行的是龐大的人群，
無法勝計，許多高貴的年輕人躋身前列。
出賽的有阿克羅紐斯、奧庫阿洛斯和埃拉特柔斯，
瑙透斯、普里紐斯、安基阿洛斯和埃瑞特繆斯，
蓬透斯、普羅瑞斯、托昂、阿那貝西紐斯，
安菲阿洛斯和特克托諾斯之子波呂涅奧斯的兒子，
還有歐律阿洛斯和嗜殺成性的阿瑞斯般的
瑙波利特斯，儀表和身材勝過所有的
費埃克斯人，只不及高貴的拉奧達馬斯。　　　　117
又站出高貴的阿爾基諾奧斯的三個兒子：
拉奧達馬斯、哈利奧斯和神樣的克呂托涅奧斯。
他們比賽的第一個項目是競賽跑速。
賽手們從起跑點迅速起跑，隨即全力
向前飛奔，賽場上彌漫起滾滾飛塵。
高貴的克呂托涅奧斯遠遠地超越眾人，
有如新耕的田地上健騾犁耕的距離，
他這樣超過其他人，把他們拉在後面。
他們接著進行艱難的角力比賽，
歐律阿洛斯在這場比賽中技壓群雄。
安菲阿洛斯在跳遠比賽中出類拔萃，
埃拉特柔斯在擲餅比賽中遙遙領先，③
拳擊優勝是拉奧達馬斯，高貴的王子。　　　　130

---

③比賽用餅為木餅或石餅或金屬餅。此處為石餅，參見本卷第190、192
　行。

　　在人們盡情地看完賞心悅目的比賽後，
阿爾基諾奧斯之子拉奧達馬斯開言說：
「朋友們，現在讓我們問問這位客人，
他擅長哪種競技，他的體格並不差，
他的大腿、膝頭，還有他的那雙手
和他的頸脖都很強健，充滿力量，
他並不缺勇毅，無奈苦難使他顯憔悴。
在我看來，世上沒有什麼比大海
更能殘酷地折磨人，即使此人很壯健。」　　　　139

　　歐律阿洛斯立即回答他的提議說：
「拉奧達馬斯，你的話說得非常在理。
你現在就去向他挑戰，說明用意。」　　　　142

　　阿爾基諾奧斯的高貴兒子聽他說完，
立即走到場中央，對奧德修斯這樣說：
「尊敬的外鄉大伯，請你也參加競賽，
如果你也有擅長，你顯然也精通競技。
須知人生在世，任何英名都莫過於
他靠自己的雙腳和雙手贏得的榮譽。
你也來試試，拋棄心中的一切憂慮。
你的歸程絕不會被長久地推遲延誤，
船隻已下水，伴侶們也都準備就緒。」　　　　151

　　足智多謀的奧德修斯這樣回答說：
「拉奧達馬斯，你們為何挑戰嘲弄我？
我心中充滿憂愁，無心參加競技，
因為我經受了那麼多苦難和那麼多折磨，
而今我身在競技場，心卻把歸程思慮，
請求國王和全體屬民幫助我返鄉里。」　　　　157

　　歐律阿洛斯立即回答，譏諷地責備說：
「客人，我看你不像是精於競賽之人，
雖然世人中這樣的競技花樣頗繁多，
你倒像是經常乘坐多槳船往來航行，
一群航行於海上的賈貨之人的首領，
心裡只想運貨，保護船上的裝載
和你嚮往的獲益，與競技家毫不相干。」　　　164

　　足智多謀的奧德修斯側目回答說：
「陌生人，你出言不遜，像個放肆之人。
神明並不把各種美質賜給每個人，
或不賜身材，或不賜智慧，或不賜詞令。
從而有的人看起來形容較他人醜陋，
但神明卻使他言詞優美，富有力量，
人們滿懷欣悅地凝望他，他演說動人，
為人虛心嚴謹，超越匯集的人們，
當他在城裡走過，人們敬他如神明。
另有人容貌如同不死的神明一般，
但神明沒有充分賜給他優美的談吐，
就像你外表華麗，天神甚至不可能
使你更完美無缺，但你卻思想糊塗。
你剛才使我胸中的心靈充滿怒火，
說話太魯莽無理。我並非不知競技，
如你所揣度，我想我也會名列前茅，
只要我的青春和雙手仍然可憑信。
只是我現在心裡充滿愁苦和憂傷，
我經歷過無數戰爭，受盡波濤的折磨。
不過我儘管苦悶，仍願一試身手，
你剛才的話太讓人傷心，太讓人氣憤。」　　　185

　　他這樣說完，從座位站起，外袍未脫，
便抓起一塊賽餅，更大更厚更沉重，
超過費埃克斯人互相競賽的那一塊。
他揮動強勁的臂膀，掄起石餅拋出去，
那餅呼嘯一聲，把好用長槳善航海的
費埃克斯人驚恐得迅速撲向地面，
讓餅飛過。石餅離手後迅速越過
所有其他人的標記，雅典娜標出落點，
幻化成常人模樣，稱呼一聲這樣說：
「客人，即使是瞎子也能摸索辨認出
這個標記，因為它不會同其他人的相混，
而是遠遠在前。在這項競賽中你必勝，
費埃克斯人不可能拋出這麼遠去超過你。」　　　198

　　歷盡艱辛的英雄奧德修斯聽完心欣喜，
慶幸自己在比賽中遇到了真正的知己。
這時他心情輕鬆地對費埃克斯人這樣說：
「年輕人，趕上那標記，我還可再拋一次，
我想或許是同樣距離，或許會更遠。
我的心靈向所有其他人發出挑戰，
請他來競賽，既然你們把我激怒。
拳擊、角力或者賽跑，我都願奉陪，
所有的費埃克斯人，除去拉奧達馬斯。
他是我的東道主，誰會與朋友爭鬥？
這樣的人準是沒有頭腦的糊塗人，
如果他同盛情招待他的主人競爭，
在異域他鄉。那樣他會喪失一切。
我對任何人都不拒絕，也不輕視，
我願意和他比試一番，當面較量。

人世間的一切競賽項目我都在行，
但我最爲精通的是使用光滑的弓箭。　　　　　213
我總是首先把箭矢射向稠密的敵群，
第一個把敵人射中，即使是許多同伴
一起作戰，同時把箭矢瞄準敵人。
只有菲洛克特特斯在箭術方面勝過我，④
當我們阿開奧斯人在特洛亞大地比箭術。
我敢說我的箭術遠遠超過其他人，
只要他們是凡胎，現在在大地上吃穀物。
我當然不敢冒昧地同過去的英雄們競爭，
與赫拉克勒斯和奧卡利亞人歐律托斯相比，
他們的箭術堪與不死的神明比高低。
偉大的歐律托斯由此很早便死去，
未能在宮裡活到老年，憤怒的阿波羅
把他射死，因爲他要同阿波羅比箭術。⑤
我投擲長槍比其他人射箭還要遠。
只是在賽跑方面我擔心會有哪位
費埃克斯人可能超過我，因爲我忍受過
無數風暴的殘酷折磨，航行中又經常
缺少飲食，我的雙腿已癱軟無力。」　　　　　233

　　他這樣說完，眾人一片靜默不言語。
唯有阿爾基諾奧斯這時回答他這樣說：
「客人，你說這些話並非要刺傷我們，

---

④菲洛克特特斯是特薩利亞名箭手，得到了赫拉克勒斯死後遺傳的弓
　箭。他在去特洛亞遠征途中被蛇咬傷，留在楞諾斯島。第十年時奧德
　修斯等把他請去，射死特洛亞王子、名箭手帕里斯。
⑤歐律托斯以善射著稱，一說他被赫拉克勒斯射死，因他違背諾言，在
　與赫拉克勒斯比箭失敗後，不願如約將女兒嫁給赫拉克勒斯。奧卡利
　亞在特薩利亞境內。

只是想表明你還保存著怎樣的勇力，
既然剛才那人挑戰時說話帶譏諷，
令你憤怒，但再無人否定你的力量，
只要他說話時善於運用自己的智慧。
現在請你也聽我一言，以便你以後能
對其他英雄說起，當你在自己的宮裡
同自己的妻子和孩子們共同進餐時，
憶及到我們的勇力，宙斯賜給我們
怎樣的本領，經過祖輩遺傳給我們。
我們在拳擊和角力方面並不出色，
但我們雙腿奔跑敏捷，航海超群，
我們也一向喜好飲宴、豎琴和歌舞，
還有華麗的服裝、溫暖的沐浴和軟床。
現在開始表演舞蹈吧，費埃克斯人中
最出色的舞蹈家，以便待客人返回家鄉後，
向自己的親人們述說，我們在航海、賽跑
和舞蹈、歌唱方面如何較他人優越。
再有一人速去給得摩多科斯取來
音色優美的弦琴，它就掛在我家裡。」　　　　255

　神明一般的阿爾基諾奧斯這樣說完，
傳令官急忙去王宮摘取空肚的弦琴。
遴選出的九位公眾評判員站起身來，
他們負責安排比賽中的一切事宜，
劃出一塊舞蹈場，將場地準備就緒。
這時傳令官回來，給得摩多科斯取來
音色優美的弦琴。歌人走進場中央，
周圍站著剛成年的年輕人，個個善歌舞，
用腳踩擊那神妙的舞場。奧德修斯
看著他們閃爍的舞步，不覺心驚異。　　　　265

　　這時歌人邊彈琴，開始美妙地唱起
阿瑞斯和髮環美麗的阿佛羅狄忒的愛情。
他們怎樣最初在赫菲斯托斯的家裡
偷偷幽會，阿瑞斯饋贈了許多禮物，
玷污了大神赫菲斯托斯安眠的床榻。
赫利奧斯⑥窺見他們偷情便向他報信。
赫菲斯托斯聽到這令人痛心的消息，
去到冶煉場，心中考慮報復的手段，
把巨大的鍛砧搬上底座，鍛造一張
扯不破掙不開的羅網，好當場捉住他們。
他作成這件活計，心中怨恨阿瑞斯，
走進臥室，那裡擺放著親切的臥床。
他憑借床柱在床的四周布上羅網，
無數網絲自上面的房樑密密地垂下，
有如細密的蛛網，誰也看不見它們，
即使是常樂的神明，製作手工太精妙。
他在床的四周布好他這件活計，
佯裝前往利姆諾斯⑦，建造精美的城堡，
大地上所有城市中他最喜愛那一座。
執金轡繩的阿瑞斯敏銳地留心窺探，
發現名巧匠赫菲斯托斯離家出遠門，
便立即來到著名的赫菲斯托斯的家宅，
懷著對髮環美麗的庫特瑞婭的情焰。⑧
女神從父親，全能的克羅諾斯的兒子

281

---

⑥赫利奧斯是太陽神，明亮的光線使他無所不見。

⑦愛琴海北部島嶼。

⑧庫特瑞婭是阿佛羅狄忒的別名，源自島名庫特拉。該島位於伯羅奔尼
　撒半島南端，是古代祭祀女神的著名地點之一。

那裡回來剛坐下，阿瑞斯便來到屋裡，
抓住她的手，招呼一聲對她這樣說：
「親愛的，快上床吧，讓我們躺下尋歡愛，
赫菲斯托斯已經不在家，他可能是去到
利姆諾斯講蠻語的辛提埃斯人那裡。」⑨

294

　　他這樣說，女神樂意地和他躺下。
他們上床入睡，機敏的赫菲斯托斯的
精巧的羅網這時從四面密密地罩下，
使他們既無法挪動手腳，也無法起來。
他們終於明白，已無法擺脫束縛。
強大的跛足神這時來到他們跟前，
他未到利姆諾斯土地便折返回來，
赫利奧斯爲他觀察，報告消息。
他返身回家，親愛的心靈懷著憂傷。
他站在門口，心頭充滿強烈的憤怒，
放聲大喊，使全體神明都能聽見：
「父親宙斯和其他永生常樂的眾神明，
你們快來看可笑而不可忍受的事情，
只因我跛足，宙斯的女兒阿佛羅狄忒
一貫輕視我，卻看上了毀滅神阿瑞斯，
因爲他漂亮又健壯，而我卻天生孱弱。
可是這並非是應該怨我的一種過錯，
而是在於我父母，他們不應該生下我。
現在你們請看，他們躺臥享歡愛，
登上我的床榻，我見了痛苦揪心。
我看他倆也不會就這樣相親相愛，
長久躺臥，他們很快會不想再臥眠。

---

⑨辛提埃斯人是利姆諾斯島上的居民。

如今我作成的羅網已把他們縛住，
直到她父親把我的聘禮全部退還，
我當初爲了這無恥的女人把它們送給他，
他的女兒確實很美麗，但不安本分。」　　　　　320

　他這樣說，眾神聚集到他的銅宮。
震地之神波塞多來了，廣施恩惠的
赫爾墨斯來了，射王阿波羅也來到。
溫柔的女神們羞於前來，留在家裡。
給人賜福的神明們駐足臥室門前。
常樂的神明們不禁紛紛大笑不止，
當他們看見機敏的赫菲斯托斯的妙計。
有的神見此景象，對身旁的神明這樣說：
「壞事不會有好結果，敏捷者被遲鈍者捉住，
如現在赫菲斯托斯雖然遲鈍，卻捉住了
阿瑞斯，奧林波斯諸神中最敏捷的神明，
他雖跛足，卻機巧，阿瑞斯必須作償付。」　　332

　神明們當時紛紛這樣互相議論，
宙斯之子阿波羅王對赫爾墨斯這樣說：
「赫爾墨斯，宙斯之子，引路神，施惠神，
縱然身陷這牢固的羅網，你是否也願意
與黃金的阿佛羅狄忒同床，睡在她身邊？」　　337

　弒阿爾戈斯的引路神當時這樣回答說：
「尊敬的射王阿波羅，我當然願意能這樣。
縱然有三倍如此牢固的羅網縛住我，
你們全體男神和女神俱注目觀望，
我也願睡在黃金的阿佛羅狄忒的身邊。」　　342

　　他這樣說，不死的天神們哄笑不止。
波塞冬沒有發笑，他一直不斷請求
著名的巧匠赫菲斯托斯釋放阿瑞斯。
他這樣對巧匠說出有翼飛翔的話語：
「放了他吧，我擔保讓他按你的吩咐，
當著不死的眾神明交出應給的償付。」　　　　348

　　著名的跛足神這時回答波塞冬這樣說：
「震地之神波塞冬，請不要這樣命令我，
不值得給不值得擔保之人作擔保。
我怎能當著不死的眾神明把你縛住，
要是阿瑞斯逃避責任，又擺脫羅網？」　　　　353

　　震地神波塞冬這時回答名巧匠這樣說：
「赫菲斯托斯，要是阿瑞斯迴避責任，
立即逃竄，我自己就替他償付一切。」　　　　356

　　著名的跛足神這時回答波塞冬這樣說：
「好吧，我不能，也不該再拒絕你的要求。」　　358

　　強大的赫菲斯托斯這樣說，打開了羅網。
他們兩人一擺脫那如此牢固的羅網，
立即從床上起來，阿瑞斯前往色雷斯，
愛歡笑的阿佛羅狄忒前往塞浦路斯，
來到帕福斯，那裡有她的香壇和領地。⑩
美惠女神們為她沐浴，給她抹上
永生的天神們經常使用的神性香膏，

――――――――――

⑩據說阿佛羅狄忒由海中出生後，首先來到塞浦路斯島。帕福斯城在該
　島西部，是古代崇拜女神的中心之一。

　　再給她穿上華麗的衣服，驚人地艷麗。　　　　　　366

　　著名的歌人唱完這一段，奧德修斯
聽了心曠神怡，那些好用長槳的、
善航海的費埃克斯人聽了也很欣喜。　　　　　　　369

　　這時阿爾基諾奧斯吩咐哈利奧斯
和拉奧達馬斯單獨舞蹈，無人可比。
他們伸手抓起一個美麗的紫色球，
經驗豐富的波呂博斯為他們縫製，
一個把球拋向雲絲繚繞的天空，
把身後仰，另一個隨即從地上躍起，
輕巧地把球接住，不待雙腳落地。
在他們這樣嘗試一番拋球之後，
便在養育眾生的土地上舞蹈起來。
兩人不斷地變換位置，其他年輕人
站在舞場跺節拍，一時間跺聲四起。
神樣的奧德修斯對阿爾基諾奧斯這樣說：
「阿爾基諾奧斯王，人民的至尊至貴，
你曾經宣稱你們是最出色的舞蹈家，
現在已證實，見他們舞蹈我讚嘆不已。」　　　　　384

　　他這樣說，阿爾基諾奧斯聽了欣喜，
立即對好用船槳的費埃克斯人這樣說：
「費埃克斯首領和君王們，請聽我說。
我看這位外鄉人非常聰明有理智，
現在讓我們饋贈他一些合適的禮物。
我們的人民共有十二位傑出的王公，
掌權治理，把我算上一共十三位，
你們每人饋贈他清潔的披篷一件，

衣衫一件，再送他一塔蘭同貴重的黃金。
我們立即把它們取來，好讓客人
捧著這些禮物心情愉快地去赴宴。
至於歐律阿洛斯，他應用道歉和禮物
向客人尋求和解，他剛才說話不合適。」　　　　397

　　他這樣說完，贏得眾人的一致稱讚，
紛紛命令傳令官快去把禮物取來。
歐律阿洛斯大聲回答國王這樣說：
「阿爾基諾奧斯王，人民的至尊至貴，
我將向客人尋求和解，按你的吩咐。
我要饋贈他一把純銅劍，劍柄鑲銀，
劍鞘鑲滿新作成的種種象牙裝飾，
我想他會認為這是件珍貴的禮物。」　　　　405

　　他這樣說，一面把鑲銀劍交給客人，
大聲地對他說出有翼飛翔的話語：
「你好，外鄉大伯，如果我言語冒犯，
願風暴立即把它們吹走，把它們吹散。
願神明賜你重見妻子，得返故土，
當你遠離親人，經歷了那麼多苦難。」　　　　411

　　足智多謀的奧德修斯這樣回答說：
「你好，親愛的朋友，願神明賜福於你。
但願你他日不會為此劍心生惋惜，
你現在向我致詞道歉，把它贈給我。」　　　　415

　　他這樣說完，把鑲銀釘的劍背上肩頭。
太陽西下，珍貴的禮物已全部備齊。
高貴的傳令官們把禮物搬進國王的宮裡，

尊敬的阿爾基諾奧斯的兒子們接過它們，
把珍貴的禮物放到尊貴的母親身邊。
阿爾基諾奧斯興致盎然地引導眾人
返回宮邸，邀他們在高大的寬椅上就座。
強大的阿爾基諾奧斯對阿瑞塔這樣說：
「夫人，請取一只最精緻最漂亮的衣箱，
親自放進一件潔淨的披篷和衣衫，
把一只銅鼎架上火焰，把水燒熱，
讓客人沐浴後再觀看那些美好的禮物，
它們都是高貴的費埃克斯人的饋贈，
然後讓客人享受宴飲，聽歌人吟詠。
我贈他那只精美的酒杯，黃金製成，
好讓他永遠想起我，每當他舉起那杯，
向偉大的宙斯和其他眾神明酹酒祭奠。」　　　　　432

　　他這樣說完，阿瑞塔立即吩咐女僕們，
命她們趕快把巨大的三腳鼎架上火焰。
女僕們把燒水三腳鼎架上旺盛的火焰，
向鼎裡注水，抱來柴薪向鼎下加添。
火焰把鼎肚圍抱，涼水漸漸變溫暖。
這時阿瑞塔從自己的貯室為客人取來
一只精緻的衣箱，放進精美的禮物，
衣服、黃金，費埃克斯人的各種贈品。
她又放進一件披篷和華麗的衣衫，
開言對客人說出有翼飛翔的話語：
「現在請你查看箱蓋，把箱籠捆好，
免得航行中有人從中竊取物品，
在你乘坐黑殼船時沉入深深的夢境。」　　　　　445

　　歷盡艱辛的神樣的奧德修斯聽完，

立即關好箱蓋，迅速把箱籠捆好，
打個巧結，尊貴的基爾克當年教習。
這時主管女僕過來邀請他沐浴，
前去浴室。他一見那溫暖的浴水，
欣悅湧心頭，因爲他已久未如此享用，
自從他離開美髮的卡呂普索的居處，
當日神女曾對他如對神明般地體貼。　　　　　453

女僕們給他沐浴以後，抹上橄欖油，
再給他穿上縫製精美的罩袍和衣衫，
他走出浴室，走向正在飲宴的人們。
具有女神般美麗容貌的瑙西卡婭，
正站在建造堅固的屋檐下的立柱旁，
心中驚異不已，雙眼注視奧德修斯，
開言對他說出有翼飛翔的話語：
「你好，客人，但願你日後回到故鄉，
仍能記住我，因爲你首先有賴我拯救。」　　　462

足智多謀的奧德修斯這樣回答說：
「勇敢的阿爾基諾奧斯的女兒瑙西卡婭，
但願赫拉的執掌霹靂的丈夫宙斯
能讓我返回家園，見到歸返那一天。
那時我將會像敬奉神明那樣敬奉你，
一直永遠，姑娘，因爲是你救了我。」　　　　468

他這樣說完，在國王身旁的寬椅就座，
人們分配肉食，再把酒釀調和。
這時傳令官進來，領來敬愛的歌人，
令人們尊敬的得摩多科斯，讓他坐在
飲宴的人們中間，依靠著高高的立柱。

足智多謀的奧德修斯招呼傳令官，
一面割下一塊白牙肥豬的里脊肉，
一大塊留下，脊肉兩面裹著肥油：
「傳令官，請把這塊肉送給得摩多科斯，
我儘管心中憂傷，但對他仍不忘敬重。
所有生長於大地的凡人都對歌人
無比尊重，深懷敬意，因爲繆斯
教會他們歌唱，眷愛歌人這一族。」　　　　　　481

　　他這樣說，傳令官把肉送到尊敬的
得摩多科斯手裡，歌人接過心歡喜。
人們伸手享用面前擺放的餚饌。
在他們滿足了飲酒吃肉的欲望之後，
睿智的奧德修斯對得摩多科斯這樣說：
「得摩多科斯，我敬你高於一切凡人。
是宙斯的女兒繆斯或是阿波羅教會你，
你非常精妙地歌唱了阿開奧斯人的事跡，
阿開奧斯人的所作所爲和承受的苦難，
有如你親身經歷或是聽他人敘說。
現在請換個題目，歌唱木馬的故事。
那是由埃佩奧斯在雅典娜幫助下製造，
神樣的奧德修斯把那匹計謀馬送進城，
裡面藏著許多英雄，摧毀了伊利昂。
如果你能把這一切也爲我詳細歌唱，
那我會立即向所有的世人鄭重傳告，
是善惠的神明使你歌唱如此美妙。」　　　　　　498

　　他這樣說完，歌人受神明啓示演唱，
唱起阿爾戈斯人登上建造堅固的船隻，
航行到海上，縱火燒毀原先的營寨，

許多英雄與著名的奧德修斯一起，
藏身於木馬留在特洛亞人的廣場，
因為特洛亞人自己把它拖進衛城裡。
木馬停在廣場，特洛亞人爭論不休，
坐在木馬周圍；他們有三種意見，
或是用無情的銅器戳穿中空的木馬，
或是把它拖往懸崖的高處推下，
或是把它如珍品保留取悅神明，
後來他們正是遵循了這一種建議。
命運注定他們遭毀滅，讓城市接納
那高大的木馬，裡面藏著阿爾戈斯人的
傑出英雄，給特洛亞人帶來屠殺和滅亡。
他歌唱阿開奧斯子弟們怎樣衝進城市，
他們爬出木馬，離開藏身的空馬腹。
他歌唱他們到處摧毀巍峨的城池，
奧德修斯衝向得伊福波斯的宮邸，
有如阿瑞斯，同神樣的墨涅拉奧斯一起。
唱到他在那裡經歷了最艱苦的戰鬥，
最後獲得勝利，有偉大的雅典娜助佑。　520

　　著名的歌人吟唱這段故事，奧德修斯
聽了心悲愴，淚水奪眶沾濕了面頰。
有如婦人悲慟著撲向自己的丈夫，
他在自己的城池和人民面前倒下，
保衛城市和孩子們免遭殘忍的苦難；
婦人看見他正在死去作最後的掙扎，
不由得抱住他放聲哭訴；在她身後，
敵人用長槍拍打她的後背和肩頭，
要把她帶去受奴役，忍受勞苦和憂愁，
強烈的悲痛頓然使她面頰變憔悴；

奧德修斯也這樣睫毛下流出憂傷的淚水。
他這樣流淚，瞞過了所有在座的人們，
唯有阿爾基諾奧斯覺察發現此景象，
國王坐在他身旁，聽見他低聲嘆息。　　　　　　534
國王對喜好航海的費埃克斯人這樣說：
「費埃克斯首領和君王們，請聽我說。
讓得摩多科斯停住音色優美的弦琴，
因為他的歌未能引起眾人心歡悅。
自從我們開始晚餐，神妙的歌人唱吟，
這位客人便沒有停止悲痛的嘆息，
顯然巨大的痛苦襲擊著他的心靈。
請歌人停止吟唱，大家共享歡欣，
主人和客人同樂，這樣更為適宜。
本是為客人，才有歌人的這些歌唱，
送行酒宴和我們的那些熱忱贈禮。
任何人只要他稍許能用理智思慮事情，
對待外鄉來客和求援人便會如親兄弟。
現在請你不要巧用心智求隱諱，
迴避我的詢問，直言作答相宜。
請你告訴我，你在家鄉時你的父母親
以及本城和鄰近的人們如何稱呼你。　　　　　　551
任何人都不可能完全沒有名字，
無論卑微或尊貴，自他出生以後，
因為父母都要給出生的孩子起個名。
再請你告訴我你的故鄉、部族和城邦，
好使我們的船隻送你回去時定方向。
我們費埃克斯人沒有掌航向的舵手，
也沒有任何航舵，船隻自己定方位，
它們自己理解人們的思想和心願，
洞悉一切部族的城邦和所有世人的

肥田沃土，能夠在雲翳霧靄彌漫的
幽深大海上迅速航行，從不擔心
會遭受任何損傷或者不幸被毀滅。
但我的父親瑙西托奧斯曾經告訴我，
他說波塞冬對我們甚爲不滿懷怨怒，
因爲我們安全地伴送所有的外來客。
聲稱費埃克斯人精造的船隻總會在
送客返航於霧氣彌漫的大海時被擊毀，
降下一座大山把我們的城邦包圍。
老人這樣說，神明是讓此事實現
還是不應驗，全看他心頭持何意願。　　　571
現在請你告訴我，要說眞話不隱瞞，
你漫遊過哪些地方和住人的地域，
見過哪些種族和人煙稠密的城市，
哪些部族凶暴、野蠻、不明法理，
哪些部族尊重來客，敬畏神明。
請再告訴我，你爲什麼流淚心悲苦，
當你聽到阿爾戈斯人和伊利昂的命運時。
須知那是神明安排，給無數的人們
準備死亡，成爲後世歌唱的題材。
或許是你有哪位高貴的親人倒在
伊利昂城下，或許是女婿或許是岳丈？
他們與我們最親近，除了血緣親屬。
或許是你有哪位高貴的知心伙伴
在那裡喪命？因爲伙伴與親人無差異，
須知他既是知心朋友，又是好咨議。」　　　586

第 九 卷
——憶歸程歷述險情逃離獨目巨人境

　　睿智的奧德修斯回答國王這樣說：
「阿爾基諾奧斯王，人民的至尊至貴，
能聽到這樣的歌人吟唱眞是太幸運，
他的歌聲娓娓動聽，如神明們吟詠。
我想沒有什麼比此情此景更悅人，
整個國家沉浸在一片怡人的歡樂裡。
人們會聚王宮同飲宴，把歌詠聆聽，
個個挨次安座，面前的餐桌擺滿了
各式食品餚饌，司酒把調好的蜜酒
從調缸舀出給各人的酒杯一一斟滿。
在我看來，這是最最美好的事情。
可你卻一心想詢問我的痛苦不幸，
這只能使我憂傷之中更加添愁苦。
眞不知我該先講什麼，後講什麼，
只因烏拉諾斯眾神裔賜我苦難無數。
現在我首先報上姓名，讓你們知道，
也好待我從這些無情的時日解脫後，
有機會招待你們，儘管我居住遙遠。
我就是那個拉埃爾特斯之子奧德修斯，
平生多智謀爲世人稱道，聲名達天宇。
我住在陽光明媚的伊塔卡，島上有山，
名叫涅里同，峻峭壯麗，鬱鬱蔥蔥。
周圍有許多住人的島嶼，相距不遠，
有杜利基昂、薩墨和多森林的扎昆托斯。
伊塔卡地勢低緩最遙遠，坐落海中
最西邊，其他島嶼也遙遠，東側迎朝陽。

18

伊塔卡雖然崎嶇，但適宜年輕人成長，
我認為從未見過比它更可愛的地方。
神女中的女神卡呂普索把我阻留在
她的寬曠洞穴裡，心想讓我作丈夫，
基爾克也曾把我阻留在她的宮宅裡，
就是那魔女艾艾埃，①心想讓我作丈夫，
但她們都無法改變我這胸中的心願。
任何東西都不如故鄉和父母更可親，
如果有人浪跡在外，生活也富裕，
卻居住在他鄉異域，離開自己的父母。
現在讓我講講我充滿苦難的歸程，
那是我離開特洛亞之後宙斯賜予。　　38

　「離開伊利昂，風把我送到基科涅斯人的
伊斯馬羅斯，我攻破城市，屠殺居民。
我們擄獲了居民們的許多妻子和財物，
把他們分配，每個人不缺相等的一份。
我當時要求大家立即離開那地方，
但他們糊塗過分，不願聽從我勸說。
他們在那裡開懷暢飲，在大海岸邊
宰殺了許多肥羊和蹣跚的彎角牛。
就在這時，基科涅斯人去召喚其他的
與他們鄰近的同族，他們人多又勇敢，
居住在該國內陸地方，善於從馬上
和敵人廝殺，必要時也能徒步作戰。
他們在清晨時到來，多得有如春天的
茂葉繁花，顯然是宙斯的惡願降臨於
不幸的我們，讓我們遭受無數的苦難。

①艾艾埃本是基爾克的居地，據說在義大利和西西里之間的海上。

雙方擺開陣勢，在快船邊展開激戰，
互相把裝有青銅的槍矛不斷地投擲。
在整個清晨和神聖的白晝增強的時候，
我們仍能回擊比我們眾多的敵人。
但到了太陽下沉，給耕牛解軛的時候，
基科涅斯人占優勢，打垮了阿開奧斯人。
每條船有六個戴脛甲的同伴喪失性命，
其他人終於逃脫了死亡和面臨的毀滅。　　　　61

「我們從那裡繼續航行，悲喜繞心頭，
喜自己逃脫死亡，親愛的同伴卻喪生。
我允許翹尾船繼續向前航行，只是在
向不幸的同伴每人呼喚三聲之後，
他們被殺死在基科涅斯人的土地上。
這時集雲神宙斯喚起強烈的北風，
帶來狂風暴雨，頃刻間濃密的雲翳
籠罩大地和海面，黑夜從天降臨。
船隻被風暴刮走，一頭扎進波濤，
狂風的威力把船舶三片四片地撕碎。
我們擔心死亡降臨，把風帆放下，
划動船槳，把船隻迅速駛向陸地。
我們在那裡連續停留兩天又兩夜，
渾身疲乏，憂傷吞噬著我們的心靈。
待到美髮的黎明使第三個白天降臨時，
我們又豎起桅杆，揚起白色的風帆，
在船上坐好，讓風和舵手操縱船隻。
當時我本可能安然無恙地抵達故鄉，
但波濤和北風在我們繞過馬勒亞時，
卻把我們推開，使我們離開了庫特拉。　　　　81

「此後九天，我們繼續被強烈的風暴
顛簸在游魚豐富的大海上，第十天來到
洛托法戈伊人的國土，他們以花爲食，
我們在那裡登上陸地，提取淨水，
同伴們立即在航行快速的船隻旁用餐。
在我們全都盡情地吃飽喝足之後，
我決定派遣幾個同伴去探察情況，
在這片土地上吃食的是些什麼人。
我挑選了兩個同伴，第三個是傳令官。
他們立即出發，遇見洛托法戈伊人。
洛托法戈伊人無意殺害我們的同伴，
只是給他們一些洛托斯花品嘗。
當他們一吃了這種甜美的洛托斯花，
就不想回來報告消息，也不想歸返，
只希望留在那裡同洛托法戈伊人一起，
享用洛托斯花，完全忘卻回家鄉。②
我不顧他們哭喊，強迫他們回船，
把他們拖上空心船縛在槳位下面，
然後立即命令其他忠實的伙伴們
趕快登上自己的航行快捷的船隻，
免得再有人吃了洛托斯花忘歸返。
他們迅速登進船裡，坐上槳位，
挨次坐好後用槳划動灰暗的海面。　　104

　　「我們從那裡心情沉重地繼續航行，
來到瘋狂野蠻的庫克洛普斯們的居地，
庫克洛普斯們受到不死的天神們的庇護，
既不種植莊稼，也不耕耘土地，

---

②故此花又稱「忘憂花」。

所有作物無須耕植地自行生長，
有小麥大麥，也有葡萄纍纍結果，
釀造酒醪，宙斯降風雨使它們生長。
他們沒有議事的集會，也沒有法律。
他們居住在挺拔險峻的山峰之巔，
或者陰森幽暗的山洞，各人管束
自己的妻子兒女，不關心他人事情。　　　　　　　115

　「海灣側面坐落著一個不大的島嶼，
與庫克洛普斯們的居地相距不遠也不近，
島上林木鬱蔥蔥。許多山羊在那裡
繁衍生長，從未被人們的腳步驚動，
慣於不辭艱辛地翻越險峻的山嶺、
穿過茂密叢林的獵人們也從未涉足。
那裡沒有牧放的畜群，也未經墾植，
一年四季無人犁地，也無人播種，
沒有居民，只有蹣跚咩叫的羊群。
庫克洛普斯們沒有紅色塗抹的舟楫，
也沒有技藝高超的工匠爲他們造出
排槳堅固的船隻，讓庫克洛普斯們駕駛，
去到一個個人間城市，就像人們
駕船航行與許多城市聯絡結友誼，
巨怪們也可使那小島歸附自己變富庶。
那小島並不貧瘠，一切按時生長，
寬闊的草地延展到灰暗的鹹海岸邊，
濕潤而柔軟，葡萄藤不萎謝永遠常青。　　　　　133
土地平坦，各種莊稼旺盛生長，
按時收獲，因爲下面是一片沃土。
那裡也有優良的港灣，停靠船舶，
無須拋錨羈絆，也無須纜索繫定，

可以把船隻駛進港灣隨意停靠，
直到刮起順風，水手們樂意離去。
一股清澈的泉水從山洞滾滾湧出，
直瀉海灣，洞邊長滿茂盛的白楊。
我們向那裡駛去，好像有神明引領，
穿過昏沉沉的黑暗，小島不現影形，
因為船隻周圍繚繞著濃重的霧氣，
無月色從天空撒下，被厚厚的雲層遮蔽。
我們誰也沒有靠雙眼辨出小島，
也沒有看見拍擊海岸的滾滾浪濤，
直到裝有堅固排槳的船隻靠岸。
我們停住船隻，收起所有的風帆，
走下船舷，登上濤聲回響的海岸，
在那裡躺下，等待神妙的黎明來臨。　　　　　151

「當那初升的有玫瑰色手指的黎明呈現時，
我們滿懷驚奇地在島上信步漫遊，
提大盾的宙斯的女兒神女們這時喚醒
生長於山野的羊群，使我的同伴們能飽餐。
我們立即回返，從船上拿起彎弓
和長頸投槍，分成三隊前去追捕，
神明立即賜予令人欣喜的獵物。
總共十二條船跟隨我，每條船抓鬮
分得九頭羊，我為自己挑選了十頭。　　　　　160

「整整這一天，直到太陽開始下沉，
我們圍坐著享用豐盛的羊肉和甜酒，
因為船隻載來的紅酒還沒有喝完。
須知我們曾經用大罈裝滿了許多酒，
當我們攻下基科涅斯人的光輝城市。

我們望見不遠處庫克洛普斯們的居地，
他們的炊煙，聽見他們的喊聲和羊咩。
待到太陽下沉，夜幕終於降臨後，
我們在大海的波濤聲中躺下睡眠。
當那初升的有玫瑰色手指的黎明呈現時，
我立即召集同伴們開會，對他們這樣說：
『我的親愛的同伴們，你們在這裡留待，
我要帶著我的那條船和船上的同伴們，
前去探察那島上居住的是些什麼人，
他們是強橫、野蠻、不講正義的族類，
還是些尊重來客、敬畏神明的人們。』　　　　176

　「我這樣說完登船，同時吩咐同伴們
迅速登上船隻，解開繫船的尾纜。
他們迅速登進船裡，坐上槳位，
挨次坐好後用槳划動灰暗的海面。
我們來到距離不遠的那座島嶼，
看見海濱邊沿有一個高大的山洞，
上面覆蓋著濃密的桂樹。許多羊群，
有山羊也有綿羊，在那裡度夜安眠。
高高的庭院有基礎堅固的石牆包圍，
生長著高大的松樹和鬈髮高盤的橡樹。
那裡居住著一個身材高大的巨怪，
獨自一人於遠處牧放無數的羊群，
不近他人，獨據一處，無拘無束。
他全然是一個龐然怪物，看起來不像是
食穀物的凡人，倒像是林木繁茂的高峰，
在峻峭的群山間，獨自突兀於群峰之上。　　　　192

　「我當時吩咐我的其他忠心的伙伴們

留在原地船隻旁，看守那隻船舶，
只挑選了十二個最為勇敢的伙伴，
與我同行，帶上一羊皮囊暗色甜酒，
那是歐安特斯之子馬戎給我的饋贈；
他是伊斯馬羅斯的保護神阿波羅的祭司，
我們虔敬地保全了他本人和妻兒的性命，
因為他住在福波斯·阿波羅的茂密聖林裡。
他因此饋贈我許多非常珍貴的禮物：
他贈給我七塔蘭同精細提煉的黃金，
再贈給我一只質地純正的銀調缸，
另外裝了滿滿十二罈酒釀贈給我，
那是未曾摻水的甜酒，神明的飲料，
他家的男女奴僕都不知有此酒貯藏，
除了他本人、他的妻子和忠實的女管家。
當他有意品嘗這種紅色的酒釀時，
總要向杯裡倒進二十倍清水摻和，
一股極其濃郁的香氣從杯裡散出，
怡悅人的心靈，令人難以自制。
我裝滿一大皮囊酒帶上，另外帶上
一皮囊食品，因為儘管我勇氣充沛，
但預感可能會遇到一個非常勇敢，
又非常野蠻、不知正義和法規的對手。　　　215

　　「我們很快來到山洞口，沒有發現
巨怪的蹤影，他已去草地牧放肥羊。
我們走進洞去，把洞內的情景察看。
洞裡貯存著筐筐奶酪，綿羊和山羊的
廄地緊挨著排列，全都按大小歸欄：
早生、後生和新生的一圈圈分開飼養，
互不相混。洞裡各種桶罐也齊整，

件件容器盈盈裝滿新鮮的奶液。
同伴們一個個極力勸我搬走奶酪，
把圈裡那許多綿羊和山羊迅速趕走，
裝上我們乘坐的快船離開海島，
駛到鹹澀的海上繼續我們的航程。
我卻沒有採納，那樣本會更合適，
想看看那居士對我們是否好客殷勤。
殊不知他的出現對同伴們並非是快事。　　　　230

　　「我們燃起火堆，虔誠地向神明獻祭，
然後拿起奶酪充飢，坐在洞裡，
等待那主人放牧回歸。巨人背負
大捆乾枯的柴薪歸來舉火備晚餐，
把柴捆一聲巨響扔下，放進洞裡，
嚇得我們慌忙退縮到洞穴的深處。
巨人把所有奶汁飽滿的母羊趕進
寬闊的山洞擠奶，把所有公羊羈留
洞外的畜欄，不論是綿羊或者山羊。
接著他抓起一塊巨石擱下堵洞口，
那巨石大得即使用二十二輛精造的
四輪大車也難以拉動，巨人就是用
這樣一塊生滿烏荊子的巨岩作洞門。
他坐下挨次給那些綿羊和山羊擠奶，
再分給每頭母羊一隻嫩羊羔哺餵。
他立即把一半剛剛擠得的雪白奶汁
倒進精編的筐裡留待凝結作奶酪，
把另一半留在罐裡，口渴欲飲時，
可以隨時取用，也備作當日的晚餐。
待他作完這一件件事情，點火照明，
立即發現了我們，對我們開言這樣說：

『客人們，你們是什麼人？從何處航行前來？
你們是有事在身，還是隨意來這裡？
就像海盜們在海上四處漫遊飄蕩，
拿自己的生命冒險，給他人帶去災難。』　　　　　255

「他這樣說完，我們的心裡充滿驚顫，
粗厲的聲音和怪誕的形象令我們懼怕，
但是我仍然壯膽回答，對他這樣說：
『我們是阿開奧斯人，來自特洛亞地方，
被各種風暴在幽深的大海上到處驅趕，
本想能返回家園，可是走錯了方向，
走上了另一條道路，大概是宙斯的意願。
我們是阿特柔斯之子阿伽門農的屬下，
他如今普天之下最聞名：他征服了
如此強大的城邦，殺戮了無數居民。
我們現在既然來到你的居地，
只好向你求情，請求你招待我們，
再贈予我們作為客人應得的贈品。
巨人啊，你也應敬畏神明，我們請求你，
宙斯是所有求援者和外鄉旅客的保護神，
他保護所有應受人們憐憫的求助人。』　　　　271

「我這樣說完，巨人立即可怕地回答說：
『外鄉人，你真糊塗，抑或來自遠方，
竟然要求我敬神明，迴避他們的憤怒。
須知庫克洛普斯們從不怕提大盾的宙斯，
也不怕常樂的神明們，因為我們更強大。
我不會因為害怕宙斯憤怒而寬饒你
或你的那些同伴們，那得看我的意願。
告訴我，你們精造的船隻停在何處，

離這裡很遠或就在附近，快說給我聽。』　　　　　　280

　　「他這樣說話試探我，但我見多識廣，
怎容他蒙騙，便用假話回答他這樣說：
『震地之神波塞冬把我的船隻拋向
高峻的懸崖，拋到你管轄的地域邊沿，
撞上海岬，風暴把它從海上刮走，
只有我和這些同伴逃脫了突然的毀滅。』　　　　286

　　「我這樣說，巨人凶狠地沒有作答。
他站起身來，把手伸向我的同伴，
抓小狗似的抓起其中兩個撞地，
撞得他們腦漿迸流，沾濕了地面。
他又把他們的肢體扯成碎塊作晚餐，
如同山野生長的猛獅吞噬獵物，
把他們的內臟、骨頭和肉統統吃盡。
我們兩眼噙淚，向宙斯伸出雙手，
目睹這殘忍的場面，卻又無力救助。
庫克洛普斯填滿了他的巨大的胃壑，
吃完人肉，又把純淨的羊奶喝夠，
仰身倒臥地上，躺在羊群中間。
這時我英勇無畏的心裡暗自思慮，
意欲上前襲擊，從腿旁拔出利刃，
刺向他的胸膛，隔膜護肝臟的地方，
用手摸準；但一轉念又立即停頓。
若那樣我們也必然和他一起遭受
沉重的死亡，因為我們無法挪動
他堵在高大洞口作門的那塊巨石。
我們嘆息著等待神妙的黎明來臨。　　　　306

「當那初升的有玫瑰色手指的黎明呈現時，
巨人便起身焚火，挨次給羊群擠奶，
再分給每頭母羊一隻嫩羊羔哺餵。
當他依次做完這一件件慣常事情，
又抓起我的兩個可憐同伴作早餐。
他吃完早餐，輕易地移動那塊巨石，
把那一群群肥壯的綿羊山羊趕出洞外，
然後又移回巨石，有如把箭壺蓋蓋上。
巨人呼嘯著把肥壯的羊群趕往山裡，
我們仍被禁錮在洞中，心中思慮，
如何報復，祈求雅典娜賜我榮譽。　　　　　317

「這時我心裡想出了一個最好的主意，
羊欄邊橫倒著巨人的一根橄欖樹幹，
那樹幹高大，依舊青綠，砍下晾乾，
備作行路的拐棍。看見它令我想起
殼體烏黑、有二十名槳手的巨舶桅檣，
用那舶載貨可安全航行於曠海深淵；
那橄欖樹幹就是那麼高大粗壯。
我上前揮臂砍下整整兩臂長一段，
把它交給同伴們，要他們把它削光。
同伴們削完，我又把它的一頭削尖，
再抱起它伸進熊熊的火焰裡燒鍛。
我把樹段埋進羊糞堆裡好好掩藏，
洞穴裡那圈圈羊群的糞污堆積無數。
這時我又命令同伴們一起抓鬮，
抓得者一待巨人進入甜蜜的夢境，
需同我一起把樹幹刺進巨人的眼瞼。
所有抓得的人選正合我的心願，
他們一共四人，加上我自己共五個。　　　　　335

傍晚時巨人歸來，趕著毛茸茸的羊群。
他立即把肥壯的羊群趕進寬闊的山洞，
全部趕進，沒留一隻在洞外的欄圈，
或是有什麼預感，或是受神明啓迪。
他立即舉起那巨石攔下堵住洞口，
再坐下來依次給綿羊和山羊擠奶，
再分給每頭母羊一隻嫩羊羔哺餵。
當他依次做完這一件件慣常事情，
又抓起我的兩個可憐的同伴作晚餐。
這時我走近獨目巨人，雙手捧著
斟滿暗色濃釀的酒杯，對他這樣說：
『巨人，你吃完人肉，請再享用這杯酒，
好讓你知道我們載有多好的佐飲。
我帶來這酒本爲你祭奠，願你可憐我，
送我返家園，可你恣肆暴戾無憐憫。
殘暴的人啊，既然你作事背逆常理，
世人無數，誰還會再涉足你的國土？』 352

「我這樣說，他接過酒杯把酒喝乾，
欣喜醇美的酒味，要我再遞上一杯：
『再給我酒喝，現在告訴我你的名字，
好讓我贈你禮物，會使你稱心如意。
富饒的大地也給獨目巨人送來
可釀酒的葡萄，宙斯的雨露使它們生長，
但你帶來的這酒釀卻是神漿神醪。』 359

「他這樣說，我又遞給他閃光的酒漿，
我連斟三遍，他三次冒失地連連喝乾。
待到強大的酒力到達巨人的心胸時，
我便用令人親切的話語對他這樣說：

『庫克洛普斯啊，你詢問我的名字，我這就
稟告你，你也要如剛才允諾地贈我禮物。
我的名字叫「無人」，我的父親母親
和我的所有同伴都用「無人」稱呼我。』　　　　367

　「我這樣說，巨人立即粗厲地回答：
『我將先吃掉你的所有的其他同伴，
把無人留到最後，這就是我的贈禮。』　　　　370

　「他這樣說，晃悠悠身不由己地倒下，
粗壯的脖子歪向一側，傴臥地上，
被征服一切的睡眠制服，醉醺醺地
嘔吐不止，喉嚨裡噴出碎肉和殘酒。
這時我把那段橄欖木插進炭火裡，
把它燒灼，又用話激勵所有的同伴，
免得有人畏縮，不敢和我冒風險。
橄欖木雖還青綠，但熊熊火焰使它
很快受熱變紅，眼看就要燃著，
我把它從火裡抽出，同伴們圍站我身旁：
神明賜予了他們無比的勇氣和力量。
同伴們抱起橄欖木，把削尖的那一頭
猛刺進巨人的眼窩，我抱住上端旋動，
有如匠人用鑽子給造船木料鑽孔，
其他人在鑽杆下端從兩側繞上皮帶，
啟動鑽子，使鑽子不停地飛速旋轉。
我們當時也這樣抱住灼熱的橄欖木
不停地旋轉，熱血順木樁向外湧流。　　　　388
眼球燃起的火焰燒著橄欖木周圍的
眼皮和眉毛，眼底被灼得不斷爆裂。
如同匠人鍛造長柄寬斧或錛子，

浸入冷水裡淬火發出嘶嘶響聲，
這樣可以使鐵器變得更加堅硬，
巨人的眼睛也這樣在橄欖木周圍發響。
巨人一聲慘叫，四壁岩石回應，
嚇得我們慌顫顫立即瑟索退避。
巨人從眼裡拔出橄欖木，血肉模糊。
他瘋狂地把橄欖木扔掉，伸手亂抓，
同時向其他的庫克洛普斯們放聲呼喊，
他們就住在附近多風的高山岩穴。
庫克洛普斯們聞聲紛紛從四面趕來，
聚在洞前詢問他有什麼難忍的痛苦：
『波呂斐摩斯，你為何在這神聖的黑夜
如此悲慘地呼喚，打破我們的安眠？
是不是有人想強行趕走你的羊群，
還是有人想用陰謀或暴力傷害你？』   406

　　「強大的波呂斐摩斯從洞裡對他們回答說：
『朋友們，無人用陰謀，不是用暴力，殺害我。』   408

　　「獨目巨人們用有翼的話語這樣回答說：
『既然你獨居洞中，沒有人對你用暴力，
若是偉大的宙斯降病患卻難免除，
你該向你的父親強大的波塞多求助。』   412

　　「他們這樣說紛紛離去，我心中暗喜，
我的假名和周全的計策矇騙了他們。
獨目巨人大聲呻吟著痛苦難忍，
伸開雙手摸索把巨石移開洞門，
他自己坐在洞口用手不斷搜尋，
若有人隨羊群混出洞門及時捉住，

竟以爲我的心靈會那樣愚蠢糊塗。
這時我反覆思忖，用什麼計策最穩妥，
既挽救同伴免於死亡，也挽救我自己。
各種方法和計策我胸中反覆謀劃，
只因爲巨大的災難瞬息可能會降臨，
我終於想出一個主意我認爲最可行。
洞裡有許多肥壯的公羊絨毛厚實，
高大的身軀美麗健壯，一身灰黑。
凶殘的巨人鋪墊用的柔軟枝條，
我悄悄抽出縛羊，三隻縛成一組，
中間的那隻縛上我的一個同伴，
另外兩隻行走時從兩側保護他們。
就這樣每三隻羊帶走我的一個同伴，
至於我自己，全部羊群中有頭公羊，
數它最肥壯，我抱住羊身一頭鑽進
毛茸茸的羊肚下面，雙手牢牢抓住
絡絡彎曲的羊毛，極盡耐心地藏躲，
輕輕地喘息著等待神聖的黎明呈現。　　　　436

「當那初升的有玫瑰色手指的黎明呈現時，
群群公羊急切地想出洞奔向牧地，
母羊尚未擠奶，在圈裡不停地咩叫，
因爲它們的乳部被豐盈的奶汁漲滿。
當羊群從面前經過時，主人忍著劇痛，
撫摸每隻羊背，愚蠢地未曾料到，
毛茸茸的羊肚下面縛著我的同伴。
羊群中那頭大公羊最後一個出洞，
它不但毛厚，還有多謀的我給他添載負。
強大的波呂斐摩斯撫摸著對它這樣說：
『公羊啊，今天你爲何最後一個出山洞？

往日裡你出去從不落在羊群後面，
總是遠遠第一個去吃青草的嫩芽，
大步跨跑，第一個奔向泉邊飲水，
傍晚也總是第一個離開草地回圈，
今天你卻殿後，或者主人的眼睛
令你悲傷，它被一個惡人刺瞎，
他和同伴們先用酒把我的心靈灌醉，
他叫無人，他肯定還未能逃脫死亡。
要是你也能思想能說話，你便會告訴我，
他現在在哪裡躲藏，逃避我的憤怒。
那時我定把他摔倒，摔得他腦殼破裂，
腦漿迸流，濺滿四壁，方可消解
可惡的無人給我的心頭造成的痛苦。』　　　　460

　　「他這樣說，放開山羊讓它出山洞。
當羊群離開山洞和欄圈一段距離，
我首先離開羊肚，再把同伴們解下。
我們立即把那些肥壯的長腿羊群
趕向船隻，經過許多彎道曲徑。
同伴們為我們歸來歡欣，慶幸我們
逃脫死亡，同時悲悼死去的同伴。
我向他們點頭示意，不讓悼哭，
命令他們把絨毛厚實的肥壯羊群
迅速趕上船隻，把船開到鹹海上。
他們迅速登進船裡，坐上槳位，
挨次坐好後用槳划動灰暗的海面。　　　　472
當我們離開到一個人的喊聲可及的距離，
我開始嘲諷地對庫克洛普斯這樣呼喊：
『庫克洛普斯，並非軟弱無能之人的
同伴們在空曠的洞穴裡被你殘忍地吞噬。

不幸的禍患已經很快降臨到你身上，
可惡的東西，竟敢在家裡把客人吞食，
宙斯和眾神明讓你受到應有的懲處。』 479

「我這樣說，巨人心中更加惱怒，
便把一座大山的峰頂折斷扔過來，
直扔到我們的黑首船前相距不遠，
差一點未能擊中我們的舵柄的最末端。③
大海在飛來的巨石撞擊下發出巨響，
海水翻湧，騰起的巨浪向陸地回奔，
迫使我們的船隻重新回到岸灘前。
我迅速伸手抓起一根長長的杆子，
把船推開崖邊，同時激勵同伴們，
要他們划動船槳，迅速逃脫災難，
向他們點頭示意；同伴們奮力划槳。
當我們離開海岸達剛才兩倍的距離時，
我又想對庫克洛普斯呼喊，但我身邊的
同伴們一個個相繼好言把我勸阻：
『可惡的傢伙，你為何刺激那個野蠻人？
剛才他向海裡扔岩石，使我們的船隻
退回到岸邊，我們都以為會當即喪命。
要是他聽見有人喊叫，有說話的聲音，
他會打破我們的腦袋和我們的船隻，
扔過來一塊粗礪的巨石，他能扔這麼遠。』 499

「他們這樣說，未能說服我勇敢的心靈，
我重又對巨人憤怒的心靈大聲呼喊：

③此行被阿里斯塔爾科斯刪去，勒伯本把它放在腳注裡。參閱本卷540
　行。

『庫克洛普斯，要是有哪個世人詢問，
你的眼睛怎麼被人不光彩地刺瞎，
你就說是那個攻掠城市的奧德修斯，
拉埃爾特斯的兒子，他的家在伊塔卡。』 505

「我這樣說，巨人放聲嘆息回答我：
『天哪，一個古老的預言終於應驗。
從前這裡有位預言者，睿智而魁偉，
歐律摩斯之子特勒摩斯，最善作預言，
給庫克洛普斯們作預言一直到老年。
他曾告訴我一切未來會發生的事情，
說我將會在奧德修斯的手中失去視力。
我一直以為那會是位魁梧俊美之人，
必定身體健壯，具有巨大的勇力，
如今卻是個瘦小、無能、孱弱之輩，
刺瞎了我的眼睛，用酒把我灌醉。
奧德修斯，你過來，我會賜你禮物，
然後讓強大的震地之神送你回家園，
因為我是他兒子，他宣稱是我的父親。
只要他願意，他還會治好我的眼睛，
其他常樂的天神和凡人都無此能力。』 521

「他這樣說，我立即大聲回答這樣說：
『我真希望能奪去你的靈魂和生命，
把你送往哈得斯的居所，那時即便是
震地之神，也無法醫治你的眼睛。』 525

「我這樣說，獨目巨人向波塞多祈禱，
把手高高舉向繁星閃爍的天空：
『黑髮的繞地之神波塞多，請聽我祈禱，

要是我真是你的兒子，你是我父親，
就請你不要讓攻掠城市的奧德修斯返家園，
就是那拉埃爾特斯之子，家住伊塔卡。
即使命運注定他能夠見到親人，
回到建造精美的家宅和故鄉土地，
也要讓他遭災殃，失去所有的伴侶，
乘著他人的船隻，到家後還要遇不幸。』　　　　535

「他這樣祈禱，黑髮神聽取他的祈求。
這時巨人又舉起一塊更大的石頭，
揮手扔來，賦予那巨石無窮的力量，
直扔到我們的黑首船後面相距不遠，
差一點未能擊中我們的舵柄的最末端。
大海在飛來的巨石撞擊下發出巨響，
巨浪推動船隻向前，駛向陸地。　　　　542

「我們駛向那座小島，所有其他的
排槳精良的船隻都一起停泊在那裡，
同伴們流著眼淚，一直為我們擔憂，
我們到達海島後，把船停在沙灘上，
我們自己登上波濤拍擊的海岸。
我們從空心船趕出庫克洛普斯的羊群，
分給大家，每人都不缺相等的一份。
戴脛甲的同伴們分羊時特別把那隻公羊
分給我一人，我在海邊把它祭獻給
克羅諾斯之子、統治一切的集雲神宙斯，
把腿肉焚燒，但神明沒有接受獻祭，
仍然謀劃如何讓排槳精良的船隻
和我的那些忠實同伴們全部遭毀滅。　　　　555

　　「整整這一天，直到太陽開始下行，
我們圍坐著享用豐盛的羊肉和甜酒。
待到太陽下沉，夜幕終於降臨後，
我們在大海的波濤聲中躺下睡眠。
當那初升的有玫瑰色手指的黎明呈現時，
我立即喚醒我的同伴們，吩咐他們
迅速登上船隻，解開繫船的尾纜。
他們迅速登進船裡，坐上槳位，
挨次坐好後用槳划動灰暗的海面。　　　　　564

　　「我們從那裡繼續航行，悲喜繞心頭，
喜自己逃脫死亡，親愛的同伴卻喪生。　　　566

第 十 卷
——風王惠賜歸程降服魔女基爾克

「我們到達艾奧利埃島，那裡居住著
希波塔斯之子、天神們寵愛的艾奧洛斯，
在一座飄浮的島上，島嶼周圍矗立著
永不毀朽的銅牆和無比光滑的絕壁。
十二個孩子和他一起居住在宮邸，
六個女兒和六個風華正茂的兒子，
他把女兒嫁給了他的兒子作妻子。
兒女們陪伴親愛的父親和尊貴的母親
終日飲宴，面前擺滿豐盛的餚饌，
白日裡人聲響徹餚香的宮中庭院，
夜晚間他們躺在賢淑的妻子身邊，
睡在雕刻精美的床上，鋪著氈毯。
我們來到他們的城市和美麗的宮邸。
他招待我們整整一個月，事事細問詢，
伊利昂、阿爾戈斯船隊和阿開奧斯人歸返。
我把所有的事情對他一一細說明。
我向他詢問我們的歸程，請求他助佑，
他也一件件應允，幫我們準備行程。
他給我一只剝自九歲牛的皮製口袋，
裡面裝滿各種方向的呼嘯的狂風，
因為克羅諾斯之子讓他作群風的總管，
他可以把它們止住或喚起，隨他的心願。
他把那皮囊放上空心船，用光亮的銀線
把囊口紮緊，不讓一絲風漏出囊外。
但他讓澤費羅斯①為我刮起強勁的氣流，
助船隻和我們自己航行，只可惜這一切

未能實現：我們的愚蠢使我們遭毀滅。　　　　27

　　「我們連續航行九天，日夜兼程，
第十天時故鄉的土地已清楚地顯現，
看見人們就在不遠處生火添柴薪。
這時我疲憊過分，陷入沉沉的夢境，
因為我一直掌握航舵，未把它交給
任何同伴，為了能盡快返抵鄉土。
同伴們這時卻開始互相議論紛紛，
猜想我準是把黃金白銀載回家，就是那
希波塔斯之子、強大的艾奧洛斯的贈禮。
有人看著身邊的同伴，這樣議論：
『天啊，他到處備受人們的愛戴和尊敬，
不管到達哪個部族的城市和土地。
他從特洛亞攜帶回來很多掠獲的
珍貴財寶，我們也作了同樣的航行，
返回家園時卻是兩手空空白辛苦，
現在艾奧洛斯又盛情招待，給他禮物。
讓我們趕快看看那是些什麼東西，
皮囊裡也許又裝了黃金和白銀。』　　　　45

　　「他這樣說，大家贊同他的壞主意。
他們解開皮囊，狂風一起往外湧。
風暴驟起，立即把他們捲到海上，
任憑他們哭泣，刮離故鄉的土地。
我立即驚醒，勇敢的心靈反覆思索，
是縱身離開船隻，躍進海裡淹死，
還是默默地忍耐，繼續活在世上。

——————————————

①澤費羅斯即西風。

我決定忍耐活下去，掩面躺在船裡。
船隊被那可惡的風暴又刮回到
艾奧洛斯的海島，同伴們懊悔不迭。　　　　　　　　55

　　「我們重又登上陸地，提取淨水，
同伴們隨即在快速的船旁享用餐食。
在我們全都盡情吃飽喝足之後，
我便帶著傳令官和另一個同伴前往
艾奧洛斯的輝煌宮邸，看見他正同
自己的妻子和那些兒女歡樂飲宴。
我們走進宮裡，坐在門檻邊的立柱旁，
他心中十分驚訝，隨即向我們詢問：
『奧德修斯，你為何回來？遇上什麼惡神？
我們已妥善地把你送走，讓你返回
故鄉家宅或者你想去的任何地方。』　　　　　　66

　　「他這樣詢問，我立即心情沉重地回答他：
『倒霉的同伴們和可惡的睡眠把事情攪亂，
朋友們，請再幫助我們，你們能這樣做。』　　　69

　　「我這樣說，語意謙恭地發出央求，
他們全都默然，最後父親回答說：
『人間最大的瀆神者，趕快離開這島嶼，
因為我不能接待，也不能幫助遣送
一個受到常樂的神明們憎惡的人。
你快離開吧，你返回表明神明憎惡你。』　　　　75

　　「他說完送我出宮，儘管我深深嘆息。
我們繼續航行，懷著沉重的心情。
大家被艱難的划槳折磨得疲憊不堪，

由於自己的過錯，不再有順風送行。
我們連續航行六天，日夜兼程，
第七天時來到拉摩斯的高大城堡，
萊斯特律戈涅斯人的特勒皮洛斯，
那裡的牧人放牧回歸，召喚出牧者。
人們徹夜不眠可掙得雙份報酬，
既幫助牧放牛群，又牧放雪白的羊群，
因為夜間的和白日的牧放間隙很短暫。
我們來到那裡的一個美好的港口，
長滿烏荊子的是懸崖綿延港灣兩側，
陡峭的巨岩突出海中，彼此相對，
形成海港的入口，中間通道狹窄，
同伴們把他們的翹尾船全部駛進港裡。
船隻在空闊的港灣裡互相挨近停靠，
因為港灣裡從不掀起任何風浪，
無論是狂浪或微波，一片明光無聲息。
只有我把黑殼船在港灣外面停泊，
在入口附近的地方，把纜繩繫於岩尖。
我登上一處崎嶇的高地站定眺望，
未見有牛耕地，也未見有人勞作，
只看見有炊煙從地面不斷裊裊升起。
我於是派遣同伴們前去探察情況，
在這片土地上吃食的是些什麼人，
我挑選了兩個同伴，第三個人是傳令官。
他們登上岸，走上一條平坦的道路，
大車沿著它把木材從高山運往城裡，
一個汲水的姑娘在城外和他們相遇，
萊斯特律戈涅斯人安提法特斯的健壯女兒。
她正前往清澈的阿爾塔基埃泉汲水，
因為人們慣常從那裡汲水去城裡。

96

同伴們上前和她說話，向她詢問，
誰是他們的國王，統治什麼部族。
她立即給他們指點她父親的高大宮邸。　　　　　111
他們走進輝煌的宮殿，看見王后
魁梧得像座高大的山峰，令人恐懼。
她隨即從廣場叫回強大的安提法特斯，
讓他為我的同伴們準備悲慘的毀滅。
他隨手抓起其中一個同伴作午餐，
其他人拔腿逃跑，急匆匆奔回船隻。
這時他放聲大喊，喊聲傳遍全城，
強壯的萊斯特律戈涅斯人聽見後迅速奔來，
人數眾多，不像凡人，倒像是巨靈。
他們從崖頂向下拋擲巨大的石塊，
立即從各條船隻傳出臨死的人們的
悽慘喊叫和被撞碎的船隻的爆裂聲，
叉魚般把人叉起帶回作駭人的餐餚。
巨人們在深港裡正這樣殺害我的同伴，
我急忙從大腿側旁抽出鋒利的佩劍，
揮臂砍斷停泊黑首船的牢固纜繩。
這時我即刻激勵跟隨我的同伴們，
要他們用力划槳，逃脫可怕的災難。
大家奮力划動海水，害怕死亡。
我的船終於遠離懸崖，逃到海上，
其他船隻全都在那裡毀滅遭不幸。　　　　　132

「我們從那裡繼續航行，悲喜繞心頭，
喜自己逃脫死亡，親愛的同伴卻喪生。
我們來到海島艾艾埃，那裡居住著
美髮的基爾克，能說人語的可怖的神女，
製造死亡的艾埃特斯的同胞姐妹，

兩人都是給人類光明的赫利奧斯所生，
母親是佩爾塞，奧克阿諾斯的愛女。
我們把船駛進一處僻靜的港灣，
悄悄靠岸，顯然有神明指引我們。
我們在那裡登岸，連續兩天兩夜
躺在海濱，心中充滿困乏和痛苦。
等到美髮的黎明帶來第三天的時候，
我提起我的長矛，佩上我的利劍，
迅速離開船隻，登上高處遠眺，
盼望看見有人勞作，聽見人聲。
我登上一處崎嶇的高地站定遙望，
看見有煙氣從地面不斷裊裊升起，
來自基爾克的宮殿，透過叢莽和橡林。
這時我的心裡和智慧正這樣思慮，
是否該前去察看，既然有閃光的炊煙。
我心中思慮，覺得這樣做更爲合適：
我首先返回快船，在海邊讓同伴們
飽餐一頓，再派遣他們前去察訪。
在我回返快要到達翹尾船的時候，
也許是哪位天神垂憐我孤單無助，
讓一隻長角巨鹿來到我經過的路上。
那隻巨鹿從林中草地走出，前往
河邊飲水，因爲當時正烈日炎炎；
正當它走出林莽，我對準它的脊背，
擊中背中央；銅矛正好穿過鹿身，
那鹿慘叫著倒進塵埃裡，靈魂飛走。
我踩住鹿身，從刺中的傷處拔出銅矛，
把矛隨手放下，扔在旁邊的地上。
這時我探了一些細軟的柔枝藤蔓，
仔細地絞成一段約有兩臂長的繩索，

158

從兩頭編緊，捆住龐然大物的四條腿，
把它背到肩上，邁步向黑殼船走去，
拄著長矛，因爲難以靠肩頭和手臂
把它背走，須知那隻野物太龐大。
我來到船前把鹿放下，鼓勵同伴們，
走到每一個人面前，用令人欣悅的話說：
『朋友們，我們儘管多憂傷，但還不會
前往哈得斯的居所，在命定的時日之前。
快船裡還儲有食品和飲料，現在讓我們
考慮吃喝吧，不能讓飢餓折磨我們。』

177

　「我這樣說，他們立即聽從我的話，
不再在波濤拍擊的海岸邊披裹著躺臥，
一見那鹿驚異不已，那野物太龐大。
待他們注目觀看，把那隻巨鹿欣賞夠，
大家便把手洗淨，準備豐盛的午餐。
整整這一天，直到太陽開始下行，
我們圍坐著享用豐盛的肉餚和甜酒。
待到太陽下沉，夜幕終於降臨後，
我們在大海的波濤聲中躺下睡眠。
當那初升的有玫瑰色手指的黎明呈現時，
我便召集大家會商，對他們這樣說：
『飽受苦難的同伴們，現在請聽我說，
朋友們，我們難辨哪邊黑暗或黎明，
給人類光明的太陽在哪邊進入大地，
又從哪邊升起，現在讓我們商量，
有無解救的手段。我看難有好辦法。
我曾經登上崎嶇的高處觀察這海島，
只見無邊的大海從四面把它環繞，
島嶼本身地勢平緩，我親眼看見

有煙氣在島中央透過叢莽和橡林。』　　　　　　　　　197

「我這樣說，同伴們不禁震顫心若碎，
想起萊斯特律戈涅斯人安提法特斯的作為
和強橫的吞噬活人的庫克洛普斯的暴行。
他們不禁失聲痛哭，淚水如泉湧。
他們哭泣不止，卻不會有任何幫助。
我於是把我的所有戴脛甲的同伴們
分成兩隊，給每隊任命一個首領，
一隊跟隨我，另一隊歸神樣的歐律洛科斯。
我們立即把鬮放在銅盔裡搖動，
搖出的是勇敢的歐律洛科斯的鬮。
他離開上路，二十二個人一同前往，
流著眼淚，留下我們也淚流不止。　　　　　　209
他們在山間看見了基爾克的堅固宅邸，
用磨光的石塊建在視野開闊的地段。
宅邸周圍有生長於山林的狼群和獅子，
但她讓它們吃了魔藥，陷入了魔力，
它們不再向路過的行人猛撲攻擊，
而是搖著長長的尾巴，站在道邊。
如同家犬對宴畢歸來的主人擺尾，
因為主人常帶回食物令它們歡悅；
健壯的狼群和獅子也這樣對他們擺尾，
但他們見了凶惡的野獸卻滿懷畏懼。
他們站在美髮的神女的宅邸門前，
聽見基爾克在裡面用美妙的聲音歌唱，
在高大而神奇的機杼前忙碌，製作精細，
無比美麗、輝煌，只能是女神的手藝。
士兵的首領波利特斯對他們開言，
同伴中他最令我喜歡，也最勇敢：

『朋友們，裡面有人在巨大的機杼前
唱著優美的歌曲，歌聲四處迴蕩，
不知是天神或凡女，讓我們趕快去詢問。』　　　　228

「他這樣說完，眾人立即呼喚探問。
基爾克應聲出來，打開閃光的大門，
邀請他們入內，他們冒失地跟隨她，
歐律洛科斯留在門外，擔心有欺詐。
基爾克領他們進宅坐上便椅和寬椅，
為他們把奶酪、麵餅和淺黃色的蜂蜜
與普拉姆涅酒②混和，在食物裡攙進
害人的藥物，使他們迅速把故鄉遺忘。
待他們飲用了她遞給的飲料之後，
她便用魔杖打他們，把他們趕進豬欄。
他們立即變出了豬頭、豬聲音、豬毛
和豬的形體，但思想仍和從前一樣。
他們被關閉起來，不斷地流淚哭泣，
基爾克扔給他們一些橡實和山茱萸。
它們都是爬行於地面的豬好吃的食料。　　　　243

「歐律洛科斯立即跑回烏黑的快船，
報告同伴們遭遇到令人屈辱的不幸。
他緊張得長時間說不出一句話來，
心中充滿巨大的悲傷，兩隻眼睛
噙滿淚水，心靈忍受著強烈的痛苦。
大家一片驚異，不斷地向他詢問，
他終於說出了其他同伴們遭到的災難：

_____

②普拉姆涅酒是一種較為烈性的紅酒，可能是因伊卡里亞島上的普拉姆
　涅山或者累斯博斯島或斯彌爾那城附近的同名山而得名。

『高貴的奧德修斯，我們按你的吩咐，
前往橡林，在山間見一座華麗的宅邸，
用磨光的石塊建在一處開闊的地段。
有人在一部巨大的機杼前，歌聲洪亮，
不知是天神或凡女，同伴們招呼詢問，
她立即應聲出來，打開閃光的大門，
邀請他們入內，他們冒失地跟隨她，
當時我留在門外等待，擔心有欺詐。
他們從此再不見蹤影，誰也沒有
走向屋來，我坐在那裡久久等待。』　　　　　　260

「他這樣說，我把劍柄鑲銀釘的佩劍
背到肩上，那是把大銅劍，又拿起彎弓，
然後命令他沿著原路領我去那裡。
他雙手抱住我的膝頭，向我請求，
哭泣著對我說出有翼飛翔的話語：
『神裔，請不要逼我前去，就留在這裡，
我知道你自己不可能返回來，也不可能
帶回任何同伴；讓我們和這裡的同伴們
趕快逃跑吧，那樣也許能逃脫災難。』　　　　269

「他這樣說完，我當時開言這樣回答他：
『歐律洛科斯，那就請你留在這裡吧，
在殼體烏黑的空心船旁盡情地吃喝，
我卻得前去那裡，因為我責任在肩。』　　　　273

「我一面說，一面離開船隻和海灘。
當我進入美妙的谷地，來到通曉
藥草魔力的基爾克的高大宅邸近前，
執金杖的赫爾墨斯與我迎面相遇，

擋住我的去路，幻化成年輕人模樣，
風華正茂，兩頰剛剛長出鬍鬚；
他握住我的手，向我招呼一聲這樣說：
『不幸的人啊，你孤身一人翻山過壑，
不明地理，意欲何往？你的同伴們
已陷入基爾克的掌心，被趕進擁擠的豬欄。
你想前去釋放他們？我看你自己
甚至也難回返，同他們一起被留下。
不過我可以解救你，讓你擺脫這災難。
我給你這奇特的藥草，你帶著它前往
基爾克的宅邸，它能幫助你抵禦危難。
我詳細告訴你基爾克的全部害人手法。　　　289
她會遞給你飲料，在食物裡和進魔藥。
但她不可能把你迷住，因為我給你
這株奇特的藥草會生效。你再聽我說。
當基爾克用她那根長魔杖驅趕你時，
你便從你的腿側抽出鋒利的佩劍，
向基爾克猛撲過去，好像要把她殺死。
她會屈服於你的威力，邀請你同寢，
這時你千萬不要拒絕這神女的床榻，
好讓她釋放同伴們，把你也招待一番；
但你要讓她以常樂的神明起大誓，
免得她對你再謀劃其他什麼禍殃，
免得她利用你裸身加害，你無法抗拒。』　　　301

「弒阿爾戈斯的神一面說，一面從地上
拔起藥草交給我，告訴我它的性質。
那藥草根呈黑色，花的顏色如奶液。
神明們稱這種草為摩呂，有死的凡人
很難挖到它，因為神明們無所不能。　　　306

「赫爾墨斯這時前往高聳的奧林波斯，
離開林木茂密的島嶼，我繼續前行，
向基爾克的宅邸走去，思慮著許多事情。
我來到那位美髮神女的宅邸的大門前，
停住腳呼喚，神女聽見了我的聲音。
她立即應聲走出來，打開閃光的大門，
邀請我入內，當時我心情憂傷地跟隨她。
她領我進屋後，讓我坐在一把鑲銀釘的、
製作精美的寬椅上，椅下配有擱腳凳。
她用黃金酒杯爲我調製那飲料，
把草藥放進杯裡，心裡打著惡主意。
她遞給我酒杯，我飲用後卻未被迷住，
她仍用魔杖打我，一面招呼我這樣說：
『你現在進圈去，和你的同伴們躺在一起。』　　320

「她這樣說，我立即從腿旁拔出利劍，
向基爾克猛撲過去，好像要把她殺死。
她大叫一聲躲過，抱住我的雙膝，
哭泣著對我說出有翼飛翔的話語：
『你是何人何部族？城邦父母在何方？
我感到奇怪，你喝了這藥液竟未被迷住。
往日從未有人能抗住這藥液的力量，
只要他一喝下，藥液流過他的牙關，
可你胸中的思想卻絲毫沒有被折服。
你顯然就是那足智多謀的奧德修斯，
執金杖的弒阿爾戈斯神曾一再對我說，
他將從特洛亞乘著烏黑的快船來這裡。
現在請你把那劍收回你的劍鞘裡，
讓我們同登我的臥床共枕享歡愛，

以甜蜜的愛意你我互表誠意真心。』　　　　　335

　　「她這樣說完，我立即回答神女這樣說：
『基爾克，現在你怎能讓我對你獻溫存？
你在這廳堂裡把我的同伴們變成豬身，
又在這裡不懷好意地對待我本人，
你要我去你的臥室，登上你的床榻，
或許想利用我裸身加害，我無法抗拒。
我定然不會就這樣登上你的臥床，
神女啊，除非你現在對我起一個大誓，
不再對我謀劃任何其他的不幸。』　　　　344

　　「我這樣說完，她立即按我的要求起誓。
待她遵行如儀，起完莊重的誓言，
我便登上基爾克的華麗無比的床榻。　　　347

　　「她的四個侍女開始在廳裡忙碌，
原來她們都是神女的室內女侍。
她們全都出生於山中泉水和叢林，
或是出生於淌入大海的光輝河川。
其中一個侍女給寬椅放上美麗的
紫色坐墊，在坐墊下面先鋪上麻布；
另一個侍女在那些座椅前面擺上
鑲銀的餐桌，餐桌上放一只黃金提籃；
第三個侍女把令人快慰的甜蜜酒釀
在銀質調缸裡調和，擺好黃金杯盞；
第四個侍女提來清水，把熊熊火焰
在一座巨大的三腳鼎下燃起，把水燒熱。
等到水在閃光的銅鼎裡沸騰起來，
她便坐下用大鼎裡的熱水給我沐浴，

把令人愉快的熱水傾注我的頭和肩，
從全身各肢節驅除那令人難忍的困乏。　　　　　363
待她給我沐浴完畢，抹完橄欖油，
再給我穿上縫製精美的罩袍和衣衫，
領我前去，讓我坐在一把鑲銀釘的、
製作精美的寬椅上，椅下配有擱腳凳。
一個女僕端來洗手盆，用製作精美的
黃金水罐向銀盆裡注水給我洗手，
在我面前再擺好一張光滑旳餐桌。
端莊的女僕拿來麵食放置在近前，
遞上各色菜餚，殷勤招待外來客。
神女請我用餐，但我卻無意享用，
坐著另有思慮，心中思忖著不幸。　　　　　374

　　「基爾克看見我默默靜坐，無意伸手
享用食物，心中充滿強烈的憂愁，
便走上前來，說出有翼飛翔的話語：
『奧德修斯，你為何如同啞巴靜坐，
心情焦慮如煎熬，不思食品和飲料？
或許你還害怕另有陰謀，你不用擔心，
須知我已經起過那樣嚴厲的誓言。』　　　　　381

　　「她這樣說完，我立即回答神女這樣說：
『基爾克，你想有哪個知理明義之人
會首先想到讓自己享用食品和飲料，
在同伴們獲釋，並親眼見到他們之前？
如果你真心想讓我吃喝，那就請釋放
我的同伴，讓我親眼見到他們。』　　　　　387

　　「我這樣說，基爾克立即走過大廳，

手握那根魔杖，打開豬圈的門扇，
趕出我的變成九歲肥豬的同伴。
同伴們站在她面前，她走到他們中間，
給他們每人逐一塗抹另一種藥物，
他們身上因神女基爾克原先施用的
害人魔藥而長出的豬毛隨即脫去。
同伴們立即變成人，並且比原先更年輕，
樣子更加俊美，也顯得更壯健。
他們認出了我，個個把我的手握緊。
同伴們難忍悲慟，整座房屋發出
巨大的震響，神女本人也不禁動憐憫。　　　　399

「這時神女中的女神走來對我這樣說：
『拉埃爾特斯之子，機敏的神裔奧德修斯，
現在你快前往大海岸邊，快船跟前。
你們首先把自己的船隻拖上陸地，
把所有珍貴的財物和用具搬進山洞，
然後你再返回這裡，帶著忠實的同伴。』　　　　405

「她這樣說，說服了我的勇敢的心靈，
於是我迅速前往大海岸灘快船邊。
我看見我的忠實的同伴們正在快船旁
痛苦地哭泣，滿眶的淚水不斷流淌。
有如被圍圈在欄裡的牛犢看見母牛
吃飽了鮮嫩的牧草，從牧場隨群歸來，
眾牛犢一起蹦跳相迎，衝出圈欄，
興奮地哞叫著圍著母親歡快地狂奔；
我的同伴們當時親眼看見我前來，
也這樣熱淚盈眶地圍住我，心情激奮，
如同已經返回到生養哺育他們的

故鄉土地和山丘崎嶇的伊塔卡都城。
他們哭泣著說出有翼飛翔的話語：
『宙斯養育的，你的歸來令我們慶幸，
有如我們自己返回到伊塔卡故土。
現在請說說其他同伴們遭到的厄運。』　　　　　421

　　「他們說完，我語言溫和地回答他們：
『你們首先把我們的船隻拖上陸地，
把所有珍貴的財物和用具搬進山洞，
然後你們便趕快跟隨我一同前往
基爾克的輝煌住處會見自己的同伴，
他們正在那裡吃喝，飲宴很豐盛。』　　　　　427

　　「我這樣說完，他們贊同我的提議，
唯有歐律洛科斯試圖阻攔同伴們，
大聲地對他們說出有翼飛翔的話語：
『可憐的人們，你們去哪裡？你們這是
自尋禍患，跟隨他前去基爾克的宅邸，
她會把你們都變成或豬或狼或雄獅，
強迫我們為她看守巨大的居地，
如同庫克洛普斯所為，當時同伴們
去到他的住所，由冒失的奧德修斯帶領；
由於他的過錯，同伴們喪失了性命。』　　　　437

　　「他這樣說完，當時我心中不禁思忖，
要不要立即從大腿側旁抽出利劍，
砍下他的腦袋，把他打倒在地，
儘管他是我的親屬，關係很親近，
同伴們紛紛用溫和的語言勸阻我；
『宙斯養育的，如果你同意，我們不妨

就這樣安排：讓他留在船邊守船隻，
你帶領我們前去基爾克的輝煌宅邸。』 445

「他們一面說，一面離開船隻和海岸。
歐律洛科斯也沒有留在空心船旁，
而是隨我們前往，懼怕我嚴厲責備。 448

「這時基爾克正在她的宅裡殷勤地
給其他同伴們沐浴，仔細塗抹橄欖油，
給他們穿上縫製精美的罩袍和衣衫。
我們到來，他們在廳裡正歡樂地飲宴。
同伴們互相見面，敘說發生的一切，
不禁慟哭涕漣，房屋也隨同嘆息。
這時神女中的女神走近我，對我這樣說：
『拉埃爾特斯之子，機敏的神裔奧德修斯，
現在請不要痛心地哭泣，我自己也清楚，
你們在多游魚的海上忍受了怎樣的痛苦，
在陸上狂暴的人們又怎樣傷害過你們。
現在你們盡情地吃飯、盡情地飲酒吧，
重新恢復你們離開崎嶇的伊塔卡
那故鄉土地時胸中原有的堅強勇氣。
而今你們仍疲憊力乏，心情沉重，
總在回憶艱難的飄泊，心靈陷在
憂苦之中，因為忍受了那麼多不幸。』 465

「她這樣說，說服了我們勇敢的心靈。
從那時起整整一年，我們每天都
圍坐著盡情享用豐盛的肉餚和甜酒。
但是當新的一年到來，時序輪轉，
歲月流逝，白晝重新變長的時候，

我的忠實的同伴們開始這樣勸說：
『糊塗人啊，現在是考慮回鄉的時候，
如果你命裡注定得救，能夠返回到
那座高大的宮宅和你的故鄉土地。』　　　　　　　474

　「他們這樣說，說服了我的勇敢的心靈。
整整這一天，直到太陽開始下行，
我們圍坐著享用豐盛的肉餚和甜酒。
待到太陽下沉，夜幕終於降臨後，
我的那些同伴們在幽暗的房間裡睡眠。
這時我登上基爾克的無比華麗的臥床，
向她懇切請求，神女聽我說話，
我開言對她說出有翼飛翔的話語：
『基爾克，請你實踐你承擔的諾言，
送我回故鄉，現在我的心渴望回家園。
我的同伴們也一樣，他們令我心碎，
圍著我哭泣，每當你不在我們身邊時。』　　　　486

　「我這樣說，神女中的女神立即回答：
『拉埃爾特斯之子，機敏的神裔奧德修斯，
現在你們不必勉強地滯留在我這裡，
但你們需要首先完成另一次旅行，
前往哈得斯和可畏的佩爾塞福涅的居所，③
去會見特拜的盲預言者特瑞西阿斯的魂靈，
他素有的豐富智慧至今依然如故，
佩爾塞福涅讓他死後仍保持智慧，
能夠思考，其他人則成為飄忽的魂影。』　　　　495

---

③佩爾塞福涅本是農業女神得墨特爾的女兒，被冥神劫去後成為冥后。

「她這樣說，我聽完不禁震顫心若碎，
我坐在臥榻上傷心地哭泣，簡直不想
再繼續活下去，看見太陽的燦爛光輝。
待我這樣無限憂傷地哭泣一陣後，
我終於重又開言對神女這樣詢問：
『基爾克，誰能帶領我完成這一旅程？
還從未有人乘烏黑的船隻去過哈得斯。』　　　　502

「我這樣說完，神女中的女神立即回答說：
『拉埃爾特斯之子，機敏的神裔奧德修斯，
你不用擔心你的船隻沒有人引領，
你把桅杆豎起，揚起白色的風帆，
坐到船裡，北風會拂送船隻航行。
在你乘船渡過奧克阿諾斯之後，
那裡有平坦的海岸和佩爾塞福涅的聖林，
有高大的白楊和果實隨絮飄逸的柳樹，
你把船停靠在幽深的奧克阿諾斯岸邊，
你自己前往哈得斯的陰濕的府邸。
火河和哀河在那裡一起注入阿克戎，④
哀河是斯提克斯流水的一條支流，
兩條洶湧的河流有一塊共同的巨岩，
勇敢的人啊，你如我吩咐前去那裡，
在那裡挖一個深洞，長闊各一肘尺⑤，
然後在洞旁給所有的亡靈舉行祭奠，
首先用攙蜜的奶液，然後用甜美的酒釀，
再用淨水，最後撒些潔白的大麥粉。　　　　520
你要向亡故者的虛渺的魂靈好好祈禱，

---

④冥間的深淵。
⑤肘尺指由肘部至手指的長度。

應允回到伊塔卡後在家中用一條最好的
未生育的母牛焚獻，擺上上等祭品，
另外再單獨給特瑞西阿斯祭獻一隻
全黑的公羊，為你眾多的羊群中最上乘。
在你向那些高貴的亡魂祈禱之後，
要祭獻一頭公羊和一頭黑色的母羊，
把羊頭轉向昏暗⑥，你自己則要轉身，
面向冥河的水流。這時無數故去的
死者的魂靈會紛紛來到你的面前。
你這時要鼓勵和命令你的同伴們，
把用無情的銅器殺死的那些牲羊
剝皮焚獻，向眾神明虔誠地禱告，
向強大的哈得斯和可畏的佩爾塞福涅祈求。
你自己要從腿旁抽出鋒利的佩劍，
坐在那裡，不要讓亡故者虛渺的魂靈
走近牲血，直待你詢問過特瑞西阿斯。
人民的首領，那位預言者會很快到來，
他會告訴你回鄉的方向、道路和遠近，
又如何安全地渡過游魚豐富的大海。』　　　　　540

「她這樣說，金座的黎明很快降臨。
神女給我穿好罩袍、襯衣諸衣衫，
她自己穿上銀光閃爍的寬大披篷，
輕柔而舒適，環腰繫上製作精美的
黃金腰帶，把一塊巾布紮在頭上。
我立即穿過房間去把同伴們喚醒，
走近每個人，用溫和的話語對他們這樣說：
『現在不要再躺著沉浸在深深的夢鄉，

---

⑥「昏暗」原文為「埃瑞博斯」，指冥間一可怖的昏暗區域。

我們走吧，女主人基爾克已給我作指點。』　　　　　　549

　　「我這樣說，說服了同伴們勇敢的心靈。
我未能把所有同伴們全都安全地帶走。
有個叫埃爾佩諾爾的最爲年輕的同伴，
作戰不是很勇敢，也不很富有智慧，
他在基爾克的華麗的宅邸離開同伴們，
爲求涼爽，醉酒後獨自一處安眠。
當他聽見同伴們跑動的紛亂聲響。
恍惚中突然爬起，匆忙中心裡忘記
重新沿著長長的梯子逐節而降，
卻從屋頂上直接跌下，他的椎骨的
頭頸部位被折斷，靈魂去到哈得斯。　　　　　　560

　　「我對同我一起前往的人們這樣說：
『你們或許以爲我們這就回故鄉，
但基爾克爲我們指出了另一條路途，
前往哈得斯和可畏的佩爾塞福涅的居所，
需要會見特拜的特瑞西阿斯的魂靈。』　　　　　　565

　　「我這樣說，同伴們不禁震顫心若碎，
大家坐下痛哭，扯亂自己的頭髮。
他們哭泣不止，卻不會有任何幫助。　　　　　　568

　　「我們來到大海岸邊，快船跟前，
懷著沉重的心情，淌著憂傷的眼淚，
這時基爾克已經來到烏黑的船隻旁，
縛來一隻公羊和一隻黑色的母羊，
輕易地超越了我們。只要神明不願意，
有哪個凡人能見到或來或往的神衹？　　　　　　574

第十一卷
——入冥府求問特瑞西阿斯魂靈言歸程

「當我們來到大海岸邊，船隻跟前，
我們首先把船隻拖到神妙的大海上，
在烏黑的船上豎桅杆，揚起風帆，
把牲羊送上船隻，然後我們自己也
懷著沉重的心情，淚水汪汪地登上船。
強勁的順風為我們從後面鼓滿風帆，
推送黑首船，那是航行的善良伴侶，
說人語的可畏的神女、美髮的基爾克差遣。
我們把各種索具在船上安排妥當，
然後坐下，風力和舵手掌握航向，
一整天風帆鼓滿氣流航行於海上。
太陽西沉，條條道路漸漸變昏暗，
船隻來到幽深的奧克阿諾斯邊沿。
基墨里奧伊人的國土和都城就在那裡，
為霧靄和雲翳所籠罩，明媚的太陽
從來不可能把光線從上面照耀他們，
無論是當它升上繁星密布的天空，
或者是當它重又從天空返回地面，
淒涼的黑夜為不幸的人們不盡地綿延。
我們到達後把船隻靠岸，把牲羊卸船，
然後沿著奧克阿諾斯岸邊走去，
終於來到基爾克給我們指明的去處。

「佩里墨得斯和歐律洛科斯抓住牲羊，
我從大腿側旁抽出鋒利的佩劍，
挖出一個深坑，長闊各一肘尺，

我們在洞旁給所有的亡靈舉行祭奠，
首先用攙蜜的奶液，然後用甜美的酒釀，
再用淨水，最後撒些潔白的大麥粉。
我向亡故者的虛渺的魂靈久久祈禱，
應允回到伊塔卡後在家中用一條最好的
未生育的母牛焚獻，擺上上等祭品，
另外再單獨給特瑞西阿斯祭獻一隻
全黑的公羊，為我眾多的羊群中最上乘。
在我向那些死者的亡魂祈禱之後，
我拉過獻祭的公羊和母羊，對著深坑
把它們宰殺，烏黑的鮮血向外湧流，
故去的謝世者的魂靈紛紛從昏暗處前來。　　　　　　37
有新婚的女子，未婚的少年，年長的老人，
無憂慮的少女懷著記憶猶新的悲怨，
許多人被銳利的銅尖長矛刺中喪命，
在戰鬥中被擊中，穿著血污的鎧甲。
許多亡魂紛紛從各處來到深坑旁，
大聲呼號，我立即陷入蒼白的恐懼。①
這時我立即鼓勵和命令我的同伴們，
把用無情的銅器殺死的那些牲羊
剝皮焚獻，向眾神明虔誠地禱告，
向強大的哈得斯和可畏的佩爾塞福涅祈求。
我自己從腿旁抽出鋒利的佩劍，
坐在那裡，不讓亡故者虛渺的魂靈
走近牲血，直待我詢問過特瑞西阿斯。　　　　　　50

「首先到來的是埃爾佩諾爾的魂靈，

---

① 本卷第38-43行曾被亞歷山大城校訂者澤諾多托斯、阿里斯托法涅斯
　和阿里斯塔爾科斯刪去。

因為他還未被埋進廣袤無垠的大地。
我們把他的遺體存放在基爾克的宅邸，
未行哀悼和埋葬，忙於其他事情。
我見他前來不禁淚下，心中憐憫，
對他開言，說出有翼飛翔的話語：
『埃爾佩諾爾，你已來到這幽冥的陰間？
你步行竟然比我們乘坐黑殼船先抵達。』   58

　　「我這樣說完，他大聲地嘆息回答我：
『拉埃爾特斯之子，機敏的神裔奧德修斯，
神定的不幸命運和飲酒過量害了我。
在基爾克的宅邸睡著後竟然忘記
重新沿著長長的梯子逐節而降，
卻從屋頂上直接跌下，我的椎骨的
頭頸部位被折斷，靈魂來到哈得斯。
我現在以遠在家中的人們的名義請求你，
以你的妻子和父親的名義，他從小撫育你，
以你留在家中的獨生子特勒馬科斯的名義，
因為我知道你離開哈得斯的宮邸之後，
還要把精造的船隻駛回海島艾艾埃，
主上啊，我求你回到那裡後不要忘記我。
你不要留下我未受哀悼和葬禮便離去，
啟程返家園，免得因為我受譴於神明，②
而要把我同我的鎧甲一起焚化，
在灰暗的大海岸邊為我堆一座墓丘，
讓後代人把我這個不幸的人紀念。
你作完這些事，再把我的划槳插墳頭，

----

②指埋葬死者是死者親朋應盡的義務，否則被視為褻瀆，會受到神明的
　懲罰，可見希臘人的這一習俗歷史久遠。

那是我生前和同伴們一起使用的船槳。』　　　　　　78

　　「他這樣說完，我立即回答伴侶這樣說：
『不幸的人啊，這一切我定會照辦不誤。』　　　　　80

　　「我們這樣悲傷地交談，坐在那裡，
我手握佩劍護住牲血，不讓他接近，
我的伴侶的魂影在我對面絮絮訴說。　　　　　　　83

　　「接著來到的是我故去的母親的魂靈，
勇敢的奧托呂科斯的女兒安提克勒婭，
我前往堅固的伊利昂留下她時她活著。
我見她前來心中憐憫，潸然淚下；
但我儘管悲傷，仍不讓她向前，
接近牲血，直待我詢問過特瑞西阿斯。　　　　　89

　　「特拜的特瑞西阿斯的魂靈終於前來，
手握金杖，他認出了我，對我這樣說：
『拉埃爾特斯之子，機敏的神裔奧德修斯，
不幸的人啊，你為何離開太陽的光輝，
來到這悲慘的地域，拜訪亡故的人們？
請你離開這深坑，移開那鋒利的佩劍，
讓我吮吸牲血，好給你作真實的預言。』　　　　96

　　「他這樣說，我離開坑邊，把鑲銀長劍
收進鞘裡，高貴的預言者吮吸了一些
烏黑的牲血，便開始對我這樣言命運：
『光輝的奧德修斯，你渴望甜蜜的歸返，
但神明會讓它充滿艱難，在我看來，
震地神不會把你忘記，他對你懷恨，

餘怒難消，因為你刺瞎了他的愛子。③
你們忍受艱辛後仍可如願返家園，
只要你能約束你自己和你的伴侶們，
當你把建造精良的船隻首先渡過
藍灰色的大海，駛抵海島特里那基亞，④
你們會發現牧放的牛群和肥壯的羊群，
歸無所不見無所不聞的太陽神所有。
如果你們不傷害畜群，一心想歸返，
你們忍受艱辛後仍可返回伊塔卡；
如果你搶劫畜群，那會給船隻和伴侶們
帶來毀滅。雖然你自己可逃脫災難，
但歸返艱難遲緩，失去所有的同伴，
乘坐他人的船隻，到家後再遭遇患難
和狂妄的人們，他們耗費你的家財，
向你的高貴的妻子求婚，送來贈禮。
待你到家後，你會報復他們的暴行。
當你把那些求婚人殺死在你的家裡，
或是用計謀，或是公開地用鋒利的銅器，
這時你要出遊，背一把合用的船槳，
直到你找到這樣的部族，那裡的人們
未見過大海，不知道食用攙鹽的食物，
也從未見過塗抹了棗紅顏色的船隻
和合用的船槳，那是船隻飛行的翅膀。
我可以告訴你明顯的徵象，你不會錯過。
當有一位行路人與你相遇於道途，
稱你健壯的肩頭的船槳是揚穀的大鏟，
那時你要把合用的船槳插進地裡，

117

---

③指獨目巨人波呂菲摩斯，故事見前第九卷。
④古代認為，此島可能即西西里島，那裡素以農牧著稱。

向大神波塞冬敬獻各種美好的祭品，
一頭公羊、一頭公牛和一頭公豬，
然後返回家，奉獻豐盛的百牲祭禮，
給執掌廣闊天宇的全體不死的眾神明，
一個個按照次序。死亡將會從海上
平靜地降臨於你，讓你在安寧之中
享受高齡，了卻殘年，你的人民
也會享福祉，我說的這一切定會實現。』 137

　　「他這樣說完，我立即這樣回答預言者：
『特瑞西阿斯，定是神明們安排這一切。
現在請你告訴我，要說真話不隱瞞。
我現在看見我的故去的母親的魂靈，
她在那裡默然端坐，不舉目正視
自己的兒子，也不和自己的兒子說話。
老人啊，請告訴我，怎樣能使她認出我？』 144

　　「我這樣說完，他當時開言這樣回答我：
『這很容易回答，我向你說明原因。
不管是哪位故去的死者，你只要讓他
接近牲血，他都會對你把實話言明。
如果你擋住他接近，他便會返身退隱。』 149

　　「尊貴的特瑞西阿斯的魂靈這樣說完，
作完預言，便離開返回哈得斯的宅第。
我繼續留在坑邊守候，直到我母親
前來吮吸烏黑的牲血。她立即認出我，
哭泣著對我說出有翼飛翔的話語：
『我的孩子，你怎麼仍然活著便來到
這幽冥的陰間？活人很難見到這一切。

中間有巨大的河流和可怖的急流相隔，
首先是奧克阿諾斯，任何人都不可能
徒步把它涉過，除非他有精造的船舶。⑤
你這是直接從特洛亞和同伴們一起乘船
經過漫長歲月的飄泊才終於來這裡？
你尚未返回伊塔卡，見到家中的妻子？』 162

「她這樣詢問，我當時回答母親這樣說：
『我的母親，我不得已來到哈得斯的宅第，
前來會見特拜的特瑞西阿斯的魂靈。
我至今尚未回到過阿開奧斯人的土地，
尚未回過故鄉，一直在艱苦地飄游，
自從當年跟隨神樣的阿伽門農
前往產馬的伊利昂，與特洛亞人作戰。
現在請你告訴我，要說眞話不隱瞞。
是什麼不幸的死亡命數把你征服？
是長久的疾病，還是善射的阿爾特彌斯
用她那溫柔的箭矢射中你喪你的性命？
請告訴我父親和被我留下的兒子的情形，
他們仍保住我的王位，或者已為
他人占有，人們以爲我不會再歸返？
請再告訴我我的髮妻的心願和思想，
她留下同兒子在一起，保護著全部家產，
還是已改嫁於某個阿開奧斯首領？』 179

「我這樣詢問，尊貴的母親立即回答：
『你的妻子仍然忠實地留在你家中，

---

⑤第157-159行被阿里塔爾科斯刪去。

內心忍受著煎熬，淒涼的白天和黑夜
一直把她摧殘，令她淚流不止。
你的美好王權也未被他人占有，
特勒馬科斯仍然安穩地擁有田產，
舉辦與掌權者身分相稱的豐盛酒宴，
人們也如常地把他邀請。你的父親
仍然留在原先的莊園裡，從不進城來。
他不用床鋪，不用袍氈和華美的鋪蓋，
而是在奴僕們的住屋裡度過寒冷的冬天，
睡在爐旁灰塵裡，身著襤褸的衣衫。
每當夏季和豐收的秋季到來的時候，
他在葡萄園裡緩緩傾斜的土坡前，
隨處以凋落的藤葉堆積成低矮的床鋪。
他憂傷地躺在那裡，心中無限悲愁，
盼望你為兒能歸返，強度著困苦的晚年。
須知我就是這樣亡故，命運降臨，
並非那目光犀利的善射女神在家中
用她那溫柔的箭矢射中我喪我的性命，
也不是什麼疾病降臨，使我受折磨，
令我的機體衰竭，奪走了我的生命，
光輝的奧德修斯啊，是因為思念你和渴望
你的智慧和愛撫奪走了甜蜜的生命。』　　　203

「她這樣說，我心中思索著很想擁抱
我那業已故去的親愛的母親的魂靈。
我三次向她跑去，心想把她抱住，
她三次如虛影或夢幻從我手裡滑脫。
這使我的心頭湧起更強烈的痛苦，
我放聲對母親說出有翼飛翔的話語：
『我的母親啊，你為什麼不讓我抱住你？

讓我們親手抱撫，即便是在哈得斯，
那也能稍許慰藉我們那可怕的悲苦。
是不是高貴的佩爾塞福涅只給我遣來
一個空虛的幻影，令我悲痛更愁憂？』   214

「我這樣說，尊貴的母親立即答言：
『我的兒子，人間最最不幸的人啊，
宙斯的女兒佩爾塞福涅沒有欺騙你，
這是任何世人亡故後必然的結果。
這時筋腱已不再連接肌肉和骨骼，
灼烈的火焰的強大力量把它們制服，
一旦人的生命離開白色的骨骼，
魂靈也有如夢幻一樣飄忽飛離。
現在你趕快返回陽世，把這一切
牢記心裡，他日好對你的妻子述說。』   224

「我們正這樣交談，到來一群婦女，
可畏的佩爾塞福涅鼓動她們前來，
她們都是貴族王公們的妻子或愛女。
她們成群地聚集在烏黑的牲血周圍，
我當時考慮如何對她們一一問詢。
我想出一個在我看來是最好的主意。
我迅速從大腿側旁抽出鋒利的佩劍，
不讓她們同時吮吸烏黑的牲血。
她們只好一個個地走來，每人說出
自己的身世，我一個個地把她們詢問。   234

「我首先見到的是出身高貴的提羅，
她自稱是高貴的薩爾摩紐斯⑥的女兒，
艾奧洛斯之子克瑞透斯⑦的妻子。

她深深地鍾愛神聖的河流埃尼珀斯，⑧
那是大地上最最美麗的一條河川，
她常去埃尼珀斯的優美的流水側畔。
環繞大地的震地神幻化成埃尼珀斯，
在漩流回轉的河口和她一起躺臥。
紫色的波浪有如高山四周矗立，
屏幛隆起，隱藏神明和凡間女子。
神明解開那女子的腰帶，撒下睡意。
當神明這樣如願地享受了愛情合歡，
便抓住那女子的手，招呼一聲這樣說：
『爲這一愛情高興吧，夫人，一年後你會
生育高貴的孩子，因爲神明的愛撫
不會無結果，你要好好撫養他們。
你現在回家，保守秘密，莫道我姓名，
要知道我就是那波塞多震地之神。』　　　　　252

　「海神說完，沉入波濤洶湧的大海。
提羅由此懷身孕，生育佩利阿斯和涅琉斯，
兩兄弟成爲偉大的宙斯的勇敢扈從。
佩利阿斯擁有許多羊群，住在廣闊的
伊阿奧爾科斯，涅琉斯住在多沙的皮洛斯。⑨
王后還爲克瑞透斯生了幾個兒子，

⑥薩爾摩紐斯是埃利斯的薩爾摩紐斯城的名主，因模仿宙斯雷電，用隆
　隆的鍋聲和轔轔的馬車聲模仿宙斯鳴雷，用火炬模仿宙斯擲閃電，引
　起宙斯憤怒，被宙斯打入冥間受苦。
⑦特薩利亞王。
⑧埃尼珀斯是特薩利亞境內河流，此處指該河河神。
⑨佩利阿斯和涅琉斯是一對孿生兄弟，據說長大後發生爭執，涅琉斯去
　到伯羅奔尼撒半島的皮洛斯，成爲皮洛斯諸王的始祖。佩利阿斯留在
　故鄉，統治伊阿奧爾科斯。

他們是艾宋⑩、費瑞斯和車戰的阿米塔昂。 259

「我又見到阿索波斯的女兒安提奧佩。
她自詡曾與宙斯擁抱同眠度夜闌，
生下一對孿生兒子安菲昂和澤托斯，
兄弟倆首先奠定七門的特拜城池，
又建起城牆，因為他們不可能占據
廣闊的特拜無城垣，儘管他們很勇敢。 265

「我見到安菲特律昂之妻阿爾克墨涅，
她生了勇猛如獅又堅毅的赫拉克勒斯，
由於和偉大的宙斯擁抱結合享歡愛。
我還見到高傲的克瑞昂的女兒墨伽拉，
安菲特律昂的堅毅的兒子的愛妻。⑪ 270

「我見到奧狄浦斯的母親、美貌的埃皮卡斯特，
她本人不明真相，犯下了可怕的罪孽，
與自己的兒子婚配，兒子弒父娶母親。
神明們很快把事情的真相向世人公開，
但他在美好的特拜仍統治卡德摩斯人，
按照神明們的殘忍意願，忍受痛苦。
王后來到強大的守門神哈得斯的居地，
在她把繩索繫上高高的房梁自縊後，
心懷嗟怨，給兒子留下無數的苦難，

---

⑩艾宋是伊阿宋的父親，因兄弟之間權力之爭而有伊阿宋尋取金羊毛的
　著名故事。
⑪「安菲特律昂的堅毅兒子」指赫拉克勒斯。宙斯乘安菲特律昂出征在
　外，幻化成安菲特律昂模樣，與阿爾克墨涅結合生赫拉克勒斯，安菲
　特律昂是赫拉克勒斯名義上的父親。

爲母親們報仇的女神們一手製造的禍患。　　　　　　　　280

　　「我又見到無比美麗的克洛里斯，
涅琉斯慕貌娶了她，給了許多聘禮，
她本是伊阿索斯之子安菲昂的幼女，
伊阿索斯統治彌尼埃奧斯人的奧爾科墨諾斯。⑫
她成爲皮洛斯王后，連育傑出的兒子，
涅斯托爾、克羅彌奧斯和勇敢的佩里克呂墨諾斯。
她又爲他們生高貴的佩羅，美貌絕倫，
鄰近的人們都向她求婚，涅琉斯不應允，
除非此人能把凶猛的寬額彎角牛群
趕出費拉克，它們歸伊菲克洛斯王所有。⑬
那位高貴的預言者決定去趕這些牛，
但神明注定他因而要承受許多苦難，
體驗沉重的鐐銬，在野外牧放牛群。
他一天一天、一月一月地備受煎熬，
一年的時光流逝，命定的時限來到，
國王伊菲克洛斯寬赦他，把他釋放，
讓他作預言，終於實現了宙斯的意願。⑭　　　　　　　297

　　「我還見到廷達瑞奧斯的妻子勒達，
她爲廷達瑞奧斯生育了英勇的兒子，
馴馬的卡斯托爾和高貴的拳擊手波呂丟克斯，
賜予生命的大地把他倆活活地收下。

―――――――――――

⑫奧爾科墨諾斯城在波奧提亞地區。
⑬伊菲克洛斯是特薩利亞王，他的牛非常好看，涅琉斯想得到它們。
⑭「預言者」指墨蘭波斯。他的兄弟比阿斯向佩羅求婚，墨蘭波斯幫助
　兄弟去趕那些牛。墨蘭波斯被伊菲克洛斯捉住，關進監獄。一年後，
　他因向伊菲克洛斯說明如何解除後者的無後之憂，被釋放。

他們在地下仍獲得宙斯惠賜的尊榮，
輪流一人活在世上，一人死去，
享受神明才能享受的特殊榮譽。⑮

304

「然後我又見到阿洛歐斯的妻子
伊菲墨得婭，她自詡曾與波塞冬歡愛，
生育了兩個兒子，但都年少短命，
神樣的奧托斯和遐邇弛名的埃菲阿爾特斯，
他們在穀物豐饒的大地撫育的人中間
最高大也最爲俊美，除了著名的奧里昂。
他們年方九歲，身圍即達九肘尺，
身高達九倍常人雙臂伸開的距離。
他們威脅要對居住在奧林波斯的
不死的神明們開戰，進行激烈的戰爭。
他們要把奧薩山⑯疊上奧林波斯山頂，
在奧薩山再疊放蔥鬱的佩利昂峰，從而達天庭。
他們若長大成人，或許眞會這樣做，
但宙斯與美髮的勒托的兒子殺死了他們，⑰
當他們雙鬢下尚未長出初生的毛髮，
那下頜也未被新生的濃密鬍鬚蓋住。

320

「我見到費德拉⑱、普羅克里斯⑲和狡詐的彌諾斯的

---

⑮據說波呂丟克斯是宙斯之子，宙斯賜他永生。卡斯托爾死後，波呂丟
　克斯不願比自己的孿生兄弟長壽，因此宙斯把賜給波呂丟克斯的永生
　分給卡斯托爾一半，使兄弟倆輪流分別在地府和人間。
⑯特薩利亞境內山峰。
⑰「宙斯與美髮的勒托的兒子」指阿波羅。
⑱費德拉是雅典王提修斯的妻子，她愛上了提修斯的前妻之子希波呂托
　斯，遭拒絕後在提修斯面前進讒言，詭稱希波呂托斯企圖對她無禮，
　把希波呂托斯害死，她自己羞愧自殺。

美麗女兒阿里阿德涅，提修斯想把她
從克里特島帶往神聖的雅典城的丘崗，
但他未能享有她，受狄奧倪索斯慫恿，
阿爾特彌斯把她殺死在環水的狄埃島。⑳　　　　　325

「我見到邁拉㉑、克呂墨涅㉒和邪惡的埃里費勒，
她收受貴重的黃金，出賣了自己的丈夫。㉓
我不可能把那些人的姓名一一列舉，
說出我見到的各位英雄的妻子和愛女，
神秘的黑夜將消逝。現在是睡覺的時候，
我或是去快船伴侶們中間或者就留在
你們這裡，歸返事有賴於你們和眾神明。」　　　　　332

───────────────

⑲普羅克里斯是雅典王埃瑞克透斯的女兒，丈夫克法洛斯想考驗她的忠
　貞，謊稱外出，卻喬裝成外鄉人返回，以厚禮引誘普羅克里斯，普羅
　克里斯為其所動，被丈夫指責不忠。普羅克里斯羞愧地逃到克里特
　島，阿爾特彌斯（一說彌諾斯）贈她每投必中的長矛。她喬裝回來考
　驗丈夫，答應以矛相贈，感動丈夫。最後夫妻和好。後來普羅克里斯
　懷疑丈夫變心，在克法洛斯一次狩獵時擲出長矛，殺死了丈夫。

⑳提修斯作為雅典的活人貢品，被送往克里特島供牛人食用。提修斯殺
　死牛人後靠阿里阿德涅贈給的線團逃出迷宮。阿里阿德涅隨提修斯一
　起離開克里特，到達愛琴海南部的狄埃島（後稱那克索斯島），提修
　斯受神明啟示，把阿里阿德涅留在那裡。阿里阿德涅被阿爾特彌斯射
　死後，成為狄奧倪索斯的伴侶和妻子。

㉑邁拉是阿爾戈利斯王克羅托斯的女兒，與宙斯生洛克羅斯（特拜奠基
　者之一），被阿爾特彌斯射死。

㉒克呂墨涅是特薩利亞的菲拉卡城的王菲拉科斯的母親。

㉓埃里費勒是阿爾戈斯王安菲阿拉奧斯的妻子，她接受奧狄浦斯之子波
　呂尼克斯贈送的一條具有魔力的黃金項鏈，逼迫丈夫參加進攻特拜的
　戰鬥，儘管她知道丈夫會在那次戰鬥中喪生。後來安菲阿拉奧斯果然
　在那場戰鬥中被殺死，兒子阿爾克邁昂長大後，為父報仇，殺死母親
　埃里費勒。

　　他這樣說，在座的人們靜默不言語，
在幽暗的大廳裡個個聽得心醉神迷。
白臂的阿瑞塔這時開言對眾人這樣說：
「費埃克斯人，這位客人的容貌、身材
和他那嚴謹的智慧令你們有何感觸？
他雖是我的客人，你們也分享榮光。
請不要急忙送客，吝嗇自己的禮品，
客人很需要它們。由於神明的恩惠，
你們家中都藏有無數珍貴的財物。」　　　　　341

　　老年英雄埃克涅奧斯對大家說話，
他在所有的費埃克斯人中年事最高邁：
「朋友們，睿智的王后的提議完全符合
我們的意見和心願，你們應遵行不誤。
現在看阿爾基諾奧斯有什麼吩咐和要求。」　346

　　阿爾基諾奧斯開言回答老者這樣說：
「按照王后的話去做，只要我還活著，
仍然統治著喜好划槳的費埃克斯人。
儘管客人渴望能盡快地返回故鄉，
但我仍希望他留待明天，我好備齊
一切禮物。送客人上路人人有責任，
尤其是我，因為我是此國中的掌權人。」　　353

　　足智多謀的奧德修斯這樣回答說：
「阿爾基諾奧斯王，全體人民的至尊，
即使你想讓我在這裡等待一整年，
為我安排歸程，送我珍貴的禮物，
我也很樂意，那樣也符合我的心願，
因為我可以帶著更多的財富返故鄉。

那時所有的人們會對我更加敬重，
更加熱愛，當他們看見我回到伊塔卡。」　　　　　361

　　阿爾基諾奧斯這時回答客人這樣說：
「尊敬的奧德修斯，我們見到你以後，
便認爲你不是那種騙子、狡猾之徒，
雖然這類人黑色的大地哺育無數，
那些人編造他人難以經歷的見聞，
但你卻有一副高尚的心靈，言語感人。
你簡直有如一位歌人，巧妙地敍述
阿開奧斯人和你自己經歷的可悲苦難。
現在請你再說說，要直言敍述不隱瞞，
你可曾見到勇敢的伴侶們，他們和你
一起去到伊利昂，在那裡遭到死亡。
長夜漫漫，還不是回家睡覺的時候，
請把你們的神奇事蹟給我詳敍述。
我願意聆聽你直至神妙的黎明來臨，
只要你願爲我敍述你經受的種種苦難。」　　　376

　　足智多謀的奧德修斯這樣回答說：
「阿爾基諾奧斯王，全體人民的至尊，
既然有時間敍談，也有時間安眠，
如果你們確實願意繼續聽敍述，
我當然不反對說說更加悲慘的事蹟，
我的同伴們的苦難，他們後來把命喪，
雖然從特洛亞人手下逃脫了可悲的死亡，
歸返後卻死於一個邪惡的女人的意願。　　　384

　　「在我周圍的這些柔弱婦女們的魂靈
被聖潔的佩爾塞福涅四處驅散之後，

阿特柔斯之子阿伽門農的憂傷魂靈到來，
其他魂靈圍著他，他們和他一起，
在埃吉斯托斯家被殺害，遭受死亡。
他吮吸了烏黑的牲血，立即把我相認。
他一面放聲痛哭，淚水不斷流淌，
向我伸出雙手，希望能把我碰觸，
可是他已不再有強壯的筋腱和力量，
如同他往日靈活的肢體具有的那樣。
我一見他忍不住淚下，心中生憐憫，
開言說出有翼飛翔的話語詢問他：
『顯赫的阿特柔斯之子，人間王阿伽門農，
是何種悲慘的死亡命運把你征服？
是波塞多把你制服在航行的船舶裡，
掀起狂烈的風暴，帶來凶猛的氣流，
還是被心懷敵意的人們殺死在陸地上，
當你劫掠他們的牛群或美好的羊群時，
或者你為了保衛城市和婦女們而戰？』

403

「我這樣說完，他立即開言這樣回答我：
『拉埃爾特斯之子，機敏的神裔奧德修斯，
波塞多並沒有把我制服在航行的船舶裡，
掀起狂烈的風暴，帶來凶猛的氣流，
也不是心懷敵意的人們在陸上殺死我，
是埃吉斯托斯為我準備了毀滅和死亡，
同我那可惡的妻子一起把我殺死，
請我去家中赴宴，有如殺牛於棚廄。
我就這樣悲慘地死去，我的伴侶們
也都無情地遭殺戮，有如白牙肥豬，
它們被殺死在無比顯貴的富有之人的
婚筵間或者聚餐時或者豐盛的宴席上。

你也曾經常見到許多人被殺死的景象，
或者單獨遭戕殺，或在激烈的戰鬥中，
但當你見到那一慘景時也會生憐憫，
在宴席飲酒的調缸和豐盛的餐桌之間，
我們橫陳在堂上，鮮血把地面浸漫。　　　　　　420
我當時聽見普里阿摩斯的女兒卡珊德拉㉔
發出的淒慘叫聲，狠毒的克呂泰墨涅斯特拉
把她殺死在我的身旁，我舉起雙手
拍打地面，儘管被劍刺中正死去。
無恥的女人轉過身去，甚至都不願
伸手給正去哈得斯的我撫合雙眼和嘴唇。
可見沒有什麼比女人更狠毒、更無恥，
她們的心裡會謀劃出如此惡劣的暴行，
就像她謀劃了如此駭人聽聞的罪惡，
殺死自己的高貴丈夫。我原以爲
會如願地見到自己的孩子們和眾奴僕，
幸得返家園。她犯下如此嚴重的罪行，
既玷辱了她自己，也玷辱了後世的
溫柔的婦女們，即使有人行爲良善。』　　　　　434

　　「他這樣說完，我開言回答對他這樣說：
『天哪，雷聲遠震的宙斯顯然從一開始
便利用女人的計畫，憎恨阿特柔斯的後代，
我們許多人已經爲海倫喪失了性命，
克呂泰墨涅斯特拉在你遠離時又對你設陰謀。』　　　439

　　「我這樣說完，他立即回答對我這樣說：

────────

㉔卡珊德拉被停後歸阿伽門農所有，阿伽門農把她帶回國，引起克呂泰
　墨涅斯特拉的忌恨，一起遭殺害。

『因此你以後對女人不要過分溫存，
不要把知道的一切全部告訴女人，
要只說一部分，隱瞞另外一部分。
奧德修斯啊，你不會被你的妻子殺死，
伊卡里奧斯的女兒、聰明的佩涅洛佩
非常明達事理，用心無比善良。
想當年她新婚不久，我們出發遠征，
把她留下，孩子偎依母懷尚年幼，
如今他大概已長大，坐在成人們中間，
幸福的孩子，父親歸來將會見到他，
他也會像通常那樣擁抱自己的父親。
我的那位妻子卻不讓我親眼見到
我的兒子，因爲她已首先把我殺死。
不過我仍要囑咐你，你要用心牢記。
你要秘密地讓航船抵達故鄉的土地，
不可公開返回，因爲婦女們不可信。㉕
現在請你說說，要說眞話不隱瞞，
你可曾聽說我的兒子活在世上的消息，
他是在奧爾科墨諾斯㉖，還是在多沙的皮洛斯，
或是在遼闊的斯巴達墨涅拉奧斯身邊？
因爲勇敢的奧瑞斯特斯活著並未死。』　　　　461

　　「他這樣詢問，我當時開言回答這樣說：
『阿特柔斯之子，你爲何詢問我這些事情？
我不知他是生是死，不應該說話無根據。』　　　　464

———————————

㉕古代編輯者刪去第454-456行。
㉖奧爾科墨諾斯是波奧提亞城市，奧瑞斯特斯在阿伽門農遇害後，曾在
　那裡避難。

　　「我們就這樣互相交談，話語悲傷，
心情沉重地站在那裡，淚水流淌。
這時佩琉斯之子阿基琉斯的魂靈前來，
還有帕特羅克洛斯、高貴的安提洛科斯
和埃阿斯的魂靈，他的容貌和身材超越
所有的達那奧斯人，除了高貴的阿基琉斯。
埃阿科斯的捷足後裔的魂靈認出我，
哭泣著對我說出有翼飛翔的話語：
『拉埃爾特斯之子，機敏的神裔奧德修斯，
大膽的傢伙，你還想幹什麼更冒險的事情？
你怎麼竟敢來到哈得斯，來到這居住
無知覺的死者、亡故的凡人的陰魂的地方？』　　　476

　　「他這樣說完，我開言回答對他這樣說：
『佩琉斯之子阿基琉斯，阿開奧斯人的俊傑，
我來這裡為尋求特瑞西阿斯的指點，
我怎樣才能回到崎嶇不平的伊塔卡。
須知我至今尚未抵阿開奧斯人的住地，
未踏故鄉土，我一直在忍受各種苦難。
阿基琉斯，過去未來無人比你更幸運，
你生時我們阿爾戈斯人敬你如神明，
現在你在這裡又威武地統治著眾亡靈，
阿基琉斯啊，你縱然辭世也不應該傷心。』　　　486

　　「我這樣說完，他立即回答對我這樣說：
『光輝的奧德修斯，請不要安慰我亡故。
我寧願為他人耕種田地，被雇受役使，
縱然他無祖傳地產，家財微薄度日難，
也不想統治即使所有故去者的亡靈。
現在請說說我那個高貴的兒子的情形，

他是繼我參戰身先士卒，或是從未出征。㉗
也請說說你所知道的高貴的佩琉斯的消息，
他在米爾彌冬人的各城邦繼續受尊敬，
還是在赫拉斯和佛提亞人們已不敬重他，
由於年齡高邁，雙手雙腳已不靈便。
我真希望仍能在太陽的光輝下保護他，
如此強壯，像從前在遼闊的特洛亞原野，
殺戮敵人的主力，保衛阿爾戈斯人那樣。
即使我只片刻如往日勇健地返回父宅，
我也會讓傷害他、剝奪他的尊榮的人們
在我的威力和無敵的雙手面前發顫。』　　　　503

　　「他這樣說完，我開言回答對他這樣說：
『我不知悉高貴的佩琉斯的任何消息，
關於你的愛子涅奧普托勒摩斯的事情，
我將按你的要求，把實情一一說明。
是我乘坐平穩的船隻把他從斯庫羅斯㉘
送到脛甲精美的阿開奧斯人中間。
每當我們在特洛亞城下商討戰情，
他總是首先發言，言語切中肯綮，
只有神樣的涅斯托爾和我能把他超過。
我們在特洛亞平原用青銅兵器作戰時，
他從不混跡於人群中間，留在隊列，
而是衝殺在前，勇毅超過任何人，
無數敵人被他殺死在激烈的戰鬥裡。

㉗指涅奧普托勒摩斯，他在阿基琉斯死後去特洛亞參戰。預言說，只有
　　他的參戰才能攻下特洛亞。見後。
㉘斯庫羅斯為愛琴海中一小島。阿基琉斯與該島公主生涅奧普托勒摩
　　斯，阿基琉斯去特洛亞參戰後把兒子留在那裡。

我不可能全部敘說，一一道姓名，
他為保衛阿爾戈斯人殺死的敵人，
但他用銅器殺死了如特勒福斯之子、
英勇的歐律皮洛斯，許多克特奧伊人[29]
為女人的禮物在他周圍一起被殺死。
我見過的人他最俊美，除了神樣的門農[30]。　　　　　522
當我們這些阿爾戈斯傑出將領藏身於
埃佩奧斯製作的馬腹，由我掌管一切，
打開或關閉那牢固的隱蔽處所時，
達那奧斯人的所有其他首領和君王們
個個擦抹淚水，雙膝顫抖不止，
我看見當時唯有他那美麗的面色
沒有變蒼白，也未看見他抬手擦淚珠。
他曾一再要求允許他從馬腹爬出，
手握雙刃劍柄和鑲銅的堅固長槍，
渴望給特洛亞人製造各種災難。
在我們摧毀了普里阿摩斯的巍峨都城後，
他帶著他那份戰利品和財物登上船舶，
安然無恙，既未被銳利的銅器擊中，
也未在短兵相接中受傷，雖然戰鬥中
經常發生，阿瑞斯對誰都一樣瘋狂。』　　　　　537

　　「我這樣說，埃阿科斯的捷足後裔的

---

[29] 克特奧伊人是小亞細亞密西亞部落。特勒福斯是普里阿摩斯的姊夫。
　　宙斯曾為伽倪墨得斯，回贈特洛亞一株由赫菲斯托斯製作的金葡萄，
　　普里阿摩斯在特洛亞危急時將此金葡萄贈其姊姊阿斯提奧卡，使後者
　　勸說兒子率軍幫助特洛亞人。歐律皮洛斯是特洛亞人的最後一個援助
　　者，立過許多戰功，後被阿基琉斯之子殺死。
[30] 門農是埃塞俄比亞人的首領，戰爭第十年時支援特洛亞，被阿基琉斯
　　殺死。

魂靈邁開大步，沿常青的草地離去，
聽說兒子很出眾，心中充滿了喜悅。 540

「其他故去的謝世者的魂靈仍在那裡
悲傷地哭泣，訴說自己憂心的事情。
只有特拉蒙之子埃阿斯的魂靈這時仍
佇立一旁，爲那場爭執餘怒未消，
在阿開奧斯人的船寨我獲得勝利，贏得
阿基琉斯的鎧甲，母親把它作獎品，
特洛亞人的子弟和帕拉斯・雅典娜作裁判。[31]
悔不該我在那次爭執中獲得勝利，
大地從而收下了這樣的英雄埃阿斯，
論相貌或是論功績他都超越所有的
達那奧斯人，除了高貴的佩琉斯之子。
我用友好的話語開言對他這樣說：
『埃阿斯，高貴的特拉蒙之子，你難道死後
對我仍餘怒未消，爲那副可詛咒的鎧甲？
神明們給阿爾戈斯人降下了巨大的災難。
我們阿開奧斯人爲失去你這樣的砥柱，
都像爲佩琉斯之子阿基琉斯那樣，
一直悲痛你的故去。那件事的肇因
不在他人，是宙斯對持槍矛的達那奧斯人
心懷積怨，給你降下了死亡的命運。
君王啊，請走上前來，聽我一言相勸，

---

[31]據說阿基琉斯死後，其母忒提斯囑咐，把赫菲斯托斯爲阿基琉斯鍛造
的鎧甲（故事見《伊利亞特》第十八卷）獎給爲保衛阿基琉斯的遺體
作戰最勇敢的人。奧德修斯和埃阿斯爲此發生爭執，希臘人認爲敵人
會對這一爭執作出公正的評判，因而讓被俘虜的特洛亞人進行裁斷。
雅典娜從中干預，使裁斷有利於奧德修斯。埃阿斯氣憤不過，自殺而
死。

平息你的怒火和勇敢的心頭的怨憤。』　　　　　562

　　「我這樣說，他沒有回答，卻同其他
故去的死者的魂靈一起走向昏暗。
他本可抑怒和我作交談，我也願意。
這時我那親切的胸中的心靈還想
同許多其他亡故的人們的魂靈相見。　　　　　567

　　「這時我看見彌諾斯，宙斯的高貴兒子，
他手握黃金權杖，正在給亡靈們宣判，
他端坐，亡靈們在他周圍等待他判決，
或坐或站，在哈得斯的門庭寬闊的府第。　　　571

　　「我又看見那位身材高大的奧里昂，
照樣在常青不謝的冥間草地上狩獵，
驅趕著他往日在荒蕪的山間殺死的野獸，
手握那永遠不會折斷的全銅棍棒。　　　　　575

　　「我又看見提梯奧斯，富饒大地之子，
橫陳大地，占地面積達五佩勒特隆㉜，
有兩隻禿鷹停在他兩側啄食肝臟，
吞噬他的內臟，他無力用雙手阻攔，
因為他對宙斯的高貴妻子勒托施暴行，
當她途經舞場美好的帕諾佩斯㉝赴皮托。㉞　　581

㉜佩勒特隆在此處為面積單位，1佩勒特隆約合0.095公頃。

㉝帕諾佩斯在福基斯境內，距波奧提亞不遠，荷馬時期繁盛一時，後來
　被毀。

㉞提梯奧斯是宙斯和地母蓋婭之子（後來的傳說有異），神后赫拉嫉
　妒，進行報復，煽動他狂熱追求勒托，卻行非禮。宙斯憤怒，用雷電
　把提梯奧斯打入冥間。

「我又見坦塔洛斯㉟在那裡忍受酷刑，
站在湖水裡。湖水直淹到他的下頷，
他雖然焦渴欲飲，但無法喝到湖水，
因爲每當老人躬身欲喝口湖水時，
那湖水便立即退逸消失，他的腳邊
現出黝黑的泥土，神明使湖水乾涸。
繁茂的果樹在他的頭上方掛滿果實，
有梨、石榴，還有簇簇燦爛的蘋果，
棵棵甜蜜的無花果，果肉飽滿的橄欖樹，
但當老人伸手渴望把它們摘取時，
風流卻把果實吹向昏沉沉的雲氣裡。　　　　592

「我又見西緒福斯㊱在那裡忍受酷刑，
正用雙手推動一塊碩大的巨石，
伸開雙手雙腳一起用力支撐，
把它推向山頂，但當他正要把石塊
推過山巔，重量便使石塊滾動，
騙人的巨石向回滾落到山下平地。
他只好重新費力地向山上推動石塊，
渾身汗水淋淋，頭上沾滿了塵土。　　　　600

「我又認出力大無窮的赫拉克勒斯，

㉟關於坦塔洛斯的身分，神話說法不一，常見的神話說他是阿爾戈斯
　王，阿迦門農的祖先。他本來很受神明恩寵，受邀參觀奧林波斯眾神
　的會議和飲宴，但他從而自命不凡，泄露神界秘密，因此被打入冥府
　受懲罰。
㊱西緒福斯生前是科林斯王。荷馬未說他在冥間受苦的原因，後來的神
　話說他是一個詭計多端的人，許多神明，包括宙斯，都上過他的當，
　因而受懲罰。

一團魂影，他本人正在不死的神明們中間
盡情飲宴，身邊有美足的赫柏陪伴，
偉大的宙斯和腳登金鞋的赫拉的愛女。
亡故者的陰魂在他周圍放聲嚎叫，
有如驚飛的鳥群；他形象陰森如黑夜，
手握出套的彎弓，箭矢搭在弓弦，
可畏地四處張望，似待隨時放矢。
他胸前環繫令人生畏的黃金綬帶，
帶上鑲刻著各種神奇怪異的圖案，
有凶殘的熊群、野豬和眈眈注視的猛獅，
有搏鬥、戰爭、殺戮和暴死的種種情景。
製作者大概不可能再造出類似的作品，
他創作此綬帶運用了如此高超的技藝。　　　　614
赫拉克勒斯一見我立即把我認出，
兩眼噙淚，說出有翼飛翔的話語：
『拉埃爾特斯之子，機敏的神裔奧德修斯，
不幸的人啊，你遭到什麼可悲的命運，
就像我在太陽的光輝下遭受的那樣？
我雖是克羅諾斯之子宙斯的兒子，
卻遭到無數不幸，不得不受命於一個
孱弱之人，他讓我完成各種苦差事。㊲
他曾派我來這裡捉拿那條惡狗，㊳
因為他想不出其他更為艱難的差遣。
我終於捉住那條狗，把它趕出哈得斯，
有赫爾墨斯和目光炯炯的雅典娜助佑。』　　　　626

━━━━━━━━━━

㊲指由於赫拉妒忌加害，赫拉克勒斯不得不受命於歐律斯透斯。參閱
　《伊利亞特》第十九卷第133行。
㊳指冥府三頭狗。

「他這樣說，轉身進入哈得斯的宮邸，
我仍繼續在那裡留待，希望有哪位
早先故去的著名英雄的魂靈來相見。
我本可見到我想見面的古代英雄，
有提修斯和佩里托奧斯，神明們的光輝兒子，
若不是成群地蜂擁前來無數的亡靈，
一片喧囂，灰白的恐懼立即抓住我，
擔心可怕的怪物戈爾戈㊴的頭顱前來，
可能被冥后佩爾塞福涅遣出哈得斯。
我立即返回船舶，吩咐隨行的同伴們
迅速登上船隻，解開繫船的尾纜。
同伴們迅速登進船裡，坐上槳位。
水流把船隻送到奧克阿諾斯海面，
起初靠我們划槳，後來有順風送行。　　　　640

㊴女妖，能使目光所及的一切變成石頭。

第十二卷
——食牛群冒犯日神受懲伴侶盡喪生

「當船隻離開奧克阿諾斯長河的水流，
沿著遼闊無際的大海的狂濤驚浪，
來到海島艾艾埃，破曉的黎明女神
在那裡居住和歌舞，太陽升起的地方，
我們到達後隨即把船隻拖上沙灘，
我們自己登上波濤拍擊的海岸，
在那裡躺下，等待神妙的黎明來臨。　　　　　　7

「當那初升的有玫瑰色手指的黎明呈現時，
我便派遣伙伴們前往基爾克的住處，
搬取不憤暴卒的埃爾佩諾爾的遺體。
我們迅速砍柴，在海岸最突出的地方
舉行葬禮，傷心得忍不住熱淚漣漣。
在死者的遺體和甲仗被焚化之後，
我們便堆起一座墳丘，立起墓碑，
在墳頭尖頂插上一把合手的船槳。　　　　　　15

「我們這樣忙碌著一件件殯葬事宜，
基爾克業已知曉我們從哈得斯歸返，
立即整裝前來，攜侍女陪伴隨行，
帶來麵食、豐盛的菜餚和閃光的紅酒。
神女中的女神在我們中間站定這樣說：
『大膽的傢伙，活著去到哈得斯的居所，
將兩度經歷死亡，其他人只死亡一次。
現在請盡情享用食物，暢飲酒釀，
度過整整這一天，待明天黎明呈現，

你們便繼續航行。我將指點行程
和各處標記，免得你們一時生謬誤，
又會在海上或陸地遭到意外的不幸。』　　　　　27

「她這樣說，說服了我們勇敢的心靈。
整整這一天，直到太陽開始下行，
我們圍坐著享用豐盛的肉餚和甜酒。
在太陽下沉，夜幕終於降臨之後，
人們紛紛躺在船舶的纜繩邊睡去，
基爾克便拉住我的手離開同伴們，
讓我坐下，她躺在我身邊一一相問，
我把經歷的事情向她一件件細述。
尊貴的基爾克這時開言對我這樣說：
『這一切危難均已過去，現在請你
聽我囑咐，神明會讓你記住它們。
你首先將會見到塞壬①們，她們迷惑　　　　　40
所有來到她們那裡的過往行人。
要是有人冒昧地靠近她們，聆聽
塞壬們的優美歌聲，他便永遠不可能
返回家園，欣悅妻子和年幼的孩子們；
塞壬們會用嘹亮的歌聲把他迷惑，
她們坐在綠茵間，周圍是腐爛的屍體的
大堆骨骸，還有風乾萎縮的人皮。
你可以從那裡航過，但需把蜂蠟揉軟，
塞住同伴們的耳朵，不讓他們任何人
聽見歌聲；你自己如果想聽歌唱，
可叫同伴們讓你站立，把手腳綁在
快船桅杆的支架上，用繩索牢牢綁緊，

――――――――――
①一種半人半鳥形女妖。

這樣你便可聆聽欣賞塞壬們的歌聲。
如果你懇求、命令他們爲你解繩索，
他們要更牢固地用繩索把你綁緊。　　　　　　　54

　「『在你的同伴們從塞壬們旁邊駛過，
我不能繼續給你們指明這時應選擇
兩條道路中的哪一條，你自己用心判斷，
我可以把兩條道路逐一向你描述。
一條通向高峻的懸崖，崖前喧囂著
碧眼的安菲特里泰的巨大波濤相撞擊，
常樂的神明們稱它們爲普蘭克泰伊②。
飛鳥也無法從中間飛過，爲天父宙斯
運送神露的膽怯鴿子也一樣難穿越，
光滑的懸崖每次要逮住其中的一隻，
使得天父不得不放進另一隻作替補。
任何凡人的船隻到那裡都難逃脫，
船隻的碎片和人的肢體在那裡一起
在大海的狂濤和致命的烈焰中顚簸毀滅。
只有一條海船曾安全地從那裡通過，
眾所周知的阿爾戈從艾埃特斯處返航③。
甚至它也會被兩塊巨大的懸崖撞擊，
若不是赫拉寵愛伊阿宋，讓船隻通過。④　　72

　「『另一條水道有兩座懸崖，一座的尖峰

---

②「普蘭克泰伊」意爲「會移動的懸崖」，因兩片懸崖見有物從中間穿
　過，便相向移動而夾擊。或稱「撞岩」。
③艾埃特斯是黑海北岸科爾克斯的國王。
④指以伊阿宋爲首的阿爾戈船英雄前往黑海岸邊的科爾克斯尋取金羊毛
　的故事。據說當他們從那裡航過時，他們先放出一隻鴿子，待懸崖撞
　擊分離時，迅速把船駛過。

直插廣闊的天宇，縈繞著濃重的雲翳，
霧靄從不變稀疏，晴明的太空從不見
懸崖的峰巔，無論是炎夏或是在涼秋。
任何凡人都難攀援，登上崖頂，
即使他有二十隻手和二十隻腳，
只因光滑的崖壁如經過仔細琢磨。
懸崖中央有一處洞穴，雲霧彌漫，
面向西方的昏暗，你們要把空心船，
光輝的奧德修斯啊，徑直從那裡航過。
即使有哪位強健的勇士從空心船上
射出箭矢，也射不到那寬闊的洞穴，
那裡居住著斯庫拉，吼聲令人恐怖。　　　85
它發出的聲音如同初生的幼犬狂吠，
但它是一個可怕的怪物，任何人見了
都不會欣喜，神明們也不想和它面遇。
它有十二隻腳，全都空懸垂下，
伸著六條可怕的長頸，每條頸上
長著一個可怕的腦袋，有牙齒三層，
密集而堅固，裡面包藏著黑色的死亡。
它把身體縮在空闊的洞穴中央，
把頭昂出洞外，懸於可怖的深淵，
不斷地四處窺探搜尋，伺機捕捉
海豚、海豹和其他較大的海中怪物，
它們數目眾多，由安菲特里泰撫養。
任何航海人都不可誇說他能安全地
把船隻駛過那裡，那個可惡的怪物
會從黑首船為它的每個頭抓走一人。　　　100

　　「『奧德修斯，你會看見另一面懸崖
較為低矮，與前崖相隔一箭之遙。

崖頂有棵高大的無花果樹枝葉繁茂，
崖下怪物卡律布狄斯吞吸幽暗的海水。
怪物每天把海水三次吞進吐出，
在它吞吸時你不可行船從那裡駛過，
那時甚至震地神也難助你擺脫災難。
你還是把船靠近斯庫拉一側的懸崖，
急速從旁邊駛過，因為即使損失
船上的六個伙伴，也勝於全體遭覆滅。』　　　　　110

「她這樣說完，我開言詢問對她這樣說：
『神女啊，請你直言不諱地對我明言，
我能否既得以躲過殘暴的卡律布狄斯，
又擋住另一個怪物傷害我的同伴們？』　　　　　114

「我這樣詢問，神女中的女神這樣回答：
『大膽的傢伙，你又在構思作戰行動，
嚮往戰鬥。你難道與不死的神明也抗爭？
它並非有死，而是一個不死的怪物，
可怖、凶殘、狂暴，不可與之作戰，
也無法防衛，最好的辦法是把它躲過。
你若在崖下進行戰鬥，滯留不前，
我擔心斯庫拉又會向你發起攻擊，
用它的那些腦袋，再奪走那麼多伙伴。
你應該奮力行進，召喚克拉泰伊斯，
斯庫拉的母親，給人類生育了那災禍，
那時她會阻止怪物再次攻擊你。　　　　　126

「『然後你會到達海島特里那基亞，
那裡牧放著赫利奧斯的肥壯的牛羊，
共有壯牛七群和同樣數量的美麗羊群，

每群五十隻，它們永遠不會生育，
也不會死亡。由兩位女神牧放它們，
美髮的神女法埃圖薩和蘭佩提婭，
傑出的涅艾拉爲赫利奧斯·許佩里昂生育。
尊貴的母親生育和撫養她們長大後，
把她們送往遙遠的特里那基亞島居住，
看守父親的這些羊群和彎角的壯牛。
你要是不傷害那些牛羊，一心想歸返，
那你們忍受許多苦難後可返回伊塔卡；
你要是劫奪它們，我敢說你的船隻
和同伴們將會遭毀滅；即使你自己逃脫，
也會是遭難遲歸返，失去所有的同伴。』   141

「她這樣說完，金座的黎明隨即降臨。
神女中的女神這時離去，登上島嶼，
我即刻回到船邊，喚醒我的同伴們，
要他們迅速登船，解開繫船的纜繩。
他們迅速登進船裡，坐上槳位，
挨次坐好後用槳划動灰暗的海面。
強勁的順風爲我們從後面鼓滿風帆，
推送黑首船，那是航行的善良伴侶，
說人語的可畏的神女、美髮的基爾克差遣。
我們把各種索具在船上安排妥當，
然後坐下，風力和舵手掌握航向。   152

「這時我心情憂傷，對同伴們這樣說：
『朋友們，不應該只有一兩個人知道，
神女中的女神基爾克對我預言的事情，
因此我現在向你們說明，讓你們也清楚，
我們是遭毀滅，或是免於死亡得逃脫。

她要我們首先避開神奇的塞壬們的
美妙歌聲和她們的繁花爭艷的草地。
她說只有我可聆聽歌聲，但須被繩索
牢牢捆綁，使我只能待在原處，
縛在桅杆支架上，被繩索牢牢綁緊。
如果我懇求、命令你們為我解繩索，
你們要更牢固地用繩索把我捆綁。』

164

「我就這樣把一切對同伴們細述，
建造精良的船隻這時已迅速來到
塞壬們的海島近前，因為有順風推送。
頃刻間氣流停止吹動，海面呈現
一片寂靜，惡神使咆哮的波濤平息。
同伴們只好站起身來，放下風帆，
把帆放進空心船裡，再紛紛坐上
各自的槳位，用光滑的船槳划動海面。
這時我用鋒利的銅器把一塊大蠟
切成小塊，伸開強健的大手壓揉，
蠟塊很快熔軟，由於雙手的強力
和許佩里昂⑤之子赫利奧斯的光線；
我用它把同伴們的耳朵挨次塞緊。
他們讓我直立，把我的手腳捆綁在
快船桅杆的支架上，用繩索牢牢綁緊，
自己再坐下，用船槳划動灰暗的海面。

180

當我們距離那海島已是呼聲可及時，
我們迅速前進，但塞壬們已經發現
近旁行駛的船隻，發出嘹亮的歌聲：

⑤「許佩里昂」本意為「高懸的」，此處擬人為太陽神赫利奧斯的父親。此詞有時也作為太陽神的別名。

『光輝的奧德修斯，阿開奧斯人的殊榮，
快過來，把船停住，傾聽我們的歌唱。
須知任何人把烏黑的船隻從這裡駛過，
都要聽一聽我們唱出的美妙歌聲，
欣賞了我們的歌聲再離去，見聞更淵博。
我們知道在遼闊的特洛亞阿爾戈斯人
和特洛亞人按神明的意願忍受的種種苦難，
我們知悉豐饒的大地上的一切事端。』　　　　　　191

　「她們這樣說，一面發出美妙的歌聲，
我心想聆聽，命令同伴們給我鬆綁，
向他們蹙眉示意，他們仍躬身把槳划。
佩里墨得斯和歐律洛科斯隨即站起身，
再增添繩索把我更加捆牢綁緊。
待他們駛過妖女們的居地，再也聽不到
塞壬們發出的動人聲音和美妙的歌唱，
我的那些忠實的同伴們立即取出
我塞在他們耳朵裡的蠟塊，把我解下。　　　　　　200

　「待我們離開了那座海島，我很快望見
彌漫的煙霧和洶湧的波濤，耳聞撞擊聲。
同伴們驚惶不已，船槳從手中滑脫，
紛紛啪啪地掉進波濤，船隻在原地
停駐，因為他們手中無長槳可划行。
這時我走遍船中，鼓勵我的同伴們，
用溫和的語氣對他們說話，走近每個人：
『朋友們，我們並非未經受過種種危難，
面臨的災禍不可能超過庫克洛普斯
用暴力把我們囚禁在他的空曠洞穴裡，
憑我的勇敢、機敏的智謀和聰明的思想，

我們得逃脫，我相信你們還記得那災難。
現在請聽我說，你們要遵行不誤。
你們舉槳奮力地划動大海的湧流，
各人依然在槳位坐穩，或許宙斯
會讓我們躲過死亡，逃避災難。
掌舵人，你要把我的吩咐牢記心裡，
因為空心船上的舵柄由你執掌。
你要讓船隻遠離那邊的煙霧和波瀾，
靠近這邊的懸崖，切不可漫不經心地
把船隻駛往那裡，把我們拋進災難。　　　　　221

　　「我這樣說，他們立即按我的話去做。
我未提斯庫拉這一無法抵禦的災禍，
免得同伴們知道後一時心中生恐懼，
停止划槳，只顧自己往船裡躲藏。
這時我把基爾克對我的嚴厲囑咐
徹底忘記，她要我不可武裝自己。
我卻仍穿起輝煌的鎧甲，雙手緊握
兩桿長槍，站到船隻前部的甲板，
因為在那裡可首先看見居住於山崖的
斯庫拉出現，免得它讓同伴們遭不幸。
可我卻未見它任何蹤影，儘管我雙眼
極目觀察那模糊的懸崖，四處搜尋。　　　　　233

　　「我們大聲哭泣，行駛在狹窄的海道，
一邊是斯庫拉，一邊是神奇的卡律布狄斯，
可怖地把大海的鹹澀水流徹底吞吸。
當它吐出時，有如架在旺火上的大鍋，
整鍋水沸騰，哨叫著上下不停翻滾，
水花飛濺，濺落兩側矗立的崖頂。

當它張口吞吸大海的鹹澀水流時，
大海咆哮奔流，把內裡的一切全暴露，
崖壁可怖地發出呻吟，海底顯露出
烏黑的泥沙，令大家陷入蒼白的恐懼。
我們驚恐地注視著面前可能的陷滅，
斯庫拉這時卻從空心船一下抓走了
六個伴侶，他們個個都身強力壯。　　　　　　　　246
當我回首查看快船和同伴們的時候，
只見那幾個同伴的手腳在頭頂上方，
高懸半空中。他們不停地大聲喊叫，
呼喚著我的名字，發出最後的企求。
有如漁人在突出的岩石上扔下餌食，
用長長的釣竿誘惑成群浮游的小魚，
穿過牧放的壯牛的角尖甩向海裡，⑥
待魚兒上鉤，便將魚蹦跳著扔到岸邊，
我的同伴們也這樣蹦跳著被抓上崖壁。
怪物在洞口把他們吞噬，他們呼喊著，
一面可怕地掙扎，把雙手向我伸展。
這是我親眼見到的最最悲慘的景象，
我在海上久飄零，經歷過諸般不幸。　　　　　　　259

「我們躲過可怖的卡律布狄斯懸崖
和斯庫拉，很快來到太陽神的光輝島嶼，
那裡牧放著美麗的寬額牛群和許多
肥美的羊群，許佩里昂・赫利奧斯所有。
遠在海上黑殼船裡我已能聽見
牛群的大聲鳴叫和羊群的陣陣咩聲，
這時我心中想起那位盲目的預言者、

---

⑥據稱把釣魚線穿過牛角是防魚兒吞食時把魚線咬斷。

特拜城的特瑞西阿斯的預言和艾艾埃島的
基爾克的警告，她曾一再嚴厲告誡我，
要躲過給世人歡樂的赫利奧斯的島嶼。
我於是心情憂傷地對同伴們這樣說：
『飽受苦難的伴侶們，現在請聽我說，
我告訴你們特瑞西阿斯的預言和艾艾埃島的
基爾克的警告，她曾一再嚴厲地告誡我，
要躲過給世人歡樂的赫利奧斯的島嶼，
因爲那裡隱藏著對我們最可怕的災禍，
你們必須把黑殼船從島嶼側旁航過。』　　　　　276

　　「我這樣說完，同伴們震顫心若碎。
這時歐律洛科斯惡狠狠地對我這樣說：
『奧德修斯，你真勇敢，精力充沛，
肢體不知疲倦，全身好似用鐵鑄，
同伴們都已疲憊不堪，渴望睡眠，
你卻不讓他們登岸，我們在這座
環水的海島上本可以吃頓合口的晚餐，
可你偏命令我們在即將來臨的黑夜裡，
航過這座海島，在茫茫的大海上飄泊。
冥冥黑夜常刮起毀壞船隻的惡風，
人們又能去何處躲避突然的危難，
如果驟起的強烈的風暴突然降臨，
不管是南風或反向的西風，它們都會把
船隻毀壞，即使背逆神明的意願。
現在讓我們還是聽從昏冥的黑夜，
傍岸準備晚餐，然後在快船邊安睡，
明朝再登船，繼續航行於遼闊的大海。』　　　　　293

　　「歐律洛科斯這樣說，同伴們個個稱讚。

這時我知道，惡神在製造種種禍殃，
於是我開言說出有翼飛翔的話語：
『歐律洛科斯，唯我堅持，你們逼迫我，
但你們現在得對我發一個莊重的誓言，
如果我們發現牛群或大批的羊群，
任何人都不得狂妄地萌生宰殺之念，
隨意傷害壯牛和肥羊，你們只可以
安靜地享用不死的基爾克準備的食物。』　　　　302

　「我這樣說完，大家立即遵命起誓。
待他們遵行如儀，立下莊重的誓言，
我們便把精造的船隻停進港灣裡，
清澈的流水近旁。同伴們紛紛走下船，
在那裡一起熟悉地準備可口的晚餐。
在他們滿足了飲酒吃肉的欲望之後，
他們懷念起親愛的同伴，伴侶們被斯庫拉
從空心船抓走吞噬，不禁放聲哭泣。
他們就這樣在哭泣中進入沉沉的夢境。
及至三分夜辰剩一分，眾星辰下沉，
集雲神宙斯掀起一股狂暴的氣流，
帶來無際的疾風暴雨，濃黑的烏雲
籠罩陸地和曠溟，昏暗從天降臨。
當那初升的有玫瑰色手指的黎明呈現時，
我們把船拖上岸，繫進空曠的石穴，
那裡是神女們優美地歌舞和聚會的地方。
我召集同伴，再次告誡他們這樣說：
『朋友們，快船裡儲有食品，也有飲料，
我們切勿動牛群，以免驟然降災禍，
這些牛和肥壯的羊群屬於可畏的神明
赫利奧斯，他無所不見，無所不聞。』　　　　323

「我這樣說，說服了他們勇敢的心靈。
整整一個月，南風勁吹不見停息，
無任何其他風向，只見東風和南風。
當大家還有食品和暗紅的酒釀的時候，
同伴愛惜生命，沒有去動那些牛。
當船上儲備的各種食物耗盡告罄時，
他們便不得不開始遊蕩，獵獲野物，
尋找游魚飛鳥和一切可獵取的食品，
借助彎魚鉤，饑餓折磨著他們的空肚皮。
這時我獨自登上海島，祈求神明們，
求某位神明啓示我一條歸返的途程。
當我沿著海島行走，已遠離同伴，
我洗淨雙手，在一處避風的地方，
開始向擁有奧林波斯的眾神明祈求，
神明們把深沉的睡眠撒上我的眼瞼。　　　　338
歐律洛科斯這時向同伴們提出壞建議：
『飽受苦難的伴侶們，現在請聽我說。
任何死亡對於不幸的凡人都可憎，
飢餓使死亡的命運降臨卻尤為不幸。
讓我們從赫利奧斯的牛群中挑幾頭上好牛，
祭奠掌管廣闊天宇的不死的眾神明。
如果我們終能回到故鄉伊塔卡，
我們將立即給赫利奧斯·許佩里昂建造
豪華的神殿，獻上許多貴重的祭品。
如果神明為他的這些直角牛生怨恨，
想毀掉我們的船隻，其他神明也贊成，
那我寧可讓狂濤吞沒頃刻間死去，
也不願在這荒涼的海島上長期受折磨。』　　　　351

「歐律洛科斯這樣說，同伴們個個稱讚。
他們立即從附近的赫利奧斯的牛群中
挑出幾頭上好牛，距離黑首船不遠，
牧放著那些美麗的直角寬額壯牛；
他們圍著牛群站住，祈求眾神明，
從一棵高大的橡樹摘下一些嫩葉，
因爲堅固的船上已沒有潔白的大麥。
他們作完禱告，把牛宰殺剝皮，
割下牛的腿肉，在上面蓋上網油，
網油覆蓋兩層，上面再放上生肉。
他們沒有甜酒酹奠燒烤的牲肉，
便用淨水祭奠，再烤炙全部腑臟。
他們焚過腿肉，嘗過各種腑臟，
又把其餘的肉切碎，用叉穿好烤炙。　　　　　365

「這時深沉的睡眠離開我的眼瞼，
我立即向快船和神妙的大海岸灘跑去。
當我來到距離翹尾船不遠的地方，
向我迎面飄來炙肉的熱騰騰香氣。
我對不死的神明大聲發出怨訴：
『天神宙斯和其他永生常樂的眾神明，
你們讓我沉沉睡去，加害於我，
我的同伴們留下，犯了嚴重的褻瀆。』　　　　373

「穿長裙的蘭佩提婭迅速前去報告
赫利奧斯‧許佩利昂，我們宰殺了他的牛。
太陽神心中憤怒，立即對眾神明這樣說：
『天神宙斯和其他永生常樂的眾神明，
請看拉埃爾特斯之子奧德修斯的伴侶，
他們狂妄地宰殺了我的牛，我非常喜歡

那些牛，無論我升上繁星密布的天空，
或是在我從天空返回地面的時候。
如果他們不爲我的牛作相應的賠償，
我便沉入哈得斯，在那裡照耀眾魂靈。』 383

「集雲神宙斯立即回答太陽神這樣說：
『赫利奧斯啊，你還是照耀不死的神明
和有死的凡人，留在生長穀物的大地上。
我會立即向快船拋出閃光的霹靂，
把它在酒色的大海中央打成碎片。』 388

「我從美髮的卡呂普索那裡聽說這些話，
她說她是從引路神赫爾墨斯那裡聽說。 390

「當我回到大海岸邊，快船跟前，
我一個個嚴厲責備，但我們也想不出
任何補救的辦法，因爲牛已被宰殺。
這時眾神明立即向同伴們顯示朕兆，
牛皮開始爬動，叉上的牛肉吼叫，
無論生肉或已被炙熟，都有如牛鳴。 396

「我的忠實的同伴們就這樣連續六天，
美餐捕捉來的赫利奧斯的上等好牛。
當克羅諾斯之子宙斯送來第七天時，
能喚起狂風暴雨的氣流開始止息，
我們立即登船，駛向寬闊的海面，
協力豎起桅杆，揚起白色的風帆。
當我們駛離海島，已不見任何陸地，
廣闊的天宇和無際的大海渾然一片時，
克羅諾斯之子把濃重的烏雲密布在

彎船上空，雲翳下面的大海一片昏暗。
船隻未航行很長時間，強勁的西風
立即呼嘯刮來，帶來猛烈的暴風雨，
一陣疾馳的風流把桅杆前面兩側的
纜繩吹斷，桅杆後傾，所有的纜繩
一起掉進艙底。桅杆倒向船尾，
砸向舵手的腦袋，他的整個顱骨
被砸得粉碎，立即有如一名潛水員，
從甲板掉下，勇敢的心靈離開了骨架。
宙斯又打起響雷，向船隻拋下霹靂，
整個船隻發顫，受宙斯霹靂打擊，
硫磺瀰漫，同伴們從船上掉進海裡。
他們像烏鴉一樣在發黑的船體旁邊
逐浪浮游，神明使他們不得返家園。 419

「這時我仍在船上奔跑，只見那風浪
把船板剝離船樑，光樑在波濤裡飄蕩，
桅杆連著船樑。桅杆仍然連繫著
一根用牛皮鞣成的堅固結實纜繩，
我用那纜繩把船樑和桅杆一起捆綁，
坐到上面，任憑險惡的風浪飄蕩。 425

「能喚起狂風暴雨的西風這時止息，
南風又迅速吹來，令我心生憂慮，
我可能重新經過險惡的卡律布狄斯。
我這樣整夜飄泊，日出時分來到
斯庫拉的洞穴和可怖的卡律布狄斯近旁。
卡律布狄斯正在吞吸鹹澀的海水，
我立即向上抓住那棵高大的無花果樹，
如同蝙蝠把它抱緊。我當時就這樣

既無法用雙腳站穩，也無法爬上樹幹，
因爲那樹幹距離很遠，樹枝倒懸，
又長又龐大，把卡律布狄斯密密罩住。
我只好牢牢抱住樹枝，等待那怪物
重新吐出船樑和桅杆；我終於如願地
看見它出來，約在有人離開公庭，
判完年輕人的爭訟，回家進晚餐的時候；
這時木料也重新出現於卡律布狄斯。
我於是把手鬆開樹枝，放下雙腳，
正好落在那些粗長的木料中央，
坐到上面，用手作槳划動海水。
凡人和天神之父沒有讓斯庫拉發現我，
否則我當時定難逃脫悲慘的死亡。　　　　　446

　　「從此我又飄流九天，直至第十天黑夜，
神明們把我送到奧古吉埃島，說人語的
可畏神女、美麗的卡呂普索在那裡居住，
她熱情招待我。我何必把這些再重新述說？
我昨天在你的家裡已經對你和你的
高貴的夫人敘述，我不愛重複敘述
那些業已清楚地述說了的種種事情。」　　　　453

第十三卷

——奧德修斯幸運歸返難辨故鄉土

奧德修斯說完，大家一片靜默不言語，
在幽暗的大廳深深陶醉於聽到的故事。
阿爾基諾奧斯終於開言對他這樣說：
「奧德修斯，你既然來到我的巍峨的、
銅門檻的宮宅，我想你不會復歸原途，
重新飄泊返家園，既然你已歷經苦難。
現在我要向你們每個人提出建議，
你們經常在我的宮邸盡情地呷飲
積年的閃光酒釀，聆聽美妙的歌詠。
精製的箱籠裡已經為客人放好衣服、
工藝精巧的金器和各式其他禮物，
它們均為費埃克斯長老們饋贈。
我們再贈送客人一只巨鼎和大鍋，
所需費用我們可以從百姓中征收，
因為我們難負擔饋贈這樣的厚禮。」　　　　15

阿爾基諾奧斯這樣說，博得大家的讚賞。
人們紛紛返回自己的家宅安眠，
當那初升的有玫瑰色手指的黎明呈現時，
他們來到船隻旁，帶來結實的銅器皿。
神聖的阿爾基諾奧斯王上親自登上船，
把禮物安放在長凳下面，免得它們
妨礙伴侶們行動，有礙他們划槳。
人們又回到阿爾基諾奧斯王宮飲宴。　　　　23

神聖的阿爾基諾奧斯為眾人把牛祭獻

主宰萬物的集雲神、克羅諾斯之子宙斯。
人們焚燒腿肉，享受豐盛的飲宴，
那位神妙的歌人在他們中間歌唱，
就是深受人們尊重的德摩多科斯。
奧德修斯不斷抬頭觀望高照的太陽，
希望它快快降落，因爲他急欲啓程。
如有人盼望晚餐，跟隨兩條褐色牛，
整日拖著堅固的犁鏵翻耕田地，
終於如願地看到太陽的光輝下沉，
能回家準備晚飯，拖著疲憊的雙腿；
太陽光輝西沉也這樣合奧德修斯心願。
他立即對喜好划槳的費埃克斯人說話，
特別是對阿爾基諾奧斯開言表心意：
「阿爾基諾奧斯王，全體人民的至尊，
請奠酒送我安全歸返，祝諸君康安。
我心中希望的一切現在都已成現實：
歸返各心愛的禮物。願烏拉諾斯的後裔神
讓它們爲我帶來吉祥，願我抵家園，
見到高貴的妻子和家人們康健無恙。
願在座諸位能令你們高貴的妻子
和孩子們歡悅，願神明們惠賜你們
諸事如意，人民免遭任何不幸。」　　　　　　46

　　他這樣說完，贏得眾人的一致稱讚，
吩咐送客起行，因爲他說話很得體。
阿爾基諾奧斯王上對傳令官這樣說，
「潘托諾奧斯，你用調缸把蜜酒調勻，
分斟廳裡眾賓客，對父宙斯作祭奠，
送這位客人返回他自己的故土家園。」　　　　52

　　他這樣說完，潘托諾奧斯攙好蜜酒，
來到身旁分斟眾賓客，大家祭奠
執掌廣闊天宇的常樂的諸多神明，
在座位把酒酹。這時神樣的奧德修斯
站起身來，把雙重杯遞到阿瑞塔手裡，
開言對她說出有翼飛翔的話語：
「尊敬的王后，我祝願你永遠幸福，
直至凡人必經歷的老年和死亡來臨。
我這就啓程，祝願你在這宮邸和孩子們、
全體人民、阿爾基諾奧斯王歡樂共享。」　　　　62

　　神樣的奧德修斯這樣說完，跨出門檻，
阿爾基諾奧斯王上命令傳令官前行，
帶引他前往大海岸灘，快船旁邊。
阿瑞塔也派遣數名女侍隨他前往，
讓其中一個攜帶乾淨的披篷和衣衫，
吩咐另一個守護那結實的箱籠同行，
第三個女侍提著食品和暗紅的酒釀。　　　　69

　　當他們來到大海岸灘，船隻旁邊，
高貴的水手們接過物品，人們提來的
飲料和食物，把它們放進空心船裡，
給奧德修斯把鬆軟的褥墊和亞麻罩單
鋪在空心船的甲板上，讓他安穩睡眠。
奧德修斯登上快船，安穩地躺下，
船員們各自挨次在槳位上紛紛坐好，
從鑿成通孔的岩石上解下泊船的纜繩。　　　77
船員們支住身體，舉槳划動海水，
深沉的睡眠降落到奧德修斯的眼瞼，
安穩而甜蜜地睡去，如同死人一般。

有如廣闊平原上四匹迅捷的快馬，
它們並駕受皮鞭不斷地鞭策驅趕，
四蹄騰離地面，迅速向前奔馳；
船隻後艄也這樣騰起於喧囂的大海，
紫色的巨浪推擁著船隻高高揚起。
快船不受阻礙地迅速向前飛馳，
飛禽中最快的鷂鷹也難把它追趕。
快船就這樣衝破海浪快速航行，
載著神明一般的足智多謀的英雄，
他曾忍受過無數令人心碎的艱辛，
經歷過各種戰鬥和凶惡的狂濤駭浪，
現在正安穩地睡去，忘卻了往日的苦難。　　　　92

　　當那顆最最明亮的星辰，那顆預告
破曉透明的光輝的星辰升起的時候，
那條慣於航行的船隻來到海島前。　　　　95

　　海港福爾庫斯，海中老人的名字命名，
在伊塔卡地域，有兩片高聳的懸崖，
陡峭突兀地矗立，沉入港灣兩面，
擋住逆向的狂風從外掀起的巨浪，
建造精良的船隻駛抵港裡的泊位，
可以不用錨鏈羈絆地在港內停泊。
港口崖頂有棵橄欖樹枝葉繁茂，
港口附近有一處洞穴美好而幽暗，
那是稱作涅伊阿德斯①的神女們的聖地。
那裡有調酒用的石缸和雙耳石罈，
群群蜜蜂在那裡建造精美的巢室。

---

①涅伊阿德斯是山林女神，可能源自涅伊昂山名。

那裡有長長的石造機杼，神女們在那裡
織績海水般深紫的織物，驚人地美麗；
還有永遠流淌的水泉。入口有兩處，
一處入口朝北方，凡人們可以進出，
南向入口供神明出入，任何凡人
無法從那裡入洞，神明們卻暢通無阻。　　　112

　　水手們知道那海港，便把船隻駛進。
船隻向岸邊駛去，一半竟沖上岸灘，
由於船員們雙臂強勁，船行太迅疾。
船員們離開座凳堅固的船隻登岸，
首先把奧德修斯從空心船上抬下，
連同亞麻罩單和光彩華麗的褥墊，
把仍沉沉酣睡的奧德修斯放上灘岸，
再把財物抬下，那都是費埃克斯顯貴
受偉大的雅典娜感召饋贈歸家人的禮物。
他們把財物一起堆放在橄欖樹根旁，
遠離道路，免得有哪位路過的行人
趁奧德修斯沉睡未醒，把它們竊去。
船員們這樣安排妥帖，立即回返。　　　125
震地神卻沒有忘記他當初對神樣勇敢的
奧德修斯發出的威脅，便詢問宙斯的意圖：
「天父宙斯，我在不死的神明中間
不再會受尊敬，既然凡人毫不敬重我，
譬如費埃克斯人，他們雖與我同宗。
我曾說過奧德修斯需經歷許多苦難，
才能返家園，我當然並非要他永遠
不得歸返，當時你也曾點頭示允諾。
現在他們竟讓他酣睡快船渡大海，
送達伊塔卡，送給他無法勝計的禮品，

有銅器、黃金和許多精心紡織的衣袍，
奧德修斯若能從特洛亞安全歸返，
隨身帶著他那份戰利品，也沒有那麼多。」 138

　　集雲神宙斯開言回答震地神這樣說：
「哎呀，威力巨大的震地神，你說什麼話！
神明們絲毫沒有輕慢你，對你這一位
年高顯貴的神明不敬重是嚴重的罪孽。
要是有凡人的力量和權力竟與你相比，
對你不敬重，你永遠可以讓他受報應。
現在你如願地去做你想做的事情。」 145

　　震地神波塞多當時回答主神這樣說：
「黑雲神，我本想如你所說立即行動，
但我一向尊重你的心願，未敢冒然。
現在我想乘費埃克斯人的美好船隻
遣客後回歸航行在霧氣彌漫的大海上，
把它擊碎，使他們不敢再護送漫遊人，
我還要用一座山巒把他們的城市圍困。」 152

　　集雲之神宙斯回答震地神這樣說：
「親愛的朋友，我覺得這樣做最為適宜：
當人們從城頭遙遙望見船隻駛來時，
你再把船隻變成石頭，離陸地不遠，
仍保持快船模樣，令大家驚異不已，
然後再用山巒把他們的城市圍困。」 158

　　震地神波塞多聽見主神這樣說完，
前往斯克里埃，費埃克斯人生息的地方。
他在那裡等待，那海船飛速前來，

迅速駛近，震地神走向那條海船，
僅用手掌一擊，便把它變成巨岩，
下面固定生根，自己則迅速離去。　　　164

　好用長槳、喜好航海的費埃克斯人
互相用有翼飛翔的話語紛紛議論。
有人看著身邊的同伴，這樣議論：
「天哪，是誰把那條迅速歸返的船隻
固定在海面？整個船體已清晰可辨。」　　　169

　有人這樣議論，不明白事情的根源。
阿爾基諾奧斯這時開言對大家這樣說：
「天哪，我父王對我作的神聖預言
現在正應驗，他曾說波塞多不喜歡我們，
只因我們安全地護送所有的飄零人。
他說有一天費埃克斯人的美好船隻
遣送客人後航行在霧氣彌漫的海面，
會被擊毀，我們的都城被大山圍困。
老人這樣說，現在一切正變成現實。
現在請聽我說，你們要遵行不誤。
我們將不再護送客人，不管誰來到
我們的城市；還需精選十二條肥牛
祭獻波塞多，但願他能垂憐我們，
不再用連綿的山巒把我們的都城圍困。」　　　183

　他這樣說，人們恐懼地準備牲牛。
費埃克斯國人的眾位首領和君王們
一起向偉大的神明波塞多虔誠地祈求，
圍住祭壇。這時神樣的奧德修斯醒來，
儘管他親身偃臥故鄉土，卻把它難認辨，

只因為離別家園太久遠。宙斯的女兒
帕拉斯·雅典娜也在他周圍下濃霧，
使他不被人發現，好向他說明一切，
也不讓他的妻子、國人和家人們認出他，
在他懲罰所有傲慢的求婚人之前。
就這樣，周圍的一切令國王感到陌生，
無論是蜿蜒的道路，利於泊船的港灣，
陡峭的懸崖和那些枝葉繁茂的樹林。
他立即躍身而起，觀看周圍的鄉土，
忍不住大聲呼喊，伸出強健的手掌
拍打雙腿，悲愴地哭泣著這樣驚嘆：　　　　199
「不幸啊，我又來到什麼部族的國土？
他們是凶暴、野蠻、不明法理之徒，
還是些尊重來客、敬畏神明的人們？
我把這許多財物藏匿何處？我又該
向何方舉步？我真該留在費埃克斯人中間。
我應該求見其他高貴強大的王公們，
他們也許會友善待我，送我回故鄉。
現在我不知道把這些財物置放何處，
又不能把它們留在這裡，被他人竊取。
天哪，費埃克斯人的那些首領和君王們
這樣作事真不明智，也不合情理，
他們把我送來這異域，可他們曾聲言，
送我回明媚的伊塔卡，他們的允諾未兌現。
願宙斯懲罰他們，宙斯保護求援人，
他督察凡人的行為，懲處犯罪的人們。
我現在應該清點財物，把它們查看，
水手們或許會留下什麼隨空心船載走。」　　216

他一面說，一面查看精美的三腳鼎、

大鍋、金器和縫製精美的華麗袍衫。
它們一件未丟失。奧德修斯懷念鄉土，
沿著喧囂的大海岸邊漫步徘徊，
不斷悲愴地嘆息。雅典娜來到他身旁，
幻化成年輕人模樣，一個牧羊少年，
非常年輕，像國王的兒子們那般英俊，
身著精美的雙層披篷，在肩頭披裹，
光亮的雙腳繫著繩鞋，手握投槍。
奧德修斯一見心歡喜，迎面上前，
對她開言，說出有翼飛翔的話語：
「朋友，你是我在此地相遇的第一人，
我向你問候，但願你對我也無惡意，
請你拯救這些財物，拯救我本人，
我把你如神明請求，撲向你的雙膝。
我請你向我說明實情，讓我明白，
此處是何地域何國土，什麼種族居住？
這是一座陽光明媚的海島，抑或是
肥沃的陸地伸入大海的一處岸灘？」   235

　　目光炯炯的女神雅典娜回答他這樣說：
「外鄉人，你或是愚蠢，或是遠道來此，
既然你連這片土地也要仔細詢問。
此處遠非無名之地，它眾所周知，
無論是居住於黎明和太陽升起的地方，
或是居住在遙遠的昏暗西方的人們。
此處崎嶇不平，不適宜馬匹馳騁，
土壤不甚貧瘠，地域也不甚遼闊。
這裡盛產麥類，也生長釀酒的葡萄。
這裡經常雨水充足，露珠晶瑩，
有面積廣闊的牧場適宜牧放牛羊，

林木繁茂生長，水源常流不斷。
外鄉人，伊塔卡的聲名甚至遠揚特洛亞，
據說那國土距離阿開亞土地甚遙遠。」　　　　　　249

　　女神這樣說，多難的英雄奧德修斯
喜悅湧心頭，慶幸自己已踏故鄉土，
見提大盾的宙斯之女帕拉斯·雅典娜這樣說。
他開言對女神說出有翼飛翔的話語，
但並未直言相告，而是言語矜持，
因爲他心中一向懷抱狡獪的主意：
「我曾聽說過伊塔卡，當我在遼闊的克里特，
遠在大海上；現在我居然來到這裡，
攜帶這麼多財富。我逃離時也曾給兒子
留下如此多財物，殺死了伊多墨紐斯之子、
捷足的奧爾西洛科斯，他在遼闊的克里特
以奔跑快捷勝過所有食五穀的人們，
因爲他想侵奪我從特洛亞攜帶回去的
所有戰利品，爲它們我忍受過無數艱辛，
歷經過各種人間戰鬥和無情風浪的襲擊，
只因爲我無心討好他父親，爲此人服務於
特洛亞土地，而是統率著另一些伴侶。
待他走近時，我從田間向他擲出
鑲銅的長槍，事先與同伴埋伏於道畔。　　　　　　268
當時黑夜籠罩天宇，沒有人會
發現我們，我暗暗奪走了他的生命。
在我用銳利的銅器把他殺死之後，
我立即奔向船隻，向高貴的腓尼基人
請求救助，送給他們許多戰利品。
我要求他們把我送往皮洛斯安生，
或是埃佩奧斯人轄有的神妙的埃利斯。

強勁的風流把他們刮離預期的航道，
違背他們的意願，他們並不想欺騙我。
我們偏離航線航行，黑夜抵這裡。
我們奮力划槳，把船駛進港灣，
雖然飢餓難熬，誰也沒想到進晚餐，
立即離開船隻登岸，躺倒在岸灘。
我當時人困力乏，很快沉沉地睡去，
他們把我的財物從空心船上搬下，
安放在我躺下沉沉睡去的沙灘。
他們登上船，駛往繁華的西頓尼亞②，
我一人被撇在這裡，心中憂煩又惆悵。」　　　　286

　　他這樣說完，目光炯炯的女神雅典娜
微笑著把他撫拍，恢復了女神形象，
美麗、高大，精通各種光輝的技能，
對他開言，說出有翼飛翔的話語：
「一個人必須無比詭詐狡獪，才堪與你
比試各種陰謀，即使神明也一樣。
你這個大膽的傢伙，巧於詭詐的機敏鬼，
即使回到故鄉土地，也難忘記
欺騙說謊，耍弄你從小喜歡的伎倆。
現在我們這些暫不說，你我兩人
都善施計謀，你在凡人中最善謀略，
最善詞令，我在所有的天神中間
也以睿智善謀著稱。可你卻未認出
我本就是帕拉斯·雅典娜，宙斯的女兒，
在各種艱險中一直站在你身邊保護你，
讓全體費埃克斯人對你深懷敬意。

──────────

②西頓尼亞是腓尼基一地區，在地中海濱。

而今我前來，爲的是同你商量藏匿
高貴的費埃克斯人受我的感召和啓發，
在你離開時饋贈給你的這些財物，
再告你命運會讓你在美好的宅邸遇上
怎樣的艱難；你需得極力控制忍耐，
切不可告知任何人，不管是男人或婦女，
說你他鄉飄泊今歸來，你要默默地
強忍各種痛苦，任憑他人虐待你。」　　　　　　　310

　　多智的奧德修斯回答女神這樣說：
「女神啊，即使聰明絕倫之人遇見你，
也很難把你認出，因爲你善於變幻。
我深切感知我當年多蒙你垂愛護佑，
當阿開奧斯子弟們作戰在特洛亞城下。
待我們摧毀了普里阿摩斯的巍峨都城，
登上船隻，神明把阿開奧斯人打散，
宙斯之女啊，從此我便再沒有見到你，
未見你登上我的船，幫助我脫離苦難。
我懷著憔悴破碎的心靈不斷飄泊，
直到神明們終於把我解脫不幸，
在費埃克斯人的肥沃豐饒的國土，
你對我言語激勵，指引我進入城市。
現在我以你父親的名義抱膝請求你，
因爲我認爲我顯然並沒有到達伊塔卡，
而是飄流到別的國土，你是想嘲弄我，
才說出這些話，好把我的心靈欺騙，
現在請告訴我，我是否確實來到故鄉土？」　　　　328

　　目光炯炯的女神雅典娜這樣回答說：
「你心中總是這樣滿懷重重的疑雲。

我不能讓你總這樣心懷狐疑生憂愁，
你爲人審愼、機敏而又富有心計。
其他人歷久飄泊終得如願返故鄉，
必定即刻返家看望孩子和愛妻，
你卻不想先探問親人，詢問究竟，
在你對你的妻子進行考驗之前；
她卻仍幽坐家中，任憑不幸的白天
和黑夜不斷流逝，悲淚常流不止。
我從未萌發失望，心中總深信不疑，
你終得回故鄉，雖會失去所有的伴侶。
只是我不想和那波塞冬費力爭鬥，
因爲那是我的叔伯，他心懷怨恨，
你刺瞎了他那心愛的兒子令他氣憤。
我現在爲你指點伊塔卡，使你消疑團。
這就是海中老人福爾庫斯的港灣，
港灣高處是那棵枝葉繁茂的橄欖樹，
橄欖樹旁是那個美好幽暗的洞穴，
神女們的聖地，她們被稱爲涅伊阿德斯，
就是那個你曾經常在那裡向女神們
舉行豐盛的百牲祭的寬闊蔭蔽的洞穴。
那邊便是林木覆蓋的山巒涅里同。」　　　351

　　女神說完把霧氣驅散，景色顯現。
歷盡艱辛的神樣的奧德修斯心中歡喜，
慶幸返故鄉，把生長五穀的土地親吻。
他伸出雙手向山林神女們這樣祈求：
「尊敬的涅伊阿德斯神女們，宙斯的女兒，
我以爲不會再見到你們，現在又來盡禮數。
我會像往日一樣向你們敬獻禮品，
只要宙斯的贈送戰利品的熱忱女兒

讓我延年，讓我的兒子成長且康健。」　　　　　　360

　　目光炯炯的女神雅典娜對他這樣說：
「放心吧，不要讓這些事情困擾你心靈。
現在我們應趕快把這些財物放進
寬闊的洞穴深處，使它們安全免丟失，
然後我們再商量如何行動最適宜。」　　　　　　365

　　女神這樣說完，走進幽暗的洞穴，
巡視藏匿財物的地方；這時奧德修斯
把財物搬進洞內，有金器、堅固的青銅、
精美的衣服，全是費埃克斯人的贈禮。
待他們把財物藏好，提大盾的宙斯的女兒
帕拉斯・雅典娜搬一塊石頭堵住洞門。　　　　　371

　　他們坐在神聖的橄欖樹根近旁，
商量如何殺戮傲慢無禮的求婚人。
目光炯炯的女神雅典娜開言這樣說：
「拉埃爾特斯之子，多智的神裔奧德修斯，
你應該考慮如何制服無恥的求婚人，
他們在你的宮宅作威作福已三年，
向你的高貴妻子求婚，贈送禮物。
她一直心懷憂傷地盼你能歸返，
同時使求婚人懷抱希望，對每個人許諾，
給他們消息，心中卻盤算著別的主意。」　　　　381

　　足智多謀的奧德修斯這樣回答說：
「天哪，我定然也會在宮宅遭到不幸，
就像阿特柔斯之子阿伽門農那樣，
女神啊，若不是你把一切向我說明。

現在請思忖，我該如何報復他們。
請你繼續幫助我，給我勇氣和力量，
如當年助我們摧毀特洛亞的輝煌城牆。
目光炯炯的女神，願你仍這樣幫助我，
我甚至可與三百人作戰，和你一起，
尊貴的女神啊，如果你能全力支持我。」 391

目光炯炯的女神雅典娜回答他這樣說：
「我定然全力支持你，不會把你忘記，
當我們採取行動的時候。在我看來，
那些求婚人的鮮血和腦漿定會濺灑
富饒的大地，他們耗費你家的財富。
但我要把你變得令人們難以辨認，
讓你靈活的肢體上的美麗皮膚現皺紋，
去掉你頭上的金色頭髮，給你穿上
破爛的衣衫，使得人人見你心生厭，
我還要把你的求婚人和你留在家中的
妻子和兒子都認爲你是一個卑賤人。 403
至於你自己，你首先應去覓見牧豬奴，
他牧放著豬群，他熱愛你、你的兒子
和聰明的佩涅洛佩，始終眞誠無二心。
你會在豬群旁把他覓見，它們常在
烏鴉岩下，阿瑞杜薩泉流旁邊，
覓食橡果，吸飲充盈的暗黑水流，
它們能使豬群生長迅速體肥健。
你可和他一起，打聽一切事情，
我這時則迅速前往生育美女的斯巴達，
奧德修斯，召喚你的兒子特勒馬科斯，
他在廣袤的拉克得蒙，向墨涅拉奧斯
打聽你的消息，你是否仍活在人世。」 415

足智多謀的奧德修斯這樣回答說；
「你既然知道一切，爲何不對他明言？
他在荒涼的大海上飄蕩，也許會遭受
許多磨難，其他人正耗費他的財產。」　　　　　　419

目光炯炯的女神雅典娜這時回答說：
「你完全不必因此而爲他焦慮擔憂。
我曾親自伴送他，讓他去博取好聲譽。
他並未遭受任何苦難，平安地住在
阿特柔斯之子的宮邸，享受豐盛的餚饌。
確有一些年輕人在黑殼船中埋伏，
想在他返回故鄉之前把他殺死。
我看這不可能，那些消耗你家財富的
求婚人中倒會有人首先被埋進泥土。」　　　　　　428

雅典娜這樣說完，用杖把他一擊。
他靈活的肢體上美麗的皮膚立即現皺紋，
頭上的金色頭髮掉落，整個身體
顯現出年邁老人的各個肢體的模樣，
使先前如此美麗的雙眼頓然變昏暗；
讓他穿起另一件破舊外套和一件
又破又骯髒的襯衫，沾滿烏黑的煙塵，
披上一張奔跑迅速的巨鹿的革皮，
茸毛已脫落，再給他一根拐棍和口袋，
粗陋、布滿破窟窿，繩子代替皮背索。　　　　　　438

他們這樣安排後便分手，女神去尋覓
奧德修斯之子，前往神妙的拉克得蒙。　　　　　　440

第十四卷

——女神旨意奧德修斯暗訪牧豬奴

奧德修斯離開港灣，沿著崎嶇的路徑，
越過林莽和山崗，遵循雅典娜的指引，
去尋覓高尚的牧豬奴，在神樣的奧德修斯的
所有奴僕中，他最為主人的產業操心。　　　　4

他看見牧豬奴坐在屋前，附屬的院落
疊著高高的護圍，建在開闊的地段，
舒適而寬大，圍成圓形。這個院落
由牧豬奴為離去的主人的豬群建造，
未曾稟告女主人和老人拉埃爾特斯，
用巨大的石塊和刺梨把整個院落圍繞。
他在牆外側又埋上木椿，連續不斷，
緊密排列，一色砍成的橡樹幹木。
他在院裡建造豬欄一共十二個，
互相毗連，供豬休息，每個欄裡
分別圈豬五十頭，一頭頭躺臥地上，
全是懷胎的母豬，公豬躺臥在欄外，
數量遠不及母豬，因為高貴的求婚人
連連宰食使它們減少，牧豬奴須時時
把肥壯的騸豬中最好的一頭送給他們，
當時全豬欄一共只殘存三百六十頭。
四條凶猛如惡獸的牧犬常睡在豬欄旁，
它們也是由那個民眾的首領牧豬奴餵養。
這時他正在給自己的雙腳製作繩鞋，
裁剪著一張光亮的牛皮，其他牧豬奴
趕著豬群各自前往一處去牧放，

他們共三人，第四個牧奴被派往城裡，
不得不給那些高傲的求婚人趕去一頭豬，
供他們宰殺，稱心如意地享用佳餚。　　　　　　　　　　28

　　那幾條狗一見奧德修斯，開始狂吠。
它們嗥叫著猛撲來人，奧德修斯隨即
機敏地坐到地上，扔掉手中的拐棍。
他差點在這座田莊遭受可悲的不幸，
若不是牧豬奴迅速跑來追趕那些狗，
衝出院門，立即扔掉手裡的革皮。
他大聲呼喚那幾條狗，把它們驅散，
連連投擲石塊，然後對國王這樣說：
「尊敬的老人，這幾條狗差點突然地
把你撕碎，那時你便會把我怪罪。
神明們已給我許多其他的痛苦和憂愁，
我坐在這裡還為我的高貴的主人
傷心落淚；我飼養驃豬供他人吞食，
我的主人或許正渴望食物解飢餓，
飄蕩在講他種語言的部族的國土和城邦，
如果他還活著，看得見太陽的光芒。
現在跟我來，老人家，讓我們且進陋舍，
待你心中業已感覺酒足飯飽，
再敘說你來自何方，經歷過哪些苦難。」　　　　　　47

　　高貴的牧豬奴這樣說，引導客人去居室，
進屋後請客人入座，墊上厚厚的枝蔓，
再鋪上一張髯鬚修長的野山羊的毛皮，
他自己的鋪墊，寬大而柔軟，奧德修斯
欣喜他招待殷勤，招呼一聲這樣說：
「朋友，願宙斯和其他不死的眾神明賜你

一切如願，因爲你如此熱情地招待我。」　　　　　　54

　　牧豬奴歐邁奧斯啊，你當時這樣回答說：
「外鄉人，按照常禮我不能不敬重來客，
即使來人比你更貧賤；所有的外鄉人
和求援者都受宙斯保護。我們的禮敬
微薄卻可貴，身爲奴隸也只有這些，
他們總是心懷恐懼，聽主人吩咐，
那幫新主人。顯然神明們阻礙他歸返，
我主人對我關懷備至，贈我財產，
給我房屋、土地和人們追求的妻子，
好心的主人可能賜予奴隸的一切。
奴隸勤勞爲主人，神明使勞作有成效，
如神明爲我現在的辛勤所作的恩賜。
主人若在家安度老年，定會重賞我，
可是他逝去了，但願海倫一家遭不幸，
徹底毀滅，她使許多英雄喪失了性命；
我的主人也正是爲了阿伽門農的榮譽，
前往產馬的伊利昂，與特洛亞人作戰。」　　　　71

　　他這樣說完，立即用腰帶束緊衣衫，
前往豬欄，那裡豢養著許多乳豬。
他從其中挑選了兩頭捉來宰殺，
燎淨殘毛，切成碎塊，穿上肉叉。
他把肉全部烤熟，連同肉叉熱騰騰地
遞給奧德修斯，撒上雪白的大麥粉，
然後用常春藤碗攪好甜蜜的酒釀，
坐到奧德修斯的對面，邀請客人用餐：
「外鄉人，現在請吃喝，奴僕們的食物，
這些乳豬、肥豬盡被求婚人吞食，

他們心中既不畏懲罰，也不知憐惜。
常樂的神明們憎惡這種邪惡的行爲，
他們讚賞人們公正和合宜的事業。
有些人雖然凶狠殘暴，傲慢地侵入
他人的土地，宙斯賜給他們虜獲物，
使他們裝滿船隻，啓程歸航返家鄉，
但他們心裡也害怕遭受嚴厲的懲罰。
這些求婚人或許已聽見神明的聲音，
知主人已慘死，從而膽敢恣意求婚，
甚至不回自家的居處，心安理得地
隨意耗費主人的財產，絲毫不痛惜。　　　　　92
宙斯送來一個個白天，一個個黑夜，
他們每天宰殺並非一兩頭豬羊，
他們縱情狂飲，消耗主人的酒釀。
主人的家財無比豐盈，任何人都難
與他相比擬，無論是在黑色的大陸，
還是在伊塔卡本土，即使二十個人的
財產總和仍不及他富有，請聽我列舉。
在大陸有十二群牛，同樣數量的綿羊，
同樣數量的豬群和廣泛散牧的山羊群，
都由外鄉遊蕩人或當地的牧人牧放。
在這裡的海島邊沿共有十一群山羊，
廣泛散牧，忠實的牧人把它們看守。
每人每天都需給求婚人趕去一頭羊，
必須是他們肥腴的羊群中最好的上等羊。
我就在這裡牧放，看守這裡的豬群，
每天得挑選一隻最好的奉獻給他們。」　　　　　108

　　他這樣訴說，奧德修斯貪婪地吃肉喝酒，
沉默不語，心中爲求婚人謀劃災難。

待他盡情享用，心中已感飽飫，
牧豬奴又把他飲用的那只酒杯遞給他，
向杯裡斟滿酒。他欣然接過酒杯，
對牧豬奴開言說出有翼飛翔的話語：
「親愛的朋友，究竟是何人如你所言，
如此強大富有，耗費資財買下你？
你說他為了阿伽門農的榮譽遭死亡，
告訴我他係何人，也許我在哪裡見過，
須知宙斯和其他不死的眾神明清楚，
我到過許多地方，我是否也曾見過他。」 120

民眾的首領牧豬奴對他這樣回答說：
「老人啊，任何人漫遊來這裡報告消息，
都不能令他的妻子和心愛的兒子相信，
原來遊蕩人只為能得到主人的款待，
經常編造謊言，不想把真情說明。
常有人遊蕩來到我們這伊塔卡地方，
謁見我們的王后，胡謅一些謊言。
王后熱情接待他，詢問種種事情，
懷著悲傷的心情，淚珠從眼瞼流淌，
婦女們的常情，只因丈夫他鄉喪性命。
老人啊，你也會立即把謊言巧妙編織，
要是有人答應送給你外袍和衣衫。
我想野狗和疾飛的鳥群早就把他的
皮肉從骨上扯下，靈魂離開了他，
或者海中的無數游魚早把他吞噬，
骨骸遺留岸邊，深深掩埋泥沙裡。 136
他無疑早已客死他鄉，給所有的親人
留下悲哀，尤其是我，我再也找不到
如此仁慈的主人，不管我去到哪裡，

即使我返家鄉重新回到父母親身邊，
那是我生養的地方，他們撫育了我。
我並非爲他們如此憂傷，我雖然也渴望
返回故鄉，親眼一見我的父母親，
是遠離的奧德修斯牽掛著我的思念。
客人啊，雖然他不在身邊，但我稱呼他
仍滿懷敬畏，因爲他曾那樣關心愛護我。
他雖已離開，我仍稱呼他親愛的主人。」　　　　147

　　歷盡艱辛的英雄奧德修斯這樣回答說：
「朋友啊，既然你這樣不相信任何消息，
認定他不會再歸來，疑慮占據心頭，
那我也不想多費脣舌，但我敢發誓，
奧德修斯會歸返。我應立即得到
報告喜訊的獎賞，待他日後眞歸返。
應該獎賞我縫製精美的外袍和襯衫，
但我絕不預先領受，雖然我很貧寒。
有人也令我憎惡，如同哈得斯的門檻，
只因他身陷貧苦，不惜把謊言杜撰。
我現在請眾神之主宙斯、這待客的餐桌
和我來到的高貴的奧德修斯的家灶作見證，
這一切定會全部實現，如我所預言。
在太陽的這次運轉中①，奧德修斯會歸返。
就在月亮虧蝕變昏暗，新月出現時，
他將會返回家宅，一一報復那些
在這裡侮辱他的妻室和兒子的人們。」　　　　164

　　牧豬奴歐邁奧斯，你回答來客這樣說：

_____

①意爲今年。

「老人啊，我不會爲這樣的喜訊酬報你，
奧德修斯不會歸返。請放心喝酒，
讓我們想想別的事情，別再對我
把這事提起，因爲我心中悲傷難忍，
每當有人提起我那可敬的主人時。
剛才的誓言可不計較，願奧德修斯能歸返，
我自己、佩涅洛佩、老人拉埃爾特斯
和神樣俊美的特勒馬科斯都這樣希望。
現在我還擔心奧德修斯親生的兒子
特勒馬科斯，神明讓他如小樹成長，
我相信待他長大成人，定會像他那
親愛的父親，一副驚人的面容和威儀，
卻不知是哪位神明或者是哪位凡人
使他心靈變糊塗，爲打聽父親消息，
去到神聖的皮洛斯，高貴的求婚者們
正待他歸返設伏加害，以求從伊塔卡
徹底鏟除神樣的阿爾克西奧斯宗系。
我們也略去不提，不管他或被捉住，
或得逃脫，克羅諾斯之子會伸手保護。
老人啊，如今請說說你自己經歷的苦難，
要對我把眞情一一明言，讓我知道，
你是何人何部族？城邦父母在何方？
你乘什麼船前來？航海人又怎樣
把你送來伊塔卡？他們自稱是什麼人？
因爲我看你怎麼也不可能徒步來這裡。」　　　　190

　　足智多謀的奧德修斯這樣回答說：
「承蒙詢問，我將把情況如實告訴你。
但願現在這陋室裡儲有足夠的食物，
和甜蜜的酒釀，供應我們長時間耗費，

我們安安靜靜地吃喝，任他人去勞作，
那時我可以在這裡輕易地敘述一整年，
也難講完我經歷的種種傷心事情，
按神明意願我曾忍受的種種苦難。　　　　　　　　198

　「我按氏族榮幸地出身於遼闊的克里特，
一個富有人的孩子，他家裡還養育了
許多其他兒子，都是由元配所生，
一個買來為奴妾的母親生育了我，
但許拉科斯之子卡斯托爾對待我
如同嫡生的兒子，他就是我的生父，
他在克里特人中受國人尊敬如神明，
因為他幸運、富有，有許多傑出的兒子。
死亡的命運終於降臨，把他送往
哈得斯的居所，他的那些高貴的兒子們
用鬮簽把他的財產互相瓜分殆盡，
分給我只是很少一份和居所一處。
我娶了一個富有人家的女兒作妻子，
因為我生性勇敢，絕非懦弱之人，
膽小的逃兵。現在這一切已成往事，
但我想你從殘存的麥稈仍可看出
當年的風華，只因我忍受過無數的不幸。　　　215
阿瑞斯和雅典娜曾經賜給我無比的勇氣
和獲勝的力量，每當我挑選最勇敢的戰士
預設埋伏，給敵人播下無數的災難時，
我的勇敢的心靈從不害怕死亡，
卻始終遠遠衝殺在前，手握長矛，
追趕敵群中腿腳不如我快疾的敵人。
我當年就是這樣作戰，卻不喜歡
幹農活和家庭瑣事，生育高貴的兒女，

我一向只是喜歡配備划槳的戰船、
激烈的戰鬥、光滑的投槍和銳利的箭矢，
一切令他人恐懼、製造苦難的武器。
定是神明使我心中喜愛這一切，
其他人則以種種其他勞作爲樂事。
在阿開奧斯子弟們進攻特洛亞之前，
我已九次率領戰士和迅疾的船隻
侵襲外邦人民，獲得無數的戰利品。
我從中挑選我喜愛之物，然後按鬮簽
又分得許多，於是我家境迅速暴富，
在克里特人中既令人景慕，又令人畏懼。

234

　　「後來當雷聲遠震的宙斯安排了那次
不幸的征途，使許多戰士喪失了性命，
人們委派我和那位著名的伊多墨紐斯
統率艦隊前往伊利昂，我們無法
拒絕委任，國人們的委令嚴厲難推辭。
阿開奧斯子弟們在那裡連續作戰九年，
第十年我們摧毀了普里阿摩斯的都城，
登船返家鄉，神明把阿開奧斯人打散。
智慧神宙斯又爲不幸的我安排苦難，
因爲我在家逗留僅一月，同我的孩子們
和高貴的妻子同歡樂，享受豐盈的財富，
心靈又迫使我外出航行，前往埃及，
把船隻裝備，帶上神明般勇敢的伴侶。
我裝備了九條船，同伴們迅速聚齊。
我的忠實的伴侶們連續會飲六天，
我爲他們宰殺了難於勝計的牲畜，
既用作祭獻神明，也供他們飲宴。
第七天我們登船離開遼闊的克里特，

有美好的順風、暴烈的博瑞阿斯推送，
航行很容易，有如順行於湍急的水流，
沒有一條船遭損壞，我們也安然無病痛，
坐在船裡，任憑風力和舵手指航路。　　　　　　256

　　「第五天我們來到水流平緩的埃及，
把首尾翹起的船隻停泊在埃及河上。
這時我吩咐忠心的伴侶們留在停泊地，
船隻近旁，對各條船隻嚴加護衛，
又派出人員登上高處四方瞭望。
可他們心生狂傲，自視力量強大，
立即開始蹂躪埃及人的美好農田，
劫掠了無數婦女和他們的年幼的孩子，
把他們本人殺死，吶喊聲直達城市。
城裡人遙聞叫喊，黎明時分起床後，
整個平原布滿無數的步兵和車馬，
閃爍著青銅的輝光。投擲霹靂的宙斯
給我的伴侶們拋下不祥的混亂，
沒有人膽敢停留抵抗，四周包圍著災難。　　　270
他們用銳利的銅器把我們不少人殺死，
許多人被活活捉走，逼迫為他們服勞務。
這時宙斯本人讓我心中生主意，
其實我本該死去，就在埃及接受
命運的裁定，因為還有不幸在等待我。
當時我立即取下頭上的精緻盔帽，
從肩上取下盾牌，丟掉手中的長槍，
急忙迎著國王的車馬迅跑上前，
抱吻國王的雙膝，國王憐憫寬恕我，
讓我坐上車，把哭泣的我帶回宮邸。
許多敵人尾追而來，舉著梣木槍，

要把我殺死，他們都對我怒不可遏，
但國王把我解脫，害怕激怒宙斯，
客遊人的保護神，對各種惡行嚴加懲處。　　　　284

「我在那裡逗留七年，在埃及人中
積聚了很多財富，他們都給我饋贈。
時間不斷流逝，第八個年頭來臨，
來了一個腓尼基人，此人善於說謊，
慣於行騙，對許多人作過種種惡事；
他花言巧語蠱惑我的心，要我們一起
前往腓尼基，他的家產就在那裡。
我在他家逗留了整整一年時間。
日復一日，月復一月，不斷流逝，
一年的時光迅速過去，時機來臨，
他讓我同他坐上海船前往利比亞，
用謊言勸說我，說是幫助他運送貨物，
實則想把我賣掉，獲得一大筆收入。
我不得不隨他登船，心中滿懷疑懼。
船隻有美好的順風、強勁的北風推送，
海中遙望克里特。宙斯為他們降災禍。　　　　300
待我們駛過克里特，已不見其他
任何陸地，蒼天和大海渾然一片，
克羅諾斯之子這時在空心船上布下
濃密的雲翳，雲翳下的海面一片昏暗。
宙斯又打起響雷，向船隻拋下霹靂，
整個船隻發顫，受宙斯的霹靂打擊，
硫磺彌漫，同伴們從船上掉進海裡。
他們像烏鴉一樣在發黑的船體旁邊
逐浪浮游，神明使他們不得返家鄉。
我心中無限憂傷，這時宙斯卻把

首部烏黑的船隻上一根高大的桅杆
送到我手裡，好把面臨的死亡逃脫。
我抱住桅杆，聽憑邪惡的風浪飄浮。
我這樣飄流九天，第十天冥冥黑夜裡，
翻騰的巨浪把我推向特斯普羅托伊人國土。②
特斯普羅托伊人的國王、尊貴的費冬
慷慨招待我，當時他心愛的兒子見我
身受寒冷精力耗盡，領我去他家，
用手把我攙扶，前往他父親的宮邸，
給我穿上外袍和襯衫等各式衣服。　　　　　　　　320

　　「我在那裡聽到奧德修斯的消息。
國王說他當時返鄉路過，殷勤招待，
向我展示了奧德修斯聚集的種種財物，
有銅器、黃金器皿和精心鍛造的鐵器。
那些財物足夠供應十代人享用，
奧德修斯留在王宮的財物如此豐富。
國王說當時奧德修斯去到多多那③，
向高大的橡樹求問神明宙斯的旨意，
他該如何返回豐饒的家園伊塔卡，
遠離後公開返回，還是秘密歸返。
國王奠酒堂上，鄭重地對我發誓說，
船隻已拖到海邊，船員們已準備就緒，
他們將伴送奧德修斯返回親愛的家園。
但他遣我先啓程，特斯普羅托伊人的船隻
恰好前往盛產小麥的杜利基昂。

------

②特斯普羅托伊人屬佩拉斯戈人部落，居住在埃皮羅斯南部。
③多多那在埃皮羅斯境內，那裡建有著名的宙斯神廟。

國王吩咐伴行人安全送我去見
阿卡斯托斯國王,可是那些人心中
對我不懷好意,要讓我遭受不幸。　　　　　　338
當那條海船離開陸地一段距離,
他們立即計畫要讓我淪為奴隸。
他們把我的外袍、衣衫件件剝去,
給我換上另一件襤褸的外套和襯衫,
破爛不堪,就是你現在看見的這衣衫,
傍晚到達陽光明媚的伊塔卡海岸。
這時他們用結實的繩索把我牢牢地
縛在精造的船上,他們自己走下船,
迅速登上海岸,盡情享用晚餐。
神明們卻很輕易地給我解開繩結,
我用那件襤褸的外套把頭包裹,
順著光滑的船舵滑下,俯身下海,
伸開雙手代槳,用力划動海水,
向前游動,很快便遠離了那些船員。
我攀登上岸,覓得一處茂密的灌木叢,
匍伏在地面。這時他們放聲大喊,
把我搜尋;待他們看到若繼續尋找,
對他們更不合算,他們便返回海岸,
登上空心船。這是神明們親自輕易地
把我隱蔽,又引我來到這樣一個
明理人家裡,顯然命運仍讓我活下去。」　　　359

　　牧豬奴歐邁奧斯,你回答來客這樣說:
「最為不幸的外鄉人,你這件件敘述
令我感動,你經歷了這麼多苦難和漫遊。
只是我認為也不盡合情理,你提到奧德修斯,
卻未能令我置信。你如今這把年紀,

又何必肆意編謊言？我自己清楚知道，
我的主人是否會歸返，他定然受到
眾神憎惡，既然他未能戰死特洛亞
或是戰爭結束後死在親人手裡。
那時全體阿開奧斯人會爲他造墳塋，
他也可爲自己博得偉大的英名傳兒孫。
現在他卻被狂烈的風暴不光彩地刮走。
而今我孤身度日於豬群，從不進城，
除非那審慎的佩涅洛佩召喚我前往，　　　　　374
每當從某處地方傳來什麼新消息。
這時人們圍坐她身旁，一件件詢問，
有人憂傷主人飄泊在外不見蹤影，
有人欣喜能白白地吃喝他家財富。
我現在已無興趣探聽，無熱情詢問，
自從一位埃托利亞人用謊言把我騙；
那人殺死一個人，漫遊過許多地方，
然後來到我們家，我對他殷勤招待。
他聲稱在克里特的伊多墨紐斯家見過
我主人在修理船舶，風暴把船隻損壞。
他還說主人歸返定在炎夏或涼秋，
帶著許多財物和神樣勇敢的眾伴侶。
多難的老人啊，既然神明送你來這裡，
你無須再編造謊言蠱惑我，博取我歡心。
須知我並非因此才恭敬你，款待你殷勤，
只因我敬畏遊客神宙斯，對你也憐憫。」　　　　　389

　　足智多謀的奧德修斯這樣回答說：
「你這人啊，胸中的心靈確實多疑慮，
我已經如此發誓，也不能令你相信。
那就讓我們現在相約，他日將由

主管奧林波斯的眾神明爲我們作見證。
若你家主人日後果眞返回這家門，
你得送我外袍襯衫一件件衣服，
並送我前去我心中嚮往的杜利基昂；
若你家主人並非如我所言歸家來，
你可以遣奴隸把我從高高的懸崖扔下，
告誡其他乞援者不敢再謊言蒙騙人。」　　　　　　　　400

　　高貴的牧豬奴這時回答主人這樣說：
「外鄉人，那時我眞會立即在世人中間
贏得廣泛流傳的讚譽，不朽的美名，
倘若我把你領進住屋，殷勤招待，
然後又把你傷害，剝奪你的性命；
我眞該高興地向克羅諾斯之子宙斯祈求。
現在已該吃晚飯，願我的伙伴們快歸來，
我們便可在屋裡準備可口的晚餐。」　　　　　　　408

　　正當他們這樣互相絮絮地交談，
其他牧豬奴相繼歸來，驅趕著豬群。
他們把母豬趕向往日熟悉的欄圈，
豬群被關於圈欄，發出陣陣嘶鳴。
高貴的牧豬奴這時吩咐自己的眾伙伴：
「你們快趕來一頭肥豬，我把它宰殺，
招待這遠道來客，我們自己也要品嘗；
我們爲牧放白牙豬群費盡辛勞，
他人卻把我們的辛苦白白吞下。」　　　　　　　417

　　他這樣說完，舉起無情的銅斧劈柴，
伙伴們趕來一頭肥豬，已有五年。
他們把豬趕到灶邊，牧豬奴牢牢記住

不死的神祇，因爲他具有善良的心靈。
他首先從白牙豬頭頂扯下一絡鬃毛，
扔進灶台的火焰，向所有的神明祈求，
祝願智慧的奧德修斯終得返回家園。
他站起身來，用劈開的橡樹猛擊肥豬，
靈魂離開了豬體。他們放血燎淨毛，
隨即把豬剖開，牧豬奴從每一部分
都割下一些生肉，把它們裹進網油，
然後把它們放進火焰，撒上大麥粉。
他們又把其餘的肉切塊，串上肉叉，
仔細炙烤，把所有叉肉全部烤熟，
把肉堆放到桌上。牧豬奴站到桌邊，
把肉分配，心中知道應分配公平。
他把肉分開，一共均等地分成七份，
他把一份留給眾神女和邁婭之子
赫爾墨斯作祈求，其餘的分給每個人。
他把白牙豬的一塊長長的里脊肉奉敬
奧德修斯，令主人心裡不勝喜悅，
足智多謀的奧德修斯對他這樣說：
「歐邁奧斯，願父宙斯像我那樣喜歡你，
因爲我雖是遊蕩人，你卻用好肉奉敬我。」　　　441

　　牧豬奴歐邁奧斯，你當時這樣回答說：
「吃吧，可敬的客人，現在請你享用
這些食物。神明或賜予什麼或奪走，
全憑他意願，因爲神明無所不能。」　　　445

　　他說完，把頭刀肉祭獻永生的眾神明，
酹奠閃光的酒釀，再遞到攻掠城市的
奧德修斯手裡，然後坐到自己的位置。

墨紹利奧斯給他們分麵食，這個奴隸
是牧豬奴在主人外出期間自己買下，
未得王后和老人拉埃爾特斯的費用，
用自己的積蓄把他從塔福斯人那裡買來。
他們伸手享用面前擺放的餚饌。
在他們滿足了飲酒吃肉的欲望之後，
墨紹利奧斯把食物從他們面前撤走，
各人飯飽肉飫地躺上自己的床榻。 456

　惡劣的黑夜來臨，沒有一絲月色，
宙斯整夜遣淫雨，西風猛烈勁吹。
奧德修斯對眾人開言考驗牧豬奴，
他是否會脫下外袍給他或者吩咐
其他同伴把衣讓，既然他那樣關心他：
「現在請聽我說，歐邁奧斯和其他諸同伴，
我想自誇幾句，令人變糊塗的酒釀
要我這樣說，它能使智慧者放聲高歌，
甜媚地微笑，迫使他歡快地手舞足蹈，
讓他說那些本不該向人述說的話語。
只是我既已對大家說話，便不想再隱瞞。
但願我仍能像當年那樣強壯有力量，
當我們在特洛亞城下準備偷襲敵人，
奧德修斯和阿特柔斯之子墨涅拉奧斯率領，
第三個首領就是我，他們這樣要求。 471
當我們來到城外陡峭的牆垣下面，
我們藏身於城畔生長茂密的叢莽、
葦蕩和沼地，全身披掛伏臥地面。
惡劣的夜色籠罩，北風勁吹不止，
涼氣逼襲；雪花如繁霜從天上飄下，
寒冷難忍，晶瑩的冰凌結滿盾沿。

所有其他人這時身著外袍和襯衫，
安穩舒適地睡眠，用盾牌護蓋雙肩，
唯有我臨行時卻把外袍留給同伴，
一時思慮欠周全，以爲不會太寒冷，
隨行時只帶上盾牌，穿上件閃光緊身。
黑夜三分剩一分，星辰開始下沉。
我對躺臥身旁的奧德修斯暗暗開言，
用肘觸動他，使他迅速聽見我說話：
『拉埃爾特斯之子，機敏的神裔奧德修斯，
我快要進入死人行列，寒冷會凍壞我，
因爲我沒有穿外袍，神明惡意地誘使我
只穿來襯衫，看來今夜難逃劫難。』　　　　　　489

　　「我這樣說完，他心中立即想出了主意，
原來他無論謀劃或作戰都出類拔萃，
這時他低聲耳語，開言對我這樣說：
『別聲張，免得被哪個阿開奧斯人聽見。』　　　493

　　「他然後把頭抬起，用肘支撐這樣說：
『朋友們，請聽我說，我夢見神妙的幻境。
我們離船舶甚遠，現在誰願意去稟報
士兵的牧者、阿特柔斯之子阿伽門農，
看他能不能從船上再多派一些人來支援。』　　498

　　「他這樣說完，安德賴蒙之子托阿斯
迅速躍身而起，拋下紫色的外袍，
向船舶方向奔去，我披上他的外袍，
欣然躺下，直到金座的黎明呈現。
但願我現在仍能像當年強壯有力量，
那時這舍內或許有牧豬奴給我外袍，

兩種原因，既表示友情，也尊重戰士。
現在我身上衣衫襤褸，不受人尊敬。」　　　　　506

　　牧豬奴歐邁奧斯，你回答客人這樣說：
「老人啊，你剛才的誇獎確實很動聽，
你的話合情合理，不會無效地白說。
在這裡絕不會讓一個飽經憂患的求援人
感到短缺衣服和其他需要的物品。
這是夜晚，明晨你仍得把它們歸還。
這裡沒有多餘的外袍和替換的襯衫
可供穿用，我們每個人也只有一件。
待到奧德修斯的心愛的兒子來這裡，
他將會贈送你外袍襯衫等件件衣服，
再送你前往你的心靈想去的地方。」　　　　517

　　他說完站起身，把床擺在灶火旁邊，
上面鋪上多層山羊和綿羊的毛皮。
奧德修斯躺到床上，牧豬奴又給他
一件寬大而厚實的外袍，那是他自己
替換穿用的衣服，抵禦嚴寒的冬天。　　　　522

　　奧德修斯這樣睡下，其他年輕人
一個個睡在他身旁，只有牧豬奴不願意
離開那些豬群，睡在屋裡的床上，
卻拿起武器走出屋，奧德修斯一見欣然，
牧豬奴關心他的財產，儘管他遠在外鄉。
牧豬奴把一柄鋒利的佩劍背到肩頭，
把一件厚厚的擋風外袍穿到身上，
拿起一張餵養肥壯的大公羊的毛皮，
抓起一根銳利的投槍，防備犬和人。

他走出屋，躺在白牙豬躺臥的地方，
在一處可避北風侵襲的凹形岩石下。 533

第十五卷

——神明感悟特勒馬科斯脫險避莊園

　　帕拉斯・雅典娜來到遼闊的拉克得蒙，
提醒心高志大的奧德修斯的光輝兒子
歸返故鄉，催促他速速動身作歸程。
她見特勒馬科斯和涅斯托爾的高貴兒子
在聲名顯赫的墨涅拉奧斯的廊屋就寢，
涅斯托爾之子正陷於深沉的酣眠，
特勒馬科斯卻未進入甜蜜的夢鄉，
在神妙的黑夜裡心中仍眷念著父親。
目光炯炯的雅典娜站在他身旁這樣說：
「特勒馬科斯，你不宜遠離家鄉久飄泊，
拋下全部家財和你家中的那些
狂傲的人們；不要讓他們把一切吞噬，
把家產分光，那時你這趟旅行便白費。　　　　13
你趕快催促那擅長吶喊的墨涅拉奧斯
送你歸返，仍可見貞潔的母親在家裡。
如今她的父親和兄弟們正竭力相勸，
要她嫁給歐律馬科斯，他的贈禮
超過其他求婚人，又慷慨增加了聘禮，
不可讓她把家財帶走，違背你心願。
要知道，女人胸中的心靈就是這樣，
她總是為新嫁之人把家庭盡心安排，
把前夫所生的孩子和故去的親愛之人，
徹底遺忘，對故去的親人不再關心。
你自己返家後須把家中所有的資產
託付給令你最為信賴的一個女僕，
直到神明們告訴你誰是高貴的妻子。　　　　26

我還有一事相告，你要牢牢記心裡。
求婚人中一群狂妄之徒正埋伏於
伊塔卡和崎嶇陡峭的薩墨之間的海峽，
企圖不待你抵達故鄉便把你殺死。
我料定他們的意圖難得逞，土地會首先
把一些耗費你家財產的求婚人埋葬。
你要讓精造的船隻遠離那些海島，
黑夜兼程航過，有位不死的神明
會給你從後面遣來順風，保護拯救你。
當你一抵達伊塔卡的第一處海濱地沿，
你要讓所有同伴繼續航行去城裡，
你自己應首先前去覓見那個牧豬奴，
他負責看管豬群，對你滿懷忠心。
你便在那裡留宿，派遣牧豬奴去城裡，
求見審慎的佩涅洛佩，報告消息，
告訴她你健康無恙，從皮洛斯安然歸返。」　　　　42

　　女神說完，返回高聳的奧林波斯，
特勒馬科斯用腳觸碰涅斯托爾之子，
把他從甜蜜的睡眠中喚醒，對他這樣說：
「涅斯托爾之子佩西斯特拉托斯，快醒醒，
快把單蹄馬駕上車，我們即刻就啓程。」　　　　47

　　涅斯托爾之子佩西斯特拉托斯回答說：
「特勒馬科斯，我們雖然急切欲登程，
也不能暗夜冥冥驅車行，黎明已臨近。
我們應該等待阿特柔斯的英雄兒子、
名槍手墨涅拉奧斯拿來禮物裝上車，
說一說親切的話語爲我們送行啓程。
須知外遊人會日日夜夜想念那個

友好招待的主人，念他殷勤好客。」 55

　　他這樣說，金座的黎明很快呈現。
擅長吶喊的墨涅拉奧斯向他們走來，
他剛剛起床，從那美髮的海倫的身邊。
奧德修斯心愛的兒子看見他身影，
英雄迅速起身，把光燦的襯衫穿上，
把一件寬大的披篷披到強健的肩頭，
走到門外，神樣的奧德修斯的愛子
特勒馬科斯來到他身邊，開言對他說：
「阿特柔斯之子，神裔墨涅拉奧斯，
人民的首領，現在你該送我回故鄉，
因為我的心靈急欲登程把家返。」 66

　　擅長吶喊的墨涅拉奧斯這樣回答說：
「特勒馬科斯，不挽留你在此久住，
既然你急欲歸返。我也不讚賞那種
待客的主人，他招待客人過分殷勤，
或是過分冷淡：事事都應合分寸。
兩種待客方式同樣與情理不相容：
客欲留時催客行，客欲行時強留客。
應該是客在勤招待，客去誠摯送客行。
只是我仍望能把精美的贈禮取來，
放置車上，你親自過目，我再命侍女們
在廳堂準備午餐，家中有豐盈的儲藏。
我企求兩種榮譽：光輝的贈禮和食物，
讓客人飽餕地奔行在廣闊無垠的大地上。
如果你此去想經過赫拉斯和中阿爾戈斯，
我可駕起車馬，與你一路同行，
引導你訪問許多城邦，不會有人

把我們空手送走，不饋贈任何禮物，
譬如一只精製的銅鼎，一只大鍋，
或是一對健騾，一只黃金製作的杯盞。」　　　　85

聰慧的特勒馬科斯立即回答他這樣說：
「阿特柔斯之子，神裔墨涅拉奧斯，
人民的首領，我想此去直接返家鄉，
因爲我離開家門時未託人看守產業，
我不能爲尋找神樣的父親自己遭不幸，
也不能家中的珍貴財物爲此遭虧損。」　　　　91

擅長吶喊的墨涅拉奧斯聽他這樣說，
立即吩咐自己親愛的妻子和眾女奴
在廳堂準備午餐，家中有豐盈的儲藏。
波埃托伊斯之子埃特奧紐斯走來，
他剛剛起床，他的住屋離這裡不遠。
擅長吶喊的墨涅拉奧斯命令他去生火，
炙烤肉餚，他聽見命令遵行不誤。
墨涅拉奧斯自己前去熏香的庫房，
不是他一人，有海倫和墨伽彭特斯陪伴。
他們來到存放各種珍寶的地方，
阿特柔斯之子取一只雙耳的雙重杯，
吩咐墨伽彭特斯取一只銀質調缸，
海倫來到數目眾多的衣箱前面，
裡面擺放著她親手縫製的各種服裝。　　　　105
女人中的女神海倫從中取出一件，
上面布滿斑斕的裝飾，精美而寬大，
如星辰閃爍，收藏在其他衣服的下面。
他們經過廳堂，走向特勒馬科斯，
金髮的墨涅拉奧斯開言對他這樣說：

「特勒馬科斯，既然你心中急切思歸返，
願赫拉的鳴雷的丈夫宙斯賜你如願。
在我家收藏的各種無比珍貴的禮物中，
我贈你製作最精美、價值最昂貴的物品。
贈你這隻現成的調缸，整個缸體
全是銀質，缸口周沿鑲嵌著黃金，
赫菲斯托斯的手藝，費狄摩斯所贈，
他是西頓國王，我在返鄉途中
曾在他家留住，我想把它贈給你。」 119

阿特柔斯的英雄兒子這樣說完，
把雙耳的雙重杯交到特勒馬科斯手裡，
強健的墨伽彭特斯拿來光燦的銀調缸，
擺在他面前，美頰的海倫站在一旁，
手捧華麗的衣服，招呼一聲這樣說：
「親愛的孩子，這是我給你的贈禮，
海倫的手工紀念，待久盼的婚期到來，
你把它送給你的愛妻，此前且把它
交給你親愛的母親收藏。祝願你欣悅地
回到建造精美的家宅和故鄉土地。」 129

她這樣說完，把禮物交給特勒馬科斯，
他欣喜地收下。英雄佩西斯特拉托斯接過，
把贈禮放進車裡，件件令他驚異，
金髮的墨涅拉奧斯把他們帶進飲宴廳。
他們在一張張便椅和寬椅上相繼坐下。
一位女僕端來洗手盆，用製作精美的
黃金水罐向銀盆裡注水給他們洗手，
在他們面前安好一張光滑的餐桌。
端莊的女僕拿來麵食放置在近前，

遞上各色菜餚，殷勤招待外來客。
波埃托伊斯之子切肉，分成許多份，
著名的墨涅拉奧斯之子給大家斟酒。
人們伸手享用面前擺放的餚饌。
在他們滿足了飲酒吃肉的欲望之後，
特勒馬科斯和涅斯托爾的高貴兒子
駕好雙馬，登上彩飾的華麗馬車，
駛出回聲縈繞的前廊和宅邸大門。
阿特柔斯之子、金髮的墨涅拉奧斯
跟隨他們，右手舉著甜美的酒釀，
盛滿黃金酒杯，爲他們登程祝福。
他站在馬前，祝他們旅途平安這樣說：
「再見，年輕人，向人民的牧者涅斯托爾
誠摯問候，昔日阿開奧斯子弟們
在特洛亞作戰時，他對我慈愛如父親。」　　　　153

　　聰慧的特勒馬科斯立即回答這樣說：
「神明的後裔，我們定會如囑遵行，
到達後轉達你對他的誠摯的良好祝願。
我也望返抵伊塔卡，家中得見奧德修斯，
稟報我在你這裡受到的熱情款待，
臨行時還帶走這許多無比寶貴的贈禮。」　　　　159

　　他正這樣說，一隻飛鳥從右邊飛過，
老鷹爪裡抓著一隻巨大的白鵝，
從一家宅院抓起，男人和女人們頓時
呼喊著奔逐追趕，那鷹向他們飛近，
從馬前右側掠過，大家一見心歡喜，
人人胸中的心靈泛起無限的欣悅。
涅斯托爾之子佩西斯特拉托斯開言：

「請闡釋，神裔墨涅拉奧斯，人民的首領，
神明顯此兆是為了我們，還是為了你。」　　　　168

　　他這樣詢問，勇武的墨涅拉奧斯思忖，
應該如何理解這徵兆，好回答年輕人，
長袍輕拂的海倫首先釋述，這樣說：
「請聽我說，我將按照不死的神明
在我胸中啓示作預言，我相信會實現。
如同這隻鷙鷹抓走飼養的家鵝，
從它出生和家族的居地高山飛來；
奧德修斯經歷了無數苦難和漫遊，
也會這樣歸返行報復，或許他早已
返抵家園，正在給求婚人謀劃災難。」　　　　178

　　聰慧的特勒馬科斯回答海倫這樣說：
「願赫拉的鳴雷的丈夫宙斯讓此兆應驗，
我返家後會對你如同對神明常祭獻。」　　　　181

　　他這樣說完，揚鞭驅策兩匹駕轅馬，
馬匹迅速奔過城市，駛向平原，
整天不停地奔馳，肩上駕著轅軛。　　　　184

　　太陽下沉，條條道路漸漸變昏暗。
他們來到斐賴的狄奧克勒斯的宅邸，
他是阿爾費奧斯之子奧爾提洛科斯的兒子。
他們在那裡宿夜，他殷勤招待他們。　　　　188

　　當那初升的有玫瑰色手指的黎明呈現時，
他們駕好馬，登上彩飾的華麗馬車，
駛出回聲縈繞的前廊和宅邸大門。

特勒馬科斯揚鞭，馬匹欣然地奔馳。
他們很快便來到皮洛斯的高聳的城堡。
特勒馬科斯對涅斯托爾之子這樣說：
「涅斯托爾之子，你是否贊同我的意見，
答應我的請求？我們一直是朋友，
始自祖輩的友誼，更何況我們又同庚，
這次旅行更是在情投意合中實現。
神明的後裔，請不要把我帶過泊船處，
請把我留下，免得老人強留我去宮中，
再把我殷勤招待，我需盡快把家返。」　　　　201

　他這樣說，涅斯托爾之子心思忖，
怎樣能滿足願望，答應請求合情理。
他心中思慮，覺得這樣做更爲合適。
他把車馬趕往大海岸邊快船旁，
卸下珍貴的禮物，放到船隻後艄，
衣服、金器，盡是墨涅拉奧斯所贈，
然後說出有翼飛翔的話語鼓勵他：
「現在快登船，命令同伴們也趕快登上，
不待我返抵家宅向老人報告消息。
須知對此事我胸中明白，心裡清楚，
他性格倔強，不會就這樣放你離去，
他必定會親臨命你前往，我敢斷言，
他不會徒然來這裡，起碼他會很惱怒。」　　　　214

　他這樣說完，驅趕那兩匹長鬃轅馬，
奔向皮洛斯城廓，很快到達宅邸。
特勒馬科斯激勵同伴們，這樣命令：
「伴侶們，快把黑殼船的索具準備妥當，
然後自己迅速登船，準備起航。」　　　　219

　　他這樣說完，同伴們紛紛遵命而行，
一個個迅速登進船裡，坐上槳位。
他正這樣奔忙，在船舶尾艄向雅典娜
祭獻祈禱，走來一位遠方遊蕩人，
著名的預言者，因殺人遠離阿爾戈斯。
原來此人按族系乃墨蘭波斯的後裔，
墨蘭波斯也居住於盛產綿羊的皮洛斯，
在皮洛斯人中很富有，家宅高大華麗，
後來他逃離自己的故土，前去異鄉，
逃避顯赫的涅琉斯，無比強大的凡人；
涅琉斯在一年之內完全霸占了他的
無數產業。他那時正帶著沉重的鐐銬，
被囚於弗拉科斯宮邸，受盡折磨，
由於涅琉斯的女兒而完全失去理智，
嚴酷的女神埃里倪斯使他這樣做。　　　　　234
他後來終於逃脫死亡，把哞叫的牛群
從弗拉克趕來皮洛斯，報復了神樣的涅琉斯的
殘酷暴行，把涅琉斯的女兒帶回家，
嫁給了自己的兄弟。①後來他又去外鄉，
去到牧馬的阿爾戈斯，命定他將
在那裡定居，統治眾多的阿爾戈斯人。
他在那裡娶妻室，建起高大的宮邸，
生強大的兒子安提法特斯和曼提奧斯。
安提法特斯生了勇敢的奧伊克勒斯，
奧伊克勒斯生了善鼓動的安菲阿拉奧斯，
提大盾的宙斯滿心喜愛他，阿波羅也對他
眷愛備至，但他未能活到老年，

---

① 參閱第十一卷第291–297行及注。

由於婦女們的禮物，終於在特拜喪命。②
他生子阿爾克邁昂和安菲洛科斯。
曼提奧斯生波呂費得斯和克勒托斯，
金座的黎明女神把克勒托斯抓走，
慕其俊美，讓他躋身於神明行列。
阿波羅使心高志大的波呂費得斯成為
凡人中最好的預言者，在安菲阿拉奧斯死後。
他由於惹父親惱怒，前往許佩瑞西埃，
在那裡定居，給所有的世間凡人作預言。　　　　　255

　　波呂費得斯生子名叫特奧克呂墨諾斯，
現在就站在特勒馬科斯的身旁，他看見
特勒馬科斯在黑殼快船上祭獻祈求，
便開言詢問，說出有翼飛翔的話語：
「朋友，我既然當你在這裡獻祭時見到你，
我便以你的祭牲、你所祭獻的神明、
以你的和隨行的同伴們的性命的名義請求你，
請回答我的詢問，要說真話不隱瞞：
你是何人何部族？城邦父母在何方？」　　　　　264

　　聰慧的特勒馬科斯回答來人這樣說：
「客人，我這就真實地回答你的詢問。
我出生在伊塔卡，父親是奧德修斯，
如果他存在過；現在他定然已可悲地死去。
我正是因此才帶領同伴們乘坐黑殼船，
前來打聽常在外飄泊的父親的消息。」　　　　　270

---

②安菲阿拉奧斯是著名的預言者，娶埃里費勒時曾答應婚後一切聽從於
　她。後來埃里費勒接受奧狄浦斯的兒子波呂尼克斯的贈禮，迫使丈夫
　參加進攻特拜。安菲阿拉奧斯知道自己將死於這次戰爭，但不得不前
　往，臨行時囑兒子在他死後為他報仇。

　　神樣的特奧克呂墨諾斯這樣回答說：
「我也離開了祖國，我戕殺了一個親屬，
他有許多兄弟和親人在牧馬的阿爾戈斯，
在阿爾戈斯人中間他們很有勢力。
為躲避他們加害於我，逃避死亡
和悲慘的結局，我不得不在人間遊蕩。
我作為一個逃亡者，請求你讓我上船，
使我免遭殺害，我知道他們在追趕我。」　　　　　278

　　聰慧的特勒馬科斯回答來客這樣說：
「你既然尋來，我不會把你趕下平穩的船隻，
現在跟我走，到那裡我會盡力招待你。」　　　　281

　　他這樣說完，伸手接過客人的銅槍，
把它放在首尾翹起的船隻的甲板上，
自己也登上適合航行於大海的船隻。
他在船尾坐定，邀請特奧克呂墨諾斯
坐在自己的身旁，伴侶們解開船尾纜。
特勒馬科斯鼓勵同伴們，要他們繫緊
船上的帆纜，伴侶們迅速遵行不誤。
他們協力抬起長長的松木桅杆，
插入深深的空槽，再用桅索綁好，
用精心絞成的牛皮索拉起白色的風帆。
目光炯炯的雅典娜賜給他們順風，
自天空猛烈刮來，使船隻迅速奔馳，
盡快渡過蒼茫大海的鹹澀水流。
他們駛過了克羅諾伊和多泉流的卡爾基斯。③　　　295

---

③克羅諾伊是埃利斯北部一地區，那裡有著名的卡爾基斯泉水。

太陽下沉，條條道路漸漸變昏暗，
船隻有宙斯的風流推送，駛向費艾④，
駛過埃佩奧斯人轄有的神妙的埃利斯。
這時他把船隻駛向迅速消隱的島嶼，
心中思慮著能逃過死亡或可能被捉住。　　　　　300

這時奧德修斯和牧豬奴正在農舍裡，
一起吃晚飯，其他人在他們旁邊就餐。
在他們滿足了飲酒吃肉的欲望之後，
奧德修斯對眾人開言，試探牧豬奴，
看牧豬奴是想繼續熱情地接待他，
讓他留在田莊，還是想勸他去城裡：
「請聽我說，歐邁奧斯和其他眾同伴，
我意欲明晨離開此處，去城裡乞討，
免得讓你和同伴們無端耗費添艱難。
唯望你指點，並派一可靠引路人同行，
引導我前往。我進城後將自己遊蕩，
也許會有人遞給我一杯水或一塊麵餅。
我若得前往神樣的奧德修斯的宅邸，
便會去向審慎的佩涅洛佩報告消息，
並去與那些傲慢無禮的求婚人廝混，
他們荣餚豐盛，或許會讓我吃頓飯。
我也可按他們的吩咐，好好侍候他們。
現在我想告訴你，請你認真聽我說。
由於引路神赫爾墨斯的惠愛，他能使
所有的凡人的勞動變得快樂和榮耀，
沒有哪個凡人能和我比賽靈巧，

④費艾是埃利斯北部城市。

無論是用柴薪生火或劈開乾柴，
無論是切肉、烤炙或是飲宴斟酒，
所有這一切下賤人侍候高貴人的活計。」 324

　　牧豬奴歐邁奧斯，你很不滿意地回答：
「天哪，外鄉人，你心裡怎麼會產生
這樣的念頭？你這是想去那裡找死，
如果你想混跡於那些求婚人中間；
他們的狂傲強橫氣焰達鐵色的天宇。
他們的親信侍奴可不像你這模樣，
他們年輕，穿著華麗的外袍和襯衫，
頭髮閃光發亮，面容俏麗俊美，
盡心侍候他們的主人，光滑的餐桌上
豐富地擺滿各種食物、肉餡和酒釀。
你還是留下，你在這裡沒有人嫌棄你，
無論是我或其他任何與我一起的同伴。
待到奧德修斯的心愛的兒子來這裡，
他會贈送你外袍、襯衫等各件衣服，
再送你前往你的心靈嚮往的地方。」 339

　　多災多難的英雄奧德修斯這樣回答說：
「歐邁奧斯，願父宙斯像我那樣喜歡你，
因為你讓我停止了遊蕩，不再受苦難。
對於世人，沒有什麼比飄零更不幸，
但為了可惡的肚皮，人們不得不經受
各種艱辛，忍受遊蕩、磨難和痛苦。
你現在既要我留下，待你家主人歸來，
那就請你說說神樣的奧德修斯的母親
和父親，出征時留下他已臨近老年門檻，
他們現在繼續活在太陽的光線下，

還是已經亡故，去到哈得斯的居所。」　　　　　　350

　　民眾的首領牧豬奴回答客人這樣說：
「外鄉人，我這就把眞實情況告訴你。
拉埃爾特斯還活著，他經常向宙斯禱告，
讓生命離開軀體，死在那座房屋裡，
因爲他無限想念他那飄泊的兒子
和高貴、聰慧的妻子，妻子的亡故使他
極度悲傷，老態龍鐘提前入暮年。
母親爲自己高貴的兒子傷心而亡故，
死得眞悲慘，願所有與我在這裡居住，
對我友好的朋友不會那樣死去。
當年她在世時心情無比憂傷愁苦，
我一直心懷親情前去看望問候，
因爲她曾把我同她的高貴女兒同撫養，
就是穿長袍的克提墨涅，最年幼的孩子。
她把我同女兒等同撫養，從不蔑視我。　　　　365
待我們到了令人嚮往的青年時期，
他們把女兒嫁往薩墨，聘禮豐厚；
女主人給我一件外袍、一件襯衫，
精美的衣服，還給我繩鞋穿上雙腳，
遣我來田莊，發自內心地眞誠喜歡我。
現在我已沒有這一切，但常樂的神明們
使我辛勤從事的勞作爲我見成效，
使我有吃有喝，與尊敬的來客分享。
如今從王后那裡已得不到任何安慰，
無論是言語或行動，自從家中遭不幸，
就是那幫狂妄之徒。奴僕們僅希望
能當面和女主人說話，詢問種種事情，
吃點喝點，然後帶點東西回田莊，

唯有這些一向能快慰他們的心靈。」　　　　　379

　　足智多謀的奧德修斯這樣回答說：
「哎呀，牧豬奴歐邁奧斯，你顯然早在
幼年時便被趕出故鄉，離開了父母。
現在請你告訴我，要說真話不隱瞞，
是你的父親和尊貴的母親居住其中的
街道寬闊、人煙稠密的城市被攻破，
還是在你獨自牧放羊群和牛群時，
敵人把你劫掠載上船，然後賣給
這戶人家，主人為你付出了高價？」　　　　　388

　　民眾的首領牧豬奴回答客人這樣說：
「外鄉人，既然你詢問打聽這些事情，
那就請安坐靜聽欣賞，邊呷酒釀。
現在長夜漫漫，有時間用來睡眠，
也有時間欣賞聽故事，你也無須
過早地躺下安寢，睡眠過多也傷身。
至於其他人，如果有人渴望睡眠，
那就前去安睡吧，待明晨黎明初現，
吃完早飯便去牧放主人的豬群。
讓我們倆留在這處陋舍喝酒吃肉，
回憶過去，欣賞對方的不幸故事。
一個人也可用回憶苦難娛悅心靈，
在他經歷了許多艱辛和漫遊之後。
我這就回答你的叩問，你的探詢。　　　　　402

　　「有座海島名叫敘里埃⑤，你或許曾聽說，

────────────
⑤敘里埃是傳說中的島嶼。

在奧爾提吉亞⑥上方，太陽在那裡變路線；
那島上人口不很稠密，但條件優越，
牛健羊肥，盛產葡萄，小麥也豐盛。
那裡的人民從不發生飢饉，也沒有
任何可惡的病疫降臨悲苦的凡人。
當該邦國的部族人民有人衰老時，
銀弓之神阿波羅便和阿爾特彌斯
一起前來，用溫柔的箭矢把他們射死。
島上有兩座城市，均分邦國的事務，
統治這兩座城市的是我父親克特西奧斯，
奧爾墨諾斯之子，容貌如不死的神明。　　　　　414

　　「後來來了一些以航海著稱的腓尼基人，
一幫騙子，用黑殼船運來許多玩物。
我父親家裡曾有一個腓尼基女奴，
美麗、修長，會做各種出色的活計，
狡獪多端的腓尼基人獻媚誘惑她。
當她去他們的空心船旁洗滌衣服，
有人和她結合尋歡，愛情能蠱惑
軟弱的婦女的心靈，即使她精於手工。
那人詢問她是何人，來自何處地方，
她立即遙指我父親的高大宮宅相告說：
『我告訴你，我來自盛產銅器的西頓，
我是阿律巴斯的女兒，家財如流水。
當我行走於田間，一伙塔福斯海盜
強行劫掠了我，把我帶來這裡，
賣給這戶人家，付給了很高的代價。』　　　　　429

_____

⑥參見第五卷第123行及注。

「那個和她偷情的人這時這樣詢問她：
『現在你想不想跟隨我們一起回家，
重見你父母的高大宅邸和他們本人？
據說他們現今還健在，仍然很富有。』　　　　　　433

「那女人當時回答對方詢問這樣說：
『但願如此，水手們，如果你們能對我
莊嚴發誓，保證把我安全送回家。』　　　　　　436

「她這樣說完，他們全都依言發誓。
待他們個個立誓，一一行禮如儀，
那女人重又開言，這樣告誡他們：
『現在你們要保持沉默，任何人不得
與我說話，無論與我相遇在途中
或者可能在泉邊，謹防有人前往
老人的家中報信，老人覺察後會把我
痛苦地捆綁，也會讓你們遭受毀滅。
你們要牢記我的話，盡快把買賣做完。
待你們的船隻已經被各種貨物裝滿，
便趕快派人來主人宅邸給我送消息，
那時我會順手帶走一些金器皿，
我還想作我的船資另贈一件禮物。
原來我在主人家看管他的孩子，
那孩子聰明，總是跟我一起出門。
我若能把他帶上船，你們把他賣給
講他種語言的人們，會帶來大宗收入。』　　　　453

「她這樣說完，返回我們美麗的宅邸，
那些腓尼基人在那裡逗留整整一年，
換得了許多貨物，裝進寬敞的海船。

待那條空肚船裝滿貨物準備起航時，
信使前來，向那個女人傳遞消息。
一個狡詐之徒來到我父親的宮宅，
帶來一條鑲有琥珀的黃金項鏈。
廳堂的女奴們和我那尊貴的母親
用手撫摸珍貴的項鏈，注目觀賞，
開出價錢，來人則向那女人默默點頭。
那人向她示意後返回寬敞的海船，
那女人拉著我的手，把我帶出宮室。
她看見前廳裡擺著許多餐桌和酒杯，
供人們飲宴，他們都是我父親的近屬。　　　467
當時他們正出席民眾會議議事，
她急忙拿起三隻酒杯揣進懷裡，
隨身帶走，我年幼無知地跟隨她。
太陽下沉，條條道路漸漸變昏暗。
我們匆匆而行，來到優美的港灣，
腓尼基人的快速船隻就停在那裡。
他們登上船，迅速沿著水路航行，
把我們一起帶上船，宙斯遣來順風。
我們一連六天，晝夜兼程地航行，
當克羅諾斯之子宙斯送來第七天時，
善射的阿爾特彌斯把那女人射中，
她立即倒下掉進船艙，如一隻海鷗。
他們把她扔進海裡，成為海豹
和游魚的食料，我被留下心懷憂慮。
風力和水流推動，把他們送來伊塔卡，
拉埃爾特斯用自己的財物把我買下。
我就是這樣到來，看見了這塊土地。」　　　484

　　宙斯養育的奧德修斯回答他這樣說：

「歐邁奧斯，你的一件件敘述深深地
打動了我的心，你經歷了這許多不幸。
但除了苦難，宙斯也已賜給你好運，
因爲你經歷了許多不幸後來到一個
仁慈主人的家裡，他關懷備至地讓你
有吃有喝，過著稱心如意的生活，
我漫遊了許多人間城市，才來到這裡。」　　　　492

　　他們互相交談，說著這些話語，
僅作了短暫睡眠，沒有多長時間，
金座的黎明很快來臨。特勒馬科斯的
伴侶們這時來到岸邊，收起風帆，
靈活地放下桅杆，把船划到停泊處。
他們扔下石錨，繫好船尾纜索，
自己離船，登上波濤拍擊的海岸，
準備豐盛的餚饌，攪好閃光的酒釀。
在他們滿足了飲酒吃肉的欲望之後，
聰慧的特勒馬科斯開言對他們這樣說：
「你們現在去把烏黑的船隻航向城市，
我要暫去田莊，去探察那些牧人，
待視察完各項農活，晚上再進城。
明晨我會付你們這次旅行的報酬，
一席美好的宴飲，有肉和甜美的酒釀。」　　　　507

　　神樣的特奧克呂墨諾斯這時對他說：
「親愛的孩子，如今我該去何處？是去見
某位統治道路崎嶇的伊塔卡的首領，
還是直接去見你母親，前往你家裡？」　　　　511

　　聰慧的特勒馬科斯對他這樣回答說：

「若在他時，我定會邀請你去我們家，
我家不缺物待客，但現在於你不相宜，
因為我自己不在家，我母親也不會相見，
現在她居家不願在求婚人面前常露面，
總是遠離他們，在閣樓機杼前織績。
我可向你舉薦一人，你不妨去找他：
歐律馬科斯，智慧的波呂博斯的高貴兒子，
現在伊塔卡人敬重他有如敬神明。
他比其他人都更顯貴，也一心想望
能娶我母親，獲得奧德修斯的榮耀，
但是居住於太空的奧林波斯的宙斯知道，
他會不會讓他們在結婚之前遭不幸。」　　　524

　　他正這樣說，有隻飛鳥從右邊飛過，
一隻鷂鷹，阿波羅的快使，雙爪抓住
一隻鴿子，不斷把羽毛撒向地面，
撒在船隻和特勒馬科斯本人之間。
特奧克呂墨諾斯把他叫離同伴們，
拉住他的手，招呼一聲對他這樣說：
「特勒馬科斯，鳥右飛不會沒有神意，
我一看見這飛鳥，便知它的來意。
在伊塔卡地方沒有任何其他家族
比你家更能為王，你們會永遠興旺。」　　　534

　　聰慧的特勒馬科斯重又對他這樣說：
「客人啊，但願你的這些話最終能實現。
那時你立即能得到我的熱情款待
和許多贈禮，令遇見的人都稱你幸運。」　　　538

　　這時他對忠實的伴侶佩賴奧斯說：

「克呂提奧斯之子佩賴奧斯，在同我一起
前往皮洛斯的所有伴侶中，你對我最聽從。
現在請爲我把這位客人帶去你們家，
招待要殷勤有禮，直待我折返回城裡。」　　　　　　543

　　善用長矛的佩賴奧斯回答他這樣說：
「特勒馬科斯，即使你在那裡逗留很久，
我也會招待他，待客的東西我不短缺。」　　　　　546

　　他這樣說完登上船隻，命令同伴們
迅速登進船裡，解開繫船的尾纜。
同伴們迅速登進船裡，坐上槳位。
特勒馬科斯在腳上繫好美麗的繩鞋，
從船艙甲板提起一根堅固的長矛，
裝有銳利的銅尖，船員們解開船尾纜。
人們開船駛向城市，按照神樣的
奧德修斯的愛子特勒馬科斯的吩咐。
特勒馬科斯迅速邁步，奔向田莊，
那裡有他的許多豬群，高貴的牧豬奴
懷著對主人的忠心，正在豬群旁休息。　　　　　557

第十六卷

——父子田莊相認商議懲處求婚人

黎明時分，奧德修斯和高貴的牧豬奴
在農舍一起生起爐火，準備早飯，
派遣其他牧豬奴趕著豬群去牧放，
喜好狂吠的牧犬對特勒馬科斯擺尾，
見他走來未嗥吠。神樣的奧德修斯
看見牧犬搖擺尾巴，又傳來腳步聲，
立即對歐邁奧斯說出有翼飛翔的話語：
「歐邁奧斯，定然是你的某位朋友
或其他熟人到來，因為牧犬不吠叫，
只是把尾搖，我也耳聞有腳步聲響。」　　　　　10

他這樣詢問話猶未了，親愛的兒子
已站在院門邊。牧豬奴驚異地站起身，
酒碗從手裡滑脫，他正拿著它們
把閃光的酒釀調和。他上前迎接少主人，
親吻他的頭部、他那雙美麗的眼睛
和可愛的雙手，顆顆熱淚不斷往下流。
有如父親欣喜地歡迎自己的兒子，
兒子歷時十載遠赴他鄉終回返，
獨子多嬌慣，父親為他無限擔憂愁；
高貴的牧豬奴也這樣把他全身吻遍，
擁抱逃脫了死亡的神樣的特勒馬科斯，
哭泣著對他說出有翼飛翔的話語：
「特勒馬科斯，甜蜜的光明，你終於歸來！
自你航行皮洛斯，我以為不可能再相見。
請進屋，親愛的孩子，讓我好好看看你，

讓心靈享受喜悅，你終於從他鄉歸返。
你往日不常來田莊和你的牧人中間，
常在城裡居住；你似乎已喜歡那樣，
看見那幫厚顏無恥地求婚的惡徒！」　　　　　29

　聰慧的特勒馬科斯回答牧豬奴這樣說：
「老人家，就算是這樣。我這次為你而來，
我想親眼看看你，也想聽你說說，
我母親是繼續留在家中，還是已經
外嫁他人，使得奧德修斯的床榻
已空空蕩蕩，布滿令人厭惡的蛛網。」　　　35

　民眾的首領牧豬奴當時這樣回答說：
「你的母親心靈忍受著極大的痛苦，
留在你家裡；她一直淚水不斷盈眼瞼，
伴她度過那一個個淒涼的白晝和黑夜。」　　39

　牧豬奴這樣說，一面伸手接過銅矛，
特勒馬科斯跨過石門檻走進屋裡。
父親奧德修斯見他走近，讓出座位，
特勒馬科斯立即阻攔，開言這樣說：
「請坐下，客人，我們是在自己的莊園，
可以另外安座位，這位老人會安置。」　　　45

　他這樣說，奧德修斯回身重新坐下，
牧豬奴鋪開青綠的軟枝，再鋪上羊皮，
奧德修斯的心愛的兒子在上面就座。
牧豬奴在他們面前擺上幾盤烤肉，
那是他們前一天晚上享用的剩餘；
牧豬奴又迅速拿來麵餅，裝滿提籃，

再用常春藤碗攙好甜蜜的酒釀，
他自己坐到神樣的奧德修斯對面。
他們動手享用面前擺放的餚饌。
在他們滿足了飲酒吃肉的欲望之後，
特勒馬科斯對高貴的牧豬奴這樣詢問：
「老人家，這客人來自何方？航海人又怎樣
把他送來伊塔卡？他們自稱是什麼人？
因為我想他怎麼也不可能徒步來這裡。」　　　　　59

　　牧豬奴歐邁奧斯，你當時這樣回答說：
「孩子，我這就把全部情況向你敘說。
他說自己出生於地域遼闊的克里特，
聲稱曾飄零漫遊過許多種族的城市，
認為全是神明為他安排那一切。
現在他從特斯普羅托伊人的船隻逃脫，
來到我這田莊；我將把他交給你，
聽憑你安排，他作為求援人請求你幫助。」　　　67

　　聰慧的特勒馬科斯回答牧豬奴這樣說：
「歐邁奧斯，你的話令我深感痛心，
你看我如今怎能把這位客人帶回家？
我自己尚且年輕，還難以靠雙手自衛，
回敬任何欲與我作對的年長之人；
而我那母親，她胸中的心靈正在思慮，
是繼續留在我身邊，關照這個家庭，
尊重她丈夫的臥床和國人們的輿論，
還是嫁給一位在大廳向她求婚、
贈送禮物最多、最高貴的阿開奧斯人。
至於這位客人，他既已來到你這裡，
我給他一件外袍和襯衫，精美的衣服，

此外再給他一柄雙刃劍和一雙繩鞋，
送他前往他的心靈嚮往的地方。
要是你願意，你可照料留他在田莊，
我會送來衣服和所有需要的食物，
免得給你和你的同伴們增添負擔。
只是我不希望他前往那些求婚人中間，
因為那些人粗暴強橫，又傲慢無禮，
恐怕他們會侮辱他，那樣我會很痛心。
即使一個人勇敢有力量，他也難以
與眾人對抗，因為對方人多勢力強。」 89

　　歷盡艱辛的神樣的奧德修斯這樣說：
「朋友啊，要是我也可以回答幾句，
我聽你剛才所言，心靈都要被撕碎，
那些求婚人在你家竟如此狂妄無禮，
橫行無忌，違背你這樣一個人的心願。
請你告訴我，是你甘願屈服於他們，
還是人民受神明啟示，全都憎恨你？
或者兄弟們令你不滿意？任何人都可以
依仗兄弟們相助，即使戰鬥很激烈。
但願我現在也年輕，同豪壯的心靈相稱，
或者我就是高貴的奧德修斯的兒子，
或者是他本人飄泊回鄉井；希望未泯滅。
任何外鄉人可立即把我的腦袋砍下，
倘若我不能給他們這幫人帶去不幸，
在我去到拉埃爾特斯之子奧德修斯的家裡。
即使我孤單一人，敗於眾人手下，
我也寧可被殺害，死在自己家裡，
決不能對那些無恥行徑熟視無睹，
眼看著他們粗暴地趕走外邦來客，

在華美的廳堂上恣意謾罵侮辱眾女僕，
把酒漿狂斟豪飲，把食物任意吞噬，
不知何時有盡頭，不知何時能終結。」　　　　111

　　聰慧的特勒馬科斯回答來客這樣說：
「客人，我將把情況完全如實地告訴你。
既不是全體人民心懷不滿憎恨我，
也不是兄弟們令我不滿意，任何人都可以
依仗兄弟們相助，即使戰鬥很激烈。
原來克羅諾斯之子使我家獨子繁衍，
阿爾克西奧斯生了獨子拉埃爾特斯，
祖父生獨子奧德修斯，奧德修斯生我，
也是獨子，留下我未享受任何好處。
現在我家裡聚集了許多惡意之徒，
他們是統治各個海島的貴族首領，
有杜利基昂、薩墨和多林木的扎昆托斯的
或是道路崎嶇的伊塔卡的眾多首領，
都來向我母親求婚，耗費我的家財，
母親不拒絕他們令人厭惡的求婚，
又無法結束混亂，他們任意吃喝，
消耗我的家財，很快我也會遭不幸。
不過這一切全都擺在神明的膝頭，
老人家，現在你快去見聰明的佩涅洛佩，
告訴他我健康無恙，已從皮洛斯歸返。
我在此等候，你向她報告後立即返回，
此事不要讓其他的阿開奧斯人知曉，
因為許多人正企圖給我製造災難。」　　　　134

　　牧豬奴歐邁奧斯，你當時這樣回答說：
「我知道，我明白，你在對明白之人作吩咐。

現在請你告訴我，要說真話不隱瞞，
我這次前去，是否向不幸的拉埃爾特斯
也報告消息，他雖然為奧德修斯憂傷，
卻仍然省察各種農活，在屋裡與奴隸們
共同飲食，當胸中的心靈感覺飢渴時。
可是現在，自從你乘船去到皮洛斯，
我聽人們傳說，他完全不思飲食，
也不省察農事，只坐著嘆息呻吟，
流淚哭泣，日見皮肉消瘦骨嶙峋。」　　　　　　145

　　聰慧的特勒馬科斯回答老人這樣說：
「真可憐，我們傷心，也只能暫由他去。
如果所有的事情都可為凡人實現，
那我們首先盼望我的父親能歸返。
你此去報信速速歸來，不要在田間
徘徊不盡尋祖父，你可告訴我母親，
要她快派遣管家女奴前去他那裡，
仍要機密行事，向老人報告消息。」　　　　　　153

　　他這樣說完，催促牧豬奴迅速出發，
牧豬奴把繩鞋繫到腳上，前往城裡。
牧豬奴歐邁奧斯離開田莊瞞不過雅典娜，
她立即來到附近，幻化成婦女模樣，
美麗、頎長，善做各種精巧的手工。
她站在農舍門邊，讓奧德修斯看見，
特勒馬科斯卻不看見、不覺察她到來，
因為神明很容易不對所有人顯現，
但奧德修斯和牧犬看見她，犬未嗥吠，
只輕聲尖叫，穿過庭院畏縮離避。
女神蹙眉示意，神樣的奧德修斯領會；

他步出屋外，沿著庭院高牆走去，
來到女神面前，雅典娜對他這樣說：
「拉埃爾特斯之子，機敏的神裔奧德修斯，
你現在可對兒子說明，不必再隱瞞，
好一起為求婚人謀劃死亡和毀滅，
然後前往著名的城市，我自己不會
久久地遠離你們，因為我也很想戰鬥。」　　　　　171

　　雅典娜說完，用金杖觸擊奧德修斯，
使他身上轉瞬間穿起洗滌乾淨的
外套和襯衫，體形變得魁偉壯健。
他立即顯得皮膚黝黑，面頰豐滿，
下頜周圍的鬍鬚呈現出烏黑的顏色。
女神這樣作完離去，奧德修斯
返回農舍，他的兒子見了心驚異，
驚恐得把視線移開，以為是神明顯現，
開言對他說出有翼飛翔的話語：
「客人，你煥然一新變成另一個人，
你改換了衣服，皮膚也顯得不一樣。
你顯然是某位掌管廣闊天宇的神明。
請你賜恩，讓我們獻上豐盛的祭禮
和製作精良的金器，求你寬恕我們。」　　　　　185

　　歷盡艱辛的神樣的奧德修斯回答說：
「我並非神祇，你怎麼視我為不死的神明？
我就是你的父親，你為他心中憂傷，
忍受過許多痛苦，遭受過各種欺凌。」　　　　　189

　　他說完親吻自己的兒子，淚水湧流，
滴落地面，到現在他一直控制著自己。

特勒馬科斯不信此人就是他父親，
這時重新開言，回答對方這樣說：
「你不可能是我的父親奧德修斯，
是惡神蠱惑我，使我愈加憂傷更悲苦。
有死的凡人憑他自己的心智不可能
作成這些事情，除非有神明降臨，
輕易地把他變老或變得更加年輕。
你剛才還是一位老人，衣衫襤褸，
現在卻如同掌管廣闊天宇的神明。」　　　　　200

　足智多謀的奧德修斯這樣回答說：
「特勒馬科斯，你的父親已經歸來，
你不要過分驚奇，也不要過分疑慮。
絕不可能有另一個奧德修斯來這裡，
因為我就是他，忍受過許多苦難和飄泊，
二十年歲月流逝，方得歸返回故里。
剛才是贈送戰利品的雅典娜的作為，
她按照自己的意願，她有這樣的能力，
一會兒把我變得像個窮乞丐，一會兒
又把我變得年輕，身著華麗的服裝。
掌管廣闊天宇的神明很容易這樣做，
能使有死的凡人變尊貴或者變卑賤。」　　　212

　奧德修斯說完坐下，特勒馬科斯
緊緊擁抱高貴的父親，淚水流淌。
父子倆心潮激蕩，都想放聲痛哭。
他們大聲哭泣，情感激動勝飛禽，
有如海鷹或彎爪的禿鷲，它們的子女
羽毛未豐滿，便被鄉間農人捉去，
父子倆也這樣哭泣，淚水順眉流淌。

他們準會直哭到太陽的光線西沉，
若不是特勒馬科斯開言對父親這樣說：
「親愛的父親，請說說，航海人用什麼船隻
把你送來伊塔卡？他們自稱是什麼人？
因為我想你怎麼也不可能徒步來這裡。」　　　　　　224

　　歷盡艱辛的神樣的奧德修斯回答說：
「孩子，我將把真實情況一一告訴你。
以航海著稱的費埃克斯人送我前來，
他們也伴送其他去到那裡的人們。
我酣睡在快船，他們帶領我航過大海，
送來伊塔卡，給我無數珍貴的禮物，
有銅器、金器和許多精心縫製的衣服。
按神明的旨意，我把它們安放在山洞。
現在我按照雅典娜的吩咐，來到這裡，
讓我們商量，如何殺戮那幫惡徒。
現在你估算一下求婚者的人數告訴我，
讓我知道他們有多少，是些什麼人，
我的高尚的心靈好仔細盤算作決定，
我們倆無須其他人參與單獨便能夠
對付他們，還是需約請他人相助佑。」　　　　　　239

　　聰慧的特勒馬科斯回答父親這樣說：
「父親啊，我常聽說你的巨大威名，
你是位強大的槍手，智慧豐富善計謀，
然而你剛才話語誇張，頗令我驚異，
他們人多且強悍，我們就兩人難對付。
想那些求婚人並非十個，也非二十個，
他們人數眾多，你很快就會知道究竟。
從杜利基昂來了五十二個傑出的

高貴青年，有六個侍從跟隨他們；
從薩墨來了二十四個英勇的首領，
從扎昆托斯來了二十個阿開奧斯青年，
從伊塔卡本島一共來了十二個貴族，
此外還有傳令官墨冬和神妙的歌人，
兩個擅長爲就餐人片割肉餚的從人。
如果我們在家裡和他們全體遭遇，
你本想報復他們的暴行，結局會悲慘。
你還是再作周詳考慮，看能不能
找到一些幫手，樂意襄助我們。」　　　　　　257

歷盡艱辛的神樣的奧德修斯回答說：
「我現在告訴你，你要牢記心裡聽清楚。
你仔細想想，如果雅典娜和天父宙斯
襄助我們，我是否還需要幫助求他人？」　　　261

聰慧的特勒馬科斯立即這樣回答他：
「你剛才提到的這兩位幫手當然強大，
儘管他們高踞在雲際。他們統治
所有其他凡人和所有不死的眾神明。」　　　　265

歷盡艱辛的神樣的奧德修斯回答說：
「這兩位神明不會長時間地遠遠離開
激烈的戰鬥，一旦我們開始與求婚人
在我的家中展開阿瑞斯式的猛烈較量。
只是你明天黎明後便需返回城裡，
同那些傲慢無禮的求婚人一起廝混，
然後這位牧豬奴會帶領我進城來，
我仍幻化成一位不幸的乞求人和老翁。
要是他們在我們的家中對我不尊重，

你要竭力忍耐，盡可眼見我受欺凌，
即使他們抓住我腳跟，把我拖出門，
或者投擲槍矢，你見了也須得強忍。
你也可勸阻他們，要他們停止作惡，
但說話語氣要溫和，他們不會聽從你，
因為他們命定的最後時日已來臨。
我還有一事吩咐你，你要牢牢記在心。
當善用智謀的雅典娜給我心中啓示，
我會向你點頭示意，你看見我暗示，
便需把廳裡存放的那些武器搬走，
立即搬進高大的庫房角落裡貯存。 285
如果求婚人覺察，詢問其中的原因，
你可用溫和的語言向他們解釋這樣說：
『我把它們從煙塵中移走，因為它們
已不像奧德修斯前去特洛亞留下時那樣，
長久被爐火燎熏，早已積滿了塵垢。
克羅諾斯之子還引起我心中更大的憂慮，
擔心你們縱飲之後可能起爭執，
互相殘殺造傷殘，玷污盛筵和求婚，
因為鐵製的武器本身常能誘惑人。』
你僅為我們自己留下兩柄長劍、
兩根長槍，再留下兩塊牛皮盾牌，
到時候我們衝過去把它們抓在手裡，
帕拉斯‧雅典娜和智慧神宙斯會迷惑他們。
我還有一事吩咐你，你要牢牢記在心。
如果你真是我兒子，真是我們的血統，
你就不要讓任何人知道奧德修斯在家裡，
不要讓拉埃爾特斯，不要讓牧豬奴知道，
不要讓任何家人，甚至佩涅洛佩知道，
只有你我兩人，要直接觀察婦女們。

我們還需要探索一些男奴們的用心，
他們是繼續敬重我們，心懷畏懼，
還是已不復尊重，輕視你這樣一個人。」　　　　307

　　尊貴的兒子當時回答父親這樣說：
「親愛的父親啊，我相信到時候你會明白
我的用心，我現在作事已絲毫不輕率。
我實在覺得你這種設想對我們兩人
確實不相宜，我希望你對它再作思忖。
你想去田間，在那裡探察每一個奴隸，
那會需要很多時間，這時求婚人
仍在毫無顧忌地耗費財產不顧惜。
至於女僕們，我倒希望你考察一番，
看她們哪些人蔑視你，哪些人保持清白。
我卻不贊成我們前往田莊探察
那些男奴們，此事可留待以後去做，
如果你確實知道提大盾的宙斯的意願。」　　　　320

　　父子正互相交談，說著這些話語，
那隻把特勒馬科斯和他的所有伴侶們
載離皮洛斯的精造的船隻已駛抵伊塔卡。
待他們駛進海水幽深的港灣泊定，
他們便把發黑的船隻拖上岸灘，
勇敢的侍從們把他們的武器從船上卸下，
把珍貴的禮物送往克呂提奧斯家裡。
他們派使者前往奧德修斯宅邸，
去向審慎的佩涅洛佩報告消息：
特勒馬科斯已去田莊，吩咐把船隻
直接駛來城裡，免得尊貴的王后
心中擔憂，難忍溫柔的淚水流注。

使者和高貴的牧豬奴不期相遇於道途，
為了同一個消息，前來稟報王后。
他們來到神樣英武的國王的宮邸，
使者當著眾多女僕們的面如此報告：
「王后啊，你的親愛的兒子已經歸返。」
牧豬奴則站近身旁，向佩涅洛佩稟告
親愛的兒子吩咐他報告的一切事情。
待他把所有吩咐的事項報告完畢，
便立即回返豬群，離開宮宅和庭院。　　　　341

　　這時眾求婚人情緒憂傷，心中驚異，
他們離開廳堂，順著庭院的高牆，
來到院門前面，紛紛在那裡坐下。
波呂博斯之子歐律馬科斯開言這樣說：
「朋友們，特勒馬科斯勇敢地作了件大事，
完成了旅行，我們曾預言他不會成就。
現在我們得準備一條最好的黑殼船，
集合一些出色的水手，要他們盡快地
通知被派去設伏的人們趕快回返。」　　　　350

　　他話猶未了，安菲諾摩斯轉身離座，
瞥見船隻已駛進海水淵深的港灣，
船員們正把風帆收起，手握船槳。
他不禁放聲大笑，對同伴們這樣說：
「我們無須派人去送信，他們已進港。
也許是某位神明通知了他們，或者是
他們看見船隻航過，卻未及追上。」　　　　357

　　他這樣說完，人們起身前往海岸，
迅速把殼體烏黑的船隻拖上岸灘，

勇敢的侍從們把他們的武器從船上卸下。
他們一起前去會商，不允許任何
其他人參加，無論是年輕或者年長。
歐佩特斯之子安提諾奧斯對他們這樣說：
「天哪，神明們又為此人解說了災難。
白日裡哨兵們坐在多風的山崖之巔，
專注地合伙眺望。即使到太陽西沉時，
他們也不返回岸邊睡眠度黑夜，
卻駕著快船至神妙的黎明巡行海上，
一心給特勒馬科斯設伏，欲把他逮殺，
可是惡神這時卻把他送回家來。
我們得設法讓特勒馬科斯悲慘地死去，
切不可讓他從我們手中逃脫；依我看，
只要他繼續活著，我們的事情便難成。
須知此人很聰明，多計謀又善思慮，
這裡的人民對我們也已不懷好感。

375

讓我們行動吧，在他召集阿開奧斯人
開會之前；我想他不會就這樣罷休，
他會怒氣沖沖地向全體人民訴說，
我們陰謀把他殺害，但未能如願。
人們聽到這種惡行會反對我們，
不能讓他們給我們製造任何不幸，
把我們趕出家園，使我們流落他鄉。
我們必須首先行動，把他逮住在
城外的田間或道途，再奪過他的家財，
在我們之間公平地分配，這座宅邸
可留給他的母親和將要娶她的那個人。
如果你們不同意這樣做，卻欲讓他
繼續活下去，享有全部祖傳的家財，
那我們便不要再一起消耗他的財產，

在這裡聚飲，每人都返回自己家裡，
向她求婚，饋贈禮物，她可以嫁給
贈禮最豐厚、她命中注定婚嫁的那個人。」　　　　　392

　　他這樣說完，眾人一片靜默不言語。
安菲諾摩斯這時開言對大家說話，
國王阿瑞提阿斯之子尼索斯的光輝兒子，
從盛產小麥、牧草繁茂的杜利基昂
同其他求婚人一起前來，他的言談
令佩涅洛佩最中聽，因為他心地善良，
他這時好心好意地對大家開言這樣說：
「朋友們，我不贊成殺死特勒馬科斯，
殺害國王的後代乃是件可怕的行為，
還是首先讓我們問問神明的意願。
倘若偉大的宙斯的意旨同意這樣做，
我自己也會殺他，並且會鼓勵其他人；
如若神明們反對，那我就請大家罷休。」　　　　405

　　安菲諾摩斯這樣說，博得眾人的讚賞。
他們立即起身返回奧德修斯的宅邸，
進去後紛紛在一張張光亮的寬椅上就座。　　　　408

　　審慎的佩涅洛佩這時又想出了主意，
決定出現在狂妄傲慢的求婚人面前，
她在內室已聽說有人想殺害她兒子，
傳令官墨多稟報她，他聽見求婚人商量。
她在侍女們陪伴下，舉步向廳堂走來。
待這位女人中的女神來到求婚人中間，
佇立在把堅固的大廳支撐的立柱近旁，
繫著光亮的頭巾，罩住自己的雙頰，

招呼一聲安提諾奧斯，這樣責備說：
「安提諾奧斯，你這個狂妄、惡毒的傢伙，
人們認爲你在伊塔卡地區的同輩人中
最善謀略和詞令，看來你並非如此。
你這個瘋子，你爲什麼要謀害特勒馬科斯，
不聽別人懇求，宙斯是求情者的見證？
給他人製造不幸褻瀆民俗神律。
你難道忘記了你的父親害怕人民，
曾逃亡來這裡？當時民眾對他氣憤，
因爲他曾伙同海盜塔福斯人一起，
侵害與我們結盟的特斯普羅托伊人。
人們要把他殺死，剝奪他的生命，
把他的豐厚的財產全部吃完耗盡，
奧德修斯進行干預，阻止了憤怒的人們。
現在你在他家白吃喝，向他的妻子求婚，
若加害他兒子，你的作爲太令我氣憤。
我要求你停止作惡，並且勸阻其他人。」　　　433

　　波呂博斯之子歐律馬科斯這時這樣說：
「伊卡里奧斯的女兒，審慎的佩涅洛佩，
你放心吧，不必爲這些事情擔憂愁。
現在不會有人，將來也不會有人
膽敢對你的兒子特勒馬科斯下毒手，
只要我仍然活在世上，看得見陽光。
我現在既然這樣說，事情也就會這樣：
作惡者會立即在我的長槍下黑血濺流，
因爲攻掠城市的奧德修斯曾經常讓我
坐在他的膝上，把熱氣騰騰的烤肉
放在我的手裡，給我暗紅色的酒釀。
因此所有的人中，特勒馬科斯是我的

最親近的朋友，他不用擔心求婚人
會加害於他，若是來自神明卻難逃避。」　447

　　他這樣說話撫慰，正是他意欲加害。
王后回到自己明亮的閣樓寢間，
禁不住爲親愛的丈夫奧德修斯哭泣，
直到目光炯炯的雅典娜把甜夢降眼簾。　451

　　高貴的牧豬奴傍晚回到奧德修斯
和他的兒子那裡。他們正準備晚飯，
殺了一頭周歲的公豬。這時雅典娜
來到拉埃爾特斯之子奧德修斯的身旁，
用杖觸擊他，重新把他變成一老翁，
身上穿著襤褸的衣衫，使得牧豬奴
當面看見也難辨認，不會去報告
聰明的佩涅洛佩，不把秘密藏心裡。　459

　　特勒馬科斯首先開言對牧豬奴這樣說：
「高貴的歐邁奧斯，回來了，城中有何消息？
那些高傲的求婚人已經從設伏中返回，
還是繼續在那裡守候，等待我歸返？」　463

　　牧豬奴歐邁奧斯，你當時這樣回答說：
「我沒有顧及詢問，打聽這些事情，
我僅是穿城而過，當時心靈要求我
稟報消息後盡快歸返，迅速回這裡。
我曾遇見你的同伴們的快捷使者，
傳令官，他首先向你的母親報告了消息。
可是我看見了一件事，是我親眼所見。
當我到達城市的高處，就是著名的

赫爾墨斯山崗，看見有一條快船
正駛進我們的港灣，船上人員眾多，
裝載著無數盾牌和許多雙刃長矛，
我猜想就是那些人，不知是否這樣。」　　　475

　　他這樣說完，神勇的特勒馬科斯一笑，
舉目注視父親，不讓牧豬奴發現。　　　477

　　待他們忙碌完畢，晚飯準備齊全，
他們開始享用，不缺乏需要的飯食。
待他們滿足了飲酒吃肉的欲望之後，
人人想起了臥榻，享受睡眠的恩賜。　　　481

第十七卷

——奧德修斯求乞家宅探察行惡人

當那初升的有玫瑰色手指的黎明呈現時，
神樣英武的奧德修斯的親愛的兒子
特勒馬科斯把精美的繩鞋繫到腳上，
拿起一根使用合手的堅固長矛，
準備前往城裡，他對牧豬奴這樣說：
「老公公，我現在就要進城，讓我的母親
親眼見見我，我想她會一直為我
悲痛地哭泣，大聲地哀嘆，不斷把淚流，
直到看見我本人。現在有事吩咐你。
你把這位不幸的外鄉人帶進城去，
讓他在那裡乞討，也許會有人給他
一杯水或一塊麵餅，我自己難以招待
所有的來客，因為我心中也有苦楚。
若客人為此不欣悅，那他會更不幸。
我就是一向喜好說話直率不隱瞞。」　　　　15

足智多謀的奧德修斯這樣回答說：
「朋友，我自己本也不想在這裡逗留。
對於一個求乞人，在城裡遊蕩乞討
勝於在鄉間，那裡會有人願意施捨我。
我已這把年紀，不適宜在田莊留住，
聽從受命的管理人的吩咐幹各種活計。
你走吧，此人會如你所囑領我進城去，
待我在爐邊烤暖，外面也漸漸變暖和，
因為我身上的衣服太破舊，難以抵擋
清晨的寒氣，你們也說城市很遙遠。」　　　25

　　他這樣說，特勒馬科斯穿過庭院，
迅速邁開腳步，為眾求婚人準備災禍。
當他來到那座華美的高大宅邸時，
他把手中的長矛靠在高大的立柱旁，
他自己隨即入內，跨過石製的門檻。　　　　　　　　　30

　　奶媽歐律克勒婭首先遠遠看見他，
她正在給一張張精雕的座椅鋪展毛氈，
立即淚水汪汪地迎接，飽受苦難的
奧德修斯的其他女僕們也一起圍攏，
親吻他的頭部和雙肩，熱烈歡迎他。　　　　　　　　35

　　審慎的佩涅洛佩這時也走出寢間，
有如阿爾特彌斯或黃金的阿佛羅狄忒，
伸開雙手，含淚抱住親愛的兒子，
親吻他的頭部和那雙美麗的眼睛，
悲傷地哭泣著說出有翼飛翔的話語：
「特勒馬科斯，甜蜜的光明，你終於歸來！
我以為不可能再相見，自你航行皮洛斯，
瞞著違背我心願，為探聽父親的消息。
現在快把你的所見所聞告訴我。」　　　　　　　　　44

　　聰慧的特勒馬科斯回答母親這樣說：
「親愛的母親，請不要又引起我哭泣，
令我憂傷，我終於逃脫了險惡的死亡。
你且去沐浴，換上一身潔淨的衣衫，
再同隨身的侍女們一起登上閣樓，
向所有的神明虔誠祈禱，答應奉獻
豐盛的百牲祭，祈求宙斯對惡行作報應。

我現在要去廣場迎接一位客人，
我歸來時他同我一起航行來這裡。
我讓他隨神樣的同伴們一起先行前來，
吩咐佩賴奧斯把他帶回自己家去，
招待要殷勤有禮，直待我折返回城裡。」　　　　　56

　他這樣說完，母親囁嚅未曾多說。
她便去沐浴，換上一身潔淨的衣衫，
向所有的神明虔誠祈禱，答應奉獻
豐盛的百牲祭，祈求宙斯對惡行作報應。　　　　　60

　特勒馬科斯這時穿過大廳走去，
手握長矛，兩隻迅速的獵狗跟隨他。
雅典娜在他身上撒下神奇的光彩，
人們見他走來，全都驚異不已。
傲慢無禮的求婚人也一起把他圍住，
個個說話和善，心中卻不懷好意。
他很快離開他們這些烏合之眾，
來到門托爾和安提福斯、哈利特爾塞斯
坐著的地方，他們是他的祖輩的伙伴；
他在那裡坐下，他們詢問他各種事情。
這時名槍手佩賴奧斯向他們走來，
帶領客人穿過城市，來到廣場。
特勒馬科斯遠遠相迎，站到身邊，
佩賴奧斯首先開言，對他這樣說：
「特勒馬科斯，請速派遣女僕去我家，
取回墨涅拉奧斯贈你的那些禮物。」　　　　　76

　聰慧的特勒馬科斯回答同伴這樣說：
「佩賴奧斯，我們不知道事情會如何。

如果那些傲慢無禮的求婚人偷偷地
把我殺死在廳堂，瓜分我祖輩的財產，
那我寧願你享用它們，而不是那些人。
如果我能為他們準備死亡和毀滅，
那時我高興，你也會高興地送來贈禮。」 83

他這樣說完，把飽經憂患的客人領回家。
他們進入那座華美的高大宅邸，
便把外袍脫下，放在便椅和寬椅上，
再走進仔細磨光的浴室接受沐浴。
女僕們為他們沐完浴，仔細抹過橄欖油，
又給他們穿上毛茸茸的外袍和衣衫，
他們走出浴室，來到便椅上坐下。
一個女僕端來洗手盆，用製作精美的
黃金水罐向銀盆裡注水給他們洗手，
在他們面前安放一張光滑的餐桌。
端莊的女僕拿來麵食放置在近前，
遞上各式菜餚，殷勤招待外來客。
母親坐在對面，依靠高大的立柱，
背靠便椅，轉動紡綞紡柔軟的毛線，
他們伸手享用面前擺放的餚饌。
在他們滿足了飲酒吃肉的欲望之後，
審慎的佩涅洛佩開言對他們這樣說：
「特勒馬科斯，我這就返回樓上寢間，
臥床休息，那裡是我哭泣的地方，
一直被我的淚水浸濕，自從奧德修斯
隨同阿特柔斯之子們出征伊利昂。
我看在高傲的求婚人來到這宅邸之前，
你不會告訴我你聽到的父親回歸的消息。」 106

　　聰慧的特勒馬科斯回答母親這樣說：
「母親啊，我將把眞實情況一一告訴你。
我們去皮洛斯見到人民的牧者涅斯托爾，
他在自己高大的宅邸裡熱情接待我，
有如父親在長久的離別後終於見到
從他鄉剛剛歸來的親兒子，他和他那些
高貴的兒子們也這樣非常熱情地招待我。
關於飽受苦難的奧德修斯，他說他沒有
從任何凡人那裡聽到他生死的消息，
但給我馬匹和堅固的車乘，要我去見
阿特柔斯之子、名槍手墨涅拉奧斯。
在那裡我見到阿爾戈斯的海倫，按照神意，
阿爾戈斯人和特洛亞人爲她受盡了苦難。
擅長吶喊的墨涅拉奧斯立即詢問
我究竟爲何前來神妙的拉克得蒙，
我向他一一說明所有眞實的情況。
他聽完我的敘述，立即這樣回答說：
『天哪，一位無比勇敢的英雄的床榻，
卻有人妄想登上，儘管是無能之輩！
有如一頭母鹿把自己初生的乳兒
放到凶猛的獅子在叢林中的莽窩裡，
自己跑上山坡和茂盛的穀地去啃草，
當那獅子回到它自己固有的住地時，
便會給兩隻小鹿帶來可悲的苦命；
奧德修斯也會給他們帶來可悲的命運。
我向天父宙斯、雅典娜和阿波羅祈求，
但願他能像當年在繁庶的累斯博斯，
同菲洛墨勒得斯比賽摔交，把對方摔倒，
全體阿開奧斯人高興得一片歡呼；
奧德修斯這次也這樣出現在求婚人面前，

131

那時他們全都得遭殃，求婚變不幸。
關於你剛才的詢問，求我說明的事情，
我不想含糊其詞，也不想把你蒙騙；
好講實話的海中老神說的一番話，
我將不作任何隱瞞地如實告訴你，
他說看見他在一座海島無限痛苦，
強逼他留駐在神女卡呂普索的洞府，
他無法如願回到自己的故鄉土地，
因為他沒有帶槳的船隻，也沒有同伴，
能送他成功地渡過大海的寬闊脊背。』
阿特柔斯之子名槍手墨涅拉奧斯這樣說。
我作完這些事便回返，不死的神明
賜給我順風，很快便把我送回到故鄉。」 149

　　他這樣說完，激動了王后胸中的心靈。
高貴的特奧克呂墨諾斯對他們這樣說：
「拉埃爾特斯之子奧德修斯的賢淑妻子，
他並不知道實情，現在請聽我說，
我將向你真實預言，絲毫不隱瞞。
首先請眾神之主宙斯、待客的宴席
和我來到的高貴的奧德修斯的家灶作證，
奧德修斯本人業已返回家園，
正坐待或在走動，察訪各種惡行，
為所有的求婚人準備悲慘的毀滅。
我乘坐精良的船隻時曾見到示兆的飛鳥，
我曾對特勒馬科斯作過相應的闡釋。」 161

　　審慎的佩涅洛佩這時對客人這樣說：
「客人啊，但願你的這些話最終能實現。
那時你會立即得到我的熱情款待

和許多贈禮，令遇見的人都稱你幸運。」　　165

　　他們正互相交談，說著這些話語，
那些求婚人在奧德修斯的廳堂前
拋擲鐵餅，投擲長矛，在一片平坦的
場地上娛樂，心地依舊那麼傲慢。
待到用餐時分，牧放羊群的牧人們
趕著一群群肥羊從田野各處歸來時，
墨冬對眾人開言，他是最令他們
歡心的侍者，經常侍候他們的飲宴：
「年輕人，倘若諸位玩耍已盡興，
現在就請回屋，我們好準備飲宴，
須知按時進餐並不是什麼壞事情。」　　176

　　他這樣說，眾人欣允，起身回屋。
待他們進入建造華美的寬大廳堂，
紛紛把外袍放到一張張便椅和寬椅上，
開始宰殺高大的綿羊和肥壯的山羊，
宰殺肥碩的騸豬和一頭群牧的母牛，
準備飲宴。奧德修斯和高貴的牧豬奴
正準備啟程上路，離開田莊進城裡。
民眾的首領牧豬奴開言對他們這樣說：
「客人，既然你急於今天就要進城去，
按照我的少主人的吩咐，因此雖然我
有意讓你留下，看管這座莊園，
但我敬畏主人，不要為此事惹他
對我生氣，主人的責備總是很嚴厲。
讓我們現在就啟程，白晝業已來臨，
傍晚降臨迅速，那時又會變寒冷。」　　191

　　足智多謀的奧德修斯這樣回答說：
「我知道，我明白，你在對明白之人作盼咐。
我們走吧，請你一直引導我前行。
如果你這裡有一根現成砍就的木棍，
就請給我，因為你說道途很滑溜。」　　　　　　　196

　　他這樣說完，把一只破囊背到肩上，
上面布滿破窟窿，繩子代替皮背索。
歐邁奧斯又給他一根合手的拐棍。
他們兩人上路，留下牧犬和牧人們
看守田莊。牧豬奴領著主人進城，
主人酷似一個悲慘的乞求人和老翁，
拄著拐棍，身上穿著襤褸的衣衫。　　　　　　　203

　　他們結伴行路，沿著崎嶇的山徑，
距離城市已不遠，來到一處美麗的、
建造精美的水泉邊，市民們從那裡汲水，
由伊塔科斯、涅里托斯和波呂克托爾修建。①
水泉旁邊生長著靠水泉灌溉的白楊，
從四面把水泉密密環繞，清涼的泉水
從崖壁直瀉而下，崖頂建有一座
神女們的祭壇，路人總要去那裡獻祭。
多利奧斯之子墨蘭透斯在這裡和他們相遇，
趕著一群羊，它們都是羊群中的上等，
供給求婚人作佳餚，有兩個牧人跟隨他。
他看見他們，便招呼一聲開言譏諷，
粗魯而惡毒，把奧德修斯的心靈激怒：

---

①伊塔科斯是伊塔卡島名主，涅里托斯是伊塔卡島涅里同山的名主，波
　呂克托爾是伊塔卡一英雄。

「現在眞是卑賤之人引導卑賤之流，
因爲神明總是讓同類與同類相聚。
悲慘的牧豬奴，你想把這既可憐又討厭、
把餐桌一掃而空的餓鬼帶往何處？
這種人經常站在門邊擠擦肩背，
乞求殘餚剩餅，而不是刀劍或釜鼎。
你如果把他交給我，讓他看守田莊，
打掃羊圈，用青草嫩葉餵養羊群，
喝點剩餘奶液，兩腿也會變粗壯。
可是他已慣於作惡，不願意再去
田間幹農活，寧願在鄉間到處遊蕩，
靠乞討充實他那永遠填不滿的肚皮。
我現在有一言相告，它定會變成現實。
如果他前去神樣的奧德修斯的宅邸，
人們會順手把腳凳扔向他的腦袋，
砸得他在宮裡逃竄，砸爛他的雙肋。」　　　232

　　他說完從旁邊走過，狂妄地用腳猛踢
奧德修斯的臀部，未能把他踢出路邊，
奧德修斯仍穩穩站住，心中不禁思慮，
是立即撲過去用拐棍剝奪他的性命，
還是抓住腳把他舉起，用腦袋砸地。
他終於克制住自己的怒火，牧豬奴看見，
當面斥責，舉起雙手大聲祈求：
「水泉神女們，宙斯的女兒，若奧德修斯
曾給你們焚獻綿羊羔或山羊羔的腿肉，
裹著肥油，那就請滿足我的請求，
讓奧德修斯歸返，讓神明把他送回家。
讓他制服這個人的一切狂傲自大！
你這人無恥地自命不凡，總在城裡

遊來蕩去，讓卑劣的牧人把羊群摧殘。」　　　　　246

　　牧羊奴墨蘭提奧斯當時這樣回答說：
「天哪，這條狗用心險惡，口出狂言，
我總有一天會用建造精良的黑殼船
把他從伊塔卡帶走，獲得一大筆收入。
至於特勒馬科斯，願銀弓之神阿波羅
今天就殺他於廳堂，或讓他被求婚人殺死，
有如奧德修斯羈留他鄉不得返家園。」　　　253

　　他這樣說完，撇下二人緩步行進，
他自己前行，很快到達主人的宅邸。
他立即入內，坐在眾求婚人中間，
歐律馬科斯的對面，因為他最喜歡此人。
僕人們在他面前擺上一份肉餚。
端莊的女管家又給他拿來麵餅放下，
供他食用。奧德修斯和高貴的牧豬奴
在宅前停住，但聽得空肚琴聲音嘹亮，
歌人費彌奧斯正在為求婚人演唱，
奧德修斯抓住牧豬奴的手這樣說：
「歐邁奧斯，這定是奧德修斯的華麗宮宅，
即使在眾多住宅中間也很容易辨認。
這裡房屋鱗次櫛比，庭院建有
防護的衛牆和無數雉堞，雙扇院門，
結實堅固，任何人都難以把它攻破。
我看裡面定有許多人正在飲宴，
因為從那裡傳出肉香，琴聲悠揚，
神明們使它成為豐盛酒宴的伴侶。」　　　271

　　牧豬奴歐邁奧斯，你當時這樣回答說：

「你輕易地猜出，足見你事事精通不愚鈍。
只是現在讓我們把面臨的事情思忖。
是你首先進入華麗寬大的宅邸，
與求婚人廝混，我暫且在這裡稍候，
還是你願意暫且留下，讓我先進去。
只是你不可久留，免得宮外人看見你，
使你遭到凌辱或驅趕，我要你三思。」　　　　　　279

　　歷盡苦難的神樣的奧德修斯回答說：
「我知道，我明白，你在對明白之人作吩咐。
還是你先進去，我留在這裡稍候。
須知我並非未受過鞭打，未受過凌辱，
我的心靈堅忍，因爲在海上，在戰場，
我忍受過無數不幸，不妨再忍受這一次。
肚皮總需要填滿，怎麼也無法隱瞞，
它實在可惡，給人們造成許多禍殃，
正是爲了它，人們裝備堅固的船隻，
航行於喧囂的海上，給他人帶去苦難。」　　　　　289

　　他們正互相交談，說著這些話語，
有一條狗躺臥近旁，抬起頭和耳朵，
狗名阿爾戈斯，歸飽受苦難的奧德修斯所有，
他當年飼養它尚未役使，便出發前往
神聖的伊利昂。往日年輕人曾經驅使它
追逐鄉間曠野的山羊、群鹿或野兔，
但如今主人外出，它也無人照管，
躺臥於堆積在院門外的一大堆穢土上，
由健騾和牛群積下，有待奴隸們運走，
施用於奧德修斯的面積寬廣的田地。
阿爾戈斯躺在那裡，遍體生滿蟲虱。

它一認出站在近旁的奧德修斯，
便不斷擺動尾巴，垂下兩隻耳朵，
只是無力走到自己主人的身邊，
奧德修斯見此情景，轉身擦去眼淚，
瞞過歐邁奧斯，隨即這樣詢問他：
「歐邁奧斯，這條狗躺臥穢土真稀罕。
它樣子好看，卻不知是否屬於那種類型，
它奔跑迅捷，與它的俊美外表相稱，
或者只是與那些餐桌邊的狗屬同類，
主人飼養它們，只是為了作點綴。」　　　　　　310

　牧豬奴歐邁奧斯，你當時這樣回答說：
「這條狗由客死他鄉的真正英雄豢養。
倘若它的外表和動作仍像當年，
如奧德修斯前往特洛亞留下它時那樣，
你一見便會驚嘆它的勇猛和迅捷。
即使是高大幽深的樹林裡的野獸也難以
逃脫它的追蹤，因為它善於尋蹤覓跡。
現在它身受不幸，主人客死他鄉，
心地粗疏的女奴們對它不加照管。
原來只要主人對奴隸不嚴加管束，
奴隸們便不再願意按照規定幹活。
雷聲遠震的宙斯使一個人陷入奴籍，
便會使他失去一半良好的德性。」　　　　　　323

　他這樣說完，進入華麗的寬大宅邸，
直接走到那些傲慢的求婚人中間。
阿爾戈斯立即被黑色的死亡帶走，
在時隔二十年，重見奧德修斯之後。　　　　　　327

神樣的特勒馬科斯首先遠遠地看見
牧豬奴走進宮宅，立即向他點頭，
示意他走上前來，牧豬奴巡視周圍，
拿起一張空凳，切肉人常坐在那凳上，
求婚的人們飲宴時爲他們分割肉餚。
他把那空凳放在特勒馬科斯的餐桌旁，
就在他對面坐下，侍者給他送來
一份菜餚，又從籃裡取出麵餅。　　　　　　　　335

奧德修斯不久也進入那座宮宅，
樣子酷似一個悲慘的乞求人和老翁，
拄著拐棍，身上穿著襤褸的衣衫。
他坐在大門裡側梣木製作的門檻上，
依靠著柏木門柱，那門柱由高超的巧匠
精心製造磨光，用線錘取直瞄平。
特勒馬科斯招呼牧豬奴，對他作吩咐，
從製作精美的籃裡取出一整塊麵餅
和豐盛的肉餚，讓他合起雙手捧住：
「你現在把這些食物送給那位客人，
吩咐他去向每個求婚人乞求恩賜。
對於一個乞求人，羞怯不是好品格。」　　　　　347

他這樣說，牧豬奴聽完遵命走去，
走到近旁說出有翼飛翔的話語：
「客人，特勒馬科斯給你這些食物，
吩咐你去向每個求婚人乞求恩賜，
還說對於乞討人，羞怯不是好品格。」　　　　352

足智多謀的奧德修斯這樣回答牧豬奴：
「祈求宙斯，願特勒馬科斯在人間最幸運，

願他的一切願望都能如意地實現。」　　　　　　　355

　　他這樣說完，伸開雙手接過食物，
放到腳前那個破爛的背囊上面，
開始進餐，歌人同時在廳堂吟詠。
他用完餐，神妙的歌人也停止吟唱，
求婚人在廳上喧嚷。這時雅典娜
來到拉埃爾特斯之子奧德修斯身旁，
鼓勵他上前向眾求婚人乞討飯食，
好知道哪些人守法，哪些人狂妄無羈，
但她並不想讓任何一個人逃脫災難。
奧德修斯走過去向右邊挨個乞討，
向每個人伸手，好像他一向以乞討為生。
人們憐憫地給他飯食，心生疑竇，
互相詢問，他是什麼人，從何處前來。
牧羊奴墨蘭提奧斯這時對他們這樣說：
「尊貴的王后的求婚人，請你們聽我說說
這個外鄉人，因為我在此之前見過他。
定是那個牧豬奴帶領他來到這裡，
但我不確知他自稱何人，來自何方。」　　　　373

　　他這樣說完，安提諾奧斯申斥牧豬奴：
「卑賤的牧豬奴，為什麼把他帶進城裡？
難道這樣的遊蕩人對於我們還不多？
一幫可憐又討厭、掃盡餐桌的饕餮。
你是擔心這裡聚飲的人們還不足以
耗盡你家主人的財產，還得邀請他？」　　　　379

　　牧豬奴歐邁奧斯，你當時這樣回答說：
「安提諾奧斯，你雖顯貴，說話卻欠道理。

誰會自己前來，又約請外鄉客人，
除非他們是懂得某種技藝的行家，
或是預言家、治病的醫生，或是木工，
或是感人的歌人，他能歌唱娛悅人。
那些人在世間無際的大地上到處受歡迎，
誰也不會請一個乞求人給自己添麻煩。
在所有的求婚人當中，你總是凶狠地
對待奧德修斯的奴僕，對我尤其殘忍。
但我並不在意，只要聰明的佩涅洛佩
和儀容如神明的特勒馬科斯仍生活在這宅邸。」   391

　　聰慧的特勒馬科斯這時開言把話說：
「請你住嘴，不必與此人多費唇舌。
安提諾奧斯一向慣於惡毒地激怒人，
他言語尖刻，挑動其他人一起起紛爭。」   395

　　他又對安提諾奧斯說出有翼飛翔的話語：
「安提諾奧斯，你如父親對兒子關心我，
剛才你言詞嚴厲，要求把這位客人
趕出廳堂，但神明不會允許這樣做。
你取些食物給他，我並非如此吝嗇。
你也不用顧慮我母親，不用顧慮
神樣的奧德修斯宮宅裡的任何奴隸。
實際上是你的心中沒有這樣的願望，
希望自己更多地吞噬，不願給他人。」   404

　　安提諾奧斯回答特勒馬科斯這樣說：
「好說大話的特勒馬科斯，放肆的傢伙，
你說什麼話！要是求婚人都這樣給食物，
他便可在家連續三個月不用出屋門。」   408

　　他這樣說完，便從餐桌下取出擱腳凳，
飲宴時他把光亮的雙腳放在擱腳凳上。
其他求婚人紛紛給食物，使奧德修斯的
背囊裝滿麵餅和肉餡。奧德修斯本想
迅速回門邊享用阿開奧斯人的贈品，
但他又走近安提諾奧斯，對他這樣說：
「給一點，朋友，我看你不像是阿開奧斯人中
最卑劣之徒，而是位顯貴，有國王氣度，
因此你賜給我麵餅應比他人還要多，
我會在無際的大地上傳播你的美名。
須知我先前在人間也居住高大的宅邸，
幸福而富有，經常資助這樣的遊蕩者，
不管他是什麼人，因何需要來求助。
我也曾擁有許多奴僕和能使人們
生活富裕、被譽爲富人的一切東西。
可是克羅諾斯之子宙斯毀滅了一切，
顯然是他的旨意：他讓我與遊蕩的海盜們
一起去埃及，長途跋涉，使我遭不幸。　　　426
我們把首尾翹起的船隻停在埃及河，
這時我吩咐忠心的伴侶們留在停泊地，
船隻近旁，對各條船隻嚴加護衛，
又派出人員登上高處四方瞭望。
可他們心生狂傲，自視力量強大，
立即開始蹂躪埃及人的美好農田，
劫掠了無數婦女和他們的年幼的孩子，
把他們本人殺死，吶喊聲直達城市。
城裡人遙聞叫喊，黎明時分起床後，
整個平原布滿無數的步兵和車馬，
閃爍著青銅的輝光。投擲霹靂的宙斯

給我的伴侶們拋下不祥的混亂，
沒有人膽敢停留抵抗，四周包圍著災難。
他們用銳利的銅器把我們不少人殺死，
許多人被活活捉走，被迫為他們服勞務。
他們把我交給一個塞浦路斯外鄉人，
伊阿索斯之子德墨托爾，他統治塞浦路斯。
我受盡苦難，現在從那裡來到此處。」 444

安提諾奧斯立即大聲回答這樣說：
「是哪位惡神遣來這禍害，飲宴的災難？
你站到中間去，趕快離開我的餐桌，
免得又去趟痛苦的埃及和塞浦路斯，
你這個多麼狂妄、多麼無恥的窮乞丐！
你挨次向每個人乞討，他們都隨意施予，
施予他人之財，不知節制和吝惜，
每個人面前都擺著許多可吃的東西。」 452

足智多謀的奧德修斯後退一步回答說：
「天哪，你的內心與你的外表不相稱，
你甚至都不會把自家的一粒鹽施予乞求人，
既然你在他人家裡都不願從自己面前
拿些食品施予我，儘管擺放得很豐盛。」 457

他這樣說，安提諾奧斯氣忿難忍，
怒視乞求人，說出有翼飛翔的話語：
「我看你今天已不可能安然無恙地
離開這個大廳，既然你膽敢惡語傷人。」 461

他這樣說，拿起擱腳凳擊中奧德修斯的
右肩上脊背，奧德修斯岩石般穩穩站住，

安提諾奧斯這一擊未能把他動搖，
他默默地點一點頭，心中謀劃著災殃。
他回到門邊，在那裡坐下，把裝備食品的
背囊放下，然後對眾求婚人這樣說：
「尊貴的王后的求婚人，現在請聽我說，
我要說我胸中的心靈吩咐我說的話語，
一個人心裡不會感到痛苦和憂傷，
如果他受打擊是爲了保護自己的財產，
爲了保護自己的牛群或者羊群。
安提諾奧斯打擊我卻因爲這可憎的肚皮，
它實在可惡，給人們造成許多不幸。
如果眾神明和埃里倪斯也保護乞求人，
願死亡在安提諾奧斯婚禮前便降臨他。」 476

歐佩特斯之子安提諾奧斯這樣對他說：
「外鄉人，你安靜地坐著吃吧，要不就走開。
你說出這些話，也不怕年輕人把你拖出屋，
抓住你的手或腳，把你的那身皮全剝下。」 480

他這樣說，其他求婚人心中不平，
一個心靈勇敢的年輕人開言這樣說：
「安提諾奧斯，你不該打這可憐的乞求人。
如果他是位上天的神明，你便會遭殃。
神明們常常幻化成各種外鄉來客，
裝扮成各種模樣，巡遊許多城市，
探察哪些人狂妄，哪些人遵守法度。」 487

眾求婚人這樣說，安提諾奧斯不在意。
特勒馬科斯見父親受打擊，心中憂傷，
但他卻未讓淚水灑落眉梢滴地面，

仍默默地點一點頭，心中構思著災殃。 491

當審慎的佩涅洛佩聽說有人在廳堂
打擊乞求人，便對身邊的女侍們這樣說：
「但願善射的阿波羅也能射中此人。」 494

女管家歐律諾墨開言對她這樣說：
「但願我們的祈禱能實現，那時他們
便誰也不可能活到寶座輝煌的黎明。」 497

審慎的佩涅洛佩這時對她這樣說：
「奶媽啊，他們個個可憎，在策劃災難，
安提諾奧斯尤其像黑色的死亡一樣。
那個不幸的外鄉人來到我家乞討，
求人們施捨，須知他也是為貧窮所逼迫。
其他人都給他食物，裝滿他的背囊，
唯獨此人用腳凳擊中他的右脊背。」 504

佩涅洛佩這樣與侍奉的女僕們交談，
坐在房間裡，神樣的奧德修斯正用餐。
佩涅洛佩叫來高貴的牧豬奴對他說：
「高貴的歐邁奧斯，你去把那個外鄉人
請來這裡，我想和他說話詢問他，
他是否聽說過受盡苦難的奧德修斯，
或親眼見過，他顯然是個天涯浪跡人。」 511

牧豬奴歐邁奧斯，你當時這樣回答說：
「王后啊，但願那些阿開奧斯人能靜下來。
他的故事非常動人，會令你欣悅。
他和我已共度三個夜晚，逗留我陋舍

已三個白天，逃離海船後首先把我求，
但仍未能把他經歷的一樁樁苦難說完。
有如一個人欣賞歌人吟唱，歌人
受神明啓示能唱得世人心曠神怡，
當他歌唱時，人們聆聽渴望無終止；
他坐在屋裡敘說，也這樣把我迷住。
他說他與奧德修斯的父輩有交往，
家居克里特，那是彌諾斯出身的地方。
現在他來到這裡，經歷過許多苦難，
到處遊蕩。他聲稱聽說奧德修斯
就在近處，在特斯普羅托伊人的國土，
仍然活著，正帶著許多財寶返家園。」 527

　　審慎的佩涅洛佩這時對牧豬奴這樣說：
「你去吧，把他請來，讓他當面敘說。
至於求婚人，讓他們坐在門口玩耍，
或者就在這宅裡，任憑他們喜歡。
他們自己的錢財貯藏家裡無損耗，
還有食物和甜酒，唯有奴僕們享用，
他們自己卻每天聚集在我的家裡，
宰殺無數的壯牛、綿羊和肥碩的山羊，
舉辦豐盛的筵席，縱飲閃光的酒釀，
家產將會被耗盡，只因為沒有人能像
奧德修斯那樣，把這些禍害趕出家門。
倘若奧德修斯能歸來，返回家園，
他會同兒子一起，報復他們的暴行。」 540

　　她這樣說，特勒馬科斯打了個噴嚏，
整座宮宅回響，佩涅洛佩欣然微笑，
對歐邁奧斯說出有翼飛翔的話語：

「去吧，去請那個外鄉人快來我這裡。
你沒有聽見在我說話時我兒打噴嚏？
這意味著所有的求婚人必然遭禍殃，
他們沒有一個人能逃脫毀滅和死亡。
我還有一事吩咐你，你要牢牢記在心。
如果我看到他說的一切都能夠應驗，
我就贈送他外袍和襯衣，精美的衣衫。」　　　　550

他這樣說，牧豬奴聽完立即出屋，
走近乞求人，說出有翼飛翔的話語：
「尊敬的客人，聰明的佩涅洛佩請你去，
就是特勒馬科斯的母親。她雖然憂傷，
心靈卻仍然激勵她探聽丈夫的消息。
如果她看到你說的一切都能夠應驗，
她就贈送你外袍和襯衣，那些是你
迫切需要的東西。然後你可到處
乞討填肚皮，會有人願意施捨你。」　　　　559

歷盡艱辛的神樣的奧德修斯回答說：
「歐邁奧斯，我願意立即把一切如實地
對伊卡里奧斯的女兒、聰明的佩涅洛佩敘說，
我知道那個人，我們經歷過同樣的苦難。
可我怕那些求婚人，他們窮凶極惡，
狂傲、強橫的氣焰直達鐵色的天宇。
須知我剛才在宮宅走動，惡事未作，
那個傢伙居然打了我，讓我吃苦頭，
無論特勒馬科斯或其他人都不敢攔阻。
因此請你讓佩涅洛佩在屋裡等候，
即使她心中著急，也得待太陽下沉。
那時再讓她詢問我她丈夫何時歸返，

讓我坐在火爐旁，因為我衣服破爛。
這你也知道，因為我曾首先向你求助。」　　　　573

　　他這樣說，牧豬奴聽完他的話離去。
他剛剛跨進門檻，佩涅洛佩便詢問：
「歐邁奧斯，你未帶他來？他有何顧慮？
他害怕有人行不義，還是另有原因，
羞於把屋進？羞怯對流浪人沒有好處。」　　　578

　　牧豬奴歐邁奧斯，你當時這樣回答說：
「他的話很有道理，其他人也會這樣說，
他想躲避狂妄的求婚人的傲慢行為，
要你耐心等待片刻，到太陽下沉。
王后啊，這樣對你自己也更為合適，
那時你可以單獨和客人交談聽消息。」　　　584

　　審慎的佩涅洛佩對牧豬奴這樣說：
「這個外鄉人這樣思慮，顯然不愚蠢。
世間有死的凡人中，沒有哪個人像他們
這樣無恥，肆無忌憚地策劃災難。」　　　588

　　王后這樣說完，高貴的牧豬奴稟報過
各項事情，回到那些求婚人中間。
他對特勒馬科斯說出有翼飛翔的話語：
貼近他的頭邊，免得被其他人聽見：
「孩子，我回去看管豬群和其他一切，
你的和我的財物，你在這裡要留神。
首先要保護好自己，當心遭遇不幸，
許多阿開奧斯人正在謀劃幹壞事，
願宙斯讓他們害我們未成自己先喪生。」　　　597

聰慧的特勒馬科斯回答牧豬奴這樣說：
「老人家，事情會這樣。你吃完飯便離開，
明晨再來這裡，趕來美好的祭牲，
我和眾神明會照應這裡的一切事情。」 601

他這樣說，牧豬奴重新坐到光亮的凳上，
在他的心靈對飲食感到飽飫之後，
便起身回去看豬群，離開庭院和充滿
歡宴的人們的廳堂；那些人縱情享受
歌詠和舞蹈，冥冥的黃昏不覺降臨。 606

第十八卷

——堂前受辱初顯威能制服賴乞丐

　　這時來了一個眾所周知的窮乞丐，
常在伊塔卡各處乞討，聞名的大肚皮，
不斷地吃和喝；但是此人既無力氣，
又不勇敢，儘管身材顯得頗魁梧。
他名叫阿爾奈奧斯，那是尊貴的母親
在他出生時授予，年輕人都叫他伊羅斯，
因為他常為他們傳消息，不管誰吩咐。①
他也來到那門前，想把奧德修斯趕走，
大聲斥責，說出有翼飛翔的話語：
「老頭子，滾開這門邊，免得被抓住腳拖走！
你難道沒有看見大家在對我使眼色，
要我把你拖出去？可我卻不願這樣幹。
快起來，免得我們爭執起來眞動手。」

　　足智多謀的奧德修斯怒視他這樣說：
「眞是怪事，我沒有任何言行得罪你，
也不嫉妒有人施捨你，即使給很多。
這門檻能夠容下我們倆，你太不該
對他人如此嫉妒；我看你也是個遊蕩人，
同我一樣，有賴於神明賜予恩惠。
請不要用拳頭向我挑戰，不要惹惱我，
免得血濺胸膛和雙唇，別看我老年。
如若那樣，我明天便可飽享安寧，

13

---

①由此推測，「伊羅斯」可能是借用女神使名「伊里斯」詞根，戲擬衍
　化而來。

因爲我看你定然不可能重新來到
拉埃爾特斯之子奧德修斯的這大廳。」　　　　　24

　　遊蕩者伊羅斯滿腔怒火地大聲回答說：
「天哪，這個饞鬼如此不停地嚕囌，
有如燒火的老太婆，我得讓他嘗苦頭，
給他左右掌嘴，把他的牙齒從嘴裡
全部打落，像對待偷吃種粒的蠢豬。
你快束緊腰帶，讓人們看我們廝打，
你怎麼能同一個比你年輕的人交手？」　　　　31

　　他們兩人就這樣在那座高大宅門的
光亮的門檻邊大聲爭吵，針鋒相對。
高貴的安提諾奧斯看見他們起爭執，
大笑一聲，對眾求婚人開言這樣說：
「朋友們，以前從未有過這樣的事情，
現在神明把這樣的娛樂送來這宅邸。
那個外鄉人和我們的伊羅斯互相爭吵，
眼看要動手，我們讓他們快點兒相鬥。」　　　　39

　　他這樣說，眾求婚人歡笑著站起身來，
紛紛圍住那兩個衣衫襤褸的乞求人。
歐佩特斯之子安提諾奧斯對他們這樣說：
「高貴的求婚的人們，請聽我提個建議。
爐火邊正烤著許多羊肚，我們本想
備好作晚餐，裡面填滿肥油和羊血。
他們誰戰勝對方，顯得更有力量，
更讓他親自從中挑選最喜歡的一個。
他從此永遠可以同我們一起飲宴，
我們再不讓其他乞丐在這裡乞求。」　　　　49

　　安提諾奧斯這樣說，博得大家的讚賞。
足智多謀的奧德修斯狡獪地對他們說：
「朋友們，一個備受飢餓折磨的老人
怎麼也不可能與比他年輕的人爭鬥，
但是可憎的肚皮鼓勵我，要我挨拳頭。
現在你們諸位都得起一個重誓，
誰也不得為那個伊羅斯對我動手，
強使我敗給對方，非法揮拳把我揍。」　　　　57

　　他這樣說，眾人按他的要求立誓言。
待他們遵行如儀，起完莊重的誓言，
尊貴的特勒馬科斯開言對他們這樣說：
「外鄉人，只要你心裡敢於和他搏鬥，
你不用擔心其他阿開奧斯人動手；
若有人膽敢打你，他便會同許多人交手。
我是這裡的主人，兩位王公也贊成，
安提諾奧斯和歐律馬科斯，兩位明人。」　　　　65

　　他這樣說，眾人贊成他的意見。
奧德修斯用外套束緊腰，圍住腹部，
露出他那兩條美好、健壯的大腿，
露出寬闊的肩膀、前胸和粗壯的雙臂，
雅典娜走近他，使人民的牧者變得更魁偉。
求婚的人們見了，個個驚詫不已。
有人看著身邊的同伴，這樣議論：
「伊羅斯自找不幸，很快會成『非伊羅斯』②，
那老人衣服下面露出的大腿多壯健。」　　　　74

────────────

② 「非伊羅斯」原文是在「伊羅斯」前加了一個否定義前綴，作專名。

　　眾人這樣議論，伊羅斯心中害怕。
儘管他發慌，侍從們仍給他束好腰帶，
把他領出來，他不住顫抖渾身發軟。
安提諾奧斯大聲斥責，對他這樣說：
「你這個牛皮家，不該活著，不該出世，
既然你對他如此害怕，如此恐懼，
儘管他已經年老，受盡饑餓的折磨。
我現在警告你，我說出的話定會實現。
如果那個外鄉人勝過你，比你有力量，
我將把你送往大陸，裝上黑殼船，
交給國王埃克托斯，人類的摧殘者，③
他會用無情的銅刀割下你的耳鼻，
切下你的陽物，作生肉扔給狗群。」

87

　　他這樣說，那乞丐雙膝更加發顫。
人們把他帶到場中，兩人舉起手來。
睿智的神樣的奧德修斯這時心思忖，
是對他猛擊，讓他立即倒地喪性命，
還是輕輕擊去，只把他打倒在地。
他考慮結果，認為這樣做更為合適：
輕輕打擊，免得阿開奧斯人認出他。
他們舉起手，伊羅斯擊中他的右肩，
他擊中乞丐耳下的頸脖，把骨頭擊碎，
鮮紅的血液立即從嘴裡向外噴濺，
乞丐呻吟著倒進塵埃，緊咬牙關，

---

③埃克托斯是一個傳說人物，初見於此。有傳說稱他是埃皮羅斯國王，
　因不滿女兒的愛情，把女兒的雙目挖掉，還把女兒的情人如詩中所言
　處置。他也這樣殘忍地對待外邦人。

雙腳在地上亂蹬；出身高貴的求婚人
一個個揮手狂笑，笑得死去活來。
奧德修斯抓住乞丐的一條腿倒拖出門，
直拖到宅院門廊，讓他靠住圍牆，
在那裡坐下，給他手裡塞一根拐棍，
大聲對他說出有翼飛翔的話語：
「你就坐在這裡驅趕豬群野狗吧，
自己本可憐，不要再對外鄉人和乞求者
作威作福，免得遭受更大的不幸。」　　　　107

　　他這樣說完，把那只破背囊背到肩頭，
上面布滿破窟窿，繩子代替皮背索。
他返身回到門邊，重新在那裡坐下。
求婚人也回到廳裡，歡笑著向他祝賀：④
「外鄉人啊，願宙斯和其他不死的眾神明
惠賜你最渴望、心中最需要的東西，
因為你使那饞鬼不會再來乞求。
我們會即刻把他趕走，送往大陸，
交給國王埃克托斯，人類的摧殘者。」　　　116

　　他們這樣說，神樣的奧德修斯見兆心喜悅。
安提諾奧斯把一隻大羊肚放在他面前，
裡面填滿肥油和羊血，安菲諾摩斯
從食籃裡取出兩塊麵餅，放在他面前，
舉起黃金雙重杯，大聲地向他道賀：
「外鄉老公，祝賀你，願你以後會幸運，
雖然你現在不得不忍受許多不幸。」　　　123

----

④許多抄稿還錄有這樣一行：「傲慢的年輕人中有一個開言對他這樣
　說」，勒伯本把它放在注裡。

　　足智多謀的奧德修斯這樣回答說：
「安菲諾摩斯，我看你是個聰慧之人，
因為有那樣的父親，我耳聞過他的美名，
杜利基昂人尼索斯，心地善良而富有，
都說你由他所生，也像個理智之人。
因此我奉勸你，你要牢記心裡聽清楚。
大地上呼吸和行動的所有生靈之中，
沒有哪一種比大地撫育的人類更可憐。
他們以為永遠不會遭遇到不幸，
只要神明賦予他們勇力和康健；
待到幸福的神明們讓各種苦難降臨時，
他們便只好勉強忍受，儘管不情願。
生活在大地上的人們就是這樣思想，
隨著人神之父遣來不同的時光。
原來我從前在世人中也屬幸福之人，
強橫地作過許多狂妄的事情，聽信於
自己的權能，倚仗自己的父親和兄弟。
一個人任何時候都不可超越限度，
要默默地接受神明賜予的一切禮物。
現在我看見求婚的人們只顧作惡事，
耗費這家人的財產，不敬重他的妻子，
我認為主人離開他的家人和鄉土
不會再很久，他現在就在附近某地；
神明會讓他回返，願你不會遇見他，
當他返回自己親愛的故鄉土地時，
因為我認為當他返回自己的家宅時，
要解決他和求婚人間的衝突非流血不可。」　　　150

　　他這樣說完，奠酒後飲盡甜蜜的酒釀，

把酒杯交還到那位人民的牧者手裡。
安菲諾摩斯走過廳堂，心情憂傷，
腦袋垂下，因為心中預感到不幸。
但他仍難逃死亡，雅典娜已把他縛住，
讓他倒在特勒馬科斯的臂膀和長矛下。
他又回到他剛才站起的座位上坐下。　　　　　　　　157

　　目光炯炯的女神雅典娜讓審慎的佩涅洛佩，
伊卡里奧斯的女兒，這時心中生念頭，
要讓她出現在求婚人面前，令眾求婚人
對她更動心，也使她的丈夫和兒子
覺得她遠勝於往日更值得受他們尊敬。
她強帶笑容招呼一聲，開言這樣說：
「歐律諾墨，我心中出現從未有過的念頭，
想去一見求婚人，儘管我很憎恨他們，
同時也想對兒子說幾句有益的話語，
要他不再同那些狂妄的求婚人廝混，
因為他們嘴裡說好話，背後生惡意。」　　　　　168

　　女管家歐律諾墨立即這樣回答說：
「孩子，你剛才所言一切均很合情理。
你去同兒子說說話吧，直言不隱瞞，
只是你須首先去沐浴，雙頰抹香膏，
你不能就這樣前去，帶著滿臉淚痕，
因為無休止的哭泣一向有損容顏。
你的兒子已長大，你向不死的神明
最熱切祈求的就是希望能看見他成人。」　　　　176

　　審慎的佩涅洛佩回答女管家這樣說：
「歐律諾墨，你這是關心我，但請別要我

去做這些事情，前去沐浴抹油膏。
掌管奧林波斯的神明們早已毀掉
我的容顏，自從他乘坐空心船離去。
你快去傳喚奧托諾埃和希波達墨婭，
讓她們前來見我，伴我一起去廳堂，
我不願單獨去見男人們，我總是羞澀。」 184

　　她這樣說，老婦人離開穿過廳堂，
去傳喚那兩個侍女，要她們趕快來臥房。 186

　　目光炯炯的女神雅典娜又有新主意：
給伊卡里奧斯的女兒撒下甜蜜的睡意，
讓她立時依憑著臥榻，沉沉地睡去，
各個肢節變鬆軟。這時女神中的女神
賜給她神妙的禮物，令阿開奧斯人驚異。
她首先用神液為她洗抹美麗的面容，
就是髮髻華美的庫特瑞婭經常使用的
那種神液，去參加卡里斯們動人的歌舞。
她又使她的體格顯得更高大、更豐滿，
使她顯得比新雕琢的象牙還白皙。
待女神中的女神作完這一切事情，
白臂的女侍們由廳堂走來，一面進屋，
一面大聲說話，甜蜜的睡眠離開了她，
她伸開雙手揉揉面頰，開言這樣說：
「我雖然愁苦，溫柔的沉睡仍然降臨我。
但願聖潔的阿爾特彌斯快快惠賜我
如此溫柔的死亡，免得我心中憂悒，
消耗生命的時光，懷念自己的丈夫，
阿開奧斯人的俊傑，具有完美的德性。」 205

　　她這樣說完，離開明亮的房間下樓來，
不是單獨一人，有兩個侍女伴隨她。
待這位女人中的女神來到求婚人中間，
站在建造堅固的大廳的門柱近旁，
繫著光亮的頭巾，罩住自己的面頰，
左右各有一位端莊的侍女陪伴。
眾求婚人立時雙膝發軟，心靈被愛欲
深深誘惑，都希望能和她偎依同眠。
她卻申斥特勒馬科斯，那是她兒子：
「特勒馬科斯，你的心智、思想不堅定。
你往日雖然年幼，心靈卻遠爲聰穎。
現在你身材魁梧，已達成人年齡，
任何外邦人看見你的身材和容貌，
都會認爲你是名門望族的苗裔。
可是你的心智和思想與天性不相稱，
剛才廳堂上竟然發生了那樣的事情，
你竟讓一個外鄉人如此遭辱受欺凌！
怎麼能像現在這樣，讓一位外邦來客
屈辱地坐在我們家，遭受無情的辱罵？
這是你的恥辱，在人民中失去威望。」　　225

　　聰慧的特勒馬科斯回答母親這樣說：
「親愛的母親，你心中不滿，我不責怪你。
我現在已明白事理，知道一件件事情，
分得清高尚和卑賤，雖然以前是孩子。
只是我不可能把一切都考慮周全，
因爲他們處處阻撓我，坐在我身邊，
策劃各種災禍，我也沒有人襄助。
剛才那個外鄉人與伊羅斯的一場爭鬥，
並不合求婚人的心願，外鄉人更有力氣。

我向天父宙斯、雅典娜和阿波羅祈求，
但願現在在我們家聚集的眾求婚人
也能這樣被打垮，一個個垂頭喪氣，
或在庭院，或在屋裡，四肢變癱軟，
就像那個伊羅斯，現在坐在院門邊，
低垂著腦袋，好像喝醉了酒的樣子，
難以用兩腿直立，返回自己的住處，
因為他全身的各肢節已經軟弱無力。」　　　　242

　　母子正互相交談，說著這些話語，
歐律馬科斯這時對佩涅洛佩這樣說：
「伊卡里奧斯的女兒，審慎的佩涅洛佩，
伊阿索斯的阿爾戈斯⑤的阿開奧斯人
若都能見到你，明天便會有更多的求婚人
前來你們家飲宴，因為你的容貌、
身材和內心的智慧都勝過其他婦女。」　　　　249

　　審慎的佩涅洛佩這時這樣回答說：
「歐律馬科斯，神明們已使我的容貌
和體態失去光采，自從阿爾戈斯人
遠征伊利昂，我丈夫奧德修斯同出征。
要是他現在能歸來，照顧我的生活，
那時我會有更好的容顏、更高的榮譽。
現在我心中悲傷，惡神給我降災難。
想當年他告別故鄉土地遠行別離時，
曾握住我的右手腕，對我叮囑這樣說：
『夫人，我看脛甲精美的阿開奧斯人

---

⑤伊阿索斯是阿爾戈斯的始祖之一。「伊阿索斯的阿爾戈斯」指個阿爾
　戈斯地區，有時甚至指整個伯羅奔尼撒半島。

不可能全都安然無恙地從特洛亞歸返，
因爲據說特洛亞人也很勇敢善戰，
善使各種槍矛，善挽彎弓放飛矢，
也善於駕馭快馬戰車馳騁於戰場，
能在勢均力敵的惡戰中取勝對方。
因此我難料此去神明是讓我能歸返，
或者就戰死特洛亞，現在把諸事託付你。　　　　266
我離開之後你在家照料好父母雙親，
如現在這樣，甚至比我在家時更盡心。
但當你看到孩子長大成人生髭鬚，
你可離開這個家，擇喜愛之人婚嫁。』
他曾對我這樣說，現在一切正應驗。
這樣的夜晚將來臨，那時可憎的婚姻
降臨苦命人，宙斯已奪走我的幸運。
可是有一事令我的心靈痛苦憂傷，
往日的求婚習俗並非如你們這樣，
當有人向高貴的婦女和富家閨秀
請求婚允，並且許多人競相爭求。
那時他們自己奉獻肥壯的牛羊，
宴請女方的親友，饋贈珍貴的聘禮。
他們從不無償地消耗他人的財物。」　　　　280

　　她這樣說，睿智的神樣的奧德修斯
心中竊喜，因爲她向他們索取禮物，
語言親切感心靈，自己卻另有打算。　　　　283

　　歐佩特斯之子安提諾奧斯對她這樣說：
「伊卡里奧斯的女兒，審慎的佩涅洛佩，
不管哪個阿開奧斯人送來的禮物，
你都要接受，因爲拒絕收禮不合適。

只是我們不會回莊園或去其他地方，
直到你同一位高貴的阿開奧斯人成婚。」　　　289

　　安提諾奧斯這樣說，博得大家的讚賞，
每個人立時派遣侍從去取禮物。
給安提諾奧斯取來精美的外袍一件，
色彩斑斕，上面總共裝有十二顆
黃金扣針，扣針配有相應的彎鉤。
給歐律馬科斯取來條手工精巧的項鏈，
黃金製成，鑲嵌著琥珀，陽光般明晶。
歐律達馬斯的兩個侍從取來耳環，
懸有三顆暗紅的墜飾，耀眼動人。
波呂克托爾之子佩珊德羅斯的侍從
取來一個項鏈，無比精美的飾物。
其他阿開奧斯人也都有美好的贈禮。
女人中的女神這時回到樓上寢間，
侍女們陪伴她，拿著美好的禮物。　　　303

　　眾求婚人又開始娛樂，旋轉舞蹈，
聆聽動人的歌唱，進入黃昏暮色。
冥冥夜色終於降臨這群娛樂人。
人們立即在廳堂裡放置三個火鉢，⑥
為把廳內照亮，周圍堆滿柴薪，
早已晾曬乾燥，用銅斧剛剛劈就，
再用火把點燃，飽受苦難的奧德修斯的
女僕們輪流看守，給它們添加柴薪。
足智多謀的神裔奧德修斯對她們這樣說：
「奧德修斯的女僕們，既然主人不在家，

----

⑥一種照明器具，青銅製作，有底座和柱身，上為鉢型，裝柴點火。

你們現在可以進屋去，陪伴女主人，
在她身邊旋錘把線紡，坐在房間裡
逗她喜悅，或者用手把羊毛梳理，
我將給這些火缽添加柴薪好照明。
即使求婚人直待到寶座輝煌的黎明時，
他們也難勝過我，因爲我歷盡艱辛。」　　　　319

他這樣說，侍女們彼此相視而笑。
美頰的墨蘭托這時對他惡言相譏訕，
多利奧斯生了她，佩涅洛佩撫養她，
待她如親生兒女，給她稱心的玩具，
可是她心中並不爲佩涅洛佩分憂愁，
卻與歐律馬科斯鬼混，往來親密，
這時她這樣惡語斥責奧德修斯：
「你這個不幸的外鄉人，眞是失去理智，
你不想去找一個銅匠作坊睡覺度夜，
或者去某個小店鋪，卻在這裡絮叨，
在眾人面前口出狂言，不知羞臊。
你也許酒醉心迷亂，或許你一向這樣，
頭腦糊塗無理智，只會誇口說空話，
或者你戰勝了乞丐伊羅斯便得意忘形？
當心不要即刻有人強過伊羅斯，
舉起強勁的雙手狠揍你的腦袋，
打得你鮮血淋淋，把你趕出門去。」　　　　336

足智多謀的奧德修斯側目怒視這樣說：
「你這狗東西，我即刻去找特勒馬科斯，
把你的惡語報告他，讓他把你剁成泥。」　　　　339

他這樣說，嚇得女僕們心驚膽戰。

她們迅速離開廳堂，個個害怕得
肢節癱軟，擔心他的話真會實現。
這時奧德修斯來到明亮的火缽旁邊，
守著火缽燒旺，把眾求婚人觀察，
心中把將要發生的事情認真思忖。　　　　　　　345

　雅典娜不想讓那些高傲的求婚人就這樣
中止謾罵刺傷人，卻想讓他們激起
拉埃爾特斯之子奧德修斯更深的怨恨。
波呂博斯之子歐律馬科斯首先說話，
嘲弄奧德修斯，引得同伴們狂笑不止：
「尊貴的王后的求婚人，現在請聽我說，
我要說我胸中的心靈吩咐我說的話語。
這傢伙來到奧德修斯家裡顯然有神意。
起碼我看見他的腦袋周圍散發出
火炬的光輝，看他那頭頂沒一根毛髮。」　　　355

　他說完，又轉向攻掠城市的奧德修斯：
「外鄉人，要是我願意雇你，你願不願意
去地邊幹活，給你的報酬相當可觀，
你給我壘石砌圍牆，栽植高大的樹木？
那時我讓你一年到頭不會缺食物，
給你需要的衣服，讓你的雙腳有鞋穿。
但是當你只知道幹種種壞事的時候，
你不會願意去幹活，寧可到處乞討，
填飽你那個永遠不可能填滿的肚皮。」　　　364

　足智多謀的奧德修斯這樣回答說：
「歐律馬科斯，要是我們比賽幹活，
在那春天的時日裡，那時白晝變長，

不妨割草，我取一把優美的彎鐮，
你也取同樣的一把，讓我們比試耐力，
空著肚子到黃昏，只要青草足夠多。
或者我們比賽趕牛，趕最好的牛，
橙黃、魁梧，那牛雙雙餵飽草料，
同樣年齡，同樣力量，同樣能幹活，
給我四單位田地⑦，犁鐮進得去土裡，
那時你可看到我開的壟溝是否連貫。
要是克羅諾斯之子就在今天掀起
一場戰爭，請給我盾牌、兩根長槍
和一頂銅盔，與我的兩鬢形狀正合適，
那時你會看到我衝殺在戰陣最前列，
你大概不會再胡說，取笑我的肚皮。
可是你現在口出狂言，用心狠毒，
自以爲是個什麼魁梧強大的人物，
只因你躋身於無能卑賤之輩的行列。
如果奧德修斯歸返家鄉回故里，
那時這門雖寬闊，但你欲從中通過，
逃出門外，它會立時顯得很狹窄。」　　　　386

　　他這樣說，歐律馬科斯心頭惱恨，
怒視他一眼，說出有翼飛翔的話語：
「你這個無賴如此嘮叨，我要你好看，
在眾人面前口出狂言，不知羞慚。
你也許酒醉心迷亂，或許你一向這樣
頭腦糊塗無理智，只會誇口說空話，
或者你戰勝了乞丐伊羅斯便得意忘形？」　　　　393

---

⑦參閱第七卷第113行注。

　　他這樣說，一面抓腳凳，奧德修斯
蹲到杜利基昂的安菲諾摩斯的膝前，
躲避歐律馬科斯。歐律馬科斯擊中
司酒人的右手，酒罐掉地呼然作響，
他自己大叫一聲，仰面倒進塵埃裡。
眾求婚人在明亮的廳堂裡一片喧嘩，
有人看著身邊的同伴，這樣議論：
「這個遊蕩的外鄉人真應死在他處，
不該來這裡，那時便不會有這樣的混亂。
現在我們為乞丐們爭吵，豐盛的飲宴
不能給大家歡樂，一切都被它攪亂。」　　　　404

　　尊貴的特勒馬科斯插言對他們這樣說：
「這群瘋子，如此發狂，已不能用靈智
控制吞下的酒食，定然是受神明慫恿。
飲宴既已盡興，便該回家去安息，
聽從心靈吩咐；我並非想驅趕你們。」　　　　409

　　他這樣說，求婚人個個咬牙切齒，
驚奇特勒馬科斯說話竟如此放肆。
安菲諾摩斯這時開言對大家說話，
國王阿瑞提阿斯之子尼索斯的光輝兒子：
「朋友們，他剛才所言頗為合理公正，
我們不要再和他惡語相爭懷怨恨。
不要再凌辱這個外鄉人，也不要凌辱
神樣的奧德修斯家中的其他僕奴。
現在讓司酒人為我們把酒杯一一斟滿，
我們祭過神明，便各自回家安寢。
讓這個外鄉人留在奧德修斯裡，
由特勒馬科斯照應，他本是他家的客人。」　　　421

　他這樣說完，大家同意他的提議。
杜利基昂的使者、安菲諾摩斯的侍從、
傑出的穆利奧斯給大家用調缸攪酒。
他走近把大家的酒杯斟滿，人們祭奠
常樂的眾神明，然後飲盡甜蜜的酒釀。
待他們祭過神明，又盡情飲過酒醪，
便紛紛離座，各自回家安寢休息。　　　428

第十九卷

——探隱情奧德修斯面見妻子不相認

這時神樣的奧德修斯仍留在廳堂裡，
爲眾求婚人謀劃死亡，有雅典娜襄助，
他對特勒馬科斯說出有翼飛翔的話語：
「特勒馬科斯，我們必須把這裡的武器
全部搬走，如果求婚人覺察問原因，
你可語氣溫和地向他們解釋這樣說：
『我把它們從煙塵中移走，因爲它們
已不像奧德修斯前去特洛亞留下時那樣，
長久被爐火燎熏，早已積滿了塵垢。
克羅諾斯之子還引起我心中更大的憂慮，
擔心你們縱飲之後可能起爭執，
互相殘殺致傷殘，玷污盛筵和求婚，
因爲鐵製的武器本身常能誘惑人。』」　　　　　13

他這樣說完，特勒馬科斯遵從父命，
召喚奶媽歐律克勒婭，對她這樣說：
「好奶媽，你現在讓女僕們全都回屋，
我好把父親的精美武器搬進庫房去，
父親離家後未精心保管，讓它們在宮裡
被煙塵玷污，只因我當日還是個孩子。
我現在要搬走它們，不再受火燎煙熏。」　　　　20

慈愛的奶媽歐律克勒婭這樣回答說：
「我的孩子，我多麼希望你終於懂得
關心自己的家業，保護所有的財富。
只是請告訴我，哪個女僕掌燈伴隨你？

你不讓女僕們出屋，她們本該管照明。」　　　　　　25

　　聰慧的特勒馬科斯這時對奶媽這樣說：
「這位客人可替代，他既然在我家吃飯，
儘管是外鄉客，我也不能讓他不幹活。」　　　　　28

　　他這樣說，奶媽囁嚅未敢再多言，
便把各間居住舒適的房門關上。
奧德修斯和光輝的兒子立即起身，
開始搬動那些頭盔、突肚盾牌
和銳利的槍矛，帕拉斯·雅典娜在前引路，
手擎黃金火炬，放射出優美的光輝。
這時特勒馬科斯立即對父親這樣說：
「父親，我親眼看見一件驚人的奇事。
這廳堂裡的牆壁、精美的屋頂橫架木、
松木屋樑和根根直立的高大堂柱，
都在眼前生輝，有如熾烈的火焰。
定然有某位掌管廣天的神明在這裡。」　　　　　40

　　足智多謀的奧德修斯這樣回答說：
「別說話，把你的想法藏心裡，不要詢問。
掌管奧林波斯的眾神明自有行事的道理。
只是你現在去睡覺，我還要留在這裡，
以便進一步試探眾女僕和你的母親。
她會無限傷感地詢問我種種事情。」　　　　　46

　　他這樣說完，特勒馬科斯走過廳堂，
前往自己的寢間，火炬照耀他行進。
他通常在那裡安息，甜蜜的睡眠降臨他。
他這時在屋裡躺下，等待神妙的黎明。

這時神樣的奧德修斯仍留在廳堂裡，
為眾求婚人謀劃死亡，有雅典娜襄助。　　　　　52

　　審慎的佩涅洛佩這時舉步出寢間，
有如阿爾特彌斯或黃金的阿佛羅狄忒。
女侍們把她常坐的椅子擺放在火爐旁，
椅上鑲有象牙和白銀。那椅子由巧匠
伊克馬利奧斯製作，下面配有擱腳凳，
與座椅相連，椅面鋪有寬厚的羊皮。
審慎的佩涅洛佩這時在那椅上坐下。
白臂的侍女們紛紛走出她們的房間。
她們收起豐盛的餐食，清理餐桌
和高傲的求婚人歡宴飲用的雙重杯。
她們把火缽的餘燼傾倒地上，又添上
許多柴薪，使得燃起的火焰更明亮。
墨蘭托這時再次凶狠地責罵奧德修斯：
「外鄉人，你是不是想整夜在這裡煩人，
在宅內到處亂走，偷偷窺伺婦女們？
你這可憐蟲，快去門外，你沒有少吃，
否則你會很快嘗火棍，不得不逃出門。」　　　　　69

　　足智多謀的奧德修斯側目怒視這樣說：
「你這惡婦，為什麼對我如此憤恨？
是不是因為我渾身污穢，衣衫襤褸，
到處乞求？可是我這樣也是不得已。
乞求者和遊蕩人通常都是這副模樣。
須知我先前在人間也居住高大宅邸，
幸福而富有，經常資助這樣的遊蕩者，
不管他是什麼人，因何需要來求助。
我也曾擁有許多奴僕和能使人們

生活富裕、被譽爲富人的一切東西。
可是克羅諾斯之子宙斯毀滅了一切，
因此你切不可如此，夫人啊，你也會失去
現有的榮耀，雖然你現在超越眾女奴。
留心女主人有一天會生氣對你不滿意，
或者奧德修斯會回返，希望未泯滅。
即使他真的已故去，不可能再返回家園，
可是由於阿波羅的眷佑，他還有兒子
特勒馬科斯，家裡任何女奴作惡，
都不可能把他瞞過，因爲他已不是孩子。」 88

他這樣說，聰明的佩涅洛佩聽完，
嚴厲譴責女僕，連聲斥責這樣說：
「無恥的東西，大膽的惡狗，你的惡行
難把我瞞過，你得用你的生命來償付。
你都清楚地知道，你曾聽見我說過，
我想在自己家裡向這位外鄉人打聽
丈夫的消息，無限的憂傷糾纏著我。」 95

這時她對女管家歐律諾墨這樣吩咐：
「歐律諾墨，去端張座椅，鋪上羊皮，
好讓這個外鄉人坐下來敘說經歷，
也聽我說話，因爲我想詢問他事情。」 99

她這樣吩咐，女管家迅速端來一張
光亮的座椅放下，在椅上鋪上羊皮，
歷盡艱辛的神樣的奧德修斯在上面坐下。
聰明的佩涅洛佩開言對眾人這樣說：
「外鄉人，我首先要親自向你詢問一事：
你是何人何部族？城邦父母在何方？」 105

　　足智多謀的奧德修斯這樣回答說：
「尊敬的夫人，大地廣袤，人們對你
無可指責，你的偉名達廣闊的天宇，
如同一位無瑕的國王，敬畏神明，
統治無法勝計的豪強勇敢的人們，
執法公允，黝黑的土地爲他奉獻
小麥和大麥，樹木垂掛累累碩果，
健壯的羊群不斷繁衍，大海育魚群，
人民在他的治理下興旺昌盛享安寧。
因此現在請在你家裡把其他事垂詢，
切不要詢問我的出生和故鄉在何處，
免得激起我回憶，痛苦充盈我心靈；
我是個飽嘗患難之人，卻也不該
在他人家裡哀嘆不斷，淚流不止，
因爲不斷地哭泣並非永遠都適宜。
也免得女僕又來譴責我，甚至你自己，
說我淚水漣漣是由於酒醉亂心靈。」　　　　122

　　審慎的佩涅洛佩回答客人這樣說：
「外鄉人，不死的眾神明已使我的容貌
和體態失去光彩，自從阿爾戈斯人
遠征伊利昂，我丈夫奧德修斯同出征。
要是他現在能歸來，照顧我的生活，
那時我會有更好的容顏，更高的榮譽。
如今我心中悲傷，惡神給我降災難。
統治各海島的貴族首領，他們來自
杜利基昂、薩墨和多林木的扎昂托斯，
還有居住在陽光明媚的伊塔卡的貴族，
都強行向我求婚，消耗我家的財產。

由此我疏於接待外鄉來客、求援人
和身居國家公務職位的各種使者，
我深深懷念親愛的奧德修斯心憔悴。
他們卻催促我成婚，我便思慮用計謀。　　　　137
神明首先啓示我的心靈，激發我
站在宮裡巨大的機杼前織造布匹，
布質細密幅面又寬闊，對他們這樣說：
『我的年輕的求婚人，奧德修斯既已死，
你們要求我再嫁，但不妨把婚期稍延遲，
待我織完這匹布，免得我前工盡廢棄，
這是給英雄拉埃爾特斯織造做壽衣，
當殺人的命運有一天讓可悲的死亡降臨時，
免得本地的阿開奧斯婦女中有人指責我，
他積得如此多財富，故去時卻可憐無殯衣。』
我這樣說，說服了他們的高傲的心靈。
就這樣，我白天開始織那匹寬面的布料，
夜裡當火炬燃起時，又把織成的布拆毀。　　　150
我這樣欺詐三年，瞞過了阿開奧斯人。
待到第四年來臨，時光不斷流逝，
月亮一次次落下，白天一次次消隱，
他們買通女僕們，那些無恥的狗東西，
進屋來把我的計謀揭穿，大聲指責我。
我終於不得不違願地把那匹布織完。
現在我難以躲避婚姻，可又想不出
其他辦法，父母親極力鼓勵我再嫁，
我兒子心中怨恨那些人消耗家財，
看見他們飲宴，因爲他已長大成人，
知道關心財產，宙斯賜給他榮譽。
但請你告訴我你的氏族，來自何方，
你定然不會出生於岩石或古老的橡樹。①」　　163

　　足智多謀的奧德修斯這樣回答說：
「拉埃爾特斯之子奧德修斯的尊貴婦人，
你爲何要如此不停地詢問我的身世？
我這就告訴你，雖然你這樣使我更傷心。
須知這也是人之常情，當一個人
長久地離別故鄉，像我遭遇的那樣，
漫遊過許多人間城市，忍受辛苦。
不過我仍然向你述說，如你所垂詢。
有一處國土克里特，在酒色的大海中央，
美麗而肥沃，波浪環抱，居民眾多，
多得難以勝計，共有城市九十座，
不同的語言互相混雜，有阿開奧斯人、
勇猛的埃特奧克瑞特斯人、庫多涅斯人、
蓄髮的多里斯人、勇敢的佩拉斯戈斯人。
有座偉大的城市克諾索斯，彌諾斯在那裡
九歲爲王，他是偉大的宙斯的好友，
我的祖父，我父親是英勇的杜卡利昂。
杜卡利昂生了我和國王伊多墨紐斯。　　　　181
伊多墨紐斯乘彎船隨同阿特柔斯之子
前往伊利昂；我的高貴的名字叫艾同，
年齡較小，伊多墨紐斯年長且勇敢。
這時我見到奧德修斯，曾盛情招待他。
那是風暴的威力把他趕來克里特，
他前往特洛亞途經馬勒亞偏離航線。
他首先停靠險峻的港灣安尼索斯，②

――――――――――――

① 「出生於岩石或古老的橡樹」可能暗喻某個涉及人類起源的古老傳說。

② 克諾索斯城的外港。

那裡有個山洞，好容易把風浪躲過。
他立即前往城市探訪伊多墨紐斯，
聲稱伊多墨紐斯是他敬愛的摯友，
可是伊多墨紐斯已離開十天或十一天，
乘坐彎船出發遠征，前往伊利昂。
我把他帶領到自己家裡，熱情招待，
殷勤地拿出家裡貯存的豐盛的物品，
爲跟隨他一起遠征的其他同伴們
提供公共的大麥，徵集了閃光的酒釀，
宰殺了許多肥牛，滿足他們的心願。
英勇的阿開奧斯人在那裡逗留十二天，
強勁的波瑞阿斯攔阻，甚至使人
難站穩於陸地，定是由某位惡神掀起。
第十三天風暴平息，他們繼續航行。」　　　　202

　　他說了許多謊言，說得如眞事一般。
佩涅洛佩邊聽邊流淚，淚水掛滿臉。
有如高山之巓的積雪開始消融，
由澤費羅斯堆積，歐羅斯把它融化，③
融雪匯成的水流注滿條條河流；
佩涅洛佩淚水流，沾濕了美麗的面頰，
哭泣自己的丈夫，就坐在自己身邊。
奧德修斯心中也悲傷，憐惜自己的妻子，
可他的眼睛有如牛角雕成或鐵鑄，
在睫毛下停滯不動，狡獪地把淚水藏住。
待佩涅洛佩盡情地悲慟哭泣一陣後，
她重又開言把客人探詢，這樣發問：

_____

③澤費羅斯是西風，十分寒冷，常帶來暴雪。歐羅斯是東風，偏南，強
　烈而溫暖。

「可敬的外鄉人，我現在還想對你作考驗，
看你是否眞如你所說，在你家裡
招待過我的丈夫和他那些勇敢的同伴，
請說說他當時身上穿著什麼樣衣服，
他什麼模樣，一些什麼樣的同伴跟隨他。」　　　　219

　　足智多謀的奧德修斯這樣回答說：
「尊敬的夫人啊，事情相隔如此久遠，
難以追述，因爲已歷時二十個年頭，
自從他來到我故鄉，又從那裡離去，
不過我仍憑心中的印象對你敘說。
神樣的奧德修斯穿著一件紫色的
雙層羊絨外袍，上面的黃金扣針
有兩個針孔，扣針表面有精巧的裝飾。
一隻狗用前爪逮住一隻斑斕的小鹿，
用嘴咬住掙扎的獵物。眾人稱羨
精美的黃金圖飾，獵狗吁喘咬小鹿，
小鹿不斷地兩腿掙扎，渴望能逃脫。
我還見他穿一件光亮閃爍的衣衫，
有如晾曬乾燥的蔥頭的一層表皮；
那衣衫如此輕柔，猶如陽光燦爛；
許多婦女看見，嘖嘖地讚嘆不已。　　　　235
我也有一言相詢，請你細聽記心裡：
我不知奧德修斯在家便著這些衣服，
還是有同伴在他乘坐快船時相贈，
或是外鄉人贈予，只因奧德修斯
爲眾人敬愛，很少阿開奧斯人能相比。
我自己便送他一柄銅劍、一件精美的
紫色雙層外袍和一件鑲邊的襯衣，
隆重地送他乘上建造堅固的船舶。

他還有一位年歲較長的傳令官跟隨，
待我向你敘述那位傳令官的模樣。
那人雙肩彎曲，皮膚黝黑髮濃密，
名叫歐律巴特斯，奧德修斯尊重他
勝過對其他同伴，因他們情投意合。」 248

他這樣說，激起探詢者更強烈的哭泣，
奧德修斯說出的證據確鑿無疑端。
待她不斷流淚，心靈得到慰藉後，
她重又開言回答客人，對他這樣說：
「外鄉人，你以前只是激起我的同情，
現在你在我家裡卻是位受敬重的友人。
你描述的那些衣衫正是我親手交給他，
從庫房裡取出疊整齊，那輝煌的扣針
也是我給他佩上作裝飾，現在我再不能
迎接他返回自己親愛的故土家園。
奧德修斯必然是受不祥的命運蠱惑，
才乘空心船前往可憎的惡地伊利昂。」 260

足智多謀的奧德修斯這樣回答說：
「拉埃爾特斯之子奧德修斯的尊貴夫人，
請不要為哭泣丈夫，毀壞美麗的容顏，
把你的心靈折磨；我當然也不會責怪你，
因為別的女人失去了結髮的丈夫，
曾同他恩愛育兒女，也會悲痛地哭泣，
更何況奧德修斯，都說他如神明一般。
不過請你暫且停止哭泣，聽我把話說。
我要向你說明真情，絲毫不隱瞞，
我曾聽到奧德修斯歸返的消息，
他就在附近，在特斯普羅托伊人的肥沃國土，

仍然活著；他帶著許多珍貴的財物，
是他在各處漫遊時積攢。不過他在
酒色的海上失去了親愛的伙伴和空心船，
在他離開特里那基亞時，宙斯和太陽神
對他生氣，同伴們宰殺了太陽神的牛群。　　　　276
他的所有同伴都在喧囂的大海上喪命，
他坐上船脊，風浪把他推向陸地，
費埃克斯人的國土，他們是天神的近族；
他們像尊敬神明一樣真心尊敬他，
饋贈他許多禮物，並願親自伴送他
安全返家園。奧德修斯早該抵家宅，
只是他心中認為，若在大地上漫遊，
聚集更多的財富，這樣更為有利。
奧德修斯比所有有死的凡人更知道
收集財物，任何人都不能和他相比擬。
特斯普羅托伊人的國王費冬這樣告訴我。
國王曾奠酒堂上，鄭重地對我發誓說，
船隻已拖到海上，船員們已準備就緒，
他們將伴送奧德修斯返回親愛的家園。
但他遣我先啟程，特斯普羅托伊人的船隻
恰好前往盛產小麥的杜利基昂。　　　　292
國王向我展示了奧德修斯聚集的財物，
那些財物足夠供應十代人享用，
他留在國王宮殿裡的財物如此豐富。
據說當時奧德修斯去到多多那，
向高大的橡樹求問神明宙斯的旨意，
他該如何返回自己的故鄉土地，
遠離後公開返回，還是秘密歸返。
因此他現在平安無恙，很快會歸返，
就在近期，他離開自己的親朋和故土

不會再長久，我甚至可以莊重地發誓。
我現在請眾神之父、至高至尊的宙斯
和我來到的高貴旳奧德修斯的家灶作見證，
這一切定然會全部實現，如我所預言。
在太陽的這次運轉中④，奧德修斯會歸返，
就在月亮虧蝕變昏暗，新月出現時。」　　　　　　　307

審慎的佩涅洛佩這時對他這樣說：
「客人啊，但願你的這些話最終能實現！
那時你會立即得到我的熱情款待
和許多贈禮，令遇見的人都稱你幸運。
可是我心中預感，事情卻會是這樣：
奧德修斯不會歸來，你也不可能歸返，
因爲現在我家裡沒有這樣的主管，
如同奧德修斯在家時照應客人，
給尊貴的客人送行或者招待他們。
女僕們，你們給他沐浴，安排床鋪，
備齊鋪蓋，鋪上毛毯和閃光的褥墊，
好使他暖和地安寢直至金座的黎明。　　　　　　　319
明天早晨你們要給他沐浴、抹油膏，
讓他在廳內特勒馬科斯旁邊用餐，
坐在廳堂上。若有人再敢欺凌客人，
那樣對他會更糟糕：他在這裡將會
一無所獲，不管他如何心懷不滿。
外鄉人，你又怎麼會認爲我在思想
和聰慧的理智方面超過其他婦女，
如果你渾身骯髒、一身襤褸衣衫地

––––––––––––––

④意爲今年。

坐在廳堂上用餐？人生在世頗短暫。
如果一個人秉性嚴厲，為人嚴酷，
他在世時人們便會盼望他遭不幸，
他死去後人們都會鄙夷地嘲笑他。
如果一個人秉性純正，為人正直，
賓客們會在所有的世人中廣泛傳播
他的美名，人們會稱頌他品性高潔。」　334

　　足智多謀的奧德修斯這樣回答說：
「拉埃爾特斯之子奧德修斯的尊貴夫人，
我已討厭那些毛毯和閃光的褥墊，
自從我當初拋下克里特積雪的峰巒，
乘坐長槳的船隻，亡命航行於海上；
我將像往日一樣度過不眠的長夜。
須知我無數的夜晚曾躺在簡陋的臥榻上
度過，等待寶座輝煌的神妙的黎明。
洗腳也不會給我的心靈帶來喜悅，
現在在這座宅邸服役的眾多女奴，
不會有哪一位能夠觸到我的雙腳，
除非有一位年邁的女僕，善良知禮，
像我一樣，心靈忍受過那許多苦難，
這樣的女僕給我洗腳我才不拒絕。」　348

　　審慎的佩涅洛佩回答客人這樣說：
「親愛的外鄉人，所有曾經前來我家的
遠方貴客中，從沒有一位明智的客人
能像你所說的一切如此智慧和得體。
我倒真有一個老婆子，心中明事理，
她曾哺養和撫育我那個不幸的丈夫，
自從他母親生下他，她便把他抱起，

她可以給你洗腳，儘管她已入暮年。
審慎的歐律克勒婭，現在你快過來，
給這位與你的主人年齡相仿的人洗腳。
奧德修斯的雙手和雙腳可能也這樣，
因為人們身陷患難，很快會衰朽。」　　　　　　360

　她這樣吩咐，老女僕用手捂住臉面，
熱淚不斷流淌，說出感人的話語：
「孩子，我真可憐你，儘管宙斯在世人中，
獨把你厭棄，雖然你有一顆虔誠的心靈，
因為世上沒有哪個人向擲雷的宙斯
焚獻過那麼多肥美的羊腿和精選的百牲祭，
如同你向他奉獻的那樣，祈求他讓你
活到老年，把傑出高貴的兒子撫育，
可現在宙斯卻唯獨不讓你一人返家園。
遙遠的外邦人家的女僕們也會嘲弄他，
當他前往某個顯赫的高大宅邸時，
如同這裡所有的狗女奴嘲弄你一樣。
你為了避免她們不斷的羞辱和嘲弄，
不讓她們給你洗腳，聰明的佩涅洛佩、
伊卡里奧斯的女兒差遣我，我欣然從命。
我給你洗腳既由於佩涅洛佩的吩咐，
也由於你本人，我的心靈為苦痛所感染。
只是現在也請你注意聽我說句話。
這裡來過許多飽經憂患的外鄉人，
可是在我看來，從沒有哪一位的體形、
聲音和雙腳比你跟奧德修斯的更相近。」　　381

　足智多謀的奧德修斯這樣回答說：
「老夫人，凡是有人親眼見過我們，

都一致稱說我們兩人彼此很相像，
如同你本人現在敏銳地指出的那樣。」　　　　　385

　　他這樣說完，老女僕拿出光亮的水盆，
給他洗腳，向盆裡注進很多涼水，
然後再加進熱水。這時奧德修斯
坐在柴火旁，立即把身子轉向暗處，
因為他倏然想起，老女僕抓住他的腳，
會立即認出那傷疤，從而把秘密暴露。
老女僕給他洗腳，立即發現那傷疤。
那是野豬用白牙咬傷，當年他前往
帕爾涅索斯⑤看望奧托呂科斯父子，
他的高貴的外祖父，此人的狡獪和咒語
超過其他人，為大神赫爾墨斯所賜，
因為他向神明焚獻綿羊或山羊的腿肉，
博得神明歡心，神明樂意伴隨他。
奧托呂科斯來到伊塔卡的肥沃土地，
看望自己剛剛生育了外孫的女兒，
歐律克勒婭把嬰兒放到他的膝頭，
當他剛用完晚餐，稱呼一聲這樣說：
「奧托呂科斯，現在請給你的外孫
取個你如意的名字，他也是你的期望。」　　　　404

　　奧托呂科斯開言回答老女僕這樣說：
「親愛的女婿和女兒，請遵囑給兒子取名。
因為我前來這片人煙稠密的國土時，
曾經對許多男男女女怒不可遏，

---

⑤帕爾涅索斯通稱帕爾那索斯，史詩在此採用了伊奧尼亞方言。帕爾那
　索斯山位於洛克里斯和福基斯之間，著名的得爾斐位於該山南麓。

因此我們就給他取名奧德修斯⑥。
等他長大後去拜訪他母親家的高大宅邸，
前往帕爾涅索斯，那裡有我的財產，
我會從其中饋贈他，讓他滿意地回返。」

412

奧德修斯因此前去，為獲得光輝的贈禮。
奧托呂科斯和奧托呂科斯的那些兒子
紛紛拉住他的手，話語親切地歡迎他。
外祖母安菲特埃熱烈擁抱奧德修斯，
親吻他的頭部和那雙美麗的眼睛。
奧托呂科斯要求他的高貴的兒子們
準備午餐，兒子們遵從父親的吩咐，
立即趕來一頭五歲的肥壯公牛，
把牛剝皮洗淨，剖開整個牛腹，
熟練地把肉切塊，把肉塊穿上肉叉，
仔細地把肉烤熟，分成許多等份。
他們整天飲宴，直到太陽下行，
豐盛的餐會使他們個個如意稱心。
在太陽西沉，夜幕終於降臨之後，
他們紛紛躺下，接受睡眠的贈禮。

427

當那初升的有玫瑰色手指的黎明呈現時，
他們出發去狩獵，奧托呂科斯的兒子們
帶著獵狗，神樣的奧德修斯和他們同行。
他們到達險峻的、被濃密的森林覆蓋的
帕爾涅索斯山，很快來到多風的谷地。
當時赫利奧斯剛剛照耀廣闊的原野，
從幽深的、水流平緩的奧克阿諾斯升起，

---

⑥源自動詞「憤怒」，意為「憤怒的」。

狩獵的人們來到山谷。獵狗在前面
奔跑著尋覓野獸的蹤跡，後面跟隨著
奧托呂科斯的兒子，神樣的奧德修斯
在他們中間靠近獵狗，把長矛揮舞。
一頭巨大的野豬正臥於濃密的樹林，
那林蔭強勁的潮濕氣流吹不進去，
明亮的赫利奧斯也無法把光線射入，
雨水也難滲進；那樹林就是這樣濃密，
地上集聚的殘枝敗葉堆積無數。
狩獵人和獵狗搜索前進，腳步聲響
驚動野豬。野豬從林中迎面竄出，
鬃毛豎起，雙目眈眈如閃閃的火焰，
站在離他們不遠處。奧德修斯第一個
用強健的臂膀舉起長矛奮力揮動，
心想擊中野豬，但野豬首先迅速地
衝向他的膝下，牙齒深深扎進肉裡，
向側面劃去，未能傷著英雄的骨頭。　　　451
奧德修斯把長矛刺中野豬的右肩，
閃光長矛的銳尖穿透野豬的軀體，
野豬吼叫著倒進塵埃裡，靈魂飛逸。
奧托呂科斯的心愛的兒子們奔向野豬，
熟練地給神樣勇敢的高貴的奧德修斯
包紮傷口，念動咒語止住流淌的
暗黑鮮血，迅速返回父親的宅邸。
奧托呂科斯和奧托呂科斯的眾兒子
治癒他的傷口，贈給他貴重的禮品，
迅速送他歡樂地返回自己的家鄉，
回到伊塔卡。父親和尊貴的母親欣喜地
歡迎他歸來，仔細詢問種種事情，
膝下為何有傷跡。他詳細向他們說明，

在他與奧托呂科斯的兒子們一同狩獵於
帕爾涅索斯山，野豬用白牙咬傷了他。　　　　　466

　　老女僕伸開雙手，手掌抓著那傷痕，
她細心觸摸認出了它，鬆開了那隻腳。
那隻腳掉進盆裡，銅盆發出聲響，
水盆傾斜，洗腳水立即湧流地面。
老女僕悲喜交集於心靈，兩隻眼睛
充盈淚水，心頭充滿熱切的話語。
她撫摸奧德修斯的下頷，對他這樣說：
「原來你就是奧德修斯，親愛的孩子。
我卻未認出，直到我接觸你主人的身體。」　　475

　　她這樣說完，轉眼注視佩涅洛佩，
意欲告訴女主人，她丈夫就在眼前。
但女主人並未理會，不明白她的意思，
雅典娜轉移了她的心思。這時奧德修斯
用右手摸著老女僕的喉嚨，輕輕捂住，
另一隻手把她拉近身邊，對她這樣說：
「奶媽啊，你為何要毀掉我，你曾親自
哺育我長大，現在我經歷無數苦難，
二十載終得返回自己的故土家園。
儘管神明給你啟示，讓你認出我，
但你要沉默，不可讓家裡其他人知情。
否則我要警告你一句，它定會成現實。
如果神明讓我制服了高傲的求婚人，
儘管你是我的奶媽，但在我殺掉
家裡的其他女僕後，我也不會放過你。」　　490

　　審慎的歐律克勒婭立即回答這樣說：

「我的孩子，從你的齒籬溜出了什麼話？
你應該知道我的心如何堅定不動搖，
我會保守秘密，堅如岩石或鐵器。
我還有一事告訴你，你要牢牢記在心。
如果神明讓你制服了高傲的求婚人，
那時我會向你說明家中女僕們的情形，
哪些人對你不尊敬，哪些人行為無罪過。」 498

　　足智多謀的奧德修斯回答她這樣說：
「奶媽啊，你為何提起她們？不用你費心！
我自己會區分清楚，我會審查每個人。
你只需保持沉默，其餘的由神明照應。」 502

　　他這樣說，老女僕迅速穿過廳堂，
取來洗腳水，因為原先的已流盡。
老女僕給他洗完腳，認真擦抹橄欖油，
奧德修斯把座椅重新移近爐灶，
暖和身體，用襤褸的衣衫把傷痕蓋住。
審慎的佩涅洛佩對大家開言這樣說：
「外鄉人，我尚有一件小事想詢問你，
因為甜美的安息時刻很快就來臨，
甜蜜的睡眠也會抓住任何憂愁人。
現在惡神給了我無窮無盡的悲愴，
白日裡我雖然哭泣嘆息，尚可慰愁苦，
忙於自己的活計，督促家中的女奴們；
但當黑夜來臨時，人們盡已入夢境，
唯獨我躺臥床上，各種痛苦的憂思
撕扯我的心靈，我淚水盈眶心難靜。 517
有如潘達瑞奧斯的女兒，綠色的夜鶯，
在早春來臨之際優美地放聲歌唱，

坐在林間繁枝茂葉的濃密蔭蔽裡；
她常常展開嘹亮的歌喉，放聲鳴唱，
哀嘆親愛的兒子伊提洛斯，她在無意中
用銅器把他殺死，國王澤托斯的兒子。⑦
我的心靈也這樣悽慘不安難決定，
是繼續照顧兒子，看守所有的家財、
我自己的財富、奴隸和高聳寬大的宅邸，
尊重我丈夫的臥床和國人們的輿論，
還是嫁給一位在大廳向我求婚、
饋贈大量禮物的最高貴的阿開奧斯人。
當我的孩子年齡幼小、尚無見識時，
他不讓我離開丈夫的家宅嫁他人；
可現在他已長大，達到成人年齡，
他也希望我離開這所住宅回娘家，
痛惜阿開奧斯人耗費家裡的資產。
現在請給我解釋夢幻，我給你敘說。　　　　　535
家裡有二十隻白鵝，它們爬出水面，
啄食麥粒，我看見它們便喜上心頭。
這時從山上飛來一隻巨大的彎喙鷹，
把鵝的頸脖折斷殺死，白鵝成群地
倒斃廳堂上，老鷹飛入神妙的空宇裡。
我在夢中深感傷心，禁不住哭泣，
美髮的阿開奧斯婦女們圍在我身旁，
我痛哭不止，因為老鷹殺死了我的鵝。
這時老鷹又迅速飛回，棲於突出的橫樑，

---

⑦潘達瑞奧斯是米利都人，他因偷竊宙斯神廟的金狗被宙斯處死。其女
　艾冬嫁給澤托斯，她嫉妒澤托斯的兄長安菲昂與尼奧柏生有六子六
　女，想殺死尼奧柏最喜愛的小兒子，黑暗中誤殺了自己的兒子伊提洛
　斯。宙斯知道後，把她變成夜鶯，永遠啼鳴哭泣，後悔自己的罪過。

用常人語言勸我止哭泣，對我這樣說：
『聲名遠揚的伊卡里奧斯的女兒，請放心，
那不是噩夢，是美好的事情，不久會實現。
鵝群就是那些求婚人，我剛才是老鷹，
其實卻是你的丈夫，現在回到家，
將讓所有的求婚人遭受可恥的毀滅。』
他這樣說完，甜蜜的睡眠離開了我，
我環顧四周，看見鵝群仍在家裡，
在它們往常進食的食槽邊啄食麥粒。」 553

　　足智多謀的奧德修斯這樣回答說：
「夫人，你的這夢幻無須別的說明
爲它作闡釋，既然奧德修斯本人
已說明事情會如何結果。求婚的人們
必遭滅亡，誰也逃不脫死亡和毀滅。」 558

　　審慎的佩涅洛佩回答客人這樣說：
「外鄉人，夢幻通常總是晦澀難解，
並非所有的夢境都會爲夢幻人應驗。
須知無法挽留的夢幻擁有兩座門，
一座門由牛角製作，一座門由象牙製成。
經由雕琢光亮的象牙前來的夢幻
常常欺騙人，送來不可實現的話語；
經由磨光的牛角門外進來的夢幻
提供眞實，不管是哪個凡人夢見它。
可是我認爲，我的可怕的夢幻並非
來自那裡，不管它令我母子多欣喜。
我還有一事告訴你，你要牢牢記在心。
該詛咒的黎明正臨近，它將使我離開
奧德修斯的宮邸，因爲我想安排競賽，

就是奧德修斯在自己的廳堂挨次擺放的
那些鐵斧，如同船龍骨，一共十二把，
他站在很遠的地方能一箭把它們穿過。⑧
現在我要為求婚人安排這樣的競賽，
如果有人能最輕易地伸手握弓安好弦，
一箭射出，穿過全部十二把鐵斧，
我便跟從他，離開結髮丈夫的這座
美麗無比、財富充盈的巨大宅邸，
我相信我仍會在睡夢中把它時時記念。」　　　　581

　　足智多謀的奧德修斯這樣回答說：
「拉埃爾特斯之子奧德修斯的尊貴妻子，
請不要推遲在你家舉行這場競賽，
因為足智多謀的奧德修斯在他們
試拉那把光滑的彎弓，安好弓弦，
射穿那些鐵斧之前，便會回宅邸。」　　　　587

　　審慎的佩涅洛佩回答客人這樣說：
「外鄉人，倘若你願意繼續留在這廳堂，
讓我高興，睡眠將不會降臨我眼瞼。
可是人們不可能永遠警醒不安息，
因為不死的眾神明給生長穀物的大地上的
有死的凡人為每件事物都安排了尺度。
因此我現在就要返回樓上寢間，
臥床休息，那裡是我的哭泣之處，
一直被我的淚水浸濕，自從奧德修斯
乘上空心船前往可憎的惡地伊利昂。
我就在那裡安寢，你也就在我家安息，

————————————

⑧指穿過斧上的孔。

你可以睡地板，或睡女僕們安放的床鋪。」　　　　599

　　她這樣說完，上樓回到明亮的寢間，
不是她一人，另有侍女們陪同她回房。
她同侍女們一起回到自己的寢間，
禁不住爲親愛的丈夫奧德修斯哭泣，
直到目光炯炯的雅典娜把甜夢降眼簾。　　　　604

第 廿 卷

——暗夜沉沉忠心妻子夢眠思夫君

　　神樣的奧德修斯就這樣在廊屋休息。
他首先鋪開一張生牛皮，再鋪上多層
阿開奧斯人宰殺肥羊後剝下的毛皮，
歐律諾墨在他躺下後又給他一件袍毯。
奧德修斯偃臥未入眠，心中爲求婚人
謀劃災殃。這時女侍們走出廳堂，
她們往日裡同那些求婚人親近鬼混，
這時互相嬉戲，一片歡聲笑語。
奧德修斯的胸中心潮激蕩難平靜，
這時他的心裡和智慧正認眞思慮，
是衝上前去給她們每個人送去死亡，
還是讓她們再同那些高傲的求婚人
作最後一次鬼混，他的心在胸中怒吼。
有如雌狗守護著一窩柔弱的狗仔，
向陌生的路人吼叫，準備撲過去撕咬；
他也這樣被穢事激怒，心中咆哮。
繼而他捶打胸部，內心自責這樣說：
「心啊，忍耐吧，你忍耐過種種惡行，
肆無忌憚的庫克洛普斯曾經吞噬了
你的勇敢的伴侶，你當時竭力忍耐，
智慧讓你逃出了被認爲必死的洞穴。」　　21

　　他這樣說，對胸中的心靈嚴厲譴責。
他的情感竭力忍耐，聽從他吩咐，
可是他本人仍翻來覆去激動不安。
有如一個人在熊熊燃燒的火爐旁邊，

把一個填滿肥油和牲血的羊肚炙烤，
不斷把羊肚轉動，希望能盡快烤熟；
他也這樣輾轉反側，心中思考著
如何對那些高傲無恥的求婚人下手，
孤身對付一群人。雅典娜來到他身邊，
從天而降，幻化成一個婦人模樣，
站在他頭部上方，開言對他這樣說：
「世上最不幸的人啊，你怎麼還未入睡？
這是你的家，妻子兒子都在家裡，
誰都希望有一個像他那樣的兒子。」　　　　　35

　　足智多謀的奧德修斯這樣回答說：
「正是這樣，女神，你的話合情合理。
只是我胸中的心靈正在審慎思慮，
如何動手對付那些無恥的求婚人，
我孤身一人，他們卻總是聚集在這裡。
我心中還在考慮一個更重要的問題：
即使我按宙斯和你的意願殺死他們，
我又能逃往何處？我請你認真思忖。」　　　　43

　　目光炯炯的女神雅典娜這樣回答說：
「可怕的傢伙，人們甚至信賴弱伴侶，
僅是有死的凡人，沒有如此多謀略，
可是我是一位神明，在各種危難中
護佑你始終不渝，我可以明白相告，
即使有五十隊世間凡人預設埋伏，
向我們進攻，企圖用暴力殺死我們，
你仍能奪得他們的牛群和肥壯的羊群。
現在趕快入睡吧，心情焦慮能使人
徹夜不眠受折磨；你就要擺脫災難。」　　　　53

　　她這樣說完，把睡眠撒上他的眼簾，
女神中的女神自己返回奧林波斯。
當睡眠抓住他，解除了他心中的憂煩，
使他四肢鬆軟時，他那忠貞的妻子
卻又驚醒，坐在柔軟的床上哭泣。
待她不停地哀哭，終於盡情哭夠時，
女人中的女神首先向阿爾特彌斯祈求：
「阿爾特彌斯，尊貴的女神，宙斯的女兒，
我希望你現在就用箭射中我的胸膛，
把我的靈魂帶走，或者讓風暴帶走我，
帶我經過幽暗昏冥的條條道路，
把我拋進環流的奧克阿諾斯的河口。①
有如風暴曾奪走潘達瑞奧斯的女兒們，
眾神明誅戮了她們的父母，留下她們，
孤兒在家無依託，尊貴的阿佛羅狄忒
賜給她們奶酪、甘蜜和甜美的酒釀，
赫拉賜給她們超常的容貌和智慧，
阿爾特彌斯賜給她們完美的身材，
雅典娜教會她們巧於各種手工。　　　　　72
可是當高貴的阿佛羅狄忒爲她們請求
完美的婚姻，前往高聳的奧林波斯，
去見擲雷的宙斯時，因爲他通曉一切，
知道有死的凡人的一切福運和不幸，
一陣暴烈的狂風卻驟然刮走了她們，
把她們交給可怖的埃里倪斯們作侍女。
願奧林波斯居處擁有者也讓我消逝，
或者讓美髮的阿爾特彌斯把我射死，

---

①奧克阿諾斯環繞大地流動，據說始流的河口通向冥府。

懷念著奧德修斯，前往可怖的地域，②
免得強忍耐去討一個不如他的人歡心。
這樣的痛苦尚可忍受，如果一個人
白日裡愁苦地哭泣，憂傷充滿心頭，
但夜間仍可入眠，因為當眼瞼合上，
一切都會忘卻，不管是如意或不幸；
神明卻給我送來種種凶惡的夢境。
譬如今夜裡他似乎又睡在我的身邊，
模樣如同當年出征時，當時我心裡
欣喜無比，還以為那是真實非夢境。」　　　　90

　　她這樣說，金座的黎明很快降臨。
神樣的奧德修斯聽見她哭訴的聲音，
不由得反覆思慮，心頭充滿狐疑，
她可能會立即認出他，前來他枕邊。
他收起夜間睡眠時墊蓋的外袍和羊皮，
把它們放上廳堂裡的寬椅，抓起牛皮
送到屋外，舉起雙手向宙斯祈求：
「父宙斯，既然在我歷盡各種艱辛後，
你們讓我越過陸地和大海回故鄉，
那就請讓屋裡某個睡醒人再給我徵兆，
宙斯你則在這門外給我顯另一個兆示。」　　　　101

　　他這樣祈禱，智慧的宙斯聽見他祈求，
立即從光明的奧林波斯，從高高的雲際，
打個響雷，神樣的奧德修斯心驚喜。
一磨麵女奴也從附近的屋裡作預言，
那屋裡安放著人民的牧者常用的石磨，

_____

②指冥間。

共有十二個女奴圍繞著它們奔忙，
研磨小麥和大麥，人們精力的根源。
其他女奴們都在睡覺，她們已磨完，
只有一女奴尚未完工，因為她力薄。
這時她停住磨說話，給她的主人作預言：
「父宙斯啊，你統治所有的神明和凡人，
你在繁星密布的天空打了個響雷，
可天上並無雲翳，顯然是給某人把兆顯。
現在請讓我這個可憐人的祈求能實現：
但願求婚人今天是最後、最末一次
在奧德修斯的廳堂上享用如意的飲宴，
他們派我幹磨麵的重活，把我累得
肢節癱軟，願這是最後一次設筵。」　　　119

她這樣說，神樣的奧德修斯為女奴的話
和宙斯的雷鳴而欣喜，無賴們將會受報應。　　　121

其他女奴們在奧德修斯的美麗宅邸
紛紛聚齊，在灶上生起不滅的火焰。
特勒馬科斯從床上起身，儀容如神明，
他穿好衣服，把鋒利的佩劍背上肩頭，
給光亮的雙腳穿上製作精美的繩鞋，
拿一支堅固的長矛，裝有銳利的銅尖，
向前站近門檻，對歐律克勒婭這樣說：
「親愛的奶媽，你們殷勤地用臥床和飲食
招待了家裡的客人，還是撇下他未照應？
我母親雖然明慧，但往往處事任性，
她有時會突然殷勤招待某個來客，
縱然他卑賤，有時又無禮地趕走貴賓。」　　　133

　　審慎的歐律克勒婭立即回答他這樣說：
「孩子，你可不要隨意責怪無辜。
客人一直坐著飲酒，隨自己的心願，
可他說不想吃飯，你母親曾經詢問他。
待到該是他嚮往上床睡眠的時候，
你母親曾吩咐女僕們給他安排床鋪，
但是他卻像是極度貧窮不幸之人，
不願在床上蓋著被褥安穩睡眠，
卻用一張牛皮和一些羊皮作鋪墊，
睡在廊屋，我們給他件袍毯蓋上。」　　　　　　143

　　她這樣說完，特勒馬科斯穿過廳堂，
手握長矛，兩隻捷足的獵狗跟隨他。
他前去會場戴脛甲的阿開奧斯人中間。
這時佩塞諾爾之子奧普斯的女兒、
女人中的女神歐律克勒婭吩咐女僕們：
「現在開始幹活！你們快收拾宮宅，
灑水清掃，給一把把製作精美的座椅
鋪上紫色的毯氈；你們迅速用海綿
擦洗各張餐桌，把攙酒用的調缸
和製作精緻的雙重杯認真清洗乾淨；
還有你們去泉邊提水，迅速回返。
求婚的人們不會長久地空著這廳堂，
他們會早早前來，今天是全民的節日。」　　　　156

　　她這樣說，女奴們紛紛遵命而行。
二十個女奴前去幽暗的泉水邊汲水，
其餘的女奴們留在宅裡熟練地幹活。　　　　　　159

　　高傲的僕從們來到宮宅，他們在那裡

靈活而熟練地砍劈木材，提水的女奴們
從泉邊汲水歸來，牧豬奴在她們之後
趕來肥豬三頭，豬群中數它們最肥壯。
他把肥豬留在美麗的庭院裡覓食，
他自己話語親切地對奧德修斯這樣說：
「外鄉人，阿開奧斯人對你可曾稍關心，
或者仍把你欺凌於廳堂，如當初一樣？」　　　　167

　　足智多謀的奧德修斯回答他這樣說：
「歐邁奧斯，願神明報復這種惡行！
這些人在他人家裡狂妄地傲慢無禮，
謀劃種種暴行，不遵從應有的廉恥。」　　　　171

　　他們正互相交談，說著這些話語，
牧羊奴墨蘭提奧斯來到他們身邊，
趕來一些從羊群中挑選的上等肥羊，
供求婚人作餐餚；兩個牧人跟隨他。
他把山羊繫在回聲縈繞的柱廊下，
他自己對奧德修斯用嘲弄的話語這樣說：
「外鄉人，你怎麼還在這宅裡向人們乞討，
惹人討厭？怎麼還沒有退到宅外去？
我看你我不可能結束這場衝突，
除非較量動手臂，既然你乞討無止境。
豈不知其他阿開奧斯人家也沒有宴飲。」　　　　182

　　他說完，足智多謀的奧德修斯沒答理，
只是默默地點頭，心中謀劃著災難。　　　　184

　　民眾的首領菲洛提奧斯第三個走來，
為求婚人趕來一頭未生育的母牛和肥羊。

擺渡人把他們渡海送來，倘若其他人
去到他們那裡，他們也渡送那些人。
他把牛羊繫在回聲縈繞的柱廊下，
他自己走近牧豬奴，對他這樣詢問：
「牧豬奴，新來到我們家宅的這個外鄉人
是個什麼人？他自稱屬於什麼部族？
他的氏族和家鄉土地在什麼地方？
他雖然身遭不幸，儀表卻像是王公。
神明們常常讓人們到處不幸地遊蕩，
他們也爲王公們準備不幸的災難。」　　　　　　196

　　他這樣說完，走近來伸出右手問候，
對奧德修斯說出有翼飛翔的話語：
「你好，外鄉老伯，願你以後會幸運，
雖然你現在不得不遭受無數的不幸。
父宙斯，任何其他神明都不及你殘忍，
你親自讓凡人降生，卻不可憐他們，
讓他們遭受各種可悲的苦難和不幸。
我一見此人便不禁眼流淚水汗滿身，
回想起奧德修斯，我想他也會穿著
這樣的破衣爛衫到處遊蕩在人間，
如果他還活著，看得見太陽的光輝。
如果他已經死去，住在哈得斯的居所，
那我爲高貴的奧德修斯深深地嘆息，
我兒時他便派我去克法勒涅斯人中守牛群。　　210
現在它們已多得數不清，任何其他人
都沒有繁衍過像他那樣眾多的寬額牛。
可是現在外人卻命令我把牛趕來，
供他們飲宴；他們蔑視他的孩子，
不怕神明們懲處，一心只想瓜分

長期飄泊在外的主人的各種財富。
我自己胸中的心靈正把一個問題
反覆思慮：現在他的兒子仍在家，
我如果攜牛群前往異鄉投奔他人，
顯然不應該；可是要我繼續留下，
把牛群供外人飲宴忍受痛苦更難挨。
我本該早就離開這裡，前去投靠
其他強大的王公，既然這裡難忍耐。
可我仍懷念不幸的主人，願他能歸來，
把這些求婚人驅趕得在宅裡四散逃竄。」 225

　　足智多謀的奧德修斯回答他這樣說：
「牧牛人，你不像壞人，也並非沒有理智，
我看你這人的胸中頗有健康的智慧，
因此我想告訴你，並且發一個大誓，
我現在請眾神之父宙斯、這待客的餐桌
和我來到的高貴的奧德修斯的家灶作見證，
你尚未及離去，奧德修斯便會抵家宅。
如果你願意，你自己還會親見目睹，
在這裡作威作福的求婚人一個個被殺死。」 234

　　放養牛群的牧人這時回答他這樣說：
「外鄉人，願克羅諾斯之子讓這話應驗，
你也會看到我的能力和雙臂的氣力。」 237

　　歐邁奧斯這時也祈求全體神明
讓智彗的奧德修斯歸返回到那宅邸。 239

　　他們正互相交談，說著這些話語，
求婚人也在給特勒馬科斯策劃毀滅。

這時一隻飛禽從他們左邊飛來，
高飛的老鷹，抓住一隻柔弱的飛鴿，
安菲諾摩斯立即開言對他們這樣說：
「朋友們，看來我們的計畫不會實現，
殺不死特勒馬科斯，還是讓我們去宴飲。」　　　　246

　　安菲諾摩斯這樣說，博得眾人的讚賞。
人們走進神樣的奧德修斯的宮宅，
紛紛把外袍放到一張張座椅和寬椅上，
開始宰殺高大的綿羊和肥壯的山羊，
宰殺肥碩的騸豬和一頭群牧的母牛；
人們烤熟牲口的腑臟，分給飲宴人，
用調缸攙和酒醪，牧豬奴分發杯盞。
民眾的首領菲洛提奧斯分發麵餅，
裝在精美的食籃裡，墨蘭透斯斟酒。
人們伸手享用面前擺放的餚饌。　　　　256

　　特勒馬科斯想出好主意，讓奧德修斯
坐在堅固的廳堂裡面，石頭門檻邊，
擺上一把破舊的椅子和一張小餐桌。
在他面前擺上一份炙烤的腑臟，
給黃金酒杯裡斟上酒釀，對他這樣說：
「請在這裡就座，同他們一起喝酒。
我會阻止任何求婚的人們嘲弄你
或對你動手，這宅邸並非公共產業，
而是奧德修斯的家宅，他為我掙得。
列位求婚人，你們要控制自己的心靈，
不可辱罵和動手，免生爭吵和毆鬥。」　　　　267

　　他這樣說，求婚人用牙齒咬緊嘴唇，

對特勒馬科斯大膽的話語感到驚異。
歐佩特斯之子安提諾奧斯對他們這樣說：
「阿開奧斯人，讓我們接受特勒馬科斯的
嚴厲勸告吧，儘管他對我們說話帶威脅。
須知若不是克羅諾斯之子不應允，
我們早就阻止他在堂上信口出狂言。」　　　　274

　安提諾奧斯這樣說，特勒馬科斯未答理。
傳令官們帶著祭獻神明的豐盛的百牲祭，
這時正走過城市，長髮的阿開奧斯人
聚集在遠射的阿波羅的幽暗的聖林裡。　　　　278

　待他們烤熟外層肉，從肉叉上取下，
他們把肉分成份，開始豐盛的飲宴。
他們也給了奧德修斯相等的一份，
與他們自己的一樣多，因為特勒馬科斯，
神樣的奧德修斯的兒子這樣吩咐他們。　　　　283

　雅典娜不想讓那些高傲的求婚人就這樣
中止謾罵刺傷人，卻想讓他們激起
拉埃爾特斯之子奧德修斯更深的怨恨。
求婚者中有一人，一向狂傲無恥，
名叫克特西波斯，家居薩墨有宅邸。
此人倚仗自己難以勝計的家財，
也來向遠離的奧德修斯的妻子求婚。
這時他對傲慢無禮的求婚人這樣說：
「列位高貴的求婚人，請聽我少言幾句。
這位外鄉人早已得到他理應得到的
相等的一份，怠慢特勒馬科斯的客人
不應該也不公平，既然他來到這宅邸。

讓我現在也送他一份待客的禮物，
他可以用它饋贈爲他沐浴的女奴
或神樣的奧德修斯宮宅裡的其他奴隸。」　　　　298

　　他這樣說，一面從籃裡取隻牛蹄，
揮動臂膀扔出，奧德修斯把它躲過，
把腦袋向側旁一偏，心中對他報以
輕蔑的一笑，牛蹄擊中堅固的牆壁。
特勒馬科斯責罵克特西波斯這樣說：
「克特西波斯，事情這樣眞算你幸運，
你沒有擊中外鄉人，他自己躲過了這一擊。
不然我會用銳利的長矛刺中你胸膛，
你父親只好在這裡爲你安葬代婚禮。
因此你們誰也不要在我家製造事端，
我現在已明白事理，知道一件件事情，
分得淸高尚和卑劣，雖然以前是孩子。
但我們也只好眼看著這些事情發生：
許多肥羊被宰殺，酒釀麵餅被耗損，
因爲我孤身一人，難以與一群人抗爭。
可是我仍請你們勿懷敵意欺侮我。
要是你們現在仍想用銅器殺害我，
這倒符合我的心願，我寧可死去，
也不願總是看見這些卑劣的惡行，
外鄉客人橫遭欺凌，侍役的女奴們
被不體面地玷污於這座美好的宅邸。」　　　　319

　　他這樣說完，眾人一片靜默不言語，
達馬斯托爾之子阿革拉奧斯終於說：
「朋友們，他剛才所言頗爲合理公正，
我們不要再和他惡語相爭懷怨恨。

不要再欺凌這個外鄉人，也不要凌辱
神樣的奧德修斯家中其他的僕奴。
對特勒馬科斯和他的母親，我也願意
略進忠告，如果他們倆有意聽取。
當你們胸中的心靈仍然懷抱希望，
認爲那位睿智的奧德修斯會歸返，
那時自不該責怪你母親故意拖時日，
求婚人滯留你家中，因爲那樣更合理，
要是奧德修斯眞的歸返回故里。
可現在事情已了然，他已無望再歸返。
因此你應該坐在你母親身旁把她勸，
讓她嫁給一位最高貴、最禮豐之人，
那樣你便可如意地享有全部家財，
稱心地吃喝，讓她去照管他人的產業。」　　　　337

　　聰慧的特勒馬科斯開言這樣回答說：
「阿革拉奧斯，請宙斯和父親的苦難作見證，
他也許仍遠離伊塔卡遊蕩或者已死去，
我無意拖延母親的婚姻，相反卻勸她
嫁給她滿意之人，我贈她豐厚的妝奩。
可我也不能嚴詞強逼她違背己願，
離開這個家，我若那樣神明也不允許。」　　　　344

　　特勒馬科斯這樣說完，帕拉斯・雅典娜
激發求婚人狂笑，攪亂了他們的心智。
他們大笑不止，直笑得雙頷變形，
吞噬著鮮血淋淋的肉塊；笑得他們
雙眼噙滿淚水，心靈想放聲哭泣。
神樣的特奧克呂墨諾斯對他們這樣說：
「可憐的人們，你們正遭受什麼災難？

昏冥的黑夜籠罩住你們的頭臉至膝部，
呻吟之聲陣陣，兩頰掛滿了淚珠，
牆壁和精美的橫樑到處濺滿鮮血，
前廳裡充滿陰魂，又把庭院布遍，
前往西方的埃瑞博斯③，太陽的光芒
從空中消失，滾滾湧來不祥的暗霧。」   357

他這樣說，大家對他狂笑不止。
波呂博斯之子歐律馬科斯開言這樣說：
「這位剛從他處來的外鄉人犯瘋癲。
年輕人，你們趕快把他送出大門外，
帶往廣場，既然他覺得這裡如黑夜。」   362

神樣的特奧克呂墨諾斯對他這樣說：
「歐律馬科斯，你無須派人爲我送行，
我自己有眼睛，兩耳雙全，也有兩條腿，
胸中有健全無瑕、構造精美的智慧。
我會憑靠它們出大門，因爲我看到
災難正降臨你們，所有的求婚人難逃脫，
你們在神樣勇敢的奧德修斯家裡
狂傲地欺凌人們，作惡多端罪滿盈。」   370

他這樣說完，走出精美寬闊的大廳，
前去佩賴奧斯家裡，受到殷勤的招待。
這時求婚的人們得意地互相注視，
繼續激怒特勒馬科斯，嘲笑外鄉人。
有位狂妄的年輕求婚人這時這樣說：
「特勒馬科斯，沒有比你更不幸的好客主，

---

③冥間昏暗。

你收留了這樣一個衣衫襤褸的遊蕩人，
只知道要吃要喝，不精通任何手藝，
老弱衰朽，完全是大地的一個重負。
另外一位又站在這裡給大家布預言。
你若願聽我一言，那樣於你更有利。
讓我們把這些外鄉人裝上多槳的船隻，
運往西克洛斯人④那裡，也許能帶來好收入。」 383

　　求婚人這樣議論，特勒馬科斯未答理，
只是默默地注視著父親，靜靜地等待
奧德修斯動手，對付那些無恥的求婚人。 386

　　伊卡里奧斯的女兒、審慎的佩涅洛佩
坐在門邊一張製作精美的座椅裡，
廳堂上每個人的話語全都一一聽清楚。
眾求婚人歡笑著把一頓午餐備齊整，
美味而豐盛，宰殺了許多肥美的牛羊。
可是從來不會有任何其他的晚餐
比女神和強大的英雄即將提供的晚餐
更加難下咽，是他們首先作惡犯罪孽。 394

---

④西克洛斯人即西西里人。

第廿一卷
——佩涅洛佩強弓擇偶難倒求婚者

目光炯炯的女神雅典娜把主意放進
伊卡里奧斯的女兒審慎的佩涅洛佩心裡，
把奧德修斯家藏的彎弓和灰色的鐵斧
擺在求婚人面前，競賽和屠殺的先導。
她順著高高的樓梯回到自己的房間，
伸出肥厚的手取出一把彎曲的鑰匙，
鑰匙用青銅製作，手柄用象牙製成。
她偕同女僕們去到最遠的一間庫房，
那裡存放著主人的無數珍貴寶藏，
有青銅、黃金和費力地精細加工的鐵器。
那裡存放著一把鬆弛的彎弓和箭壺，
裝著許多能給人帶來悲哀的利箭，
它們是拉克得蒙的歐律托斯之子、
儀表如神明的伊菲托斯的友好贈禮。
二人在墨塞涅①地方機智的奧爾提洛科斯的
家宅不期相遇。奧德修斯去那裡
索取債務，全地區的人都欠他的債。
墨塞涅人從伊塔卡載走三百隻綿羊，
乘坐多槳的船隻把牧人一起載運。
奧德修斯長途跋涉前來作使者，
他尚年輕，受父親和其他長老們派遣。
伊菲托斯前來為尋馬，他一共丟失
母馬十二匹和許多能耐勞幹活的健騾。
它們竟然成了他慘遭死亡的原因，

①伯羅奔尼撒半島東南部地區。

當他去到宙斯的勇敢的兒子那裡，
就是那完成了無數偉業的赫拉克勒斯，
此人把寄居的客人殺死在自己的宅邸，
狂妄地不怕神明懲罰，也不怕褻瀆
面前擺放的餐桌。他殺戮了伊菲托斯，
把蹄子強健的馬匹留在了自己家裡。
伊菲托斯尋馬偶遇奧德修斯把弓贈，
那弓原是偉大的歐律托斯經常攜帶，
在高大的宮宅臨終時把它遺傳給兒子。
奧德修斯贈他一柄利劍和一根堅矛，
這成為牢固的友誼的開始。兩人雖結交，
卻未及互相探訪招待，宙斯的兒子
在歐律托斯神樣的兒子伊菲托斯
饋贈那弓後已把他殺死。英雄奧德修斯
乘坐烏黑的船隻出征時未攜帶那張弓，
把它作為對自己的摯朋好友的紀念，
留在家宅，在故鄉時他經常攜帶那弓矢。　　　41

當女人中的女神來到那間庫房前，
站在橡木門檻邊，那門檻由高超的巧匠
精心製造磨光，用線錘取直瞄平，
裝上門框，配上兩扇光亮的門扇。
她立即迅速解開緊繫門環的皮索，
插進鑰匙對準部位，輕易地推開了
鎖閉的門栓，有如草地放牧的耕牛
大聲哞叫，精美的門扇在鑰匙推動下，
也這樣大聲嘶鳴，迅速在面前開啟。
她隨即登上高高的台板，台板上擺放著
許多箱籠，箱籠裡有許多熏香的衣衫。
她在那裡站定，抬手從掛鉤上取下

帶套的彎弓，光亮的外套把彎弓罩護。
她彎身坐下，把弓套擱在自己的膝頭，
放聲哭泣，從中取出國王的彎弓。
待她不斷流淚，心靈得到慰藉後，
她回到廳堂裡出身高貴的求婚人中間，
手裡提著那張鬆弛的彎弓和箭壺，
裝著許多能給人帶來悲哀的利箭。　　　　　　　60
侍女們抬著箱籠隨行，箱籠裡裝著
許多銅鐵製品，這位國王的武器。
待這位女人中的女神來到求婚人中間，
站在建造堅固的大廳的門柱近旁，
繫著光亮的頭巾，罩住自己的面頰，
左右各有一位端莊的侍女陪伴。
她立即對眾求婚人這樣開言把話說：
「列位高貴的求婚人，暫且聽我進一言，
你們一直在這座宅邸不斷地吃喝，
自從這個家的主人長久地在外滯留。
你們並無任何其他理由這樣做，
只是聲稱想與我結婚娶我作妻子。
好吧，求婚的人們，既然已有獎品②，
我就把神樣的奧德修斯的大弓放在這裡，
如果有人能最輕易地伸手握弓安好弦，
一箭射出，穿過全部十二把斧頭，
我便跟從他，離開結髮丈夫的這座
美麗無比、財富充盈的巨大宅邸，
我相信我仍會在睡夢中把它時時紀念。」　　　79

　　她這樣說完，立即吩咐高貴的牧豬奴

---

② 「獎品」指她自己，喻競賽的獎品。

把彎弓和灰色的鐵斧交給求婚的人們。
歐邁奧斯淚水漣漣地接過弓斧放下，
牧牛奴看見主人的彎弓也不禁哭泣。
安提諾奧斯對他們大聲斥責這樣說：
「喜好回憶往日舊事的愚昧村夫，
兩個倒霉的傢伙，你爲何流淚，
激動女主人胸中的心靈？她的心靈
已經沉浸在苦痛裡，爲失去親愛的丈夫。
你們或是就這樣默默地坐著吃喝，
或是到門外去哭泣，把彎弓留在這裡，
求婚的人們將用來作一次決定性的競賽，
我看給這把光滑的彎弓安弦不容易。
須知這裡的人中間，沒有哪個人能與
奧德修斯相比擬，我曾見過他本人，
我記得他模樣，雖然我那時還是個傻孩子。」　　　95

　　他雖這樣說，胸中的心靈仍然希望
能安好弓弦，一箭穿過所有的鐵斧。
其實他將第一個品嘗高貴的奧德修斯的
雙臂射出的箭矢，因爲他曾在堂上
侮辱奧德修斯，煽動自己的所有同伙。
強健的特勒馬科斯這時對眾人這樣說：
「天哪，克羅諾斯之子宙斯顯然讓我
失去了理智，我那母親明智多見識，
對我說她要離開這座宮宅嫁他人，
我卻只知歡笑，怡悅愚蠢的心靈。
好吧，求婚的人們，既然已有獎品，
這樣的女人在阿開亞地區無與倫比，
不論在神聖的皮洛斯，在阿爾戈斯、邁錫尼，
還是在伊塔卡本土，在黝黑的大陸土地。

你們對此盡知悉，我何必把母親誇說？
現在你們不要借故拖延，也不要
遲遲不願安弓弦，好讓我們知究竟。
我自己也想不妨在這裡把弓弦試安，
如果我能成功地安弦放矢穿鐵斧，
那時尊貴的母親若離開我家嫁他人，
我便不會過分傷心，因我能在這裡
舉起父親的精美武器繼承這家業。」　　　　117

　　他這樣說完，從肩上脫下紫色的外袍，
一躍而起，取下肩上的鋒利佩劍。
他首先把鐵斧一把把立起，為他們挖出
一道長長的深溝，用錘線把深溝瞄直，
周圍填滿土。眾人見溝驚異不已，
那溝竟如此齊整，以前他從未見過。
這時他來到門檻邊站定，試安弓弦。
他三次奮力，顫悠悠地引拉弦繩，
三次都氣力不濟，儘管他心中希望
安好弓弦，一箭穿過所有的鐵斧。
他第四次盡力拉引，眼看快安上，
奧德修斯向他示意，阻止他再拉引。
高貴的特勒馬科斯這時對眾人這樣說：
「天哪，看來我將是軟弱無能之輩，
或是我還年輕，難以憑自己的臂力
回擊對手，如果有人恣意欺侮我。
現在來吧，你們都比我力強氣盛，
快來嘗試這張弓，讓我們開始競技。」　　　　135

　　他這樣說，一面把彎弓放到地上，
斜依在合縫嚴密、研磨光滑的門扇邊，

把速飛的箭矢也就地放下依靠弓柄，
立即回到剛才他站起的寬椅上坐定。
歐佩特斯之子安提諾奧斯對大家進言：
「不妨讓我們全都來嘗試，從左至右，
首先從司酒人開始斟酒的地方起始。」 142

　　安提諾奧斯這樣說，博得眾人的讚賞。
奧諾普斯之子勒奧得斯首先站起身，
他是他們的預言者，通常坐在最遠處，
精美的調缸旁邊，唯有他對種種惡行
心中煩厭，對求婚人的行為感到不滿，
這時他第一個抓起彎弓和速飛的箭矢。
他來到門檻邊站定，嘗試那把彎弓，
但他未能安上弦，早使他缺少練習的
柔軟臂膀乏力，他對求婚人開言說：
「朋友們，我無力安弦，讓別人拿去嘗試。
這把彎弓將會使許多高貴的人物
失去靈魂和生命，其實死去遠比
失望地活著好得多，我們一直為她
聚集在這裡，在期待中一天天過去。
現在仍有人懷抱希望，期待終能與
奧德修斯的妻子佩涅洛佩配成婚。
可待他嘗試過這張彎弓後便會明白，
應該給其他衣著華麗的阿開奧斯女子
贈送聘禮去求婚，讓佩涅洛佩嫁給
贈禮最豐厚、她命中注定婚嫁的那個人。」 162

　　他這樣說完，隨手把那張彎弓放下，
斜依在合縫嚴密、研磨光滑的門扇邊，
把速飛的箭矢也就地放下依靠弓柄，

立即回到他剛才站起的寬椅上坐定。
安提諾奧斯開言譴責，對他這樣說：
「勒奧得斯，從你的齒籬溜出了什麼話？
你的話駭人聽聞，聽了令人氣憤，
難道只因你未能安弦，這張弓便會使
許多高貴的人士喪失靈魂和生命？
其實是你的尊貴的母親未曾把你
生育成一個能夠引弓放矢的人物。
其他高貴的求婚人很快會安好弓弦。」　　　　　174

　　他這樣說完，吩咐牧羊奴墨蘭提奧斯：
「墨蘭透斯，你快去堂上把火生起，
旁邊放一把座椅，椅上鋪一大張羊皮，
再從屋裡取來一大盤儲存的油脂，
讓我們年輕人把弓烘烤，把油脂塗抹，
然後嘗試這張彎弓，在競賽中見高低。」　　　　　180

　　他這樣說完，墨蘭提奧斯立即點起
旺盛的火焰，旁邊放座椅，椅上鋪羊皮，
再從屋裡取來一大盤儲存的油脂，
年輕的求婚人把弓烘熱，但仍然無人
能安上弦繩，因為缺乏足夠的氣力。
安提諾奧斯和神樣的歐律馬科斯尚未引，
他們是眾求婚人的首領，氣力超群。　　　　　187

　　這時有兩人一起，同時走出宮宅，
他們是神樣的奧德修斯的牧牛奴和牧豬奴，
傑出的奧德修斯隨後也走出宅邸。
待他們走出大門，來到庭院外面，
奧德修斯用溫和的話語對他們開言：

「牧牛奴和你，牧豬奴，我有句話不知是
現在就說或隱瞞？但心靈要我明說。
倘若有某位神明指引，奧德修斯本人
突然返回來這裡，你們將如何行事？
你們幫助求婚人，還是幫助奧德修斯？
請說出你們的心靈要你們說出的話語。」　　　　198

　　牛群牧放人立即回答奧德修斯這樣說：
「父宙斯，但願你讓這樣的願望成現實。
願有神明指引，讓此人能夠把家返，
那時你也會看到我的威能和臂力。」　　　　202

　　歐邁奧斯也這樣向所有的神明作祈求，
讓睿智的奧德修斯能夠返回這宮邸。　　　　204

　　奧德修斯知道了他們的眞實心意，
於是重新開言，回答他們這樣說：
「我就是他本人，曾經忍受無數艱辛，
廿年歲月流逝，方得歸返回故里。
我知道在我的眾多家奴中只有你們倆
盼望我歸返，我未聞任何其他奴僕
祈求神明，讓我順利歸返抵家園。
我願向你們如實明言，它們會實現：
如果神明讓我制服高貴的求婚人，
我將讓你們娶妻室，賜給你們財產
和與我家爲鄰的住屋，那時你們
對於我如同特勒馬科斯的伙伴和兄弟。
你們走過來，我要給你們展示一個
明確的標記，讓你們心中堅信不疑，
一個傷疤，同奧托呂科斯的兒子們一起，

在帕爾涅索斯山野豬用白牙咬傷我留下。」　　　　220

　　他這樣說，撩起衣衫露出大傷疤。
二人看見傷疤，頓時明白了一切，
立即抱住飽經憂患的奧德修斯痛哭，
親吻他的頭部和雙肩，熱烈歡迎他。
奧德修斯也這樣熱吻他們的頭和手。
他們本可能直哭到太陽的光線隱沒，
若不是奧德修斯這樣開言勸阻他們：
「你們二人快止住哭泣，免得有人
走出廳堂時看見，回去對眾人述說。
你們單個地回宅裡，不可走在一起，
我首先進去，你們隨後。這就是暗示：
廳中所有的那些出身高貴的求婚人
決不會允許把那張彎弓和箭壺交給我，
高貴的歐邁奧斯，你要持弓穿過廳堂，
把它交到我的手裡，然後為眾女僕
把那廳堂的合縫嚴密的門扇關閉。
如果有人在裡面聽見庭院裡傳出
男人們呻吟或喧嚷，切不可走出門來
探察究竟，仍要在屋裡默默做活計。
高貴的菲洛提奧斯，我要你用門閂閂好
外院的大門，再迅速用皮索把它們綁緊。」　　　241

　　他這樣說完，走進精美寬敞的大廳，
立即回到他剛才站起的座椅上坐定。
神樣的奧德修斯的二奴僕也進入宅裡。　　　244

　　這時歐律馬科斯正把彎弓翻轉，
在爐火上反覆烘烤，可是他仍未能

安上弓弦，高貴的心裡充滿失望，
悲傷地開言，對眾人嘆息一聲這樣說：
「天哪，我為自己，也為眾人痛惜。
我並不因這場求婚不順而傷心憂愁，
因為還有許多其他的阿開奧斯女子，
或是在環海的伊塔卡，或是在其他城市，
我愁的是如果我們的氣力如此不及
神樣的奧德修斯，連他的弓我們都難以
安好弦繩，這恥辱也會遺留給後人。」　　　　　　255

　歐佩特斯之子安提諾奧斯開言說：
「歐律馬科斯，此話欠妥，你自己也清楚。
豈不知今天是弓箭神的全民的神聖節慶，
誰能把弓引？你們且安靜地把弓放下，
至於那些斧頭，讓它們豎在那裡，
我相信，不會有人膽敢把它們取走，
進入拉埃爾特斯之子奧德修斯的宅邸。
現在來吧，讓司酒人把酒杯一一斟滿，
我們向神明酹酒祭奠，把彎弓收起。
明晨你們再吩咐牧羊奴墨蘭提奧斯
趕來群羊，所有羊群中遴選的最上等，
我們好向著名的弓箭神阿波羅獻腿肉，
讓我們再嘗試這彎弓，把這場競賽完成。」　　　268

　安提諾奧斯說完，博得大家的讚賞。
侍者把淨水倒在他們手上把手洗，
侍童們把各個調缸裝滿酒釀攙和，
分斟各個酒杯，首先斟些作祭奠。
人們祭過神明，盡情地開懷暢飲，
足智多謀的奧德修斯狡獪地對他們說：

「尊貴的王后的求婚人，現在請聽我說，
　我要說我胸中的心靈吩咐我說的話語。
　我請求高貴的歐律馬科斯和神樣儀容的
　安提諾奧斯，因為他的話語合情理，
　暫且停止引弓，把事情交給眾神明，
　明晨神明會賜給他喜愛的人獲優勝。
　現在請給我光滑的彎弓，讓我為你們
　也試試我的臂膀和氣力，看我是否
　仍然有力量，它往昔存在於我靈活的軀體，
　或者長期的漫遊和飢餓已把它耗盡。」

284

　　他這樣說完，求婚人個個憤怒無比，
擔心他可能給光滑的彎弓安好弦繩。
安提諾奧斯開言，這樣大聲譴責說：
「你這個無恥的外鄉人，沒有一點頭腦。
你難道還不滿足於在我們這些高貴的
人們中間安靜地吃喝，什麼也不缺，
還可聽我們說話？任何其他外鄉人
和乞丐不可能有幸聆聽我們的議論。
甜蜜的酒釀使你變糊塗，酒釀能使
人們變糊塗，如果貪戀它不知節制。
酒醪使著名的馬人歐律提昂逞狂於
勇敢的佩里托奧斯的宮宅，當時他前去
拜訪拉皮泰人。酒釀使他失去理智，
他在佩里托奧斯的宮中瘋狂作惡事，
英雄們心中憤怒，個個憤然起身，
把他拖出院門，用無情的銅器割下
他的雙耳和鼻樑，他完全喪失智慧，
不得不心智昏迷地從那裡忍痛逃逸。
由此引發了馬人族和人類之間的衝突，

他本人第一個遭到醉酒帶來的不幸。③
因此我警告你，你也會遭到巨大的不幸，
倘若你想安弓弦。這裡再不會有人
對你施恩惠，我們會立即用黑殼船把你
交給人類的殘害者、國王埃克托斯。
你不會從那裡得救保性命，因此你還是
安靜地飲酒吧，不要同比你年輕的人競爭。」　　　　310

　　審慎的佩涅洛佩立即回答他這樣說：
「安提諾奧斯，侮辱特勒馬科斯的客人
不合情理不公平，既然他來到這宅邸。
你是否認為，如果這位客人真能夠
憑臂膀和氣力給奧德修斯的大弓安好弦，
我便會被他帶回家成親，做他的妻子？
其實他自己也未嘗有此奢念存心裡。
因此你們誰也不必為此事擔愁憂，
還是放心吃喝吧，此事斷然不可能。」　　　　319

　　波呂博斯之子歐律馬科斯這時反駁說：
「伊卡里奧斯的女兒，審慎的佩涅洛佩，
我們也認為你不會被帶走，此事不可能。
可我們羞於聽見男男女女的議論，
或許某個卑賤的阿開奧斯人會這樣說：
『是一幫庸人追求高貴的英雄的妻子，
他們卻無力給他那光滑的彎弓安好弦。
卻有一個能人，遊蕩前來的乞求人，

---

③佩里托奧斯是宙斯和狄婭的兒子，特薩利亞境內拉皮泰人的首領。馬
　人是一種人首馬身怪物，傳說中的一族。參閱《伊利亞特》第一卷第
　263-269行及注釋。

輕易地給弓安弦，一箭穿過鐵斧。』
他們會這樣議論，那會令我們羞恥！」　　　　　　　329

　　審慎的佩涅洛佩立即這樣回答他：
「歐律馬科斯，肆無忌憚地消耗一個
高貴之人的家財，這種人在我們國中
不會受讚譽，你們又何必計較這恥辱？
這位客人身材魁梧，體格也強健，
他自稱論出身也係高貴父親之後。
請給他光滑的彎弓，看看他本領如何。
我還要說一句，我的話語定然會實現。
如果他能安好弦，阿波羅賜他榮譽，
我就贈送他外袍和襯衣，精美的衣衫，
一支銳利的長矛，抵禦狗和人的攻擊，
還有一把雙刃劍，再給他繩鞋穿腳上，
送他前往他的心靈嚮往的地方。」　　　　　　　342

　　聰慧的特勒馬科斯這樣開言回答說：
「親愛的母親，沒有哪個阿開奧斯人
比我更有權決定把這弓給誰或拒絕，
無論他們是統治崎嶇的伊塔卡地方，
或是統治靠近牧馬的埃利斯的各島嶼。
任何阿開奧斯人也不得阻撓反對我，
即使我把這弓永遠贈這客人帶回家。
現在你還是回房把自己的事情操持，
看守機杼和紡錘，吩咐那些女僕們
認真把活幹，這弓箭是所有男人們的事情，
尤其是我，因為這個家的權力屬於我。」　　　353

　　佩涅洛佩不勝驚異，返回房間，

把兒子深爲明智的話語聽進心裡。
她同女僕們一起回到自己的寢間，
禁不住爲親愛的丈夫奧德修斯哭泣，
直到目光炯炯的雅典娜把甜夢降眼簾。　　　　　　358

　　這時高貴的牧豬奴正手握彎弓走去，
求婚的人們立即在廳堂放聲喧嚷，
狂妄的年輕求婚人中有一個這樣說：
「可憎的牧豬奴，無恥的傢伙，你把彎弓
拿往何處？但願由你豢養守豬群的
迅捷的牧犬把你吞噬於遠離人煙處，
如果阿波羅和其他不死的眾神明恩允。」　　　　365

　　他們這樣說，牧豬奴把彎弓放在原地，
他見眾人吶喊在大廳，心中害怕。
特勒馬科斯這時在一旁大聲威脅說：
「老人家，把弓送去，不可人人皆聽從。
否則我雖然年輕，也要趕你去田間，
用石塊狠砸你，須知我比你更有力氣。
但願我如此強健有力量，超過所有
聚集在我家的求婚人的雙臂和氣力，
那時我便可立即讓他們遭殃，把他們
趕出這家門，他們圖謀讓我們遭災難。」　　　375

　　他這樣說，所有的求婚人頓時對他
狂笑不止，消解了他們對特勒馬科斯的
強烈憤怒。牧豬奴拿著弓穿過廳堂，
站到睿智的奧德修斯身邊，把弓交給他，
牧豬奴又招呼奶媽歐律克勒婭，這樣說：
「聰明的歐律克勒婭，特勒馬科斯吩咐，

要你把廳堂合縫嚴密的門扇關閉，
如果有人在裡面聽見庭院裡傳出
男人們呻吟或喧嚷，切不可走出門來，
探察究竟，仍要在屋裡默默做活計。」　　　385

　　他這樣說，奶媽囁嚅未敢多言語，
便把一間間居住舒適的房門關上。　　　387

　　菲洛提奧斯默默地走出大廳到門外，
把有圍牆護衛的宅院的大門關閉。
前廊下有用莎草④搓成的翹尾船纜繩，
他用那纜繩繫緊門，自己返回廳裡，
立即來到剛才他站起的座椅上坐定，
眼望奧德修斯。奧德修斯正察看彎弓，
不斷把弓翻轉，試驗它的各部位，
看主人離開期間牛角是否被蟲蛀。
這時有人眼望鄰人，這樣發議論：
「看他倒真像個使弓箭的行家裡手。
或許他自己家裡也有同樣的弓箭，
或許他想仿製一把，因為他拿著彎弓
反覆察看，這個慣做壞事的遊蕩漢。」　　　400

　　狂妄的年輕求婚人中另一位這樣說：
「但願他以後還會遇上那麼多好運氣，
如同這傢伙今天有多大能耐安弓弦。」　　　403

　　求婚人這樣議論，足智多謀的奧德修斯
立即舉起大弓，把各個部分察看，

_____

④一種闊葉植物，纖維細密堅韌，葉片可作書寫用紙。

有如一位擅長弦琴和歌唱的行家，
輕易地給一個新製的琴柱安上琴弦，
從兩頭把精心搓揉的羊腸弦拉緊，
奧德修斯也這樣輕鬆地給大弓安弦。
他這時伸開右手，試了試彎弓弦繩，
弓弦發出美好的聲音，有如燕鳴。
眾求婚人心裡一陣劇痛，臉色驟變。
這時宙斯拋下個響雷顯示徵兆，
足智多謀的英雄奧德修斯一聽心歡喜，
因為多智的克羅諾斯之子給他示吉利。　　　　　　415
他拿起身旁餐桌上一支業已出壺的
速飛箭矢，其他矢簇仍留在箭壺裡，
阿開奧斯人即將嘗試它們的滋味。
他拿起箭矢搭弓背，拉緊矢托和弓弦，
坐在原先的座椅上，穩穩地射出箭矢，
對準面前的目標，沒錯過所有的鐵斧，
從第一把斧的圓孔，直穿過最後一個，
飛到門外邊。他對特勒馬科斯這樣說：
「特勒馬科斯，坐在你堂上的這位客人
沒有令你失體面，我沒有錯過目標，
不費力地安好了弓弦，看來我還有氣力，
並不像求婚的人們蔑視地責備我那樣。
現在該是給阿開奧斯人備晚餐的時候，
趁天色未昏暗，然後還將有其他娛樂，
歌舞和琴韻，因為它們是飲宴的補充。」　　　　　　430

　　他說完蹙眉示意，神樣的奧德修斯的
愛子特勒馬科斯掛起鋒利的佩劍，
手中緊握長矛，站到奧德修斯身邊，
在他的座椅側旁，閃耀著青銅的光輝。　　　　　　434

第廿二卷

——奧德修斯威鎮廳堂誅戮求婚人

這時足智多謀的奧德修斯脫掉破外套，
躍到高大的門檻邊，手握彎弓和箭壺，
壺裡裝滿箭矢，把速飛的箭矢傾倒在
自己的腳跟前，立即對眾求婚人這樣說：
「如今這場決定性的競賽終於有結果，
現在我要瞄一個無人射過的目標，
但願我能中的，阿波羅惠賜我榮譽。」

他說完，把銳利的箭矢射向安提諾奧斯。
安提諾奧斯正舉著一只精美的酒杯，
黃金製成，飾有雙耳，用雙手抓住，
恰若暢飲，心中未想到死亡會降臨。
有誰會料到在聚集歡宴的人們中間，
竟會有這樣的狂妄之徒，膽敢給他
突然送來不幸的死亡和黑色的毀滅？
奧德修斯放出箭矢，射中他的喉嚨，
矢尖筆直地穿過他那柔軟的脖頸。
安提諾奧斯倒向一邊，把手鬆開，
酒杯滑脫，他的鼻孔裡立即溢出
濃濃的人的血流；他隨即把腳一蹬，
踢翻了餐桌，各種食品撒落地面，
麵餅和烤肉全被玷污。求婚的人們
見此人倒下，立即在廳堂喧嚷一片。
他們從座椅上跳起，驚慌地奔跑在堂上，
向四處張望，巡視建造堅固的牆壁，
但那裡既沒有盾牌，也沒有堅固的長矛。

他們怒不可遏地大聲譴責奧德修斯：
「外鄉人，你射殺人會給你帶來不幸，
你休想再參加其他競賽，你就要遭凶死。
豈不知你剛才射殺的這位英雄是伊塔卡
最高貴的青年，禿鷹就會在這裡吞噬你。」　　　　30

　　求婚人紛紛這樣說完，還以為奧德修斯
並非故意射殺人，這些糊塗人不知道
死亡的繩索已縛住他們每一個人。
足智多謀的奧德修斯怒視他們這樣說：
「你們這群狗東西，你們以為我不會
從特洛亞地區歸返，從而消耗我家產，
逼迫我的女奴們與你們同床共枕，
我還活著，便來向我的妻子求婚，
不畏掌管廣闊天宇的神明降懲罰，
也不擔心後世的人們會譴責你們，
現在死亡的繩索已縛住你們每個人。」　　　　41

　　他這樣說完，他們陷入灰白的恐懼，
人人忙張望，哪裡可逃脫凶暴的死亡。
唯有歐律馬科斯這時回答他這樣說：
「如果你真是伊塔卡的奧德修斯把家返，
你譴責阿開奧斯人完全應該理當然，
他們作惡於你的家宅，作惡於田莊。
可是這種種罪惡的禍首已躺倒在地，
就是安提諾奧斯。事事均由他作祟，
他如此熱衷於此事並非真渴望成婚，
而是另有它圖，克羅諾斯之子未成全：
他想做人煙稠密的伊塔卡地區的君王，
因此他還設下埋伏，想殺害你的兒郎。

他罪有應得，現在請寬赦其他屬民，
我們會用自己土地的收入作賠償，
按照在你的家宅耗費於吃喝的數目，
各人分別賠償，送來廿頭牛的代價，
將給你青銅和黃金，寬慰你的心靈，
現在你心中怨怒無可非議理應當。」　　　　　　59

　　足智多謀的奧德修斯怒視他們回答說：
「歐律馬科斯，即使你們把全部財產
悉數作賠償，外加許多其他財富，
我也不會讓我的這雙手停止殺戮，
要直到求婚人償清自己的累累罪惡。
現在由你們決定，或是與我作戰，
或是逃竄，以求躲避毀滅和死亡，
可我看你們誰也難把這凶死逃脫。」　　　　　67

　　他這樣說完，他們的膝蓋和心靈癱軟。
歐律馬科斯又開言對他們這樣說：
「朋友們，此人不願止住無敵的雙手，
卻想憑借他握有的光滑的彎弓和箭壺，
從光亮的門檻邊放箭，企圖把我們
全都射死。我們要鼓起戰鬥勇氣，
讓我們抽出佩劍，抓起面前的餐桌，
抵擋此人致命的箭矢，一起衝過去，
也許能把他從門檻前和大門邊趕走，
我們奔走城裡，發出迅疾的呼喊，
若能那樣，這將是他最後一次射殺。」　　　　78

　　他這樣說，一面抽出青銅製造的、
兩面有刃的鋒利佩劍，大喊一聲，

撲向奧德修斯，英雄奧德修斯
同時射出箭矢，射中他胸部乳旁，
速飛的箭矢穿進肝臟，佩劍脫手，
掉落地面，他向前一頭撲向餐桌，
立即倒地，各種餐食和雙耳酒杯
撒落地上，他的前額撞向地面，
心中泛起悲傷，雙腳蹬向座椅，
蹬得座椅晃顫，昏暗罩上眼瞼。　　　　　　　88

安菲諾摩斯衝向高貴的奧德修斯，
臨面一躍而起，抽出鋒利的佩劍，
心想奧德修斯也許會給他讓出大門，
特勒馬科斯卻首先從後面用青銅矛尖
刺入他的兩肩中間，穿過胸部，
他撲通一聲倒地，整個前額觸地面。
特勒馬科斯後退一步，讓長矛留在
安菲諾摩斯的身上，擔心可能有哪個
阿開奧斯人乘他拔取長槍時撲來，
舉劍刺他或乘他彎腰時向他攻擊。
他立即跑開，迅速奔向他的父親，
站在近旁，說出有翼飛翔的話語：
「父親，我去給你取一面盾牌兩根槍、
一頂適合於你的兩鬢的全銅頭盔，
我自己也得周身披掛，同時給牧豬奴
和牧牛奴取些甲仗，這樣能更好地戰鬥。」　　104

足智多謀的奧德修斯立即回答說：
「你快去取來，我現在還可用箭矢護身，
切不可讓他們乘我隻身趕離這大門。」　　　　107

　　他這樣說完，特勒馬科斯遵從父命，
奔向庫房，那裡存放著輝煌的武器。
他從那裡取出四面盾牌八根槍矛、
四頂飾有濃密馬鬃的銅質頭盔，
拿著它們迅速回到父親的身旁。
他首先給自己周身穿上青銅鎧甲，
兩個家奴也同樣裝備好精良的武器，
站在聰穎、機敏多智的奧德修斯身邊。　　　　　115

　　當奧德修斯仍有箭矢護衛自己時，
他總是瞄準目標，一箭射中一個
堂上的求婚人，他們紛紛緊挨著倒下。
待所有的箭矢均已離開射手飛去時，
他把彎弓放下，斜依建造堅固的
廳堂的門柱，熠熠閃光的內側牆邊，
他自己把四層盾面的厚盾掛上肩頭，
把製作精美的頭盔戴到強健的頭上，
有馬鬃裝飾盔頂，頂飾嚇人地顫動，
又拿起兩支長槍，有堅固的銅尖。　　　　　125

　　建造堅固的牆壁開有一道側門，
側門出口與堅固的大廳的門檻齊平，
通向側道，裝有合縫嚴密的門扇。
奧德修斯派遣高貴的牧豬奴去守護，
站在那門邊，因為出口只有那一個。
阿革拉奧斯提醒求婚人，對他們這樣說：
「朋友們，是否有人能從側門逃出，
向人民報告消息，發出迅疾的呼喊？
若能那樣，這將是他最後一次射殺。」　　　　　134

　　牧放山羊的墨蘭提奧斯對他們這樣說：
「宙斯養育的阿革拉奧斯，這事難成功。
通外院的側門距離太近，①通過也困難，
有一人勇敢把守，便可把眾人擋住。
可是別灰心，我這就去庫房搬取兵器，
供你們武裝，奧德修斯和光輝的兒子
絕不會把那些武器儲放在其他地方。」　　　　　　　141

　　牧放山羊的墨蘭提奧斯對他們這樣說，
一面登上廳口，進入奧德修斯的庫房。
他取出十二面大盾、同樣數目的長槍
和同樣數目飾有馬鬃的銅質頭盔，
迅速返回，把搬來的武器交給求婚人。
奧德修斯的雙膝和心靈即刻發軟，
看見求婚人身穿甲冑，手握長槍，
顫動著長杆，知道將會有一場惡戰。
他對特勒馬科斯說出有翼飛翔的話語：
「特勒馬科斯，看來家裡有某個女奴，
或者是墨蘭透斯，為我們挑起惡戰。」　　　　　　152

　　聰慧的特勒馬科斯回答父親這樣說：
「父親，是我自己的過失，非他人過錯，
我打開庫房後忘卻把那合縫嚴密的
庫房門關閉。他們的暗探倒也真聰明。
高貴的歐邁奧斯，你去把庫房門加鎖，
看究竟是哪個女奴幹下此事，或者是
多利奧斯之子墨蘭透斯，我看就是他。」　　　　　159

---

①指距奧德修斯把守的大門太近。

　　他們正互相交談，說著這些話語，
牧放山羊的墨蘭提奧斯又奔向庫房，
再搬取精美的武器。高貴的牧豬奴瞥見，
立即向身旁的奧德修斯報告這樣說：
「拉埃爾特斯之子，機敏的神裔奧德修斯，
我們懷疑幹壞事的那個無恥之徒
現在正去庫房，請你明白地告訴我，
倘若我能戰勝他，我是把他處死，
還是帶來這裡，讓他為自己在你家
作下的那許多不義行為一併受懲處。」　　　　　169

　　足智多謀的奧德修斯這樣回答他：
「我和特勒馬科斯從這裡可以對付
堂上高傲的求婚人，儘管他們很凶狠。
你們倆捉住他，把他的手腳扳向身後，
扔進庫房，把木板綁在他的後背，
用搓揉結實的繩索把他牢牢地捆緊，
拉上高高的立柱，直把他拉至樑木，
讓他活活地長久忍受巨大的折磨。」　　　　　177

　　他這樣說完，他們兩人遵命而行，
來到庫房前，避免讓庫裡的那人發現。
牧羊奴正在庫房角落裡搜尋武器，
他們倆站在門柱兩側靜靜地守候，
當牧羊奴墨蘭提奧斯正要跨出門檻時，
一隻手拿著一頂製作精美的頭盔，
另一隻手拿著一面鏽跡斑斑的大盾，
英雄拉埃爾特斯年輕時曾經使用，
現在遭棄置，皮條的接縫多處已坼裂，
兩人撲上前把他抓住，掀住頭髮，

拖進庫房扔到地板上，任他心憂傷，
用令人痛苦難忍的鐐銬把他的手腳
向後背牢牢縛住，如拉埃爾特斯之子、
足智多謀的奧德修斯吩咐的那樣，
用搓揉結實的繩索狠狠地把他捆緊，
拉上高高的立柱，直把他拉至樑木。
牧豬奴歐邁奧斯，你對他這樣譏諷說：
「墨蘭提奧斯，現在你就在這裡守通宵，
有柔軟的床榻可供安臥，這很適合你。
金座的黎明從奧克阿諾斯的水流中呈現，
就不可能瞞過你，當你還未給求婚人
趕來山羊，供他們在廳堂籌備餐餚。」　　　　　199

　牧羊奴就這樣被留下，被可惡的繩索縛住。
他們倆穿戴好盔甲，關好閃光的門扇，
來到機敏多智的英雄奧德修斯的身邊。
雙方殺氣騰騰在廳堂，他們四人
守在門檻，求婚人在廳裡人多又凶悍。
宙斯的女兒雅典娜來到他們身邊，
外表和聲音完全幻化成門托爾模樣。
奧德修斯一見心歡悅，開言這樣說：
「門托爾，快幫我們抵抗，念我們是同伴，
我也曾給過你種種好處，我們還同庚。」　　　　　209

　他這樣說，料想那是好掠陣的雅典娜。
求婚人們也從堂上向她大聲呼喊。
達馬斯托爾之子阿革拉奧斯首先責備說：
「門托爾，切勿聽信奧德修斯的蠱惑，
與我們這些求婚人對抗，幫助他本人。
我料定無疑，我們的計畫必然會實現：

當我們殺死他們這對父親和兒子時，
會把你與他們一同殺死，如果你想
在堂上幫助他們，你將用頭顱來償付。
在我們用青銅武器把你們殺死以後，
我們將把你擁有的這裡和外地的財產
與奧德修斯的歸併一起，不允許你的
兒子們繼續生活在宅邸，不允許你的
高貴的妻子和女兒們住在伊塔卡城裡。」　　　　233

　　他這樣說，雅典娜心中氣憤無比，
用憤激的話語嚴屬申斥奧德修斯：
「奧德修斯，你已無往日的堅強勇力，
你憑那勇力曾爲高貴的白臂海倫，
與特洛亞人不倦地連續奮戰九年，
在激烈的戰鬥中殺死了難以勝計的敵人，
設謀攻下了普里阿摩斯的廣闊的都城。
現在你返回家園，見到自己的財富，
面對求婚人卻可悲地缺乏應有的勇氣？
朋友，你現在站在我身旁，看我作戰，
看看阿爾基摩斯之子門托爾面對
那麼多敵人如何報答你往日的恩情。」　　　　235

　　她這樣說，卻並未惠賜完全的勝利，
她仍想繼續考驗奧德修斯和他那
體格健壯的高貴兒子的力量和勇氣。
她一躍而至被煙塵染黑的大廳的橫樑，
蹲在那裡，外形幻化成一隻飛燕。　　　　240

　　達馬斯托爾之子阿革拉奧斯、歐律馬科斯、
安菲墨多、得摩普托勒摩斯、波呂克托爾之子

佩珊德羅斯和多閱歷的波呂博斯鼓動求婚人，
他們在所有仍然活著、爲自己的生命
奮力搏戰的人中間勇力最出眾超群，
不少人已死於彎弓和連續射出的箭矢。
阿革拉奧斯鼓動大家，對他們這樣說：
「朋友們，此人很快會停住無敵的臂膀，
門托爾對他信口誇說一番已離去，
只有他們幾個仍留在那大門的入口。
現在你們不要都向他投擲長槍，
讓我們六人首先擲去，但願宙斯
恩允我們擊中奧德修斯，惠賜榮譽。
只要此人一倒斃，其他人便不足爲慮。」　　　　254

　他這樣說，眾人按他的吩咐投擲，
雅典娜卻使他們的長槍全都白投。
其中一支槍擊中堅固大廳的門柱，
另一支擊中合縫嚴密的大門門扇，
再一支鑲銅尖的梣木長槍擊中牆壁。
待他們躲過求婚的人們投來的長槍，
歷盡艱辛的英雄奧德修斯對他們開言說：
「朋友們，我現在命令你們向求婚的人群
投擲長槍，他們竟然想殺死我們，
在原先種種卑劣惡行上又添新罪孽。」　　　　264

　　他這樣吩咐，他們擲出銳利的長槍，
當面瞄準，奧德修斯投中得摩普托勒摩斯，
特勒馬科斯擊中歐律馬科斯，牧豬奴擊中
埃拉托斯，牧牛奴擊中佩珊德羅斯。
這些人全都一起張口啃寬闊的地板，
餘下的求婚人紛紛退到廳堂的角落裡。

他們一起躍上前，把長槍拔出屍體。　　　　　　　271

　　這時眾求婚人又投出銳利的長槍，
雅典娜使他們的許多長槍都白投，
其中一支槍擊中堅固大廳的門柱，
另一支擊中合縫嚴密的大門門扇，
再一支鑲銅尖的梣木長槍擊中牆壁。
安菲墨冬擊中特勒馬科斯的手腕，
稍許擦傷，青銅劃破了一層表皮。
克特西波斯的長槍擦過歐邁奧斯的盾上沿，
劃著肩部，從上飛過，掉落地面。
富有經驗的奧德修斯身旁的人們
再次向混亂的求婚人群投出長槍，
攻掠城市的奧德修斯擊中歐律達馬斯，
特勒馬科斯擊中安菲墨冬，牧豬奴擊中
波呂博斯，牧牛奴對準克特西波斯，
一槍擊中他胸膛，不禁高興地誇耀說：
「喜好嘲諷他人的波呂特爾塞斯之子，
如今你不可能再肆無忌憚地胡言亂語，
事情該委託給眾神明，因爲他們更高強。
現在回敬你客禮，因爲你曾把牛腿
扔給在堂上乞討的神樣的奧德修斯。」　　　291

　　彎角牛群的牧放者這樣說，奧德修斯
用長槍擊中對面的達馬斯托爾之子，
特勒馬科斯擊中歐埃諾爾的兒子
勒奧克里托斯腹部，銅尖從正中穿過，
他不禁向前一撲，整個前額觸地面。
這時雅典娜從高高的屋頂手持她那面
致命的神盾，頓然使求婚人心生恐懼。

求婚人在堂上四處逃竄，有如牛群，
春日時節白晝延長，敏捷的牛虻
蜇刺牛群，蜇刺得牛群驚恐地亂竄。
又如一群凶猛的利爪彎喙的禿鷲
從空中飛過，撲向一群柔弱的飛鳥，
飛鳥在平原上的雲氣裡奮力飛逃躲避，
禿鷲撲殺它們，它們無力自衛，
也無法逃脫，人們見此獵殺心歡然；
他們也這樣在堂上向求婚的人們衝擊，
到處殺傷求婚人，求婚人悲慘地呼喊，
頭顱被砸破，整個地板鮮血漫溢。 309

勒奧得斯奔向奧德修斯，抱住雙膝，
懇切地哀求，說出有翼飛翔的話語：
「奧德修斯，我請求你開恩可憐我，
我敢說我在你家裡沒有用言語侮辱
任何女人，也沒有任何非禮的行徑，
我還曾勸阻其他的求婚人為非作惡。
可是他們不聽我勸告，仍然作惡事，
他們為自己的罪行受到可悲的懲處。
我是他們的預言者，未作過任何壞事，
倘若也躺下，那便是善事不得善報應。」 319

足智多謀的奧德修斯怒視一眼回答說：
「如果你真是他們中間的一名預言人，
你必然經常在堂上向神明禱告作祈求，
希望我不可能得到甜蜜的回返歸宿，
希望我的妻子嫁給你，為你育兒女，
因此你現在也難把悲慘的死亡逃脫。」 325

他這樣說，一面用肥厚的手抓起佩劍，
阿革拉奧斯被殺時把它丟棄在地面。
他揮劍砍向勒奧得斯的頸脖中央，
預言人還在說話，腦袋已滾進塵土。　　　　　　329

歌人特爾佩斯之子躲過了黑色的死亡，
就是費彌奧斯，他不得不爲求婚人歌吟。
他雙手捧著音韻嘹亮的弦琴站在
側門旁邊，心中翻騰著兩種考慮，
是逃出大廳，坐到保護神偉大的宙斯的
建造精美的祭壇上②，在那裡拉埃爾特斯
和奧德修斯焚獻過許多肥牛的腿肉，
或是向奧德修斯奔去，抱膝請求。
他反覆思忖，終於認爲這樣做更合適：
抱膝請求拉埃爾特斯之子奧德修斯。
他把空肚的弦琴立即放到地上，
在調酒缸和鑲有銀釘的寬椅之間，
自己奔向奧德修斯，抱住雙膝，
向他懇求，說出有翼飛翔的話語：
「奧德修斯，我抱膝請求，開恩可憐我。
如果你竟然把歌頌眾神明和塵世凡人的
歌人也殺死，你自己日後也會遭不幸。
我自學歌吟技能，神明把各種歌曲
灌輸進我的心田，我能像對神明般
對你歌唱，請不要割斷我的喉管。
你的兒子特勒馬科斯可替我證明，
我並非自願前來你家裡，我也不想
得寵於求婚人，在他們飲宴時爲他們歌詠，

---

②按照習俗，任何人不得侵害請求祭壇保護的人，否則爲瀆神。

只因他們人多位顯貴，強逼我來這裡。」　　　　　353

　　他這樣說，強健的特勒馬科斯聽清楚，
立即對站在自己身旁的父親這樣說：
「住手吧，請不要用銅器殺害這位無辜，
讓我們把傳令官墨冬也一併寬恕，
想我年幼時，他一直在我們家照料我，
如果菲洛提奧斯和牧豬奴尚未殺死他，
或者當你在堂上擊殺時他沒有碰上你。」　　　360

　　他這樣說，墨冬把明智的話語聽分明，
他正躬身隱藏在寬椅下，身上護蓋著
一張新剝的牛皮，躲避黑色的毀滅。
他立即從寬椅下站起，甩掉那牛皮，
奔向特勒馬科斯，抱住他的雙膝，
誠懇請求，說出有翼飛翔的話語：
「親愛的朋友，我就在這裡，請你饒恕，
求你父親不要在憤怒中用銳銅殺死我，
因他惱恨求婚人，他們在他的宅邸
消耗他的財富，這幫蠢人也蔑視你。」　　　370

　　足智多謀的奧德修斯微笑回答說：
「放心吧，他保護了你，救了你一命，
好讓你心中明白，也好對他人傳說，
作善事比作惡事遠爲美好和合算。
你們現在且離開這大廳，坐到門外去，
離開這屠殺去院裡，你和那善吟的歌人，
讓我在這廳堂上把該做的事情做完。」　　　377

　　他這樣說，兩人去到廳堂外面，

一起坐在偉大的宙斯的祭壇旁邊，
仍然四處張望，擔心可能遭屠戮。　　　　　　　　380

　　奧德修斯也在廳內張望，看是否有人
仍然活著暗隱藏，躲避黑色的死亡。
他看見所有的求婚人都已縱橫陳屍，
倒在血泊和塵埃裡，有如一群魚兒，
漁人們用多孔的魚網把它們從灰色的大海
撈到寬闊的海灘上，它們熱切渴望
大海翻騰的波濤，卻全被撒在沙岸上，
赫利奧斯的光芒奪走了它們的生命；
求婚的人們也這樣互相倒在一起。
足智多謀的奧德修斯吩咐特勒馬科斯：
「特勒馬科斯，快去叫奶媽歐律克勒婭，
我有話對她說，說明我心中的打算。」　　　　　392

　　他這樣說，特勒馬科斯聽從父命，
推開屋門對奶媽歐律克勒婭這樣說：
「快快起來，親愛的上了年紀的老奶媽，
你是我們這個家的眾多女奴的老總管。
快過來，我父親召喚你，有話向你吩咐。」　　　397

　　他這樣說，奶媽囁嚅未敢多言語。
她立即打開居住舒適的房間的門扇，
走了進來，特勒馬科斯在前引路。
她看見被殺的屍體中間的奧德修斯，
渾身沾滿血污，有如一頭雄獅，
那雄獅剛剛吞噬牧場的壯牛離開，
整個胸部和它那兩片面頰的側面
沾滿濃濃的血污，令人見了心驚懼，

奧德修斯也這樣手腳濺滿了鮮血。
待她看清那無數的屍體和漫溢的血流，
禁不住為成就了這樣的大功業而欣喜歡呼。
可是奧德修斯阻住她，不讓她說話，
開言對她說出有翼飛翔的話語：
「老奶媽，你喜在心頭，控制自己勿歡呼，
在被殺死的人面前誇耀不合情理。
神明的意志和他們的惡行懲罰了他們，
因為這些人不禮敬任何世間凡人，
對來到他們這裡的客人善惡不分，
他們為自己的罪惡得到了悲慘的結果。
現在你向我說明家裡女僕們的為人，
哪些女僕不敬我，哪些女僕無過失。」　　　　　418

親愛的奶媽歐律克勒婭立即回答說：
「孩子，我這就把真實情況告訴你。
你這家宅裡共有女性奴僕五十名，
我們教導她們勤於各種手工，
讓她們梳理羊毛，恪守奴僕的本分，
其中有十二個女奴幹下了無恥的行徑，
她們不敬重我，也不敬重佩涅洛佩。
特勒馬科斯尚在長大成人，他母親
一直不准他干預女性奴僕們的事情。
現在請讓我前去樓上明亮的寢間，
告訴你妻子，神明正讓她酣眠在夢境。」　　　　　429

足智多謀的奧德修斯這樣回答說：
「現在暫且不要去叫醒她，你先把那些
作過卑鄙事情的女奴召喚來這裡。」　　　　　432

他這樣吩咐，老奶媽立即穿過廳堂，
去通知那些女奴，催促她們來廳裡。
這時他又吩咐特勒馬科斯、牧牛奴
和那個牧豬奴，說出有翼飛翔的話語：
「現在開始搬走屍體，讓女奴們幹活，
然後把那些精美無比的座椅和餐桌
用水和多孔的海綿認真擦洗乾淨。
待你們把屋內一切均已收拾整齊，
你們便把女奴們帶出精美的廳堂，
到那圓頂儲屋和堅固的院牆之間，
在那裡用鋒利的長劍把她們砍殺，
讓她們全部喪命，使她們忘卻阿佛羅狄忒，
往日裡與那些求婚人廝混，秘密偷歡。」　　　445

他這樣吩咐，女奴們擠作一團到來，
可怕地哭泣，無數的淚水不斷洶流。
她們首先把那些被殺者的屍體抬出，
放在建有堅固圍牆的院落的長廊裡，
一個個擺疊，奧德修斯親自督促她們，
要她們迅速抬屍體，逼迫她們幹活，
然後把那些精美無比的座椅和餐桌
用水和多孔的海綿認真擦洗乾淨。
這時特勒馬科斯和牧牛奴、牧豬奴
正用鍬刃把建造堅固的大廳地面
仔細刮乾淨，女奴們把污穢清出門去。
待她們把廳裡一切均已收拾整齊，
他們把女奴們帶出建造精美的廳堂，
到那圓頂儲屋和堅固的院牆之間，
趕到狹窄的地方，使她們無法逃脫。
聰慧的特勒馬科斯開言對人們這樣說：

「我可不能用通常方式讓她們死去，
她們往日裡惡言穢語侮辱我本人
和我的母親，夜裡躺在求婚人身邊。」 464

　他這樣說，把一根黑首船舶的纜繩
捆住一根廊柱，另一端繫上儲屋，
把女奴們高高掛起，雙腳碰不著地面。
有如羽翼細密的畫眉或者那野鴿，
陷入隱藏於茂密叢莽中張開的羅網，
本為尋地夜棲，卻陷入了可怕的臥床；
女奴們也這樣排成一行，繩索套住
她們的項脖，使她們忍受最大的痛苦死去。
她們蹬動雙腿，僅僅一會兒工夫。 473

　他們又把墨蘭提奧斯拖過前廳到院裡，
用無情的銅器砍下他的雙耳和鼻樑，
割下他的私處，扔給群狗當肉吃，
又割下他的雙手和雙腿，難消心頭恨。 477

　這時他們洗淨手和腳，返回廳裡，
來到奧德修斯身邊，完成了大功業。
奧德修斯對奶媽歐律克勒婭作吩咐：
「老奶媽，快去取些硫磺，去穢之物，
生起火爐熏廳堂。再去叫佩涅洛佩
前來這裡，偕同她的那些女侍，
把家中所有女奴全都叫醒來這裡。」 484

　親愛的奶媽歐律克勒婭這樣回答說：
「親愛的孩子，你說的一切都很合情理。
可是讓我先給你取件外袍和襯衣，

你不能就這樣仍然襤褸衣衫披寬肩，
站在這廳堂，這樣會使我們遭責備。」　　　　　　489

　　足智多謀的奧德修斯這樣回答說：
「你現在還是首先在堂上給我生上火。」　　　　　491

　　他這樣說，奶媽歐律克勒婭難違逆，
取來火種和硫磺，奧德修斯就這樣
把廳堂、房屋和庭院全都徹底熏乾淨。　　　　　494

　　老奶媽走過奧德修斯的美好的房屋，
通知那些女奴們，召喚她們來廳裡。
女奴們走出房間，手裡擎著火炬。
她們圍住奧德修斯，熱烈歡迎他，
緊緊擁抱，親吻他的頭部和雙肩，
拉住他的雙手，甜蜜的感情湧上心頭，
他想痛哭想嘆息，他一個個認出了她們。　　　　501

第廿三卷

——敘說明證消釋疑雲夫妻終團圓

老奶媽無比歡欣地登上樓層寢間，
向女主人稟報丈夫業已歸來的喜訊，
興奮得雙膝靈便，邁動敏捷的腳步。
她站在女主人枕邊，對她開言這樣說：
「佩涅洛佩，親愛的孩子，你快醒醒，
好去親眼看看你天天盼望的那夫君。
奧德修斯業已歸來在廳裡，雖然歸來遲。
他已把那些滋擾他家庭、耗費他財產、
欺侮他兒子的狂妄的求婚人全部殺死。」

審慎的佩涅洛佩回答老奶媽這樣說：
「親愛的好奶媽，想必是神明使你變糊塗，
他們能使無比聰穎的人變得愚蠢，
也能使非常愚蠢的人變得很聰穎，
現在他們也使很聰穎的你變糊塗。
我內心充滿愁苦，你為何要用這些
無稽的話語取笑我，打斷我的美夢，
夢境剛把我征服，合上我的眼瞼。
自從奧德修斯出征那個可憎可恨的
罪惡之地伊利昂，我從未這樣安寢過，
你現在走吧下樓去，快回自己的房間。
若是哪個別的侍女這樣來煩擾我，
對我說出這些話，打破我的甜夢，
我早就對她動肝火，要她立即回屋，
離開回房去：年齡在這件事情上幫了你。」

　　親愛的奶媽歐律克勒婭這樣回答說：
「親愛的孩子，並非我有意這樣取笑你，
奧德修斯確如我所言，已經歸來在廳裡，
就是在廳裡受眾人嘲辱的那個外鄉人。
特勒馬科斯早知道那個外鄉人的底細，
但是他無比謹慎地隱瞞了父親的意圖，
爲了成功地報復狂妄的求婚者的暴行。」　　　　　31

　　佩涅洛佩聽她說，興奮得從床上跳起，
伸手摟住奶媽，禁不住雙眶熱淚盈，
開言對她說出有翼飛翔的話語：
「親愛的奶媽，請把實情對我敘說，
如果他眞像你所說，業已歸返在廳裡，
他如何動手對付那些無恥的求婚人，
他孤身一人，他們卻總是聚集在這裡。」　　　　　38

　　親愛的奶媽歐律克勒婭這樣回答說：
「我未看見，也未詢問，但我聽見了
被殺者的呻吟。我們在精造的房間角落
瑟索藏身，所有的房門都緊緊關閉，
直到你兒子特勒馬科斯前來召喚，
要我去大廳，因爲他父親這樣吩咐。
這時我看見奧德修斯在屍體中間
昂然站立，一具具屍體在他周圍
橫陳硬地，你見此情景也定會歡欣，
他身上濺滿鮮血和污穢，如一頭猛獅。①
現在全部屍體已搬到院門邊堆起，
整座美好的宅院點燃硫磺正煙熏，

―――――――――――――

①勒伯版視此行爲偽作，移入腳注。

熊熊的火焰燃起，特命我來把你請。
你快走吧，在承受了無數痛苦之後，
你們倆現在終可以讓快樂占據心靈。
多年眷懷的宿願啊如今終於實現，
他安然回到家灶前②，見妻兒也都康健，
那些求婚人在你家長久地作惡無忌，
現在他已使他們受到應有的懲處。」　　　　57

　　審慎的佩涅洛佩對她這樣回答說：
「親愛的奶媽，你不要歡笑得高興過分。
你知道他的歸來會令全家人個個欣喜，
特別是我和孩子，那是我和他親生，
可是你剛才報告的消息不可能真實，
或許是哪位天神殺死了高傲的求婚者，
被他們的傲慢態度和劣跡惡行震怒，
因爲這些人不禮敬任何世間凡人，
對來到他們這裡的客人善惡不分，
他們罪有應得。至於我的奧德修斯，
他已經死去，早就不可能返回阿開亞③。」　　68

　　親愛的奶媽歐律克勒婭這樣回答說：
「我的孩子，從你的齒籬溜出了什麼話？
你的丈夫就在灶邊，你卻認爲他
不可能再歸返；你的心靈一向多疑忌。
我現在再說一個明顯可信的標記，
就是當年野豬的利齒留下的痕跡。

---

②家灶是家庭的象徵。
③阿開亞是阿開奧斯人居住地區，在伯羅奔尼撒半島北部，此處泛指希
　臘。

我給他洗腳時便已發現，本想告訴你，
可是他立即用雙手緊緊捂住我的嘴，
心中思慮周密，不讓我張揚出去。
現在走吧，我願用我的生命發誓，
我若欺騙你，你可用酷刑把我處死。」　　　　　79

　　審愼的佩涅洛佩這時回答她這樣說：
「親愛的奶媽，即使你很聰明多見識，
也很難猜透永生的神明們的各種計策。
但我們走吧，且去我的孩子那裡，
看看被殺的求婚者和殺死他們的那個人。」　　84

　　她這樣說完下樓來，心中反覆思忖：
是與親愛的丈夫保持距離詢問他，
還是上前擁抱，親吻他的手和頭頸，
她跨過石條門檻，走進寬敞的大廳，
在奧德修斯對面牆前的光亮裡坐定；
奧德修斯坐在一根高大的立柱旁，
雙眼低垂，等待他的高貴的妻子
親眼看見他後將怎樣對他把話說。
她久久默然端坐，心中仍覺疑慮，
一會兒舉目凝視奧德修斯似面熟，
一會兒見他衣衫襤褸彷彿不相識。
特勒馬科斯這時把母親責怪這樣說：
「我的母親，你不像母親，這麼硬心腸，
你爲什麼這樣默然安坐，遠離父親？
你爲什麼不說一句話，向他問詢？
沒有哪一個女人會像你這樣無情意，
遠離自己的丈夫，他經歷無數艱辛，
廿年歲月流逝，方得歸返回故里，

可你的心腸一向如頑石，比頑石還堅硬。」　　　　103

　　審慎的佩涅洛佩對他這樣回答說：
「我的孩兒，我胸中的心靈驚悸未定，
一時說不出話來，對他語塞難問詢，
也不敢迎面正視他的眼睛。如果他
確實是奧德修斯，現在終於回家門，
我們會有更可靠的辦法彼此相認：
有一個標記只我倆知道他人不知情。」　　　　110

　　她這樣說，多危難的英雄奧德修斯一笑，
對特勒馬科斯說出有翼飛翔的話語：
「特勒馬科斯，讓你的母親在這堂上
考察我吧，她很快便會全然消疑雲。
現在我渾身骯髒，衣衫襤褸不堪，
從而遭蔑視，被認爲不是奧德修斯。
我們還得考慮，如何善後更有利。
通常不管誰在本地即使只殺死一人，
只有爲數很少的人會爲被殺者報仇，
殺人者也得離開故鄉，躲避其親友，
更何況我們剛才殺死的是城邦的棟樑，
伊塔卡青年中的顯貴，我要你對此事細思量。」　　　　122

　　聰慧的特勒馬科斯回答父親這樣說：
「親愛的父親，這事還得你親自拿主張，
因爲人們都說你在人間最富有智慧，
任何有死的凡人都不能和你相比擬。
我們都會堅定地跟隨你，我敢擔保，
我們不缺少勇氣，我們仍然有力量。」　　　　128

　　足智多謀的奧德修斯回答他這樣說：
「我這就告訴你們我認為最合適的辦法。
首先你們都得去沐浴，穿好衣衫，
讓宅裡的女奴們也都穿上整齊的服裝，
再讓神妙的歌人彈奏嘹亮的歌舞，
讓人們從外面聽見，以為在舉行婚禮，
不論他們是路過，或是周圍的居民。
不能讓殺死求婚人的消息現在在城裡
傳播開去，要直到我們離開這裡，
前往林木繁茂的田莊；到那裡再思慮，
採取什麼新措施，奧林波斯神的啓示。」　　　　　140

　　他這樣說，人們聽從他，遵命而行。
他們於是首先沐完浴，穿好衣衫，
女奴們也作梳妝打扮，神妙的歌人
彈奏起空肚的弦琴，在人們心裡激起
甜美地歌唱、優美地舞蹈的濃烈情致。
整座巨大的住宅一時間渾然響徹
男人和腰帶美麗的女人們的輕快舞步。
宅外的人們聽見後紛紛議論這樣說：
「有人終於同令眾人追求的王后結婚，
她也真心狠，終未能把這座巨大的宮宅
守護如一，待自己的結髮丈夫歸宅邸。」　　　　　151

　　人們這樣議論，不知道發生的事情。
這時年邁的女管家歐律諾墨在屋裡
給勇敢的奧德修斯沐完浴，抹完橄欖油，
再給他穿上精美的襯衫，披上罩袍，
雅典娜在他頭上灑下濃重的光彩，
使他頓然顯得更高大，也更壯健，

一頭鬈髮垂下，有如盛開的水仙。
好似有一位匠人給銀器鑲上黃金，
受赫菲斯托斯和帕拉斯·雅典娜傳授
各種技藝，製作出無比精美的作品，
女神也這樣把美麗灑向他的頭和雙肩。
奧德修斯走出浴室，容貌像不死的神明，
他回到剛才坐過的寬椅前重新坐定，
面對自己的妻子，對她開言這樣說：
「怪人啊，居住在奧林波斯山上的天神們
給了你一顆比任何女人更殘忍的心。
沒有哪一個女人會像你這樣無情意，
遠離自己的丈夫，他經歷無數艱辛，
廿年歲月流逝，方得歸返回故里。
老奶媽，給我鋪床，我要獨自安寢，
這個女人的胸中是一顆鐵樣的心。」   172

　　審慎的佩涅洛佩這時回答他這樣說：
「怪人啊，不要以為我高傲自負蔑視你，
我也沒有驚惶失措，我清楚地記得
你乘坐長槳船離開伊塔卡是什麼模樣。
歐律克勒婭，去給他鋪好結實的臥床，
鋪在他親自建造的精美的婚房外面。
把那張堅固的婚床移過來，備齊鋪蓋，
鋪上厚實的羊皮、毛毯和閃光的褥墊。」   180

　　她這樣說是考驗丈夫，奧德修斯一聽，
不由得氣憤，立即對忠實的妻子大聲說：
「夫人啊，你剛才一席話真令我傷心。
誰搬動了我的那張臥床？不可能有人
能把它移動，除非是神明親自降臨，

才能不費勁地把它移動到別處地方。
凡人中即使是一位血氣方剛的壯漢，
也移不動它，因爲精造的床裡藏有
結實的機關，由我製造，非他人手工。
院裡生長過一顆葉片細長的橄欖樹，
高大而繁茂，粗壯的樹身猶如立柱。
圍著那棵橄欖樹，我築牆蓋起臥室，
用磨光的石塊圍砌，精巧地蓋上屋頂，
安好兩扇堅固的房門，合縫嚴密。
然後截去那棵葉片細長的橄欖樹的
婆娑枝葉，再從近根部修整樹幹，
用銅刃仔細修削，按照平直的墨線，
做成床柱，再用鑽孔器一一鑽孔。
由此製作臥床，做成床榻一張，
精巧地鑲上黃金、白銀和珍貴的象牙，
穿上牛皮條繃緊，閃爍著紫色的光輝。
這就是我作成的標記，夫人啊，那張床
現在仍然固定在原處，或者是有人
砍斷橄欖樹幹，把它移動了地方？」　　　204

　佩涅洛佩一聽雙膝發軟心發顫，
奧德修斯說出的證據確鑿無疑端。
她熱淚盈眶急忙上前，雙手緊抱
奧德修斯的頸脖，狂吻臉面這樣說：
「奧德修斯啊，不要生氣，你最明白
人間事理。神明派給我們苦難，
他們妒忌我們倆一起歡樂度過
青春時光，直到白髮的老年來臨。
現在請不要對我生氣，不要責備我，
剛才初見面，我沒有這樣熱烈相迎。

須知我胸中的心靈一直謹慎提防，
不要有人用花言巧語前來蒙騙我，
現在常有許多人想出這樣的惡計。
宙斯之女、阿爾戈斯的海倫定不會
鍾情於一個異邦來客，與他共枕衾，
倘若她料到阿開奧斯的勇敢的子弟們
會強使她回歸故國，返回自己的家園。
是神明慫恿她幹下這種可恥的事情，
她以前未曾瀆犯過如此嚴重的罪行，
使我們從此也開始陷入了巨大的不幸。
現在你細述了我們的婚床的種種標記，
其他任何人都不知道婚床的這秘密，
除了你和我，還有那唯一的一個女僕，
阿克托里斯，我們的精造的婚房的門戶
由她看守，父親把她送給我作嫁妝。
你還是說服了我的心靈，我儘管很嚴峻。」　　　230

　　她這樣說，激起奧德修斯無限傷感，
他摟住自己忠心的妻子，淚流不止。
有如海上飄游人望見渴求的陸地，
波塞多把他們的堅固船隻擊碎海裡，
被強烈的風暴和陰惡的巨浪猛烈沖擊，
只有很少飄游人逃脫灰色的大海，
游向陸地，渾身飽浸鹹澀的海水，
興奮地終於登上陸岸，逃脫了毀滅；
佩涅洛佩看見丈夫，也這樣歡欣，
白淨的雙手從未離開丈夫的脖頸。
他們會直哭到有玫瑰色手指的黎明呈現，
若不是目光炯炯的女神雅典娜看見。
女神把長夜阻留在西方，讓金座的黎明

滯留在奧克阿諾斯岸旁，不讓她駕起
那兩匹快馬，就是黎明通常駕馭的
蘭波斯和法埃同，給世間凡人送來光明。 246

　　足智多謀的奧德修斯又對妻子說：
「夫人，我們還沒有到達苦難的終點，
今後還會有無窮無盡的艱難困苦，
眾多而艱辛，我必須把它們一一歷盡。
須知特瑞西阿斯的魂靈曾向我作預言，
在我當年前往哈得斯的居所的那一天，
為同伴們探聽回歸的路程，也為我自己。
夫人，現在走吧，暫且讓我們上床，
一起躺下入夢鄉，享受甜蜜的睡眠。」 255

　　審慎的佩涅洛佩回答丈夫這樣說：
「會有現成的臥床隨時可供你休息，
只要你心中嚮往，既然神明們已讓你
回到建造精美的宅邸和故土家園。
只是既然你已有思慮，神明已感示，
現在請向我說明那苦難，我想他日
我也會知道，現在告知不會變深重。」 262

　　足智多謀的奧德修斯對妻子回答說：
「你真是怪人，何必如此急迫地要我
現在說明？不過我還是明說不隱瞞。
但說來你不會歡悅，須知我也不歡欣，
他要我前往無數的人間城市漫遊，
手裡拿著一支適合於划用的船槳，
直到我找到這樣的部落，那裡的人們
未見過大海，不知道食用攙鹽的食物，

也從未見過塗抹了棗紅顏色的船隻，
和合手的船槳，那是船隻飛行的翅膀。
他還告訴我明顯的象徵，我不隱瞞你。
當有一位行路人與我相遇於道途，
稱我健壯的肩頭的船槳是揚穀的大鏟，
他吩咐我這時要把船槳插進地裡，
向大神波塞多敬獻各種美好的祭品，
一頭公羊、一頭公牛和一頭公豬，
然後返家園，奉獻豐盛的百牲祭禮，
給掌管廣闊天宇的全體不死的眾神明，
一個個按照次序，死亡將會從海上
平靜地降臨於我，讓我在安寧之中
享受高齡，了卻殘年，我的人民
也會享福祉，他說這一切定會實現。」 284

　審慎的佩涅洛佩回答丈夫這樣說：
「如果神明們讓你享受幸福的晚年，
那就是我們有望結束這種種的苦難。」 287

　他們正互相交談，說著這些話語，
這時歐律諾墨和奶媽去準備臥床，
鋪上柔軟的鋪蓋，有明亮的火炬照耀。
在她們迅速鋪好厚實的臥床之後，
奶媽回到她自己的臥室躺下休息，
看守臥房的歐律諾墨則帶領他們
前去安寢，手裡舉著明亮的火炬，
把他們領進臥房，她自己也回房休息。
他們歡欣地重新登上往日的婚床。
這時特勒馬科斯和牧牛奴、牧豬奴
也停止了舞蹈的腳步，女奴們也都停息，

他們紛紛在昏暗的房間裡躺下休息。　　　　　　　　299

　　他們二人在盡情享受歡愛之後，
又開始愉快地交談，互相敘說別情，
女人中的女神述說她在家中忍受的苦難，
眼看著那群無恥的求婚人爲非作歹，
他們借口向她求婚，宰殺了許多
壯牛和肥美的羊群，喝乾了無數罈酒釀；
宙斯養育的奧德修斯敘述他給人們
帶來多少痛苦，他自己忍受了多少苦難。
他敘述一切，她愉快地聆聽，睡夢未能
降臨他們的眼瞼，直至他述說完一切。　　　　　309

　　他首先敘述怎樣打敗基科涅斯人，
然後來到洛托法戈伊人的肥沃國土；
庫克洛普斯如何作惡，他如何報復，
爲了被巨怪無情地吞噬的勇敢的同伴們；
他怎樣來到艾奧洛斯的地域，備受款待，
爲他們安排歸程，但命運注定他們
不能就這樣回故土，風暴又把他刮走，
把痛苦地呻吟的他送到游魚出沒的大海上；
他怎樣來到萊斯特律戈涅斯人的特勒皮洛斯，
那裡的居民們毀滅了他的船隻和伙伴，
只有奧德修斯乘坐黑殼船幸得逃脫。
他又敘說起基爾克如何陰險狡詐，
他如何乘多槳船去到哈得斯的幽暗居所，
因爲他須得向特拜的特瑞西阿斯的魂靈
探詢消息，在那裡見到往日的同伴們
和那生育、撫養他從小長大的母親；
他怎樣聆聽誘人的塞壬們的動人歌聲，

怎樣來到普蘭克泰伊巨崖和可怖的、
無人能安全逃脫的卡律布狄斯和斯庫拉；　　　　　328
同伴們怎樣宰殺了赫利奧斯的牛群，
高空鳴雷的宙斯怎樣用冒煙的霹靂
擊碎他們的快船，使他的勇敢的伙伴們
全都遭毀滅，只有他把悲慘的死亡逃脫；
他怎樣來到海島奧古吉埃和神女
卡呂普索的居處，神女希望他作丈夫，
把他阻留在空闊的洞穴熱情款待，
應允使他長生不死，永遠不老朽，
可是她未能把他胸中的心靈說服；
他怎樣歷盡苦難來到費埃克斯人那裡，
他們對他無比敬重，如同敬神明，
用船隻把他送歸自己的故鄉土地，
饋贈他各種銅器、金器和無數的衣衫。
他的敘述到此完結，令人鬆弛的
甜蜜睡眠降臨，解除了一切憂患　　　　　343

　　目光炯炯的女神雅典娜又想出新主意。
待她的心中認為奧德修斯躺在自己的
愛妻身邊，已經足夠地享受了睡眠，
她立即從奧克阿諾斯喚起金座的黎明，
給世間凡人送來明光，這時奧德修斯
從柔軟的臥床醒來，對妻子開言這樣說：
「夫人，我們二人歷盡種種苦難，
你在家為我的苦難歸程憂傷哭泣，
宙斯和其他眾神明卻用種種磨難
把我久久地羈絆，使我不得歸家鄉。
現在我們終於又回到渴望的婚床，
這家宅裡的各種財產仍需你照料，

高傲無恥的求婚人宰殺了許多肥羊，
大部分將由我靠劫奪補充，其他的將由
阿開奧斯人饋贈，充滿所有的羊圈。
可現在我將前往林木繁茂的田莊，
看望高貴的父親，他一直為我憂傷。
夫人啊，你雖明智，有一事我仍須叮囑。
待到太陽升起後，關於求婚人的消息
很快會傳開，他們在這堂上被殺死，
這時你須偕同眾女侍登上樓間，
泰然靜坐，不見任何人，也不詢問。」　　　　365

　　他這樣說完，把精美的鎧甲穿上肩頭，
喚起特勒馬科斯和牧牛奴、牧豬奴，
要求他們也都拿起作戰的武器。
他們聽從吩咐，迅速穿好銅裝，
打開大門，奧德修斯走在前面。
大地業已明亮，雅典娜用濃重的昏暗
把他們罩住，帶領他們迅速出城。　　　　372

第廿四卷
——神明干預化解仇怨君民締和平

　　庫勒涅的赫爾墨斯①把那些求婚人的
魂靈召集到一起。他手裡握著一根
美麗的金杖，他用那金杖可隨意使人
雙眼入睡，也可把沉睡的人立時喚醒，
他正用那神杖召喚，眾魂靈啾啾跟隨他。
有如成群的蝙蝠在空曠的洞穴深處
啾啾飛翔，當其中有一隻離開岩壁，
脫離串鏈，其他的立即紛亂地飛起；
眾魂靈也這樣啾啾隨行，救助之神
赫爾墨斯引領他們沿著霧蒙的途徑。
他們經過奧克阿諾斯的流水和白岩，
再經過赫利奧斯之門和夢幻之境，
很快來到那阿斯福得洛斯②草地，
那裡居住著無數魂靈故去者的魂影。
他們見到佩琉斯之子阿基琉斯的、
帕特羅克洛斯的、高貴的安提諾奧斯的、
埃阿斯的魂靈，埃阿斯在所有達那奧斯人中
容貌身材最出眾，除了傑出的阿基琉斯。　　18

　　這些魂靈就這樣聚集在阿基琉斯周圍，
阿特柔斯之子阿伽門農的魂靈也走來，
悒鬱不樂，身邊聚集著其他眾魂靈，

---

①庫勒涅山位於阿爾卡狄亞北部，是伯羅奔尼撒半島的最高峰，傳說神
　使赫爾墨斯出生在那裡，「庫勒涅的」也便成了赫爾墨斯的別名。
②「阿斯福得洛斯」可能是常青常綠之意。

一起在埃吉斯托斯家裡被殺遭厄運。
佩琉斯之子的魂靈首先對阿伽門農開言：
「阿特柔斯之子，我們原以爲在眾英雄中
拋擲霹靂的宙斯總是最最寵愛你，
因此你在特洛亞地方統帥眾將士，
阿開奧斯人在那裡忍受了無數的艱辛。
死亡的命運卻如此早早地降臨於你，
儘管任何降生的人都不能把它逃脫。
可惜你怎麼沒有在當年一身榮耀時，
就在特洛亞地區遭到死亡的命運，
那樣全體阿開奧斯人會給你造陵墓，
你也可給後代子孫贏得偉大的英名，
現在命運卻讓你這樣悲慘地死去。」　　　34

　　阿特柔斯之子的魂靈這時回答說：
「佩琉斯的幸運兒子，神明般的阿基琉斯，
你倒是死在遠離阿爾戈斯的特洛亞，
特洛亞的和阿爾戈斯的許多傑出子弟
戰死在你的周圍，爲爭奪你的遺體，
你魁梧地躺在飛揚的塵埃裡，忘卻了駕乘。
我們整天地戰鬥，仍不會停止作戰，
若不是宙斯降下暴風雨使戰鬥停息。
我們把你的遺體從戰場奪得運回船，
安放靈床上，用溫水把你的美好的身體
擦洗乾淨，塗抹油膏，眾達那奧斯人
圍著你熱淚湧流，剪下一絡絡頭髮。
你母親同其他不死的海中神女們前來，
得知音訊，海上響起巨大的呼號，
全體阿開奧斯人聽了立即心顫驚。
他們本會頓時站起身奔回空心船，

若不是有位精通古事之人阻勸，
這就是涅斯托爾，智謀一向最出眾，
他好心好意地勸告他們，開言這樣說：
『站住，阿爾戈斯人，別跑，阿開奧斯青年，
那是他母親偕同其他不死的神女們
從海中前來，看望她那死去的兒子。』
他的話使勇敢的阿開奧斯人消除了驚慌，
海中老神的女兒們在你的遺體周圍
悲悼哭泣，給你穿上神奇的衣服。
九位繆斯用優美的聲音哀哭齊唱和，
你看不到有哪個阿爾戈斯人不流淚，
嗓音洪亮的繆斯的歌聲如此動人心。③
十七個黑夜和白天這樣連續不斷，
不死的神明和我們有死的凡人哀悼你，
第十八天爲你舉行火葬，在遺體周圍
我們宰殺了許多肥羊和無數的彎角牛。
你的遺體同神明們的衣服和無數油膏、
甘蜜一起被焚化，許多阿開奧斯英雄
身披鎧甲，圍繞著熊熊的火焰行進，
或步兵或車戰將士，發出巨大的喧囂。
待赫菲斯托斯的火焰把你的遺體焚盡，
阿基琉斯啊，我們在清晨撿取白骨，
把它們浸入未經攙和的酒釀和油膏裡，
你母親送來雙耳金罐，據說是著名的
赫菲斯托斯的作品，狄奧倪索斯的禮物。
高貴的阿基琉斯啊，白骨被裝進那金罐，
與墨諾提奧斯之子帕特羅克洛斯的遺骨一起，
安提洛科斯的遺骨另外放，在所有同伴中

56

③以上三行詩（60–62）在古代被刪去。詩中提到繆斯爲九位。

你對他最敬重，除去已故的帕特羅克洛斯。　　　　79
這時阿爾戈斯人的神聖的全營將士
為你們建造了一座巨大而光輝的陵墓，
在寬闊的赫勒斯滂托斯的突出的海岸旁，
使得人們從海上便能遙遙地望見，
無論是現今的世人或以後出生的人們。
你母親向神明們求索了許多光輝的獎品，
置於賽場中央，獎給阿開奧斯勇士。
你當年曾在許多人物的葬禮上見過
無數英雄，每當有國王去世之後，
年輕的人們束緊腰帶開始作競技，
可是你看到那些競賽也會心驚異，
銀足女神忒提斯為你帶來了那許多
珍貴的獎品，因為眾神明非常寵愛你。
阿基琉斯啊，你雖然死了，英名尚存，
你的光輝榮耀將永存於世人們中間。
至於我，辛苦作戰又帶來什麼好處？
宙斯讓我歸返時遭受到悲慘的死亡，
倒在埃吉斯托斯和可憎的妻子的手裡。」　　　　97

　　他們正互相交談，說著這些話語，
弒阿爾戈斯的引路神漸漸向他們走來，
驅趕著被奧德修斯殺死的求婚人的魂靈。
他們倆見了驚異不止，向他們走去，
阿特柔斯之子阿伽門農的魂靈認出
墨拉紐斯的愛子、著名的安菲墨多，
因為阿伽門農曾在伊塔卡他家客居。
阿特柔斯之子的魂靈首先開言對他說：
「安菲墨多，你們怎麼一起來到這
昏暗的地域？儘管你們優秀且年輕？

國人中不可能找出比你們更顯貴的人。
是波塞多把你們制服在航行的船舶裡，
掀起狂烈的風暴，帶來凶猛的氣流，
還是被心懷敵意的人們殺死在陸地上，
當你們劫掠他們的牛群或美好的羊群時，
或者你為了保衛城市和婦女們而戰？
請回答我的詢問，我和你家有交情。
你是否記得，我和墨涅拉奧斯兩人
曾去過你們那裡，為勸說奧德修斯
乘坐有板凳的船隻一起前往伊利昂？
我們歷時一月渡過遼闊的大海，
竭力勸說攻掠城市的奧德修斯。」 119

　　安菲墨多的魂靈立即這樣回答說：
「阿特柔斯的光輝兒子，人民的首領阿伽門農，
神明的後裔，你說的這一切我全記得，
我這就把一切清楚地告訴你，絲毫不隱瞞，
我們如何遭到了死亡的悲慘結果。
奧德修斯久久離家，我們求娶他妻子，
她不拒絕可惡的求婚，但也不應允，
卻為我們謀劃死亡和黑色的毀滅，
心中設下了這樣一個騙人的詭計，
站在宮裡巨大的機杼前織造布匹，
布質細密幅面又寬闊，對我們這樣說：
『我的年輕的求婚人，英雄奧德修斯既已死，
你們要求我再嫁，不妨把婚期稍延遲，
待我織完這匹布，免得我前功盡廢棄，
這是給英雄拉埃爾特斯織造做壽衣，
當殺人的命運有一天讓可悲的死亡降臨時，
免得本地的阿開奧斯婦女中有人指責我：

他積得如此多財富，故去時卻可憐無殯衣。』　　137
她這樣說，說服了我們的高傲的心靈。
就這樣，她白天動手織那匹寬闊的布料，
夜裡火巨燃起時又把織成的拆毀。
她這樣欺詐三年，瞞過了阿開奧斯人。
時光不斷流逝，待到第四年來臨，
月亮一次次落下，白天一次次消隱，
一個了解內情的女僕揭露了秘密。
正當她拆毀閃光的布匹時被我們捉住，
她終於不得不違願地把那匹布織完。
待她把那匹寬布織完，把布匹漿洗，
給我們展示，光燦如同太陽或明月，
這時惡神又把奧德修斯從什麼去處
引導回田莊，就是牧豬奴居住的地方。
神樣的奧德修斯的愛子也去到那裡，
乘著烏黑的船隻歸自多沙的皮洛斯。
父子倆給眾求婚人準備了可悲的死亡，
來到著名的城市，奧德修斯後行，
特勒馬科斯領路，首先前往城裡。
牧豬奴引導衣衫破舊的奧德修斯，
形容酷似一個悲慘的乞求人和老翁，
拄著拐棍，身上穿著襤褸的衣衫。　　158
我們誰也未認出他的真實身分，
當他突然出現時，即使是那些年長者，
也對他惡言惡語、動腳動手相欺凌。
可是他雖在自己的家宅，卻忍受這一切，
控制住心靈，任憑人們打擊和凌辱。
待到提大盾的宙斯的智慧給他感召，
他便同特勒馬科斯搬開精美的武器，
放進庫房，上好房門的嚴密栓鎖，

然後詭計多端地鼓動他的妻子，
讓她給求婚的人們拿來彎弓和鐵斧，
要不幸的我們進行競技，殺戮的先行。
我們沒有一個人能夠安好那張
強弓的弦繩，我們的力氣相差太遠。
待到那把大弓交到奧德修斯手裡，
我們全都立即放聲喧嚷起來，
不讓把弓傳給他，儘管他竭力解說，
唯有特勒馬科斯鼓勵他，要他安弓弦。　　175
歷盡艱辛的英雄奧德修斯手握彎弓，
輕易地安上弓弦，箭矢把斧孔穿過，
然後站到門檻邊，倒出速飛的箭矢，
可怖地環視，射中王公安提諾奧斯。
他又向其他人射出給人悲哀的箭矢，
一箭箭命中，人們一個個挨著倒地。
這時人們看清楚，有神明助佑他們。
他們立即在堂上把我們奮力追殺，
人們紛紛被打倒，發出可悲的呻吟，
頭顱被砸破，整個地面鮮血漫溢。
阿伽門農啊，我們就是這樣被殺死，
屍體仍留在奧德修斯的宅邸未埋葬，
因為我們家中的親屬尚不知音訊，
為我們把淤積於傷口的黑色血污清洗，
舉哀殯葬，這些是死者應享的禮遇。」　　190

　　阿特柔斯之子的魂靈這樣回答說；
「拉埃爾特斯的光輝兒子，機敏的奧德修斯，
你確實得到一個德性善良的妻子，
因為伊卡里奧斯的兒女、高貴的奧德修斯
有如此高尚的心靈。她如此懷念奧德修斯，

自己的丈夫，她的德性會由此獲得
不朽的美名，不死的神明們會譜一支
美妙的歌曲稱頌聰明的佩涅洛佩；
不像那廷達瑞奧斯的女兒④謀劃惡行，
殺害自己結髮的丈夫，她的醜行
將在世人中流傳，給整個女性帶來
不好的名聲，儘管有人行為也高潔。」　　　　　202

　　他們正互相交談，說著這些話語，
站在哈得斯的居所，在大地的幽深之處，
奧德修斯一行這時出了城，很快來到
拉埃爾特斯的美好田莊，那田莊是老人
親手建造，為它付出了無數的辛勞。
那裡有他的住屋，住屋周圍是棚舍，
聽從他役使的奴僕們在那些棚舍吃飯、
休息和睡眠，幹各種令他高興的活計。
那裡還住著一位老西克洛斯女僕，
精心照料老人於莊園，遠離城市。
奧德修斯這時對奴僕和兒子這樣說：
「你們現在直接前去堅固的房屋，
立即挑選一頭最肥壯的豬宰殺備午餚，
我要前去把我的父親略作試探，
看他能不能憑自己的雙眼辨清認出我，
或者辨不清，因為我離家外出已很久。」　　　　218

　　他這樣說完，把作戰的武器交給奴僕。
他們很快向住屋走去，奧德修斯自己
探索著走近那座繁茂豐產的葡萄園。

---

④指阿伽門農的妻子克呂泰涅斯特拉。

他走進那座大果園，未見到多利奧斯，
也未見到他的兒子們和其他奴隸，
他們都前去為果園搬運石塊壘圍牆，
老人多利奧斯帶領他們，在前引路。
奧德修斯看見父親隻身在精修的果園裡，
為一棵果苗培土，穿著骯髒的衣衫，
破爛得滿是補綴，雙脛為避免擦傷，
各包一塊布滿補丁的護腿牛皮，
雙手帶著護套防避荊棘的扎刺，
頭戴一頂羊皮帽，心懷無限的憂愁。
歷盡艱辛的英雄奧德修斯看見他父親
蒙受老年折磨，巨大的傷感湧心頭，
不由得站到一棵梨樹下，眼淚往下流。　　234
這時他的心裡和智慧正這樣思慮，
是立即上前吻抱父親，向他細述說，
他怎樣歸來，回到自己的故土家園，
還是首先向他詢問，作詳細的試探。
他思慮結果，還是認為這樣更合適：
首先用戲弄的話語上前對老人作試探。
英雄奧德修斯這樣考慮，向老人走去。
當老人正低頭在幼苗周圍專心培土時，
高貴的兒子站到他身邊，開言這樣說：
「老人家，我看你管理果園並非無經驗，
倒像是位行家，果園裡一切井井有條理，
不論是幼嫩的樹苗、無花果、葡萄或橄欖，
不論是梨樹或菜畦，顯然都不缺料理。
我卻另有一事相責備，請你別生氣。
你太不關心自己，度著可憐的老年，
渾身如此污穢，衣服破爛不堪。　　　　250
不會是主人因你懶惰對你不關心，

無論是你的容貌或身材絲毫不顯
奴隸跡象，相反卻像是一位王爺。
你確實像是位王公，理應沐浴、用餐，
舒適地睡眠，這些是老年人應得的享受。
現在請你告訴我，要說眞話不隱瞞，
你是何人的奴隸？管理何人的果園？
還想請你如實地告訴我，讓我知道，
此處是否確係伊塔卡，我剛才前來，
有人與我相遇於道途，如此告訴我，
但他的心智似乎不健全，因爲他不願
向我詳細說明，不願聽我把話說，
當我打聽一客朋是否還活著住這裡，
或者已經亡故，去到哈得斯的居所。
我這就向你敘說，請你聽清記心裡。
我在自己親愛的故鄉曾招待一客朋，
他來到我們的居地；遠方來客我常招待，
卻從未有他這樣的客人來到我宅邸。　　　　　268
他自稱伊塔卡是他的出生地，他還聲言，
阿爾克西奧斯之子拉埃爾特斯是其父。
我把客人帶到家裡，熱情招待，
友好盡心，拿出家中的各種儲藏，
又按照應有的禮遇贈他許多禮物。
我曾贈他七塔蘭同精煉的黃金，
贈送他一只鑲花精美的純銀調缸，
單層外袍十二件，同等數量的氈毯，
同等數量的披篷和同等數量的衣衫，
還送他容貌美麗、精於各種手工的
女奴四名，由他親自從家奴中挑選。」　　　　　279

父親眼淚如注，當時這樣回答說：

「客人啊，你確實來到你所詢問的地方，
可它現在被一些狂妄的惡徒占據。
你贈他那許多貴重禮物全是白費心，
你若能看見他仍然生活在這伊塔卡，
他定會也送你許多禮物，招待周全，
送你回故鄉，因為這樣回敬理當然。
可是請你告訴我，要說真話不隱瞞，
那是多少年以前的事情，當時你接待
那個可憐的客朋？他就是，若真如此，
我那不幸的兒子，他遠離家鄉和親人，
或早已在海上葬身魚腹，或者在陸上
成為野獸和飛禽的獵物，他母親未能
為他哀哭和殯殮，作父親的我也如此，
他那嫁妝豐厚的妻子、聰明的佩涅洛佩
也未能在靈床邊為丈夫作應有的哭訴，
闔上眼瞼，這些是死者應享受的禮遇。
現在請你真實地告訴我，好讓我知道，
你是何人何部族？城邦父母在何方？
把你和你的神樣的伙伴們送來這裡的
船隻在何處停泊？或者你作為旅遊人，
搭乘了他人的船隻，他們送達已離去？」 301

　　足智多謀的奧德修斯這樣回答說：
「我將把所有情況一一如實地告訴你。
我來自阿呂巴斯⑤，家居華美的宅邸，
波呂佩蒙王的後裔阿費達斯之子，
我的名字是埃佩里托斯，惡神背逆

――――――――――

⑤阿呂巴斯城的地點不可確考，一說在義大利南部，一說在黑海南岸，
　即阿呂柏城。

我的意願，把我從西卡尼亞⑥送來這裡，
我的船隻只停泊在遙遠的城外地緣處。
至於奧德修斯，與我相遇已五年，
他來到我的家鄉，又從那裡離去，
他真不幸，但他離開時有鳥飛的吉兆，
從右邊飛過，我因此高興地送他啓程，
他也高興地離去，我們原本期待
重新相見敘友情，贈送貴重的禮品。」　　　　　314

　　他這樣說，烏黑的愁雲罩住老人，
老人用雙手捧起一把烏黑的泥土，
撒向自己灰白的頭頂，大聲地嘆息。
奧德修斯心情激動，鼻子感到一陣
難忍的強烈辛酸，看見親愛的父親。
他撲過去抱住父親親吻，對他這樣說：
「父親啊，我就是你一直苦苦盼望的兒子，
廿年歲月流逝，方得歸返回故里。
現在請止住淚水，停止悲慟和嘆息。
我且對你說一事，時間緊迫難盡言。
我已把那些求婚人殺死在我們的宅邸，
報復了他們痛心的侮辱和各種惡行。」　　　　　326

　　拉埃爾特斯開言回答兒子這樣說：
「若你果真是我的兒子奧德修斯歸來，
請向我說明明顯的證據，好讓我相信。」　　　　　329

　　足智多謀的奧德修斯回答父親說：
「你首先可親眼把我的這處傷疤察看，

---

⑥西卡尼亞即西西里。

那是我去到帕爾涅索斯，野豬用白牙
把我咬傷。當時你和尊貴的母親
派我前去外祖父奧托呂科斯那裡，
去領取他來我家時應允給我的禮物。
如果你願意，我還可舉出精修的果園裡
你送給我的各種果樹，我當時尚年幼，
請你向我一一介紹，在果園跟隨你。
我們在林中走，你把樹名一一指點。
當時你給我十三棵梨樹，十棵蘋果，
四十棵無花果樹，你還答應給我
五十棵葡萄樹，棵棵提供不同的碩果。
那裡的葡萄枝蔓在不同的時節結果實，
當宙斯掌管的時光從上天感應它們時。」   344

他這樣說完，老人雙膝發軟心發顫，
奧德修斯說出的證據確鑿無疑端，
便向兒子伸出雙臂，歷盡艱辛的英雄
奧德修斯扶住父親，見他昏厥過去。
待老人蘇醒過來，心靈恢復了感知，
重又開言，對兒子說出這樣的話語：
「父宙斯，神明們顯然仍在高聳的奧林波斯，
如果求婚人的暴行確實已受到報應。
只是現在我心裡充滿憂慮，擔心
所有伊塔卡人可能會很快衝殺來這裡，
把消息傳遍克法勒涅斯人的所有城市。」   355

足智多謀的奧德修斯這樣回答說：
「請你放心，不必為這些事情擔憂。
我們且去你的住處，它距離不遠，
我業已派遣特勒馬科斯和牧牛奴、

牧豬奴去那裡，迅速把午餐備齊。」　　　　　　　　360

　他們這樣說話，向美好的宅院走去。
他們走進那座居住擁擠的院落，
一眼看見特勒馬科斯和牧牛奴牧豬奴
正把許多肉切塊，攪和閃光的酒釀。　　　　　　　364

　這時那個西克洛斯女奴已經在屋裡
給英勇的拉埃爾特斯沐完浴，抹過橄欖油，
穿上縫製精美的外袍。雅典娜這時
也來到他身旁，給人民的牧者增添光輝，
使他顯得比先前更高大，也更魁偉。
他走出浴室，兒子見了驚異不已，
因為他的形象猶如不死的神明。
兒子對他說出有翼飛翔的話語：
「親愛的父親，定是有一位永生的神明
使你的容貌、身軀頓然顯得更俊美。」　　　　　　374

　睿智的拉埃爾特斯回答兒子這樣說：
「我向天父宙斯、雅典娜、阿波羅祈求，
但願我仍如當年統治克法勒涅斯人、
奪取海濱堅固的城堡涅里科斯⑦時
那樣壯健，昨日我便可在我們的家宅
肩披作戰的鎧甲，與你一起作戰，
回擊那些求婚人，使他們中的許多人
在堂上膝頭發軟，令你心中也歡悅。」　　　　　　382

　他們正互相交談，說著這些話語。

---

⑦琉卡斯島上一城市。

侍從們結束忙碌，迅速備齊了午餐，
大家紛紛挨次在座椅和寬椅上就座。
他們開始伸手用餐，老人多利奧斯
來到近前，老人的兒子們也一起前來，
結束田間的活計，母親把他們召喚，
就是那個西克洛斯女奴，她撫育孩子們，
又盡心照顧步入老年的多利奧斯。
他們看見奧德修斯，不免凝神思忖，
站在屋裡心中愕然，這時奧德修斯
首先開言，用溫和的話語對他們這樣說：
「老人啊，請快坐下吃飯，不要再驚詫，
我們雖然腹中飢餓，急迫想用餐，
卻一直等待在這裡，等待你們歸返。」　　　　396

他這樣說，多利奧斯張開雙手，
立即上前，抓住奧德修斯吻手腕，
開言對他說出有翼飛翔的話語：
「親愛的主人，你終於歸來，我們想念你，
甚至已絕望，顯然是神明送你歸故里。
你好，熱烈歡迎你，願神明惠賜你好運。
現在請你如實地告訴我，讓我知道，
聰明的佩涅洛佩是否業已清楚知曉，
你歸返來這裡，或者我們應派人去報信。」　　　405

足智多謀的奧德修斯這樣回答說：
「老人啊，她已知情，這事無須再操心。」　　　407

他這樣說，老人在光亮的座椅上坐定。
多利奧斯的兒子們圍住英勇的奧德修斯，
向他說話問候，緊緊握手表歡迎，

然後挨次坐到父親多利奧斯的身邊。　　　　　411

　　正當他們在屋裡紛紛用餐的時候，
消息女神奧薩迅速地跑遍全城，
傳告求婚人慘遭死亡和毀滅的消息。
人們聽到音訊，互相怨憤嘆息，
紛紛來到奧德修斯的宅院門前，
一個個把親人的屍體從院裡抬出殯殮，
把來自其他城市的求婚人的屍體
裝上快船，派船員把他們送歸鄉井。
人們成群地前去會場，心情痛苦。
待人們紛紛到來，迅速集合之後，
歐佩特斯首先站起來對大家說話，
他的心裡痛苦難忍，為被殺的兒子
安提諾奧斯，被英雄奧德修斯首先殺死，
他為兒子落淚，開言對眾人這樣說：　　　425
「朋友們，想那奧德修斯對阿開奧斯人
惡貫滿盈，用船隻載走無數的勇士，
結果喪失了空心船，也喪失了軍旅，
他歸來又殺死這許多克法勒涅斯顯貴。
現在乘他還未來得及逃往皮洛斯
或者埃佩奧斯人統治的神妙的埃利斯，
讓我們去追趕，這樣可免永遠蒙羞辱；
須知後代人知曉後也會引以為恥，
若我們不能為兒子兄弟被殺報仇怨。
現在活下去並不能使我心中快樂，
我寧願立即同已經死去的人一起死去。
讓我們走吧，不能讓他們渡海逃他處。」　　437

　　他灑淚這樣說，令全體阿開奧斯人動心。

這時墨多和神妙的歌人從奧德修斯家裡
向他們走來，兩人剛從睡夢中甦醒，
來到他們中間，令他們驚異不已。
聰明的墨多知道一切，對他們這樣說：
「伊塔卡人，現在請聽我說。奧德修斯
這樣做顯然符合不死的神祇的意願。
我親眼看見，有一位超常的神祇站在
奧德修斯身旁，完全幻化成門托爾模樣。
不死的神明一會兒在奧德修斯面前
顯現激勵他，一會兒激起求婚人恐懼，
奔跑於堂上，使求婚人一個個挨著倒地。」　　　　449

他這樣說完，人們陷入灰白的恐懼。
馬斯托爾之子、老英雄哈利特爾塞斯
對他們說話，唯有他知道未來和過去，
他好心好意地開言，大聲對他們這樣說：
「伊塔卡人啊，現在請你們聽我說話。
朋友們，這事全由你們的惡行造成。
你們不願聽從我和人民的牧者門托爾，
勸說你們的子弟們停止為非作歹，
他們狂妄放肆，犯下了巨大的罪行，
大肆耗費他人的財產，恣意侮辱
高貴之人的妻子，認為他不會再歸返。
此事應這樣了結，你們聽我勸說：
不要前去，免得又自取滅亡遭不幸。」　　　　462

他這樣說，人們站起身大聲喧嚷，
多得超過半數，其他人仍留在原地。
他們厭惡他的勸告，卻願聽從
歐佩特斯的勸說，立即去取兵器。

待他們紛紛給自己穿起閃亮的銅裝，
便成群地前往廣闊的城市前面集合。
歐佩特斯率領這群愚蠢的人們，
聲稱爲被殺死的孩子報仇，但他自己
也不會再歸返，死亡的命運將會跟隨他。　　　　471

　　這時雅典娜對克羅諾斯之子宙斯說：
「我們的父親，克羅諾斯之子，至高之王，
請回答我的問題，你心裡怎樣考慮？
你想讓這場殘酷的戰鬥和可怕的屠殺
繼續下去，還是讓雙方和平締友誼？」　　　　476

　　集雲神宙斯開言回答女神這樣說：
「我的孩兒，你怎麼還向我詢問和打聽？
不是你自己親自想出了這樣的主意，
讓奧德修斯歸來報復那些求婚人？
你可以如願而行，我告訴你怎樣最合理。
既然英雄奧德修斯業已報復求婚人，
便讓他們立盟誓，奧德修斯永遠爲國君，
我們讓這些人把自己的孩子和兄弟被殺的
仇恨忘記，讓他們彼此像從前一樣，
和好結友誼，充分享受財富和安寧。」　　　　486

　　他這樣說，一面催促雅典娜快啓程，
女神迅速前去，飛離奧林波斯峰巔。　　　　488

　　待人們滿足了令人愉快的吃食欲望，
歷盡艱辛的英雄奧德修斯對他們開言說：
「該派人出去察看，他們是否已接近。」　　　　491

　　他這樣說，多利奧斯之子遵命而行，
來到門檻邊停住，見人群業已臨近。
他立即對奧德修斯說出有翼飛翔的話語：
「他們已迫近，讓我們趕快武裝整齊。」　　　　　495

　　他這樣說，人們迅速起身穿好鎧甲，
奧德修斯一行四人，多利奧斯六個兒子，
拉埃爾特斯和多利奧斯也穿好鎧甲，
頭髮雖已灰白，卻也很渴望參戰。
待他們把閃光的甲冑在身上披掛齊整，
他們開門走出，奧德修斯在前率領。　　　　　501

　　宙斯和女兒雅典娜來到他們身邊，
外表和聲音完全幻化成門托爾模樣。
歷盡艱辛的英雄奧德修斯一見心歡喜，
立即對兒子特勒馬科斯開言這樣說：
「特勒馬科斯，你如今身臨重要的時刻，
人們奮勇作戰，爭取超群的榮譽，
你切不可辱沒祖輩的榮耀，他們往日
一向以英勇威武揚名於整個大地。」　　　　　509

　　聰慧的特勒馬科斯回答父親這樣說：
「如果你願意，親愛的父親，你會看到，
我不會如你所說，玷污祖先的榮譽。」　　　　　512

　　他這樣說完，拉埃爾特斯歡欣地感嘆：
「親愛的神明，今天這日子真令我欣喜，
我的兒子和我的孫子要競賽誰勇敢。」　　　　　515

　　目光炯炯的雅典娜前來對他這樣說：

「阿爾克西奧斯之子，我最親愛的伙伴，
你應向目光炯炯的女神和父宙斯禱告，
立即奮力揮臂，擲出拖長影的長矛。」 519

　　帕拉斯・雅典娜這樣說，給他巨大的勇氣。
老人立即向偉大的宙斯的女兒作禱告，
隨即奮力揮臂，擲出拖長影的長矛，
擊中歐佩特斯，穿過帶銅護頰的頭盔。
長矛並未停住，一直穿過那銅盔，
歐佩特斯撲通一聲倒地，鎧甲震響。
奧德修斯和勇敢的兒子衝進敵人前列，
揮動佩劍和兩頭尖銳的長槍砍刺。
他們本會把敵人殺盡，無人能歸返，
若不是偉大的宙斯的女兒雅典娜不應允，
大聲呼喊，把所有作戰的人們攔住：
「伊塔卡人啊，趕快停止殘酷的戰鬥，
不要再白白流血，雙方快停止殺戮。」 532

　　雅典娜這樣說，人們陷入灰白的恐懼。
人群驚惶不已，武器從手裡滑脫，
紛紛落地，當他們聽到女神的聲音。
他們轉身奔向城市，渴望能逃命。
歷盡艱辛的英雄奧德修斯可怕地大喊，
向敵人猛撲過去，有如高翔的老鷹。
這時克羅諾斯之子拋下硫磺霹靂，
落到偉大的父親的明眸女兒的面前。
目光炯炯的雅典娜對奧德修斯這樣說：
「拉埃爾特斯之子，機敏的神裔奧德修斯，
住手吧，讓這場戰鬥的雙方不分勝負，
免得克羅諾斯之子、鳴雷的宙斯動怒。」 544

雅典娜這樣說，奧德修斯聽從心歡悅。
戰鬥的雙方重又爲未來立下了盟誓，
提大盾的宙斯的女兒帕拉斯·雅典娜主使，
外表和聲音完全幻化成門托爾模樣。　548

專名索引

史詩中出現的人物和地理名稱較多，一一注釋難免繁瑣，為簡化注釋和便於全書檢索，特編製本索引。索引專名收錄以正文中出現的為限。同名者在名後分別以①、②……標示。專名中已約定俗成的，採通用譯名，其他專名本著名從主人原則，按讀音對應全稱譯出。專名按漢語拼音音序排列。譯名後附古希臘文，以便查對其他譯法和查閱外文材料。專名後的詩中出處以數字標示，第一個中文數字為卷號，逗號後的阿拉伯數字為行號，不同卷次用分號隔開。有些專名出現頻繁，又一目了然，卷行號未一一列入。

另附《古代地中海地區簡圖》一幅，與本索引參照使用。

A

阿波羅　'Απόλλων

宙斯之子，別名福波斯，司陽光、預言、藝術、醫藥、弓箭等。三，279；四，341；六，162；七，64, 311；八，79, 227, 323, 334, 339, 488；九，198, 201；十五，245, 252, 410, 526；十七，132, 251, 494；十八，235；十九，86；廿，278；廿一，267, 338, 384；廿二，7；廿四，376。

阿德瑞斯特　'Αδρήστη

海倫的女侍之一。四，123。

阿爾費奧斯　'Αλφειός

斐賴王，狄奧克勒斯的祖父。三，489；十五，187。

阿爾戈　'Αργώ

著名的尋取金羊毛的海船。十二，70。

阿爾戈斯　'Αργοs

①希臘古代居民，主要居住在伯羅奔尼撒半島東北部，有時泛指希臘人。一，61, 211；二，173；三，129, 133, 309, 379；四，172, 184, 200, 258, 273, 279, 296；八，502, 513, 578；十，15；十一，369, 485, 500, 518, 524, 555；十二，190；十五，240；十七，188；十八，253；十九，126；廿三，218；廿四，54, 62, 81。②伯羅奔尼撒半島東北部地區，一稱阿爾戈利斯。一，344；三，180, 251, 263；四，99, 174, 562, 726, 816；十五，80, 224, 239, 274；十八，246；廿一，108；廿四，37。③百眼巨怪。一，38, 84；五，43, 49, 75, 94, 145, 148；七，137；八，338；十，302, 331；廿四，99。④

635；十三, 275；十五, 298；廿
一, 347；廿四, 431。

埃琉西昂　'Ηλύσιον

冥間常樂世界。四, 563。

埃律曼托斯　'Ερύμανθοs

阿爾卡狄亞境內山脈。六,
103。

埃尼珀斯　'Ενιπεύs

特薩利亞境內河流。十一, 238,
240。

埃佩奧斯　'Επειόs

特洛亞木馬製造者。八, 493；
十一, 523。

埃佩奧斯人　'Επειοί

居住在埃利斯北部的部落。十
三, 275；十五, 298；廿四, 431。

埃佩里托斯　'Επήριτοs

奧德修斯的化名。廿四, 306。

埃皮卡斯特　'Επικάστη

奧狄浦斯的母親。十一, 271。

埃瑞博斯　''Ερεβοs

冥間的昏暗處，忘靈居住的地
方。十, 528；十一, 37, 564；十
二, 81；廿二, 356。

埃瑞克透斯　'Ερεχθεύs

雅典人的始祖。七, 81。

埃瑞特繆斯　'Ερετμεύs

費埃克斯青年。八, 112。

埃塞俄比亞人　Aἰθίοπεs

傳說中的部落，居住在大地東
西兩隅，長河之濱。一, 22, 23；
四, 84；五, 282, 287。

埃特奧克瑞特斯人
　'Ετεόκρητεs

克里特原始部落之一。十九,
176。

埃特奧紐斯　'Ετεωνεύs

墨涅拉奧斯的侍臣。四, 22,
31；十五, 95。

埃托利亞人　Aἰτωλόs

希臘中部居民。十四, 379。

埃伊多特婭　Eἰδοθέη

老海神普羅透斯的女兒。四,
366。

艾埃特斯　Aἰήτηs

黑海北岸科爾克斯國王。十,
137；十二, 70。

艾艾埃　Aἰαίη

①傳說中的海島，魔女基爾克
的居地。十, 135；十一, 70；十
二, 3。②基爾克的別名。九,
32；十二, 268, 273。

艾奧利埃　Aἰολίη

風神艾奧洛斯的居地。十, 1,
55。

艾吉普提奧斯　Aἰγύπτιοs

伊塔卡長老。二, 15。

艾奧洛斯　Aἴολοs

①風神。十, 2, 36, 44, 60；廿
三, 314。②特薩利亞先王。十一,
237。

艾宋　Aἴσων

提羅和克瑞透斯之子，伊阿宋
的父親。十一, 259。

艾同　Aἴθων

奧德修斯的化名。十九, 183。

安德賴蒙　'Ανδραίμων

埃托利亞首領托阿斯的父親。

271。

奧爾科墨諾斯 'Ορχομενός
波奧提亞城市。十一，284，459。

奧爾墨諾斯 ''Ορμενός
歐邁奧斯的父親。十五，414。

奧爾提吉亞 ''Ορτυγίη
傳說中的國家。五，123；十五，404。

奧爾提洛科斯 'Ορτίλοχος
狄奧克勒斯的父親。三，489；十五，187；廿一，16。

奧爾西洛科斯 'Ορσίλοχος
奧德修斯杜撰的克里特王子。十三，260。

奧古吉埃 'Ωγυγίη
傳說中的島嶼，神女卡呂普索的居地。一，85；六，172；七，244，254；十二，448；廿三，333。

奧卡利亞人 Oἰχαλιεύs
特薩利亞境內居民。八，224。

奧克阿諾斯 'Ωκεανός
環地長河。四，568；五，275；十，139，508，511；十一，13，21，158，639；十二，1；十九，434；廿，65；廿二，197；廿三，244，347；廿四，11。

奧庫阿洛斯 'Ωκύαλοs
費埃克斯青年。八，111。

奧林波斯 'Ολυμποs
希臘東北部特薩利亞境內山峰，傳說中的以宙斯為首的眾神的居地。一，27，60，102；二，

68；三，377；四，74，173，722；六，42等。

奧里昂 'Ωρίων
獵戶星座。五，121，274；十一，310，572。

奧涅托爾 'Ονήτωρ
墨涅拉奧斯的舵手弗隆提斯的父親。三，282。

奧諾普斯 Oἴνοψ
勒奧得斯的父親。廿一，144。

奧普斯 ''Ωψ
奧德修斯的老奶媽歐律克勒婭的父親。一，429；二，347；廿，148。

奧瑞斯特斯 'Ορέστηs
阿伽門農之子。一，30，40，298；三，306；四，546；十一，461。

奧薩 'Oσσα
特薩利亞境內山峰。十一，315。

奧托諾埃 Aὐτονόη
佩涅洛佩的女侍之一。十八，182。

奧托呂科斯 Aὐτόλυκοs
奧德修斯的外祖父。十一，85；十九，394，399，403，405，414，418，430，437，455，459，466；廿一，220；廿四，334。

奧托斯 ''Ωτοs
波塞冬之子。十一，308。

奧伊克勒斯 'Oιχλῆs
墨蘭波斯的後代。十五，243，244。

戈爾戈　Γοργώ

　　一種生翼的蛇尾怪物，凡被它看見的人會立即變成石頭。十一，634。

戈爾提斯　Γόρτυς

　　克里特島南部城市。三，294。

革瑞尼亞　Γερηνία

　　皮洛斯城市，涅斯托爾的故鄉或原居住地。三，68，102，210，253，386，397，405，411，474；四，161。

格拉斯托斯　Γεραιστός

　　尤卑亞島西南部海港。三，177。

古賴　Γύραι

　　那克索斯島附近巨岩。四，500，507。

H

哈得斯　'Αίδηs（'Αΐδοs）

　　冥神或泛指冥間。三，410；四，834；六，11；九，524；十，175，491，502，512，534，560，564；十一，47，65，69，150，164，211，277，425，475，571，625，627，635；十二，17，21，383；十四，156，208；十五，350；廿，208；廿三，252，322；廿四，204，264。

哈利奧斯　'Αλοs

　　阿爾基諾奧斯之子。八，119，370。

哈利特爾塞斯　'Αλιθέρσηs

　　伊塔卡人，奧德修斯的朋友。二，157，253；十七，68；十四，

451。

海倫　'Ελένη

　　宙斯的女兒，墨涅拉奧斯的妻子。四，12，121，130，184，219，296，305，569；十一，438；十四，68；十五，58，100，104，106，123，126，171；十七，118；廿二，227；廿三，218。

赫柏　'Ηβη

　　宙斯和赫拉的女兒，後成爲青春女神。十一，603。

赫爾墨斯　'ΕρμΝείαs（'Ερμῆs）

　　宙斯之子，神使。一，38，42，84；五，28，29，54，85，87，196；八，323，334，335；十，277，307；十一，626；十二，390；十四，435；十五，319；十六，471；十九，397；廿四，1，10。

赫爾彌奧涅　'Ερμιόνη

　　墨涅拉斯奧斯和海倫的女兒。四，14。

赫菲斯托斯　'Ηφαιστοs

　　宙斯和赫拉之子，匠神。四，617；六，233；七，92；八，268，270，272，286，287，293，297，327，330，345，355，359；十五，117；廿三，160；廿四，71，75。

赫拉　'Ηρη

　　宙斯的姐妹和妻子。四，513；八，465；十一，604；十二，72；十五，112，180；廿，70。

赫拉克勒斯　'Ηρακλῆs

　　宙斯的兒子，著名的大英雄。

八，224；十一，267，601；廿一，26。

赫拉斯 'Ελλάs

①希臘西部地區。一，344；四，726，816；十五，80。②特薩利亞城市。廿四，82。

赫勒斯滂托斯

'Ελλήσποντοs

愛琴海東北部海峽，即今達達尼爾海峽。廿四，82。

赫利奧斯 'Héλιοs ('Ηλιοs)

古老的太陽神，後來與阿波羅混同。一，8；三，1；八，271，302；九，58；十，138；十一，16，109；十二，4，128，133，176，263，269，274，323，343，346，355，374，385，398；十九，276，433，441；廿二，388；廿三，329；廿四，12。

火河 Πυριφλεγέθων

冥間一河流。十，513。

J

基爾克 Κίρκη

魔女。八，448；九，31；十，136；十一，8，22，53，62；十二，6，16，36，150，155，226，268，273，302；廿三，321。

基科涅斯人 Κίκονεs

色雷斯部落。九，39，47，59，66，165；廿三，310。

基墨里奧伊人 Κιμμέριοι

傳說中的部落，居住在冥間入口。十一，14。

巨靈 Γίγαντεs

天神烏拉諾斯和地神蓋婭所生，魁梧勇猛，曾反對奧林波斯神，失敗後被壓在火山底下。七，59，206；十，120。

K

卡德摩斯 Κάδμοs

特拜的奠基人，其後代稱卡德摩斯人，代指特拜人。五，333；十一，276。

卡爾基斯 Χαλκίs

埃利斯北部克羅諾伊境內著名水泉。十五，295。

卡里斯 Χάριτεs

阿佛羅狄忒的侍女，一譯美惠女神。六，18；八，364；十八，194。

卡呂普索 Καλυψώ

神女。一，14；四，557；五，14；七，245，254，260；八，452；九，29；十二，389，448；十七，143；廿三，333。

卡律布狄斯 Χάρυβδιs

吞吸海水的海怪。十二，104，113，235，260，428，430，436，441；十三，327。

卡珊德拉 Κασσάνδρη

普里阿摩斯的女兒。十一，422。

卡斯托爾 Κάστωρ

①宙斯與勒達之子，海倫的同母兄弟。十一，300。②奧德修斯虛擬的克里特人名。十四，204。

考科涅斯人　Καύκωνες

　　埃利斯部落。三，366。

克法勒涅斯人　Κεφαλλῆνες

　　希臘西部及近海島嶼居民，歸
　　奧德修斯管轄。廿，210；廿四，
　　355, 378, 429。

克拉泰伊斯　Κράταιις

　　巨怪斯庫拉的母親。十二，
　　124。

克勒托斯　Κλεῖτος

　　阿爾戈斯人，墨蘭波斯的後
　　裔。十五，249, 250。

克里特　Κρήτη

　　愛琴海中部海島。三，191,
　　291；十一，323；十三，256,
　　260；十四，199, 205, 234, 252,
　　300, 301, 382；十六，62；十七，
　　523；十九，172, 186, 338。

克呂墨涅　Κλυμένη

　　特薩利亞王菲拉科斯的母親。
　　十一，326。

克呂墨諾斯　Κλύμενος

　　涅斯托爾之妻歐律狄克的父
　　親。三，452。

克呂泰墨涅斯特拉
　　　Κλυταιμνήστρη

　　阿伽門農的妻子，海倫的同母
　　姊妹。三，266；十一，422, 439。

克呂提奧斯　Κλύτιος

　　伊塔卡人，特勒馬科斯的伴侶
　　佩賴奧斯的父親。十五，540；十
　　六，327。

克呂托涅奧斯　Κλυτόνηος

　　阿爾基諾奧斯之子。八，119,

123。

克羅彌奧斯　Χρομίος

　　涅斯托爾的兄弟。十一，286。

克羅諾斯　Κρόνος

　　天神烏拉諾斯與地神蓋婭之
　　子，宙斯的父親。一，45, 81,
　　386；三，88, 119；四，207, 699；
　　八，289；九，552；十，21；十一，
　　620；十二，399, 405；十三，25；
　　十四，184, 303, 406；十五，477；
　　十六，117, 291；十七，424；十八，
　　376；十九，80；廿，236, 273；廿
　　一，102, 415；廿二，51；廿四，
　　472, 473, 539, 544。

克羅諾伊　Κρουνοί

　　埃利斯北部地區。十五，295。

克洛里斯　Χλῶρις

　　涅斯托爾的母親。十一，281。

克諾索斯　Κνωσός

　　克里特城市。十九，178。

克瑞昂　Κρείων

　　特拜國王，赫拉克勒斯妻子墨
　　伽拉的父親。十一，269。

克瑞透斯　Κρηθεύς

　　特薩利亞王，尼奧柏的丈夫的
　　兄弟。十一，237, 258。

克特奧伊人　Κήτειοι

　　小亞細亞密西亞部族。十一，
　　521。

克特西奧斯　Κτήσιος

　　傳說中的敘里埃島的王，奧德
　　修斯的牧豬奴歐邁奧斯的父親。
　　十五，414。

克特西波斯　Κτήσιππος

太陽神的女兒。十二, 132, 375。

勒奧得斯 Λειώδηs

求婚人之一。廿一, 144, 168；廿二, 310。

勒奧克里托斯 Λειώκριτοs

求婚人之一。二, 242；廿二, 294。

勒達 Λήδη

埃托利亞王特斯提奧斯的女兒，與宙斯生海倫。十一, 298。

勒托 Λητώ

提坦女神之一，阿波羅和阿爾特彌斯的母親。六, 106；十一, 318, 580。

累斯博斯 Λέσβοs

小亞細亞西部島嶼。三, 169；四, 342；十七, 133。

利比亞 Λιβύη

北非國家。四, 85；十四, 295。

利姆諾斯 Λῆμνοs

愛琴海北部島嶼。八, 283, 294, 301。

琉科特埃 Λευκοθέη

卡德摩斯的女兒，後成海神。五, 334。

洛托法戈伊人 Λωτοφάγοι

北非海岸部落。九, 84；廿三, 311。

M

馬拉松 Μαραθών

雅典東北城市。七, 80。

馬勒亞 Μάλεια(Μάλειαι)

伯羅奔尼撒半島東南端海岬。三, 287；四, 514；九, 80；十九, 187。

馬人 Κένταυροs

一種人首馬身怪物。廿一, 295。

馬戎 Μάρων

色雷斯伊斯馬洛斯人的阿波羅祭司。九, 197。

馬斯托爾 Μάστωρ

伊塔卡長老哈利特爾塞斯的父親。二, 158；廿四, 452。

邁拉 Μαῖρα

阿爾戈斯王克羅托斯的女兒，與宙斯生特拜奠基者之一洛克羅斯。十一, 326。

邁錫尼（一譯米克奈）

Μυκήνη

伯羅奔尼撒東北部城市，阿伽門農王的都城。三, 305；廿一, 108。

邁婭 Μαιάs

赫爾墨斯的母親。十四, 435。

曼提奧斯 Μάντιοs

預言者墨蘭波斯之子。十五, 242, 249。

昴星座 Πληιάδεs

五, 272。

門農 Μέμνων

埃塞俄比亞首領。十一, 522。

門特斯 Μέντηs

塔福斯島首領。一, 105, 180, 418。

奧德修斯的傳令官。十九，247。

歐律達馬斯 Εὐρυδάμαs

求婚人之一。十八，297；廿二，283。

歐律狄克 Εὐρυδίκη

涅斯托爾的妻子。三，452。

歐律克勒婭 Εὐρύκλεια

奧德修斯和特勒馬科斯的保姆。一，429；二，347，361；四，742；十七，31；十九，15，21，357，401，491；廿，128，134，148；廿一，380，381；廿二，391，394，419，480，485，492；廿三，25，39，69，177。

歐律洛科斯 Εὐρύλοχοs

奧德修斯的伴侶之一。十，205，428，447；十一，23；十二，195，278，294，297，339，352。

歐律馬科斯 Εὐρύμαχοs

求婚人之一。一，399，413；二，177，209；四，628；十五，17，519；十六，295，345，396，434；十七，257；十八，65，244，251，295，325，349，366，387，396；廿，359，364；廿一，186，245，257，277，320，331；廿二，44，61，69。

歐律墨冬 Εὐρυμέδων

巨靈族國王。七，58。

歐律墨杜薩 Εὐρυμέδουσα

瑙西卡婭的老女僕。七，8。

歐律摩斯 Εὐρύμοs

預言者特勒摩斯的父親。九，509。

歐律諾墨 Εὐρυνόμη

佩涅洛佩的女管家。十七，495；十八，164，169，178；十九，96，97；廿，4；廿三，154，289，293。

歐律諾摩斯 Εὐρύνομοs

求婚人之一。二，22；廿二，242。

歐律皮洛斯 Εὐρύπυλοs

密西亞克特奧伊人的將領。十一，520。

歐律提昂 Εὐρυτίων

馬人。廿一，295。

歐律托斯 Εὔρυτοs

①著名弓箭手。八，224，226；廿一，32。②拉克得蒙人。廿一，14，37。

歐羅斯 Εὖροs

東風或東南風。五，295，332；十二，326；十九，206。

歐邁奧斯 Εὔμαιοs

奧德修斯的牧豬奴。十四，55，65，360，440，442，462，507；十五，307，325，341，381，486；十六，7，8，60，69，135，156，461，464；十七，199，264，272，305，311，380，508，512，543，561，576，579；廿，169，238；廿一，80，82，203，234；廿二，157，194，279。

歐墨洛斯 Εὔμηλοs

特薩利亞斐賴王，佩涅洛佩的姐妹伊弗提墨的丈夫。四，798。

歐佩特斯 Εὐπείθηs

安提諾奧斯之父。一，383；四，

特爾佩斯 Τέρπες

歌人費彌奧斯的父親。廿二, 330。

特克托諾斯 Τέκτονος

費埃克斯人。八, 114。

特拉蒙 Τελαμών

大埃阿斯和透克羅斯的父親, 薩拉彌斯王。十一, 543, 553。

特拉敘墨得斯 Θρσυμήδηs

涅斯托爾之子。三, 39, 414, 442。

特勒福斯 Τηλεφοs

小亞細亞密西亞人。十一, 519。

特勒馬科斯 Τηλέμαχοs

奧德修斯之子。一, 113, 156, 213；二, 83； 三, 12；四, 21, 593；五, 25；十一, 68, 185；十三, 413；十四, 173；十五, 4, 496；十六, 4；十七, 3；十八, 60, 156；十九, 4, 121, 321；廿124；廿一, 101, 313；廿二, 92, 267；廿三, 29, 96, 297, 367；廿四, 155, 359, 505等。

特勒摩斯 Τήλεμοs

預言者。九, 509。

特勒皮洛斯 Τηλέπυλοs

萊斯特律戈涅斯人城市。十, 82；廿三, 318。

特里托革尼婭

Τριτογενέια

雅典娜的別名。三, 378。

特里那基亞 Θρινακίη

太陽神的牧牛島。十一, 107；

十二, 127, 135；十九, 275。

特洛亞 Τροίη

小亞細亞西北隅城市。一, 2, 62, 210；三, 85, 220；四, 6, 488；五, 39, 310；八, 82, 220, 503；九, 38, 259；十, 40, 332；十一, 160, 499；十二, 189；十三, 137, 248；十四, 229, 468；十五, 153；十六, 289；十七, 314；十八, 260；十九, 8, 187；廿四, 27 等。

特墨塞 Τεμέση

義大利西南部海島。一, 184。

特彌斯 Θέμιs

提坦女神, 宙斯前妻, 司秩序、法律。二, 68。

特涅多斯 Τένεδοs

特洛亞近海島嶼。三, 159。

特瑞西阿斯 Τειρεσίαs

希臘特拜預言者。十, 492；十一, 30, 479；十二, 267, 272；廿三, 251, 323等。

特斯普羅托伊人 Θεσπρωτοί

埃皮羅斯南部佩拉斯戈斯人部落。十四, 315, 316, 335；十六, 65, 427；十七, 526；十九, 271, 287, 292。

提埃斯特斯 Θυέστηs

阿特柔斯的兄弟, 埃吉斯托斯的父親。四, 517, 518。

提丟斯 Τυδεύs

狄奧墨得斯的父親。三, 167, 181；四, 280。

提羅 Τυρώ

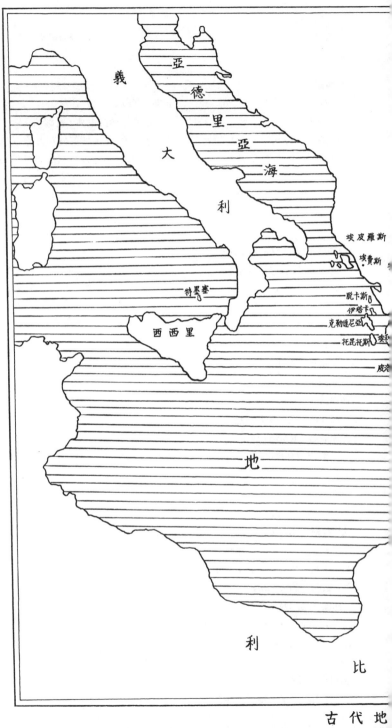

古代地

黑　　海

頓

色雷斯
　伊斯馬洛斯

　　　　　前海
　　　羅斯龐托斯
　　　　特洛亞
愛　　　　　弗里基亞
　利姆諾斯
　　特涅多斯
　　　累斯博斯　　　窩　西　亞
　　　斯摩雞斯
琴　　普修里達　　米底斯
　　　　　　呂　底　亞
　柘拉斯托斯　希奧斯
雅典　　　　弗利基亞
尼昂　　得洛斯
　　　　海　　　　　　　　　　　　弗　利　基　亞

　　　　　　　　　　　　　　賽普路斯
　克諾索斯
　里　特
　費斯托斯　戈爾托斯

海　　　　　　　　　　　　　　　　　西頓

　　　　　　　　　　　尼
埃　　　　　　　　　　羅
　　　　　　　　　　　河
及

圖簡

特洛亞城遺址(一)

特洛亞城遺址(二)

Hugo

悲慘世界
（上、中、下）

法國浪漫派的文學鉅著
苦難中高貴靈魂的謳歌

　　《悲慘世界》不但是雨果思想、藝術和生活經驗的總結，也是十九世紀歷史發展和社會現實生活的寫照。故事敘述一位貧苦的農民，因生活所迫偷了一塊麵包而被判處五年勞役，出獄後又備受社會歧視的種種悲慘處境。「我要揭露的是，法律和習俗所造成的社會壓迫，如何在文明鼎盛時期把人間變成地獄，使理當幸福的人生橫遭災禍。」本書可說是一部關於下層人民處境最強而有力、真摯動人的傑作。

雨果　著／李玉民　譯／黃馨逸老師　專文推薦
上中下三冊　每冊定價220元

Tolstoy
戰爭與和平
（上、中、下）

俄文原著翻譯的最新中文譯本
文建會推薦文學經典最佳讀物

　　托爾斯泰的鉅著《戰爭與和平》以十九世紀拿破崙入侵俄國的俄法戰爭為背景，描摹三位貴族青年的命運軌跡，他們在生活浪濤中經過無數痛苦之後，終於體驗出人生的真諦，心靈上獲得了重生，為彼此的愛情與友誼留下永遠的印記。透過本書，讀者不但能捕捉當時俄國社會的各個層面，托爾斯泰將歷史事件與藝術虛構融合的精湛寫作，讓本書贏得論者口中「當代的伊里亞德」美稱。

托爾斯泰　著／草嬰　譯／王兆徽教授　專文導讀

上中下三冊　每冊定價250元

經典文學系列 9

D. H. Lawrence
兒子與情人

本世紀最著名自傳性小說
探討靈與肉的衝突與妥協

　　《兒子與情人》是二十世紀最重要的小說之一。當它在一九一三年初版之後，就立刻被視爲當代詮釋伊底帕斯(戀母)情結的一本最佳小說，也被公認是勞倫斯的成名代表作。勞倫斯對於第一次大戰之前的年代，諾丁罕郡某個礦工村落生活的生動回憶以及佔有欲的愛與性吸引力的描繪，使得本書成爲他最有影響力的一本小說之一。

D.H. 勞倫斯　著／華冰賓　譯／謝瑤玲教授　專文導讀

定價250元

國家圖書館出版品預行編目資料

奧德賽 / 荷馬(Homer)著 ; 王煥生譯. -- 初版.
　 -- 臺北市 ： 貓頭鷹出版 ： 城邦文化發行,
2000〔民89〕
　 冊 ； 　公分 . --（經典文學系列 ； 21）

譯自 ： Odyssey
ISBN 957-0337-71-0（平裝）

871.3　　　　　　　　　　　89004669

貓頭鷹讀者服務卡

◎**謝謝您購買**_____

　　為了給您更好的服務，敬請費心詳填本卡。填好後直接投郵(免貼郵票)，您就成為貓頭鷹的貴賓讀者，優先享受我們提供的優惠禮遇。

姓名：_____　□先生　　民國_____年生
　　　　　　　　　　　　　　　　　　　□小姐　□單身　□已婚

郵件地址：□□□　_____　縣　_____鄉鎮
　　　　　　　　　　　　　　　　　　　　市　_____市區

_____

聯絡電話：公 (0　　)_____宅 (0　　)_____

■**您的E-mail address**：_____

■**您從何處知道本書？**
□逛書店　　　　□書評　　　　□媒體廣告　　　□媒體新聞介紹
□本公司書訊　　□直接郵件　　□全球資訊網　　□親友介紹
□銷售員推薦　　□其他_____

■**您希望知道哪些書最新的出版消息？**
□百科全書、圖鑑　□文學、藝術　　□歷史、傳記　　□宗教哲學
□自然科學　　　　□社會科學　　　□生活品味　　　□旅遊休閒
□民俗采風　　　　□其他_____

■**您是否買過貓頭鷹其他的圖書出版品？**□有　□沒有
■**您對本書或本社的意見：**

- -

*查詢貓頭鷹出版全書目，請上城邦網站 http://www.cite.com.tw

城邦文化事業股份有限公司

貓頭鷹出版事業部 收

100

台北市信義路二段 213 號 11 樓